ZOE BRISBY

Reise mit zwei Unbekannten

Das Buch

Die neunzigjährige energische Maxine ist aus dem Seniorenheim ausgebüxt, um ihr Ableben selbstbestimmt zu regeln. Der schüchterne Student Alex hat Liebeskummer und braucht frischen Wind. Das Schicksal führt sie über ein Mitfahrportal zusammen. In einem uralten Twingo brechen sie zu einer Fahrt durch Frankreich nach Brüssel auf. Nach und nach fassen sie Vertrauen zueinander, erzählen sich Dinge, die sie niemals zuvor preisgegeben haben, machen sich gegenseitig Mut, bestehen unfreiwillige Abenteuer und sehen sie schließlich ganz klar vor sich – die grandiose Vielfalt des Lebens.

Die Autorin

Zoe Brisby ist Kunsthistorikerin und literaturbegeistert. Ihre eigene schriftstellerische Karriere begann 2016, und REISE MIT ZWEI UNBEKANNTEN ist ihr erster Roman, der auf Deutsch erscheint. Zoe Brisby schätzt Humor und Herzensweisheit und ist der Meinung, dass ungewöhnliche Lebenssituationen einen manchmal im besten Sinn über sich hinauswachsen lassen.

Folgen Sie Zoe Brisby auf
Instagram: @zoebrisby_auteur
www.facebook.com/Zoe-Brisby-Auteur

Zoe Brisby

REISE MIT ZWEI UNBEKANNTEN

ROMAN

Übersetzung aus dem Französischen von
Monika Buchgeister

eichborn

Dieser Titel ist auch als Hörbuch und E-Book erschienen.

Eichborn Verlag in der Bastei Lübbe AG

Titel der französischen Originalausgabe:
»L'habit ne fait pas le moineau«

Für die Originalausgabe:
Copyright © by Mazarine/Librairie Arthème Fayard, 2019

Für die deutschsprachige Ausgabe:
Vollständige Taschenbuchausgabe
der bei Eichborn erschienenen Hardcoverausgabe
Copyright © 2022 by Bastei Lübbe AG,
Schanzenstraße 6 – 20, 51063 Köln

Vervielfältigungen dieses Werkes für das Text- und
Data-Mining bleiben vorbehalten.

Textredaktion: Christina Neiske
Umschlaggestaltung: FAVORITBUERO, München unter
Verwendung von Illustrationen von © shutterstock:
mhatzapa; Favoritbuero, München
Satz: hanseatenSatz-bremen, Bremen
Gesetzt aus der Adobe Caslon Pro
Druck und Einband: GGP Media GmbH, Pößneck

Printed in Germany
ISBN 978-3-8479-0111-2

3   5   4

Sie finden uns im Internet unter eichborn.de
Bitte beachten Sie auch luebbe.de

Für uns,
hic et nunc
(hier und jetzt)

www.mitfahrgelegenheit.com

PROFIL

Vorname: Alex
Alter: 25
Auto (Marke, Modell und Baujahr): Renault, Twingo, 2002
Anzahl der Reisenden (inkl. Fahrer): 2
Ziel: Brüssel
Autobahnnutzung: ja
Gepäckumfang: klein
Rauchen erlaubt: ?

Alex zögerte. Sollte er bei der Raucher-Frage »ja« oder »nein« anklicken? Entschied er sich für ein Nein, würde das die Zahl der möglichen Interessenten erheblich verringern. Bei einem Ja hingegen bestand die Gefahr, dass er sich einen Mitfahrer aufhalste, der rauchte wie ein Schlot. Sollte er eher an seinen mageren Geldbeutel oder an das Wohlergehen seiner Lungen denken? Es wäre wirklich unschön, aufgrund einer das ganze Gefährt vernebelnden Rauchwolke die Straße nicht mehr sehen zu können. Ja, besser man klickte »nein« an. Schon aus Sicherheitsgründen.

Allerdings würde ein Ausschluss der Raucher auch eine Diskriminierung bedeuten. In seinem jugendlichen Oppositionsgeist widerstrebte es ihm, sich dem herrschenden Diktat, das die Raucher ausgrenzte, zu beugen. Zuerst waren es die Raucher, und wer war dann als Nächstes dran? Nein, da klickte man wohl doch besser »ja« an.

Rauchen: ja
Tiere: ?

Es war das erste Mal, dass er jemanden über eine Mitfahrzentrale in seinem Auto mitnehmen würde, und allein schon der Fragebogen ging ihm ziemlich auf die Nerven. Im Gegensatz zu den Beweggründen, mit denen die Internetseite warb, hatte er sich eher aus finanziellen Motiven dort eingefunden als um »in den Genuss einer gemütlichen Stimmung« zu kommen und dabei »gleichzeitig etwas für den Erhalt unserer Erde« zu tun. Der CO_2-Abdruck war gewiss ein hehres Motiv, aber am Ende war er derjenige, der womöglich einen Kettenraucher ertragen musste.

Jetzt also die Frage nach den Tieren. Er mochte Tiere, also dürfte diese Frage eigentlich kein Problem sein, aber in Alex' Leben wurde alles zum Problem. Depressiv. Die Diagnose, die der Arzt ihm bei seinem letzten Besuch in der Praxis gelangweilt und ohne jedes Einfühlungsvermögen aufgetischt hatte, war ein Faustschlag ins Gesicht gewesen.

»Ist das schlimm?«, hatte Alex schicksalsergeben gefragt.

»Eigentlich sind heutzutage alle depressiv.«

»Dann ist es also nicht schlimm?«

»Das habe ich nicht gesagt.«

Nach einem müden Seufzer hatte er eine Definition aus dem Lehrbuch zitiert:

»Die Depression ist eine Krankheit. Sie kann vorübergehend oder chronisch sein. Die Auswirkungen können von bloßer Erschöpfung bis hin zu Selbstmord reichen.«

»Selbstmord?«

»Ja, bei Menschen, die an schweren Depressionen leiden, schon.«

»Leide ich an schweren Depressionen?«

»Verspüren Sie manchmal den Wunsch zu sterben?«

Alex hatte kurz nachgedacht. Sterben – das hatte er noch nie in Betracht gezogen. Allerdings erschreckte ihn die Vorstellung auch nicht. Es würde das Ende aller Beschwerlichkeiten bedeuten. Keine Antriebslosigkeit mehr am Morgen, kein Hadern mehr beim Schlafengehen am Abend.

»Äh …«

»Gut, dann leiden Sie nicht an einer schweren Depression. Höchstens an einer mittelschweren.«

Der Arzt hatte seinen Rezeptblock hervorgezogen und dann angemerkt:

»Ich verschreibe Ihnen sogenannte Antidepressiva. Keine mit besonders schlimmen Nebenwirkungen, aber wundern Sie sich nicht, wenn Sie anfangs ein wenig groggy sind. Auch Verstopfung könnte auftreten. Eventuell kommt es auch zu Erbrechen und Kopfschmerzen. Aber Sie werden rasch merken, dass Sie sich besser fühlen.«

Er hatte das Rezept aus dem Block gerissen und Alex gereicht.

Da dieser keine Reaktion zeigte, hatte er hinzugefügt:

»Ich rate Ihnen außerdem, einen Psychotherapeuten aufzusuchen. Und machen Sie lange Spaziergänge. Sie können hinausgehen.«

»Was meinen Sie damit? Soll ich mich mit Freunden treffen?«

»Nein, ich meine, dass Sie jetzt aus dem Sprechzimmer hinausgehen können. Draußen warten noch andere Patienten. Aber Freunde treffen – das ist auch eine gute Idee.«

Alex hatte daraufhin beschlossen, nach Brüssel zu fahren. Seinen Eltern würde er niemals gestehen, warum er Brüssel als Ziel gewählt hatte: Über das Internet hatte er herausgefunden, dass Alice Laferty dort lebte. Wirklich eine vollkommen idiotische Idee.

Womöglich erinnerte sie sich nicht einmal mehr an ihn. Womöglich war sie hässlich geworden, und es gab das kleine Mädchen mit den braunen Locken gar nicht mehr, das er aus der Grundschule kannte. Womöglich würde sie ihn nicht einmal wiedererkennen. Womöglich würde er sie auch gar nicht besuchen. Aber immerhin hatte ihn diese Idee zu einer Entscheidung gebracht; es war der Impuls, den er gebraucht hatte, um seine Lethargie abzuschütteln. Und genau deshalb saß er heute vor diesem dämlichen Formular einer Mitfahrzentrale. Er hatte den Eindruck, auf einem Online-Dating-Portal unterwegs zu sein oder gar in einem Bewerbungsgespräch zu stecken – letztlich kam das aufs Gleiche heraus.

Waren Tiere nun okay? Warum nicht. Aber wenn sein Mitfahrer nun ein Punk mit einem riesigen Hund wäre? Oder ein Gothic-Typ mit einem Frettchen auf der Schulter? Frettchen stanken ganz fürchterlich. Er hatte zwar bereits einen Kettenraucher akzeptiert, aber das hieß noch lange nicht, dass er bereit war, einen Kettenraucher samt Ratte zu ertragen.

Tiere: ausschließlich kleine Hunde oder Katzen
Interessen (mindestens drei): ?

Das wurde ja immer schlimmer. Kräutertees, Dromedare und amerikanische Soulmusik. Nein, das konnte er unmöglich angeben. Dann würden alle wissen, dass ein Greis in ihm steckte. Alex hatte immer schon das Gefühl gehabt, älter zu sein, als er tatsächlich war – ein wenig so, als hätte man sich auf der Wöchnerinnenstation geirrt und seiner Mutter kein Neugeborenes, sondern ein älteres Kind mitgegeben. Und diese Wahrnehmung eines Altersunterschieds zu den Jugendlichen seiner Generation hatte sich bis heute bei ihm gehalten.

Wenn er jetzt schon stundenlang neben einem Fremden unterwegs sein musste, dann sollte es doch wenigstens eine Frau sein. Eine Frau war angenehmer, umgänglicher und außerdem – man konnte ja nie wissen.

Ganz schön optimistisch für einen Depressiven, oder etwa nicht?

Interessen (mindestens drei): Museen, Reisen und Literatur

Diese Auswahl war eine sichere Bank: Männer würden sich nicht angesprochen fühlen. Vielleicht hatte er ja das Glück, eine schöne Unbekannte kennenzulernen. Sie würden sich auf der Stelle gut verstehen, ihre Begegnung wäre der Beginn einer wunderbaren Liebesgeschichte, die sie später ihren Enkeln bei jedem Weihnachtsfest aufs Neue erzählen würden. Bei einer hässlichen oder eingebildeten Frau hingegen könnte er sich einfach taub und stumm stellen oder ihr klipp und klar sagen, dass er depressiv sei. Denn so viel stand fest: Depressive wirkten abschreckend, die Leute hatten viel zu viel Angst, dass sie sie mit ihren Problemen behelligen könnten.

Er drückte sich selbst die Daumen und dann auf die »Senden«-Taste.

www.mitfahrgelegenheit.com

PROFIL

Vorname: Max
Alter: geht Sie nichts an
Ziel: Brüssel
Reisen Sie mit einem Tier: nein
Rauchen Sie: nein
Interessen (mindestens drei): Technik, Whisky, Tour de France

Nachdem sie ihr Profil erstellt hatte, warf Maxine einen Blick auf die Profile anderer Benutzer von www.mitfahrgelegenheit.com. Es gab tatsächlich jemanden, der nach Brüssel fuhr: Alex. Aber diese junge Frau würde vermutlich eine unerquickliche Begleitung abgeben! Interessen: Museen, Reisen und Literatur … Immerhin würde sie dann keine Schlafmittel benötigen, um unterwegs ein Nickerchen machen zu können. Aber Maxine musste nun einmal nach Brüssel, und eine andere Mitfahrgelegenheit gab es nicht. Sie nahm also das Angebot an, denn sie sagte sich, dass ihr nicht mehr allzu viel Zeit bliebe, um ihr Vorhaben durchzuführen. Sie brachte ihre Registrierung zum Abschluss, schickte ihre Anfrage ab, bezahlte und gab ihre Adresse an, denn anstatt einen Treffpunkt anzugeben hatte die Anbieterin angeboten, eventuelle Mitfahrer direkt zu Hause abzuholen. Ganz schön anständig, diese Alex. Vermutlich eins von diesen kleinen Dummchen, die im Bus aufstanden, um ihr einen Sitzplatz anzubieten, oder die ihr beim Überqueren der Straße behilflich sein wollten. Maxine war alt, aber nicht senil. Noch nicht.

Sie machte sich keineswegs frohen Herzens auf den Weg nach Brüssel. Noch dazu per Mitfahrgelegenheit. Lieber wäre sie in einer schönen Limousine gereist, mit einem attraktiven Chauffeur am Steuer, wie in *Miss Daisy und ihr Chauffeur*. Während der Fahrt hätte sich eine tiefe Freundschaft zwischen ihnen entwickelt. Sie hätte ihn mit lebensklugen Ratschlägen überhäuft, wie man sie seinem Sohn mit auf den Weg gibt. Er hätte es ihr mit der Beteuerung gedankt, dass er sie niemals vergessen würde. Sie würde immer die »Dame aus der Limousine« bleiben, die sein Leben verändert hatte. Er würde seine Arbeit als Chauffeur aufgeben, um Jura zu studieren, und dann würde er der beste Anwalt auf der ganzen Welt werden. Er würde all jene verteidigen, die keinen Fürsprecher hatten. Er würde den Armen und Unschuldigen zur Seite stehen. Und all das dank seiner Begegnung mit der »Dame aus der Limousine«.

Nun, vorerst musste sie sich wohl mit einem offenbar in jeder Hinsicht wohlgeratenen jungen Mädchen begnügen. Sie konnte sich diese Alex bereits vorstellen: vorstehende Zähne, Gleitsichtbrille auf der Nase – vielleicht sogar mit Klebeband geflickt –, leichenblass durch endlos währende Aufenthalte in Bibliotheken, fettige Haare … Vielleicht konnte sie, Maxine, mit ihren kostbaren Ratschlägen auch das Leben dieser jungen Frau verändern. Alex würde fortan auf sich achten, sich die Haare waschen, Kontaktlinsen tragen und sich besser kleiden. Ja, sie würde ein Topmodel werden, um das sich alle Agenturen reißen würden. Und das alles dank der »Dame von der Mitfahrzentrale«.

Es tat gut, sich auszumalen, dass sie noch zu etwas nützlich sein konnte. Jedenfalls für ein paar Stunden. Ihr wurde warm ums Herz, wenn sie sich ausmalte, dass sie auf diese Weise immerhin eine Spur ihres Verweilens auf dieser Welt hinterlassen würde. Diese Alex würde der letzte Mensch sein, mit dem Maxine eine echte Unterhaltung führen würde.

Klar, in Brüssel würde sie mit den Ärzten sprechen können, aber das wäre nicht das Gleiche. Die Ärzte bekamen jeden Tag alte Frauen zu Gesicht, die sterben wollten. Das war schließlich ihr Alltag. Da gab es keine Nähe. Keine Bindung. Keine Gefühle. Während es für Maxine doch um ihr Leben ging, wenn sie die Entscheidung traf, aktive Sterbehilfe in Anspruch zu nehmen.

3

Alex erreichte die Adresse, die Max ihm angegeben hatte. Mit einem solchen Namen und bei einem Interesse für Technik, Whisky und die Tour de France halste er sich zwar vielleicht keinen Kettenraucher auf, aber unter Umständen einen Schraubendreher, der während der gesamten Fahrt unentwegt über Motoren, Keilriemen, Bremsbeläge und Vergaser schwadronierte.

Angesichts dieser Adresse war er jedoch etwas perplex. Dann fiel es ihm wie Schuppen von den Augen.

Natürlich. Man hatte ihn versetzt. Man hatte ihn für dumm verkauft. Warum sollte auch jemand in seiner Begleitung eine Reise antreten wollen?

Er parkte am Straßenrand und betrachtete noch einmal das am Eingang des Gebäudes befestigte goldene Schild. *Residenz Beau Séjour. Wohn- und Erholungsstätte für alte, kranke oder hilfsbedürftige Menschen.* Was für eine Ansage! Er brauchte gewiss auch Erholung und Ruhe, aber hier würde er es keinen Tag lang aushalten. Es war, als würden alte Mitmenschen einem ungeheure Angst einjagen, einem auf grausame Weise vor Augen führen, wie es irgendwann mit einem enden wird. Da beschloss man doch lieber, sie zu verstecken. Man sah weg, gab den Schlüssel ab und schickte hin und wieder einen Blumenstrauß, um ein reines Gewissen zu haben.

Aber im Grunde scherte es ihn nicht, was die fernere Zukunft an Krankheit, Traurigkeit oder Einsamkeit für ihn bereithielt: Er war schließlich jetzt schon depressiv.

Das schmiedeeiserne Gittertor der Einrichtung öffnete sich langsam und quietschend. Bereits das Tor legte hier also ein gehöriges Alter an den Tag. Die Angeln lagen offenbar in den letzten Zügen, und Alex rechnete beinahe damit, die Addams Family auftauchen zu sehen.

Anstelle von Morticia A. Addams oder Cousin Itt erschien jedoch ein kleines Mütterchen, dessen von Falten zerfurchte Haut dem rostigen Belag des Gittertors altersmäßig in nichts nachstand. Ihr Haar war makellos frisiert und blieb trotz einiger Windböen auf wundersame Weise in der von den Lockenwicklern vorgegebenen Form.

Sie trug eine lavendelfarbene Strickjacke – oder eher einen Cardigan, wie ihre Altersgenossen wohl sagen würden – und dazu einen schwarzen Rock, der sittsam die Knie bedeckte. Eine Perlenkette zierte ihren Hals und verlieh ihr das Aussehen einer betagten sonntäglichen Kirchgängerin.

Ihre kleinen, von Altersflecken übersäten Hände umschlossen fest den Griff eines kastanienbraunen Koffers, der ganz so aussah, als stammte er aus der Zeit vor dem letzten Weltkrieg. Mehrere Aufkleber zeugten von Reisen aus früheren Zeiten: Rom, New York, Sydney …

Alex öffnete das Fenster.

»Entschuldigen Sie bitte, Madame. Bin ich hier richtig in der Rue du Général-de-Gaulle Nummer 48?«

Die alte Dame wirkte ein wenig überrascht und brachte ihren Koffer hinter sich in Sicherheit. Beim Anblick der von dunklen Ringen unterlegten Augen des jungen Mannes kam ihr in den Sinn, dass sie es hier womöglich mit einem Rauschgiftsüchtigen zu tun hatte. Einem »Junkie«, der in der Lage wäre, eine alte Dame wie sie zu bestehlen, um seine nächste Dosis zu finanzieren.

Aber letztlich war es ihr auch egal. Sie hatte nichts zu verlieren. Außerdem lag irgendetwas in dem Blick des Rauschgiftsüchtigen, das sie berührte – eine Art tiefer Einsamkeit, innerer Verzweiflung. Als wäre alles in ihm zusammengebrochen und nur noch diese leere Hülle eines Schurken auf der Suche nach seinem nächsten Schuss übrig geblieben. Sie verspürte Mitleid.

»Ja, mein Lieber. Das ist genau hier.«

»Aha, danke.«

Alex schloss das Fenster wieder. Er kochte vor Wut. Er fühlte sich hintergangen von jemandem, den er gar nicht kannte. Man hatte ihm einen üblen Streich gespielt, indem man ihm die Adresse dieses Altenheims gegeben hatte, und er war natürlich – dämlich, wie er war – in die Falle getappt.

Maxine blickte auf ihre Armbanduhr. Drei Minuten Verspätung. Das gefiel ihr gar nicht. Diese Alex war unpünktlich. Und dann auch noch behaupten, dass man die Literatur liebt. Es ist acht Uhr, Herr Doktor Schweitzer. Acht Uhr heißt acht Uhr. Und nicht acht Uhr und drei Minuten.

Obendrein fühlte sie sich höchst unbehaglich, weil der junge Mann in seinem Auto an Ort und Stelle stehen blieb und ganz so aussah, als zögerte er nur noch, ob er den Strick oder die Pistole wählen sollte. Sie überlegte kurz, dann sagte sie sich, dass sie bei ihrer knapp bemessenen Lebenszeit nichts zu verlieren hatte, wenn sie versuchte, diesem Unglücksraben zu helfen. Vielleicht konnte sie ihn von seinen Drogenproblemen abbringen und wieder auf den rechten Weg zurückführen. Er würde Arzt werden, ein Spezialist für Entgiftung – dank seiner schicksalhaften Begegnung mit der »Dame mit dem Koffer«.

Zaghaft näherte sie sich dem Auto. Langsam. Sie wollte ihn keinesfalls erschrecken. Es erinnerte sie ein wenig an die Safaris, an denen sie während der sechziger Jahre in Indien mit dem Maharadscha teilgenommen hatte. Man musste ein wenig in die Knie gehen, um dem Raubtier zu zeigen, dass man seine Überlegenheit akzeptierte und in friedlicher Absicht unterwegs war.

»Brauchen Sie Hilfe, junger Mann?«

Der Rauschgiftsüchtige wirkte überrascht. Sie hatte ihn aus seiner Lethargie gerissen. Er sagte etwas in ihre Richtung, aber wegen der geschlossenen Fensterscheibe verstand sie nichts. Sie bedeutete ihm, das Fenster zu öffnen, und ahmte dazu eine kurbelnde Handbewegung nach wie alle Leute, die noch Autos ohne automatische Fensteröffnung kannten. Womöglich verstand der junge Mann das gar nicht. Doch. Er drückte auf einen Knopf, und die Scheibe senkte sich.

»Ich warte auf jemanden.«

»Ich auch.«

»Ach ja?«

»Na klar. Da brauchen Sie gar nicht so erstaunt zu schauen. Das ist beleidigend. Nur weil ich sechzig Jahre alt bin, heißt das noch lange nicht, dass ich kein Sozialleben mehr habe.«

Alex zog eine Augenbraue hoch. Sie verbesserte sich:

»Gut, ich gebe es zu. Siebzig Jahre.«

Zweifel standen ihm ins Gesicht geschrieben, als er sie von Kopf bis Fuß musterte.

»Nun, vielleicht auch achtzig Jahre …«

Er sagte nichts.

»Okay, neunzig und ein paar Zerquetschte. Aber in meinem Kopf fühle ich mich wie eine jung gebliebene Fünfzigjährige.«

»Ich dachte immer, dass Leute, äh … mit einem gewissen Alter stolz darauf wären, wie lange sie schon auf der Welt sind.«

»Stimmt genau, deshalb werde ich mich auch bald beim *Guinness Book* melden, damit man bei mir vorbeischaut und mein hohes Alter begutachtet.«

Eine peinliche Stille trat ein, welche die alte Dame jedoch rasch beendete. Bei Stille hatte Maxine sich noch nie wohlgefühlt.

»Ich verabscheue es, wenn Leute zu spät kommen.«

»Pünktlichkeit ist die Höflichkeit der Könige.«

»Hoppla, wer von uns beiden ist denn nun alt?«

»Warum sagen Sie das?«

»Weil ich mich nicht erinnern kann, diesen Ausdruck seit Roosevelt und der Konferenz von Jalta gehört zu haben.«

»Sie sind zu jung, um bei der Konferenz von Jalta gewesen zu sein.«

Die Wangen der alten Dame färbten sich rosig.

»Oh, das ist aber nett von Ihnen!«

»Wenn Sie tatsächlich neunzig Jahre alt sind, dann sind Sie ungefähr, äh …, um 1926 herum geboren. Also waren Sie 1945, zum Zeitpunkt der Jalta-Konferenz, noch keine zwanzig Jahre alt.«

Maxine war überrascht von den folgerichtigen Überlegungen des jungen Mannes. Offenbar hatten die Drogen noch nicht all seine Neuronen zerstört. Das war eine gute Nachricht. Es erhöhte ihre Chancen ungemein, ihn zu einem guten Arzt zu machen.

»Ich sagte, neunzig Jahre und ein paar Zerquetschte. Ab einem bestimmten Zeitpunkt zählt man nicht mehr so genau mit. Die Geburtstage ähneln eher einem Countdown als einem Fest. Außerdem gibt es im Altenheim selten Kuchen. Solche Leckereien werden dort als Provokation des großen Sensenmanns aufgefasst, der uns ankündigt, dass er bald vorbeischauen wird. Er ist nämlich ein Leckermaul. Aber Sie haben recht, es gibt auch ein paar Alte, die ihren Geburtstag immer noch gern feiern. Sie fühlen sich offenbar wie Superhelden. Nur habe ich noch nie gesehen, wie Superman sein Gebiss verliert oder eine Windel trägt wie Marty Schuberts.«

»Wer ist denn Marty Schuberts?«

»Mein Zimmernachbar. Und ich muss schon sagen, das ist kein besonders schöner Anblick … Deswegen mag ich das Altenheim nicht. Es gibt nur Alte dort drinnen, das ist ziemlich deprimierend. Ich habe mich noch nie mit Alten verstanden.«

»Ja klar, wie auch, wo Sie schließlich eine jung gebliebene Sechzigjährige sind.«

»Fünfzigjährige! Wie schön, Sie haben also verstanden, was ich meine.«

Sie lächelten sich an. Alex blickte auf die Uhr.

»Gut, ich mache mich dann mal auf den Weg. Sieht so aus, als hätte meine Verabredung mich versetzt.«

Maxine sah nach rechts und dann nach links. Niemand.

»Ich glaube, meine mich auch.«

»Brauchen Sie jemanden, der Sie irgendwohin bringt? Wenn Sie wollen, kann ich Sie mitnehmen.«

»Das ist nett, mein Junge, aber ich habe eine lange Reise vor mir. Ich fahre nach Brüssel.«

Alex sah sie mit großen Augen an.

»Max?«, fragte er nun zögerlich.

Maxine beugte sich über ihre Handtasche und zog eine Brille mit riesigen Gläsern hervor.

»Ja. Woher wissen Sie denn meinen Namen?«

»Ich bin Alex.«

»Alex?«

»Alex. Von der Mitfahrzentrale im Internet!«

»Warum haben Sie das nicht gleich gesagt? Wie hätte ich denn darauf kommen sollen, dass Sie das sind?«

»Ich hatte doch keine Ahnung. Ich habe mit einem Mann gerechnet. ›Max‹ ...«

»Ich bin ... Maxine.«

»Das hätten Sie mir doch sagen können. Wir hätten uns beinahe verpasst. Und eigentlich hätten Sie mich schon erkennen können.«

»Wie hätte ich das denn anstellen sollen, junger Mann? Nur weil ich alt bin, bin ich noch lange keine Hellseherin!«

»Aber in meinem Profil hatte ich doch den Autotyp angegeben. Also wussten Sie, dass ich einen Renault Twingo fahre.«

»Ach, diese neuen Autos sehen doch alle gleich aus!«

»Mein Auto ist nicht neu, es ist von 2002, also schon vierzehn Jahre alt …«

»Für mich ist alles neu, was nach 1950 gebaut wurde.«

4

Maxine betrachtete – oder inspizierte vielmehr – das Innere des Autos, nachdem Alex ihren Koffer verstaut hatte. Seit sie eingestiegen war, hatte keiner der beiden auch nur ein Wort gesagt. Vielleicht war das auch besser so. Am Ende wurde der junge Rauschgiftsüchtige möglicherweise noch aggressiv.

Allerdings sah Maxine ihn aus irgendeinem Grund in einem milden Licht. Er ließ sie an ein Vögelchen denken, das aus dem Nest gefallen war, weil es zu früh versucht hatte davonzufliegen. Vielleicht hatte er sich gerade von seiner Freundin getrennt – oder von seinem Freund, das wusste man heutzutage schließlich nie genau. Vielleicht hatten seine Eltern ihn vor die Tür gesetzt. Vielleicht war er auf der Flucht, weil er seinen Dealer übers Ohr gehauen hatte und der ihm einen Killer auf den Hals gehetzt hatte. Vielleicht war ihm die Polizei auf den Fersen. Vielleicht war er aber auch ein Spion, der einen Maulwurf enttarnt hatte und nun in Lebensgefahr schwebte ... Wie aufregend das alles war!

Oder er war ganz einfach ein junger Bursche, der nach Brüssel fuhr.

Keiner sagte etwas, doch beiden war bewusst, dass ein langer Weg vor ihnen lag. Maxine setzte ihre Inspektion des Autos fort. Sauber, aber unordentlich. Genau wie der Besitzer. Er strahlte eine allgemeine Nachlässigkeit aus. Lustlosigkeit. Überdruss.

Hoffentlich war er trotzdem in der Lage, vernünftig Auto zu fahren. Sie warf einen heimlichen Blick zu ihm hinüber. Er wirkte konzentriert. In Gedanken vertieft. Als nähme er nicht einmal wahr, dass sie neben ihm saß. Oder tat er nur so?

Ein Schweißtropfen perlte langsam über die Schläfe des Jungen herab. Vielleicht war er auf Entzug und brauchte seinen Stoff, seinen Joint, sein Dope, seinen Schuss. Vielleicht sollte sie aufhören, die Reportagen von Bernard de La Villardière anzuschauen.

Sie versuchte, die Atmosphäre zu entkrampfen.

»Ich kann Ihnen versichern, dass ich absolut nichts gegen Rauschgiftsüchtige habe.«

Alex zog überrascht eine Augenbraue hoch, hielt seinen Blick aber weiter auf die Straße gerichtet.

Wollte ihm die alte Dame gerade irgendwelche Drogen andrehen? Das fehlte noch. Eine Fixerin mit Naphthalingeruch. Er hatte auch so schon genug Probleme, da würde ihm die Polizei gerade noch fehlen. Er beschloss, nichts zu erwidern, aber das hielt das Mütterchen nicht davon ab fortzufahren:

»Gegen einen kleinen Joint von Zeit zu Zeit hatte ich noch nie etwas einzuwenden.«

So, damit war wohl alles klar. Die Alte bot ihm Drogen an.

»Das ist Ihre Sache. Aber ich lasse lieber die Finger davon.«

Er bekräftigte seine Aussage mit einem entschlossenen Kopfnicken.

Maxine hatte sich geirrt. Der Zustand dieses jungen Burschen war weitaus schlimmer, als sie angenommen hatte. Er war bereits zu harten Drogen übergegangen. Sie kramte in den Tiefen ihres Gedächtnisses, um sich an die Namen anderer Drogen zu erinnern. Solche wie die, die sie damals in Woodstock ausprobiert hatte. Aber alles, was in diesen Abschnitt ihres Lebens gehörte, lag seltsam im Nebel.

Plötzlich erinnerte sie sich an eine Reportage über die Elendsviertel von Marseille und über den dort blühenden Drogenhandel.

»Vielleicht ziehen Sie Kokain vor?«

Für einen kurzen Moment löste Alex seinen Blick von der Straße und sah entsetzt zu Maxine hinüber.

»Ganz sicher nicht!«

Für einen Rauschgiftsüchtigen war er ein ziemlicher Snob.

»Doch nicht etwa Opium? Das ist teuer und völlig aus der Mode, wie Sie sicher wissen.«

»Sie scheinen sich ja erstaunlich gut auszukennen.«

»Oh nein, nicht sonderlich«, wehrte sie mit einer Bescheidenheit ausdrückenden Geste ab. »Ich versuche lediglich, mich auf dem Laufenden zu halten, das ist alles.«

»Um auf Ihre Frage zurückzukommen, nein, ich rauche kein Opium.«

»Nun, dann bleibt ja nur noch Ecstasy. Oder vielleicht Oxycodon?«

Alex hielt an einer Ampel an. Nur ein paar Meter von ihm entfernt entdeckte er einen Polizisten, der sich gerade einen Kaffee bei Starbucks geholt hatte. Sollte er ihn um Hilfe bitten, um diese kleine Junkie-Oma loszuwerden? Was, wenn sie eine Waffe unter ihrer lavendelfarbenen Strickjacke versteckt hatte oder ein Schnappmesser in ihrem Faltenrock? Nein, der Polizist würde ihm niemals glauben – ein Drogenkurier mit Perlenkette und Rollator im Twingo –, er würde wie ein Idiot dastehen.

»Jetzt hören Sie mir mal gut zu, Madame …«

»Sie können mich Maxine nennen.«

»Auch gut, hören Sie mir zu, Maxine …«

»Und ich, kann ich Sie Alex nennen?«

»Von mir aus …«

»Vielleicht darf ich Sie ja auch duzen, schließlich könnte ich Ihre Schwester sein.«

»Äh …«

»Oder Ihre Mutter?«

»…«

»Schon gut, Ihre Großmutter.«

»Wie Sie wollen. Aber hören Sie mir jetzt bitte endlich zu, Maxine. Ich möchte ein für alle Mal etwas klarstellen: Ich bin kein Junkie.«

Sie sah ihn gerührt an. Natürlich, er leugnete seine Sucht.

»Alex, der erste Schritt besteht darin, dass man zugibt, ein Problem zu haben.«

»Oh, was das betrifft: Ich habe eine ganze Reihe von Problemen.«

»So ist es gut. Man muss darüber sprechen. Es erfordert viel Mut, um Hilfe zu bitten.«

»Aber genau das habe ich getan.«

»Das ist sehr gut, ich gratuliere dir dazu. Fährst du nach Brüssel, um dich behandeln zu lassen? Gibt es dort gute Entzugskliniken?«

»Noch einmal, ich bin kein Junkie!«

Maxine warf Alex einen vorwurfsvollen Blick zu und zeigte mit dem Finger auf ihn.

»Was haben wir gerade gesagt, junger Mann? Man darf seine Probleme nicht leugnen. Im Übrigen – findest du es nicht gefährlich, in deinem Zustand Auto zu fahren? Aber klar, ihr Rauschgiftsüchtigen wisst nicht mehr, was ihr tut, wenn ihr auf Entzug seid. Fahr rechts ran, ich werde fahren. Es ist zwar ungefähr dreißig Jahre her, dass ich zuletzt am Steuer gesessen habe, aber ich nehme an, es ist wie mit dem Fahrradfahren – man verlernt es nicht. Das Bremspedal war doch in der Mitte, stimmt's?«

Sie machte Anstalten, nach dem Lenkrad zu greifen.

»Hören Sie sofort auf damit, sonst bauen wir noch einen Unfall!«

»Unter dem Einfluss von Betäubungsmitteln zu fahren ist auch nicht gerade sicher. Aber wenn du darauf bestehst …«

Für einen kurzen Augenblick kehrte Stille ein. Alex holte tief Luft und atmete kräftig aus, um sich zu beruhigen. Wenn er das Mütterchen davon abbringen wollte, ihm mit dieser Drogen-Geschichte auf die Nerven zu gehen, musste er ihr wohl die Wahrheit sagen.

5

»Ich bin kein Junkie. Ich bin depressiv.«

»Depressiv? Aha, das erklärt alles. Die angespannten Gesichtszüge, die wächserne Hautfarbe, die dunklen Augenringe und dass du nur noch Haut und Knochen bist …«

Diese schonungslose Beschreibung seiner Person veranlasste Alex, sich im Rückspiegel zu mustern. Er sah nicht gut aus, keine Frage, aber seine Hautfarbe gleich als wächsern zu bezeichnen …

»Und die Haare …«

»Wie bitte? Was ist denn mit meinen Haaren?«

»Nun, wie soll ich es sagen? Man sieht gleich, dass sie nicht recht in Form gebracht sind. Und dann auch noch diese Fransen im Gesicht … Nicht einmal Justin Bieber trägt noch eine solche Frisur, das ist dir schon klar, oder?«

Wieder warf Alex einen raschen Blick in den Spiegel. Was kümmerten ihn seine Haare, die waren seine geringste Sorge. Aber derzeit brachte ihn jede noch so harmlose Bemerkung auf die Palme.

»Meine Haare sind ganz wunderbar, wie sie sind! Und von einer alten Frau mit violetten Haaren muss ich mir wohl kaum eine Lektion in Sachen Mode erteilen lassen!«

»Kein Grund, sich so aufzuregen, mein Kleiner. Ich wollte dich nicht beleidigen.«

Alex versuchte vergeblich, sich auf die Straße zu konzentrieren. Am liebsten hätte er seinen Wutausbruch und seine Worte ungeschehen gemacht, aber dafür war es jetzt zu spät. Er war gemein zu einer armen, alten Frau gewesen.

»Es tut mir leid. Ich hätte so etwas nicht zu Ihnen sagen dürfen. Es … Es ist nur so, dass mir im Augenblick alles sehr nahegeht.«

»Ich verstehe.«

»Waren Sie auch schon einmal depressiv?«

Kaum hatte er seine Frage gestellt, da wurde Alex bewusst, dass sie nicht sehr zartfühlend, wenn nicht gar unangebracht war. Vor allem die in seinem Tonfall unverkennbar mitschwingende Hoffnung war daneben. Normale Menschen hofften schließlich nicht, dass andere depressiv waren.

»Nein, aber ich habe Reportagen zum Thema Depression gesehen.«

»Das ist etwas ganz anderes. Ich habe eine Reportage über den Kilimandscharo gesehen, aber das ersetzt ja nicht die Reise dorthin.«

»Natürlich nicht. Ich versuche nur gerade, dir zu erklären, dass auch wenn bei mir nie eine Depression diagnostiziert wurde, das keineswegs heißt, dass ich niemals schwierige Phasen durchlebt habe. Oder glaubst du etwa, dass das Leben immer nur rosig war, wenn man so alt wird wie ich? Da bist du aber ganz schön auf dem Heuweg!«

Der Punkt ging an die alte Dame. Allerdings war sich Alex nicht sicher, ob die von ihr verwendete Redewendung so tatsächlich korrekt war.

Maxine sah, dass sie an einen wunden Punkt gerührt hatte. Gern hätte sie mehr erfahren, aber bei diesem jungen Mann bewegte sie sich auf schwierigem Terrain, das spürte sie. Taktvolles Vorgehen war gefragt, und Taktgefühl war noch nie ihre Stärke gewesen.

»Möchtest du die Gründe für deine schlechte Verfassung zufälligerweise mit mir teilen? Vielleicht würde es dir ja guttun, darüber zu sprechen. Natürlich verstehe ich auch vollkommen, wenn du mir nichts weiter davon erzählen willst. Ich bin schließlich nur eine alte Dame, die vorübergehend in deinem Auto sitzt, eine Unbekannte, die zufällig den gleichen Weg hat wie du ...«

Reden? Wozu? Alex hatte bereits mit einem Psychiater geredet, oder besser, er hatte versucht, mit einem Psychiater zu reden. Der Therapeut hatte ihn jedoch lediglich gleichgültig angesehen und seine bedeutungsschweren Fragen wie »Und was haben Sie in diesem Augenblick empfunden?« mit einem ebenso bedeutungsschweren Kopfnicken untermalt, ohne sich für die Antwort zu interessieren.

Und doch fühlte er sich in genau dieser Minute bereit, mit dieser Frau zu sprechen. Vielleicht einfach, weil sie alt war und er weniger Gefahr lief, kritisiert zu werden. Vielleicht aber auch, weil sie eine Fremde war, die er nie wiedersehen würde. Er musste es jetzt auf der Stelle tun, sonst würde er es nie tun. Und so brach alles in einem einzigen, nahezu ununterbrochenen Wortschwall aus ihm heraus:

»Ich weiß, warum ich mich so schlecht fühle, aber ich schäme mich so. Es ist dermaßen dumm und banal, dass ich mich deswegen nur noch elender fühle. Unzählige Menschen haben das Gleiche durchlebt und machen kein solches Drama daraus wie ich. Es ist total albern, und deshalb bin ich einfach lächerlich.«

Maxine wagte nicht, ihn zu unterbrechen. Er fuhr fort:

»Ich bin depressiv, weil das Mädchen, in das ich verliebt bin, mich nicht einmal angesehen hat. Genauer gesagt, sie hat mich angesehen, aber sie hat mich nicht wirklich wahrgenommen. Seither fühlt es sich an, als würde ein Dorn in meinem Herzen stecken. Ist Aurore nicht ein wunderbarer Vorname? Es fällt mir sogar jetzt noch schwer, ihn auszusprechen. Er passt so gut zu ihr, denn sie ist lieblich und heiter, sie verströmt den goldenen Glanz der ersten Sonnenstrahlen des Tages. Ein Hauch ihrer Strahlkraft hätte ausgereicht, um mein Leben licht werden zu lassen. Aber daraus ist nichts geworden. Und so wurde es immer dunkler in mir.«

Er hielt inne in seiner Erzählung, biss sich auf die Unterlippe und fragte sich, ob er fortfahren sollte. Doch dann nahm er, beinahe wie von selbst, den Faden wieder auf:

»Ich habe sie häufig in der Unibibliothek gesehen, habe beobachtet, wie ihr Haar auf ihren zarten Schultern ruhte, wie sie auf ihrem Bleistift herumkaute, wenn sie nachdachte. Und ihr Lachen. Ach, ihr Lachen! So klar wie ein Wasserfall, in den ich mich am liebsten hineingestürzt hätte.«

»Und dann? Was ist dann passiert?«

»Ich hatte alles genau geplant, jedes noch so kleine Detail unserer alles entscheidenden Begegnung einkalkuliert. Ich hatte ihren Stundenplan ausspioniert, ihre Reaktionen vorausberechnet ...«

»Das klingt aber eher nach einem Stalker als nach einem schmachtenden Verehrer.«

Kaum hatte sie die Worte ausgesprochen, schlug sie die Hand vor den Mund, als könne sie ihre Bemerkung auf diese Weise ungeschehen machen. Jetzt bestand die Gefahr, dass der Junge sich wieder verschloss wie eine Auster.

»Das war mir egal. Meine Absichten waren ja edel! Wir sind wie füreinander geschaffen. Das wusste ich. Das weiß ich. Wir haben die gleichen Vorlieben – ich habe das auf Facebook überprüft.«

Jetzt traute Maxine sich nicht, ihm zu gestehen, dass sie absolut keine Ahnung hatte, wovon er sprach.

»Alles war genau bedacht. Wir sind uns wie geplant über den Weg gelaufen. Wir haben wie geplant miteinander gesprochen. Ich habe mich nach Kräften bemüht, mich von meiner besten Seite zu zeigen. Oder zumindest schien es mir so. Und dann ist nichts von alldem so eingetreten, wie ich es geplant hatte. Sie hat mit mir geredet wie mit jedem anderen auch. Mein großer Auftritt war für sie nichts weiter als eine belanglose flüchtige Begegnung. Während für mich qualvolle, zermürbende Wochen folgten, war für sie alles gleich vergessen. Es war, als hätte sie meine Existenz geleugnet. Ich habe ausschließlich auf diesen Augenblick hingelebt, in der Überzeugung, dass mein Leben eine Wendung nehmen würde, aber ich habe alles vermasselt. Ich bin eine Null, ein Nichts.«

»Geh nicht zu hart mit dir ins Gericht. Eine gescheiterte Liebe steckt man nie leicht weg. Du hast das Recht, aufgebracht zu sein.«

»Ich habe nicht einmal die Kraft, aufgebracht zu sein, schon gar nicht gegen sie.«

»Jetzt werde ich dir einmal erklären, wie ich die ganze Sache sehe. Du machst auf mich den Eindruck eines reizenden jungen Mannes. Würdest du dich gesund ernähren, öfter duschen und dir einen vernünftigen Haarschnitt zulegen, gäbst du einen recht gut aussehenden Burschen ab.«

Sie zwinkerte kurz zu ihm hinüber, bevor sie fortfuhr:

»Du hast dir große Mühe gegeben, dieses Mädchen kennenzulernen, auch wenn ich zugebe, dass mir die Tatsache, dass du ihren Stundenplan auswendig gelernt hast, schon ein wenig Angst einjagt. Fassen wir also zusammen: Du hast alles getan, um ihr nahezukommen. Es gibt nicht viele Menschen, die bereit wären, sich auf diese Weise einer Situation auszusetzen. Wie oft gehen Menschen an der Liebe ihres Lebens vorüber, weil sie sich zu sehr davor fürchten, zurückgewiesen zu werden? Du hingegen hast es gewagt, dieses Risiko einzugehen. Darauf solltest du stolz sein. Und wenn sie nichts von dir wissen wollte, dann ist sie diejenige, die etwas verpasst hat.«

»Ach was! Nichts als Lügen!« Alex schlug zornig mit der flachen Hand auf das Lenkrad. »Nichts als leere Worte, vollkommen hohl, nur um einem vorzugaukeln, dass morgen alles wieder gut ist. Bei mir war am nächsten Morgen rein gar nichts wieder gut und auch nicht am übernächsten Morgen. Ich bin in eine Depression gefallen, wie man von einem Felsen in die Tiefe stürzt. Ein schwarzer Gedanke folgt bei mir auf den anderen. Eine schlaflose Nacht jagt die nächste. Und tagsüber beherrscht mich eine Antriebslosigkeit, die ich nicht abschütteln kann. Das alles habe ich nun davon, dass ich gewagt habe, ein Risiko einzugehen.«

Maxine schämte sich ein wenig, dass sie so klischeehafte Aussagen bemüht hatte. Andererseits dachte sie wirklich so. Doch wie sollte sie ihm das begreiflich machen?

Sie suchte noch nach den richtigen Worten, als Alex plötzlich auffuhr:

»Und wissen Sie, was mich am meisten aufregt? Am meisten regt mich auf, dass ich mich selbst kaum wiedererkenne. Ich bin eigentlich kein solches Wrack mit wächserner Hautfarbe.«

Mit einer raschen Handbewegung wischte er eine leise Träne beiseite, die sich in einen Augenwinkel geschlichen hatte. Einen Moment lang sah er auf seine von der salzigen Flüssigkeit benetzte Fingerspitze. Er schämte sich zu weinen. Er weinte nie. Schon gar nicht in der Öffentlichkeit. Aber das war jetzt auch egal! Er hatte nichts mehr zu verlieren, schließlich hatte er Maxine seine Geschichte ja schon größtenteils erzählt. Da konnte er genauso gut alles offenbaren.

»Ich fühle mich schuldig, dass ich ›wegen eines Mädchens‹, wie man so schön sagt, so tief gefallen bin. Man hat mir keinen Arm abgetrennt, und doch verspüre ich unaufhörlich heftige Schmerzen. So wie die Phantomschmerzen in einem nicht mehr vorhandenen Körperteil, nur sind es bei mir Phantomschmerzen wegen einer nie gelebten Liebe.«

»Ich weiß, dass dein Schmerz absolut real ist, aber ob er des-

wegen gleich mit einer Amputation verglichen werden muss …
Da sollte man doch Vernunft herrschen lassen.«

»Walten lassen.«

»Was meinst du denn damit?«

»Die Redewendung. Es heißt ›Vernunft walten lassen‹, nicht
›Vernunft herrschen lassen‹.«

»Na und? Das habe ich doch gesagt.«

»Nein, Sie haben ›herrschen lassen‹ gesagt. Das weiß ich
ganz sicher, schließlich habe ich Ihnen zugehört.«

»Und ich weiß ganz sicher, was ich gesagt habe. Aber zurück
zum Wesentlichen: zu deinem Kummer.«

Alex beschlich allmählich der Gedanke, dass diese alte
Dame ein Problem mit Redewendungen und anderen adverbi-
alen Ausdrücken haben könnte. Aber das konnte ihm schließlich egal sein.

»Auf meinem Herzen und meinem Brustkorb lastet ein ton-
nenschwerer Stein, der mir das Atmen schwer macht.«

»Dann atme doch tiefer ein und aus!«

»Wie bitte?«

»Du hast mich schon verstanden. Wenn dieser Stein so fest-
sitzt, dann musst du ihn eben lösen. Oder zumindest verschie-
ben.«

»Das sagt sich so leicht.«

»Ich sage nicht, dass du diese Enttäuschung vergessen
musst. Das geht nicht. Aber entscheidend ist, dass es dir gelingt, damit umzugehen. Du musst deinem Gehirn etwas vormachen.«

»Meinem Gehirn etwas vormachen? Wie denn? Ich weiß ja
nicht, wie gut Ihre Anatomiekenntnisse sind, aber das Gehirn
ist das Befehlszentrum unseres ganzen Körpers, das Haupt-
quartier gewissermaßen. Deshalb halte ich es für ausgeschlos-
sen, es täuschen zu können.«

»Danke für diese Erläuterung zur Anatomie, Doktor Bibber. Ich weiß ungefähr, wo das Gehirn sitzt. Du kannst dir aber gerade die Tatsache zunutze machen, dass das Gehirn die treibende Kraft deines Körpers ist, wenn er gesunden will. Es muss dir lediglich gelingen, dich davon zu überzeugen, dass du es schaffen wirst.«

»Und ich nehme an, Sie kennen auch eine geeignete Methode, um Gehirnen etwas vorzumachen …«

»Vor allem ist Selbstbeherrschung vonnöten. Aber das Ganze ist der Sorge wert.«

»Der Mühe. Das Ganze ist der Mühe wert.«

»Willst du jetzt wirklich immer wiederholen, was ich gesagt habe? Unterbrich mich nicht, wenn ich gerade etwas Interessantes sage … und auch nicht, wenn ich etwas Uninteressantes sage, das ist unhöflich.«

Maxine sah Alex mit großen Augen an, und dieser hatte plötzlich den Eindruck, als hätte ihm seine Lehrerin aus der Grundschule eine Rüge erteilt. Es fehlte nicht mehr viel, und er würde in der Ecke stehen müssen.

Maxines Laune schien sich wieder aufzuhellen, nachdem sie ein leichtes Erschrecken in den Gesichtszügen ihres Fahrers bemerkt hatte. Nun, da sie sich seiner ungeteilten Aufmerksamkeit sicher war, konnte sie mit ihrer Lektion fortfahren:

»Du musst jede Form der Negation aus deinen Überlegungen streichen. Du darfst dir nicht sagen ›Ich fühle mich nicht gut‹, sondern ›Es wird sicher gleich besser gehen‹. Dein Gehirn muss auf das Positive ausgerichtet sein. Es schickt schließlich Glücks- oder Stresshormone in deinen ganzen Körper. Wenn du es mit negativem Stoff versorgst, versorgt es dich mit Stress.«

»Ach, so einfach ist das? Sagen Sie bloß, Sie haben ein Rezept fürs Glücklichsein in der Tasche. Bei einer so revolutionären Entdeckung müssten Sie ja Milliardärin sein«, fuhr Alex ihr sarkastisch ins Wort.

»Was ich dir rate, ist weitaus schwieriger, als du es mit deinem schlichten Gemüt zu glauben scheinst. Es ist eine echte Herausforderung, das eigene Denken zu kontrollieren. Aber du machst mich mürbe, ich habe den Eindruck, Perlen vor die Schafe zu werfen.«

Alex wagte keine erneute Richtigstellung. Er hatte keine Lust, sich schon wieder den strengen Blick seiner Lehrmeisterin einzufangen.

»Woher wissen Sie das alles?«

»Ich habe *Depressionen für Dummies* gelesen.«

»Ehrlich?«

»Natürlich nicht. Mein Ehemann war Psychiater.«

Maxine sah zum Fenster hinaus. Alex begriff, dass er zu diesem Thema keine weiteren Fragen stellen sollte. Die Verwendung der Vergangenheitsform ließ keinen Zweifel.

Es herrschte Schweigen im Auto, jeder dachte über das nach, was der andere gesagt hatte. Während er seinen Blick starr auf die Straße gerichtet hielt, tauchte sie in die draußen vorüberziehende ländliche Gegend ein.

Alex nutzte die Stille für eine Analyse all dessen, was geschehen war, seit eine alte Dame mit violettem Haar auf dem Beifahrersitz Platz genommen hatte. Im Grunde hatte er seinen Kummer noch nie zuvor mit irgendeinem Menschen geteilt. Er hatte zu große Scham empfunden, um mit seinen Freunden oder seinen Eltern darüber zu sprechen. Allerdings schien der große Stein auf seinem Herzen nicht mehr ganz so schwer zu sein, seit er darüber gesprochen hatte. Zweifellos nur ein kleines bisschen weniger schwer, aber immerhin.

»Wissen Sie, ich habe Ihnen in zehn Minuten mehr erzählt als meinem Psychiater in zehn Sitzungen.«

»Was lehrt uns das?«

»Dass Psychiater zu nichts nutze sind?«

»Nein. Psychiater sind schon nützlich, wenn man ihnen die

richtigen Informationen liefert, was du, wie ich stark annehme, nicht getan hast ...«

»Was dann?«

»Dass ich mich dafür bezahlen lassen sollte!«

6

Das Auto war nun recht zügig auf der Autobahn unterwegs. Die Landschaft flog vorüber, und die Namen der unterschiedlichen Raststätten, die aufeinander folgten, waren einer kurioser als der andere.

Maxine hatte es sich mittlerweile bequem gemacht. Sie hatte ihre Strickjacke aufgeknöpft und die anfangs streng übereinandergeschlagenen Beine locker von sich gestreckt. Sie ließ ihren Kopf an die Rücklehne sinken und entspannte sich allmählich. Dieser junge Mann gefiel ihr. Er war ein empfindsames Wesen, seine Nerven lagen blank, aber sie ahnte, dass sie – gelänge es ihr erst einmal, ihn zu besänftigen – unter dieser harten Schale einen wahren Schatz finden würde.

Ein rascher Blick hinüber offenbarte ihr, dass Alex sich ganz in seine eigene Welt zurückgezogen hatte. Dachte er gerade über all das nach, was er ihr anvertraut hatte? War sie zu weit gegangen? War sie zu schulmeisterlich gewesen? Die alten Verhaltensmuster aus ihrer Zeit als Lehrerin hatten die Oberhand gewonnen. Sie verstand sich darauf, ein Potenzial zu erkennen. Zudem hatte sie sich in den vielen Jahren ihrer Berufstätigkeit einen Blick für gute Schüler angeeignet: Es waren nicht zwangsläufig die guten Noten, die sie ausmachten, auch wenn gute Ergebnisse natürlich immer von Vorteil waren, sondern es hatte damit zu tun, ob jemand wirklich etwas lernen wollte und bereit war, dafür Mittel und Wege zu finden.

Was diesem jungen Mann fehlte, war Vertrauen. Zunächst

einmal Selbstvertrauen, aber darüber hinaus auch Vertrauen zu anderen, Vertrauen in das Leben, Vertrauen in die Zukunft.

Und da sie selbst keine Zukunft mehr vor sich hatte, zumindest keine, die über Brüssel hinausreichte, würde sie nun die wenige Zeit, die ihr blieb, darauf verwenden, Alex zu helfen. Das Schicksal schlug manchmal doch wirklich lustige Kapriolen: Es schickte einem einen Menschen über den Weg, den es zu retten galt, während man selbst ein hoffnungsloser Fall war. Ein letzter Streich, bevor die Lichter endgültig ausgingen.

Sie würde es sich hier und jetzt zur Mission machen, ihm wieder Lebensfreude und Vertrauen in seine Zukunft zu vermitteln. In ihrem Kopf formte sich eine Idee.

»Oh! Ich weiß, was wir machen. Halte doch bitte am nächsten Rastplatz an.«

»Jetzt schon? Wir sind doch gerade erst losgefahren.«

Sie wollte ihm keinesfalls offenbaren, was sie mit diesem Halt bezweckte, da er sonst Angst bekommen hätte. Also gab sie vor:

»Du weißt doch, wir Alten haben eine empfindliche Blase.«

»Muss es denn unbedingt jetzt schon sein? Wenn das so weitergeht, kommen wir ja nie an.«

Sie warf ihm einen vernichtenden Blick zu.

»Doch, sicher. Ich muss in meiner Tasche irgendwo eine leere Wasserflasche haben. Die könnte ich benutzen. Es wird schon nicht allzu viel danebengehen, wenn du schön langsam fährst.«

Sie schickte sich an, in ihrer Tasche zu kramen. Alex setzte eine angewiderte Miene auf.

»Warten Sie! Wenn ich es recht bedenke, bin ich etwas müde. Ein kleiner Kaffee wird mir guttun. Noch zehn Kilometer, dann kommt die nächste Raststätte. Da halten wir an.«

»Wie du meinst«, antwortete Maxine und gönnte sich das Vergnügen, einen möglichst gleichgültigen Tonfall anzuschlagen.

Alex spürte sehr wohl, dass er sich gerade hatte manipulieren lassen. Misstrauisch musterte er die alte Dame aus den Augenwinkeln, aber sie wirkte ganz unschuldig, die Hände ruhten sittsam auf ihrer Tasche. In diesem Mütterchen steckte wahrlich etwas von Doktor Jekyll und Mister Hyde. Einerseits sah sie aus wie eine freundliche und harmlose alte Dame, andererseits bekam sie offenbar alles was sie wollte, und brachte ihr Gegenüber mühelos dazu, das Gegenteil von dem zu tun, was er eigentlich vorgehabt hatte.

Er setzte den Blinker und ordnete sich auf der Abbiegespur ein.

»Da, ein freier Platz!«, schrie Maxine und gestikulierte wild.

»Habe ich auch schon gesehen. Ich bin ja nicht blind. Sie brauchen nicht so ein Spektakel zu veranstalten, da kriegt man ja einen Herzanfall.«

»Kein Problem, ich habe einen Erste-Hilfe-Schein.«

»Das beruhigt mich ungemein.«

Bevor sie ihm noch vorschlagen konnte auszusteigen, um ihm – ganz wie eine Polizistin im Faltenrock – beim Einparken behilflich zu sein, drückte Alex ein wenig aufs Gas, stieß in die Lücke und drehte den Motor aus.

Zu seinem großen Erstaunen machte Maxine keinerlei Anstalten auszusteigen. Sie sah ihn seltsam unverwandt an.

»Wollen Sie nicht reingehen?«, fragte er sie.

»Warum denn?«

»Um, äh … Wollten Sie sich nicht frisch machen?«

»Ich bin auch so frisch genug, danke.«

»Auf die Toilette gehen, meine ich.«

»Ach so! Warum sagst du das dann nicht klar und deutlich?«

»Ich wollte dezent sein.«

Maxine sah ihn gerührt an.

»Das ist ja süß von dir! Aber weißt du, bei mir ist es am besten, wenn man ganz direkt ist und immer mit der Wahrheit rausrückt. Ich bin für klare Ansagen. Im Allgemeinen verstehe ich Andeutungen nicht sonderlich gut. In dieser Hinsicht bin ich, glaube ich, etwas unterbelichtet.«

Alex kam sich lächerlich vor. Selbst bei einer alten Dame schaffte er es, ins Fettnäpfchen zu treten.

Sie blieb immer noch sitzen und hörte nicht auf, ihn zu mustern.

»Sie haben mir vorhin gesagt, dass Sie auf die Toilette gehen müssten.«

»Ach das! Da habe ich dich angelogen.«

»Na, bravo! So viel dazu, dass man immer direkt mit der Wahrheit rausrücken soll, wie Sie vor ungefähr dreißig Sekunden gefordert haben«, kommentierte er mit einem Blick auf seine Armbanduhr.

»Lügen ist vielleicht auch ein zu großes Wort. Sagen wir lieber, ich habe dir nicht die Wahrheit gesagt.«

»Das läuft aufs Gleiche hinaus.«

»Wirst du vom Wörterbuch der Synonyme gesponsert, oder was? Lass es mich erklären. Ich habe die Lösung für dein Problem.«

»Sagen Sie bloß, Sie kennen ein Rezept für einen Liebestrank?«

Maxine verspürte einen Anflug von Besorgnis, als sie in Alex' Augen einen leisen Hoffnungsschimmer aufkeimen sah.

»Leider nein, Jungchen«, sagte sie und strich ihm liebevoll über die Wange. »Ich verbessere mich: Ich habe einen Lösungsansatz, der vielleicht bewirkt, dass du dich besser fühlst.«

»Etwa wieder eine Geschichte, in der Hormone und das Gehirn eine Rolle spielen?«

»Nein, aber vielen Dank für die Begeisterung.«

Sein Blick verfinsterte sich.

»Ich schlage dir vor, dich auf eine kleine Übung einzulassen. Eine Übung, bei der es um Vertrauen geht.«

Sie strahlte ihn über beide Ohren an. Alex hätte nicht zu sagen vermocht, ob dieses Strahlen Ausdruck von Vorfreude oder von Selbstzufriedenheit war. Als sie dann auch noch begann, frenetisch in die Hände zu klatschen, musste er unverzüglich an einen Seelöwen denken, der mit seinen Flossen applaudierte. Offenbar war sie sehr stolz auf ihren Einfall.

Er brachte es nicht übers Herz, Nein zu sagen. Außerdem hatte er das dumpfe Gefühl, dass eine Weigerung seinerseits zu einem Streitgespräch führen würde, das weitaus mehr Zeit in Anspruch nehmen würde als die angekündigte kleine Übung.

»Hmm … Ich ahne zwar, dass ich meine Frage bedauern werde, aber: Worin besteht denn Ihre ›Übung, bei der es um Vertrauen geht‹?«

Er untermalte seine Frage mit einer Geste, die Anführungszeichen nachahmte.

»Du wirst fallen.«

»Ihr genialer Lösungsansatz besteht also darin, dass ich mir den Schädel aufschlage?«

Sie hob den Blick zum Himmel.

»Du stellst dich mit dem Rücken zu mir, und dann lässt du dich nach hinten fallen, bis ich dich auffange. Das wird dich lehren, Vertrauen in andere Menschen zu haben. Vertrauen ist der Ausgangspunkt, die Grundlage, auf der du all deine sozialen Beziehungen aufbauen wirst – seien es freundschaftliche, berufliche oder Liebesbeziehungen. Eine Beziehung ohne Vertrauen ist wie ein Baguette ohne Salz – sie ist fade.«

Alex war mehr als skeptisch. Er konnte sich beim besten Willen nicht vorstellen, wie ihm diese Übung helfen sollte. Er wollte einfach nur wieder losfahren, um so schnell wie möglich am festgelegten Ziel anzukommen. Zwar hegte er keinerlei Zweifel an den guten Absichten dieser alten Frau, aber sie war vor allem eines, nämlich anstrengend. Außerdem zweifelte er allmählich an ihrer geistigen Verfassung. Ein dringendes Bedürfnis vorzugeben, um ihn zu dieser dummen Übung zu verdonnern – ernsthaft? Sie musste vollkommen übergeschnappt sein.

Und er musste wohl genauso übergeschnappt sein, denn schließlich hatte er sich darauf eingelassen. Schicksalsergeben suchte er nach einem möglichst abgelegenen Plätzchen, das einigermaßen geschützt war vor den Blicken der koffeinlechzenden Autofahrer. Am äußersten Ende des Rastplatzes fand sich eine kleine Rasenfläche. Maxine stellte sich breitbeinig auf und ging dann leicht in die Knie, um sich in eine gute Stellung zu bringen. Sie sah beinahe wie eine Judoka aus, die sich in der nächsten Sekunde auf ihren Gegner stürzen wird – oder doch eher wie ein Hund, der unter Verstopfung leidet? In jedem Fall legte sie eine solche Ernsthaftigkeit an den Tag, dass Alex sich unter anderen Bedingungen das Lachen nicht hätte verkneifen können.

»Alles klar, ich bin bereit. Du kannst dich jetzt mir gegenüber hinstellen, und zwar mit dem Rücken zu mir.«

Mit großem Widerwillen und schlurfendem Schritt nahm Alex seine Position ein und kehrte Maxine den Rücken zu.

»Und jetzt soll ich mich also nach hinten werfen?«

»Nicht nach hinten werfen, schließlich bist du nicht der Orca Willy, der mit einem riesigen Satz über ein ganzes Felsmassiv springt. Lass dich einfach nur fallen.«

»Sie fangen mich aber auf, versprochen?«

»Versprochen.«

Alex schloss die Augen und presste die Kiefer aufeinander. Er trat von einem Fuß auf den anderen, als wolle er das Terrain noch einmal gründlich sondieren, dann gab er sich einen Ruck und ließ sich nach hinten sinken.

Er fiel.

Auf den Boden.

Klatschte mit einem dumpfen Geräusch auf die Erde.

»Autsch! Sie haben mich kein bisschen aufgefangen!«, schimpfte er und sah Maxine aufgebracht an.

»Es tut mir leid. Du warst zu schnell. Mir blieb keine Zeit, dich festzuhalten. Du hast so herumgezappelt, dass ich mich nicht konzentrieren konnte.«

»Da sehen Sie, wie recht ich hatte! Man kann einfach niemandem vertrauen!«

»Nein, damit liegst du vollkommen falsch. Das Einzige, was man daraus lernen kann, ist, dass ein alter Mensch nicht die gleichen Reflexe hat wie ein junger. Die Moral von der Geschichte lautet also höchstens: Bevor du dich auf so etwas einlässt, solltest du überprüfen, wie weit die Arthrose deines Gegenübers bereits fortgeschritten ist.«

7

Nach der gescheiterten Vertrauensübung stand es mit der Stimmung im Auto nicht zum Besten. Sie hatten ihre Fahrt wieder aufgenommen, schwiegen aber beide vor sich hin.

Maxine haderte mit sich, weil ihr großartiger Lösungsvorschlag sich als Desaster erwiesen hatte. Sie hatte ihre Kräfte überschätzt – sie hätte es niemals geschafft, ihn rechtzeitig aufzufangen. Ihre Moral und ihr Stolz hatten ganz schön eins aufs Dach bekommen.

Normalerweise stellte sie sich geschickter an im Umgang mit ihren Mitmenschen. Das war immer so gewesen in ihrem Leben. In der Regel gelang es ihr, sich schnell und präzise eine Meinung über die Menschen in ihrer Umgebung zu bilden. Diese Fähigkeit hatte sich auch ihren Schülern gegenüber als äußerst nützlich erwiesen. Dieser Alex jedoch blieb ihr ein Rätsel. Er hatte sich auf die Übung eingelassen, obwohl er sicher gewesen war, dass das Ganze ein schlechtes Ende nehmen würde – beinahe so, als hätte er sich gewünscht, dass es schlecht ausging. Seine Depression war schwerer, als sie gedacht hatte. Sie würde ihre Bemühungen fortsetzen und sich etwas Besseres einfallen lassen müssen.

Er hatte ihr Vertrauen entgegengebracht, als er ihr seine Geschichte erzählt und sich auf ihr Spiel eingelassen hatte. Und sie würde es ihm gleichtun müssen.

Noch immer empört von der Tatsache, dass er sich auf diese lächerliche Farce eingelassen hatte, hüllte Alex sich in Schweigen. Wieder einmal war er am Ende der Dumme gewesen. Es war doch wirklich verrückt, in welchem Maß das Schicksal sich gegen ihn verschworen hatte. Selbst bei einer einfachen Autofahrt musste es so kommen, dass er die verrückteste aller alten Damen auflas. Er war schon so weit, dem Kettenraucher mit seiner Ratte nachzutrauern.

Um solche Gedanken aus seinem Kopf zu verbannen, beschloss er, das Radio einzuschalten. Als er auf den Knopf drückte, schlug ihm zunächst ein sehr schriller Ton entgegen, gefolgt von so tiefen Bässen, dass sein Herz erbebte. Er befürchtete, dass eine derartige Beschallung bei Maxine am Ende einen Herzanfall auslösen könnte. Bei seinem Glück würde man ihm am Ende noch einen Mord anhängen. Mord durch Autoradio, mal etwas ganz Neues.

»Entschuldigung. Ich wollte nur ein bisschen Musik laufen lassen. Ich schalte es wieder aus.«

»Nein«, erwiderte Maxine und legte ihre Hand sacht auf seinen Arm. »Lass nur.«

»Dann suche ich etwas Ruhigeres. Ich nehme an, Sie bevorzugen den Klassiksender …«

»Nun, da liegst du vollkommen falsch. Was sind denn das für Vorurteile? Glaubst du etwa, nur weil ich alt bin, schlage ich meine Zeit abwechselnd mit dem Klassiksender und der Seifenoper *Schatten der Leidenschaft* tot?«

»Tut mir leid. Ich wollte Sie nicht beleidigen«, erwiderte Alex verlegen. »Sie mögen also *Radio Klassik* nicht?«

»Doch, natürlich, ich liebe *Radio Klassik*!«

»Aber Sie haben doch gerade das Gegenteil behauptet.«

»Keineswegs. Ich sagte lediglich, dass es klischeehaft, ja geradezu diskriminierend ist, allein aufgrund meines Alters davon auszugehen, dass ich diesen Sender mag.«

»Ach, wirklich? Und was ist mit *Schatten der Leidenschaft*?«

»…«

Alex war stolz darauf, endlich einen Punkt erzielt zu haben in ihrem rhetorischen Lanzenstechen. Voller Schadenfreude registrierte er, dass er sie in Verlegenheit gebracht hatte.

»Dazu möchte ich lieber nichts sagen, das ist mein kleines Geheimnis.«

Er hob eine Augenbraue und setzte einen zweifelnden Gesichtsausdruck auf, aber dann sagte er sich, dass ein Sieg schon genug sei. Außerdem war es schließlich kein Verbrechen, für *Schatten der Leidenschaft* zu schwärmen.

»Welche Musikrichtung möchten Sie denn hören? Schwebt Ihnen ein bestimmter Sender vor?«

»Stell einfach *Fun Radio* ein, da spielen sie immer die aktuellen Charts. Ich mag es gern rhythmisch. Vielleicht könnten wir auch die Lautstärke noch ein bisschen weiter aufdrehen.«

Ein gewinnendes Lächeln erhellte ihre Züge, während sie bereits mit dem Kopf wippte.

»Kommt nicht infrage!«, erwiderte Alex aufgebracht. »Ich hasse diese Art Musik.«

»Aber warum denn? Das ist allerdings komisch.«

»Wie Sie vielleicht schon bemerkt haben, gehöre ich eher nicht zu den komischen Typen.«

»Ja, ja, depressiv mit allem Pipapo. Ich hab's kapiert. Dabei täte es dir ganz gut, wenn du dich mal ein bisschen lockermachen würdest.«

Sie vollführte ein paar kleine Armschwünge im Stil eines John Travolta in *Saturday Night Fever*. Alex beobachtete sie einen Augenblick, dann gewann die Ernsthaftigkeit wieder Oberhand. Sein Blick verschleierte sich, als er traurig gestand:

»Sie kennen doch sicher diese Leute, über die man sich auf einem Konzert lustig macht. Ich meine diejenigen, die mitsingen, tanzen oder wie verrückt Beifall klatschen. Manchmal wäre ich gern für ein paar Minuten an ihrer Stelle, würde gern den gegenwärtigen Augenblick so genießen wie sie. Aber ich bin immer nur damit beschäftigt, die anderen mit skeptischem Blick dabei zu beobachten, wie sie in vollen Zügen ihren Spaß haben. Ich beneide sie, denn ich bin dazu nicht in der Lage.«

»Du hast eben kein besonderes Talent, glücklich zu sein.«

»Vielen Dank, das habe ich auch schon gemerkt.«

»Ich meine damit, dass du *von Natur aus* nicht besonders talentiert bist im Glücklichsein. Manche Menschen kommen mit dieser Gabe auf die Welt, und andere, weniger begünstigte, müssen sich die Fähigkeit, in Verzückung zu geraten oder sich auszuleben, erst aneignen. Aber jetzt die gute Neuigkeit: Das ist möglich, auch du kannst das lernen. Vielleicht nicht jetzt im Moment, denn du steckst gerade zu sehr in deiner Depression fest, um schöne Dinge um dich herum wahrzunehmen, aber später schon, wenn etwas Zeit vergangen ist und du wieder etwas klarer siehst.«

»Wo haben Sie das denn wieder her? Stammt es etwa auch aus *Depressionen für Dummies*?«

Statt einer Antwort streckte Maxine nur die Zunge heraus. Dieses kindische Verhalten, gepaart mit dem schalkhaften Funkeln in ihrem Blick, verlieh ihr das Aussehen eines jungen Mädchens, das sich diebisch darüber freut, die Schule zu schwänzen. Sie sahen einander an und mussten beide lachen. Das tat gut. Weder sie noch er erinnerten sich daran, wann sie zum letzten Mal gelacht hatten. Bei Alex war das wohl seit seiner Depression nicht mehr vorgekommen, bei Maxine seit ihrem Einzug ins Altenheim. Dabei tat es doch so ungeheuer gut! Es war, als hätte sich eine Mini-Explosion tief in ihren Herzen ereignet, als flutete eine Wärme ihre Körper, die ihr ganzes Wesen zum Strahlen brachte – dabei hatten sie zuvor nicht einmal bemerkt, dass ihnen kalt war.

Alex war nun so weit, Maxine einen Gedanken anzuvertrauen, der ihm schon öfter zwischen zwei Angstkrisen in den Kopf gekommen war.

»Es gibt Tage, an denen ich wieder ein Kind sein möchte. Ich möchte das Recht haben, mich zusammenzurollen und einfach nur zu weinen. Und dann möchte ich, dass jemand da ist, der mich tröstet und in die Arme nimmt.«

»Wenn du alt bist, dann ist es beinahe so, als wärest du wieder ein Kind. Nur rollst du dich nicht mehr zusammen und weinst, sondern dein Körper wird steif, und du sabberst. Und diejenigen, die anrücken, um dich zu trösten, haben Kittel an und Entmündigungspapiere in der Hand. Wenn du alt bist, wird dir dein eigenes Leben fortgenommen. Dein Körper gehorcht dir nicht mehr, und jeder denkt, dass er besser als du selbst weiß, was gut für dich ist. Bei einem Baby ist klar, dass ein solcher Zustand nicht andauern wird, aber bei einem alten Menschen gibt es keine Aussicht mehr auf etwas anderes, bevor dann das tatsächliche Ende kommt. Man sagt dir, wo du zu leben hast, weil du offenbar nicht mehr in der Lage bist, allein zu leben, obwohl du das doch seit mehr als siebzig Jahren getan hast. Man sagt dir, was du zu essen hast, weil du auch das offenbar nicht mehr weißt. Und all das nicht etwa, weil du plötzlich deinen Verstand verloren hast, sondern nur, weil du alt geworden bist. Aber natürlich ist alles ›nur zu deinem Besten‹. Alt sein – das ist, als sei man ein Baby, das für debil gehalten wird.«

Maxine war durch ihre Tirade ganz außer Atem. Und auch erstaunt. Sie hatte sich lauthals eine Wut vom Leib geredet, die sie so tief in ihrem Innern verschlossen hatte, dass sie glaubte, sie nicht mehr zu spüren. Ja, sie war wütend, auf das Altenheim, auf ihren Ehemann, auf die Krankheit, auf das Leben und auf den Tod.

Ihre Augen wurden feucht.

»Meine Güte, Sie sind wirklich nicht gerade gut darin, andere aufzumuntern, das muss man schon sagen!«

Maxine blickte zu Alex hinüber, und ihre Züge entspannten sich. Ein helles Lachen gewann Oberhand über eine Träne, die sich dreist über den Lidrand hinausgewagt hatte.

8

Letztendlich hatten sie sich auf den Sender *Radio Nostalgie* geeinigt: schwungvoll genug für Maxine, aber ruhig genug für Alex; modern genug für Maxine, aber vintage genug für Alex.

Die mitreißende Stimme von Aretha Franklin erfüllte das Autoinnere mit ihren warmen *soul vibes*. Die Blechbläser beschallten den Twingo über die dürftigen Lautsprecher des billigen Autoradios.

RESPECT, forderte Aretha lauthals. Maxine wippte mit dem Kopf im Takt der Musik und fühlte sich wieder jung. Sie sah vor sich, wie sie als ganz junge Frau zu ebendiesem Lied in der Küche herumtanzte, während sie das Abendessen für sich und ihren Ehemann vorbereitete. Als er nach Hause kam, fasste er sie um die Taille, und sie tanzten gemeinsam. Er wirbelte sie im Kreis herum, und sie hatte das Gefühl, dass es nur sie beide auf Erden gäbe und kein größeres Glück möglich sei. Und sie hatte recht gehabt. Sie waren so schön, so stark, so voller Lebensdrang und Hoffnung gewesen, dass sie jetzt hier im Auto mit einem Mal spürte, wie ihr Magen sich so heftig verkrampfte, dass es schmerzte.

Da zog sie es vor, rasch zu Alex hinüberzublicken. Sie rechnete damit, sich erneut mit diesem zwischen Konzentriertheit und Weltuntergangsstimmung schwankenden Gesichtsausdruck konfrontiert zu sehen, den er die meiste Zeit aufsetzte, stellte aber überrascht fest, dass sein Gesicht sich vollkommen verwandelt hatte. Er strahlte. Sein Mund öffnete und schloss sich in einem bestimmten Rhythmus, den sie schließlich mit den Worten des Liedes in Zusammenhang brachte. Seine Hände trommelten sanft auf das Lenkrad, und sein vorher kerzengerade aufgerichteter Kopf hatte seine Steifheit verloren und wiegte sich nun in weichen Bewegungen von links nach rechts. Diese Veränderung verblüffte sie.

»Du kennst ja den ganzen Text!«

Alex verkrampfte sich auf der Stelle, sein Kopf hörte auf zu schwingen, seine Hände klopften nicht mehr den Takt am Lenkrad.

»Äh, ich mag dieses Lied gern.«

Er wirkte wie ein bei einer Dummheit ertappter Junge.

»So gern, dass du es auswendig kennst! Dabei warst du ja noch nicht einmal geboren, als es geschrieben wurde.«

»Na und?«

»Müsstest du nicht eher David Guetta oder Justin Timberlake hören?«

»Ich halte mich lieber an Otis Redding und Frank Sinatra.«

»Du hast wirklich den Geschmack von alten Leuten! Jacky Potier und du, ihr hättet wie Topf und Deckel zusammengepasst.«

»Wer ist Jacky Potier?«

»Mein ehemaliger Zimmernachbar im Altenheim. Verstorben.«

»Das tut mir leid.«

»Oh, das macht nichts. Weißt du, in meinem Alter kennt man irgendwann mehr Tote als Lebende.«

Sie zuckte mit den Schultern.

»Das ist der Kreislauf des Lebens. Auch mit Joséphine Lamothe hättest du dich gut verstanden. Sehr nettes Mädchen, diese Joséphine. Aber ach – sie ist leider auch verstorben.«

»Nun, es freut mich außerordentlich zu erfahren, dass ich mich mit so vielen von uns gegangenen Menschen verstanden hätte.«

»Ich glaube tatsächlich, dass du dich mit deinem Musikgeschmack im Altenheim ziemlich beliebt machen würdest.«

Sie warf ihm ein verschmitztes Lächeln zu, sodass sich die Falten um ihre Augen herum etwas tiefer eingruben und deren smaragdgrüne Farbe betonten.

»Weißt du, ich dachte, ich würde mich auf dieser Fahrt zu Tode langweilen – neben einer Alexandra mit fettigen Haaren, die mir von irgendwelchen angestaubten Büchern erzählt …«

»Alexandra? Für den Fall, dass Sie es noch nicht bemerkt haben, ich bin ein männliches Wesen.«

»Danke, das ist mir mittlerweile auch klar. Warum hast du in deinem Profil bei der Mitfahrzentrale eigentlich nicht vermerkt, dass du Musik magst?«

»Ich habe mich nicht getraut anzugeben, dass ich alte amerikanische Soulmusik höre – ich dachte, damit vergraule ich mögliche Mitfahrer.«

»Glaubst du im Ernst, dass dein Profil überhaupt Leute dazu bewegt, eine Fahrt mit dir anzutreten? Du warst der Einzige, deshalb ist meine Wahl auf dich gefallen. Was ist denn das für eine verrückte Idee anzugeben, dass du Reisen, Literatur und ich weiß nicht was sonst noch magst?«

»Museen. Ich dachte, dass sich so die Chancen erhöhen würden, einen ruhigen Mitfahrer zu finden.«

»Das ist dir ja gelungen! Du hast Glück gehabt, dass du auf mich gestoßen bist. Wegen dieser Beschreibung und deinem Vornamen habe ich geglaubt, du seist eine Frau!«

»Na toll …«

»Entschuldige mal, aber Museen und Literatur zählen im Allgemeinen nicht zu den bevorzugten Freizeitbeschäftigungen von jungen Männern.«

»Sie meinen also, nur weil ich ein ›junger Mann‹ bin, muss ich auch ein ungebildeter Analphabet sein? Na bravo, ganz schöne Klischees, die Sie mir da auftischen. Außerdem, wie sieht es denn bei Ihnen aus? Sie wollen mir doch nicht erzählen, dass Sie sich tatsächlich für Technik, Whisky und die Tour de France interessieren. Denn ob Sie's glauben oder nicht, auch ich habe damit gerechnet, eine Person anderen Geschlechts anzutreffen. Ich dachte, Sie seien ein Mann: Max.«

»Meine Freunde nennen mich Max.«

Ihr Tonfall klang defensiver, als sie es beabsichtigt hatte. Bedächtig fuhr sie fort:

»Du hast recht. Ich habe die Wahrheit ein wenig abgeändert.«

»Also gelogen.«

Sie wedelte mit der Hand, als wollte sie eine Fliege verscheuchen.

»Ich interessiere mich eigentlich nicht für Technik. Das habe ich nur angegeben, um mir Triebtäter vom Leib zu halten.«

Alex traute seinen Ohren nicht.

»Triebtäter?«

»Ja. Ich habe im Fernsehen eine Reportage von Bernard de La Villardière zu diesem Thema gesehen. Die kam gleich nach der über Prostitution und Drogenhandel im Lubéron. Oder war es die über Lille als Drehscheibe des illegalen Weiterverkaufs von gestrecktem Maroilles?«

Er blickte verblüfft zu ihr hinüber.

»Maroilles ist eine nordfranzösische Käsesorte«, fühlte sich Maxine genötigt zu erklären.

»Was haben denn Käse und Prostitution mit Ihrem Profil auf der Internetplattform zu tun?«

»Das ist doch offensichtlich. Diese Sendungen haben mich dazu gebracht, auf der Hut vor Psychopathen zu sein, die ebensolche Plattformen benutzen, um sich an junge Frauen heranzumachen. Ich wollte mein Leben schließlich nicht in einem Straßengraben aushauchen!«

»Und deshalb haben Sie Ihr Profil gefälscht ...«

»Immer so große Worte. Steig mal von deinem hohen Schloss herunter. Außerdem habe ich im Gegensatz zu dir nur bei einem einzigen Punkt gelogen.«

»Aber klar doch, die Tour de France mögen Sie natürlich wirklich.«

»Unbedingt.«

Er blickte kampfeslustig zu ihr hinüber. Offenbar glaubte er ihr nicht.

»Radsport also?«

»Ja, na und?«

»Ich dachte, dass sich für so etwas eher Männer begeistern.«

Jetzt stieg eine leichte Röte in Maxines von tausend kleinen Fältchen durchzogene Wangen.

»Deine Bemerkung ist sexistisch, und dieses ›so etwas‹ – wie du sagst – ist alles andere als eine Absonderlichkeit. Für dieses ›so etwas‹ kann sich jeder erwärmen. Ich kenne sehr viele Frauen, die die Tour de France lieben.«

»Ach, wirklich?«, fragte Alex mit skeptischem Gesichtsausdruck.

»Allerdings. Raymonde Lequeu zum Beispiel.«

Sie setzte ein zufriedenes Lächeln auf, das so viel besagen wollte wie »Jetzt hat es dir wohl die Sprache verschlagen, mein Lieber«.

Aber den fraglichen »Lieben« schien diese Auskunft in keinster Weise aus der Fassung zu bringen.

»Wer ist das?«

»Meine ehemalige Briefträgerin. Verstorben.«

»Also nicht überprüfbar.«

»Germaine Richier.«

»…«

»Eine Schulfreundin.«

»…«

»Verstorben.«

Er verdrehte die Augen.

»Georgette Debout.«

»Lassen Sie mich raten. Verstorben.«

Sie zuckte mit den Schultern und setzte ihre Unschuldsmiene auf:

»Ich kann nichts dafür.«

Alex dachte einen Augenblick nach.

»Also gut, okay. Wer hat die Tour de France im Jahr 1985 gewonnen?«

Maxine kniff die Augen zusammen und dachte scharf nach.

»Einfach. Bernard Hinault.«

»Mag stimmen. Allerdings könnten Sie mir sonst was erzählen, ich habe nämlich absolut keine Ahnung.«

Er seufzte und drehte die Lautstärke des Radios weiter auf. Maxine drehte sie auf der Stelle wieder zurück und drosselte damit den Gesang von Boney M.

»Wo wir jetzt ein wenig mehr übereinander wissen, könntest du mir doch verraten, warum du nach Brüssel fährst, oder?«

»Es gibt keinen besonderen Grund.«

Maxine spürte, dass er ihr nicht mehr offenbaren wollte, und zog es vor, nichts zu überstürzen.

Da Alex es nicht gewohnt war, etwas zu verbergen, empfand er eine leichte Verlegenheit. Aber er hatte dieser Frau jetzt schon so viel erzählt, obwohl sie selbst für ihn immer noch eine Unbekannte war, also fragte er zurück:

»Und was ist mit Ihnen, warum fahren Sie nach Brüssel? Wollen Sie jemanden besuchen? Haben Sie Familie dort?«

»Ich habe keine Familie mehr.«

Es stellte sich ein bedrücktes Schweigen ein. Ein Schweigen, in dem man den leisesten Hauch wahrgenommen hätte. Er hatte lediglich Konversation machen wollen, aber offenbar einen sensiblen Punkt berührt. Er musste etwas sagen, nur was?

»Das tut mir leid für Sie.«

»Das muss es nicht, du kannst ja nichts dafür.«

»Dann fahren Sie nach Brüssel, um die Stadt zu besichtigen? Sie sind also als Touristin unterwegs?«

Maxine bedachte den jungen Mann mit einem vielsagenden, eindringlichen Blick.

»Besser, du weißt nichts Genaueres.«

9

»Was soll das denn heißen, ›besser, du weißt nichts Genaueres‹?«

»Lass es dabei bewenden, das ist besser für dich.«

Alex sah sie, plötzlich misstrauisch geworden, aus dem Augenwinkel an. Ihm kam der Punkt ihrer Unterhaltung wieder in den Sinn, als er den Eindruck gehabt hatte, sie wolle ihm irgendwelche Drogen anbieten. Letztlich wusste er so gut wie nichts über sie. Er ging die wenigen Indizien durch, über die er verfügte:

1. Sie war aus einem Altenheim herausgekommen: Aber hieß das zwangsläufig, dass sie dort wohnte?

2. Sie fuhr nach Brüssel: Was hatte sie dort vor?

3. Sie hatte keine Familie: Behauptete sie zumindest.

4. Ihr Ehemann war Psychiater gewesen: Das musste er noch über Google nachprüfen.

5. Sie mochte Techno-Musik: verdächtig.

6. Sie sah viele, vielleicht zu viele Reportagen im Fernsehen an.

All diese Punkte offenbarten nichts wirklich Verwerfliches. Aber es war in jedem Fall besser, auf der Hut zu sein.

»Sie haben aber doch zumindest nichts Illegales vor, oder?«

Er hätte auf dem Formular der Mitfahrzentrale angeben sollen, dass er einen Mitfahrer ohne Vorstrafen wollte.

Zu allem Überfluss beschränkte sich die »Kriminelle« als Antwort auf ein rätselhaftes Schulterzucken.

»Sie sind doch nicht etwa auf der Flucht?«

Da hatte er den Salat! Er war an eine Calamity Jane im reinwollenen Cardigan geraten.

»Aber nein.«

Sie fegte seine Worte mit dem Handrücken fort.

»Drogenhandel. Na klar. Da bin ich ganz sicher. Ich habe eine Sendung darüber gesehen, Sie sind nämlich nicht die Einzige, die gerne Reportagen ansieht. Da wurde gezeigt, wie die Drogenbanden alte Leute zum Drogentransport benutzen. Die Zollbeamten werden nicht misstrauisch, und die Fracht passiert alle Stationen ebenso unbehelligt wie ein harmloser Brief.«

Er löste den Blick von der Straße, um sich Maxine zuzuwenden.

»Moment mal. Ich will nicht in Ihre Machenschaften verwickelt werden. Ich fahre einen Twingo, und zwar auf vernünftige und verantwortungsbewusste Art und Weise. Einer Verfolgungsjagd mit der Polizei wäre mein Auto niemals gewachsen. Außerdem bin ich nicht fürs Gefängnis gemacht. Dafür bin ich viel zu pingelig, und wenn ich mir vorstelle, dass eines Tages mein letztes Stück Toilettenseife aufgebraucht wäre … Nicht auszudenken, was dann geschehen würde! Nein, nein und noch mal nein, ich habe so schon genug Probleme …«

Die alte Dame legte ihre Hand auf Alex' Unterarm, um ihn zu beruhigen.

»Hör bitte auf mit diesen Hirngespinsten und pass auf, dass du keinen Unfall baust, in Ordnung? Ich habe keine Lust zu sterben. Jedenfalls nicht jetzt gleich und nicht auf diese Weise.«

Sie schwiegen einen Augenblick und sahen hinaus auf die Straße. Der Anblick der gleichmäßig auftauchenden und wieder verschwindenden weißen Mittelstreifen beruhigte sie schließlich wieder ein wenig.

»Also?«, hakte Alex noch einmal nach.

»Also was?«

»Werden Sie es mir jetzt sagen?«

»Dir was sagen?«

»Meine Güte, warum Sie nach Brüssel fahren natürlich! Es lässt mir irgendwie keine Ruhe, wenn ich es nicht weiß.«

»Ich habe dir doch schon erklärt, dass es besser ist, wenn du nichts darüber weißt. Glaub mir, es würde dich nur noch mehr beunruhigen.«

»Sie sind doch wohl keine Auftragskillerin?«

Er warf einen raschen Blick zu Maxine hinüber, bevor er sich besann:

»Nein, das ist schlicht lächerlich.«

»Und warum sollte das lächerlich sein?«, empörte sich die alte Dame.

»Weil ... äh ...«

Er vollführte eine vage Geste, die sich ebenso vage auf Maxines Gesamterscheinung bezog.

»Etwa, weil ich zu alt bin? Bedenke, dass es Agenten des KGB gibt, die weitaus älter sind als ich.«

»Sind Sie etwa vom KGB?«

Vor lauter Schreck vollführte er einen unkontrollierten Schlenker mit dem Auto, aber im nächsten Moment hatte er sich wieder im Griff und legte die Hände ruhig und fest um das Lenkrad.

»Bist du verrückt? Willst du uns etwa umbringen?«

»Das gibt's ja nicht. Sie sind also beim KGB ...«

Maxine genoss diesen spannungsgeladenen Moment. Sie freute sich diebisch über ihre manipulative Wirkung. Aber es konnte nicht ewig so weitergehen. Irgendwann musste sie ihm die Wahrheit sagen.

»Nein.«

»Nein, Sie sind es nicht, oder nein, Sie können mir nichts sagen, weil Sie mich sonst aus dem Weg räumen müssten?«

Maxine musste lachen.

»Du siehst wirklich zu viel fern. Nein, ich bin nicht beim KGB.«

»Warum machen Sie mir dann das Gegenteil weis?«

»Ich habe nie behauptet, dass ich eine KGB-Agentin bin. Das war allein deine Idee. Außerdem fand ich es gar nicht nett von dir zu behaupten, ich sei zu alt für eine Auftragskillerin. Das war ziemlich beleidigend.«

»Weil Sie am Ende doch eine Auftragskillerin sind?«

»Nein, das nicht.«

»Wer sind Sie denn nun wirklich?«

»Maxine, aber du kannst mich Max nennen.«

»Und warum also fahren Sie nach Brüssel?«

»Du willst es wirklich wissen?«

»Ja.«

»Um zu sterben.«

10

»In Ordnung, ich hab's kapiert. Sie machen sich über mich lustig. Allmählich kenne ich Sie ein wenig. Wirklich gut, der Witz. Etwas makaber, aber trotzdem recht gelungen.«

Alex schlug sich mit der Hand auf den Oberschenkel, wie man sonst auf die Schulter eines Freundes schlägt, der gerade eine ordentliche Zote zum Besten gegeben hat.

Seine Ausgelassenheit währte jedoch nur ein paar Sekunden. Nur so lange nämlich, bis er den Ausdruck oder vielmehr die Ausdruckslosigkeit in den Zügen seiner Beifahrerin bemerkte. Sie lächelte ihn nicht verschmitzt an wie zuvor. Stattdessen waren ihre Züge regungslos und starr wie Marmor, während sie wartete, bis er von selbst begriff, dass das kein Scherz war.

Äußerlich blieb Maxine ruhig, doch ein wenig sorgte sie sich um Alex' Reaktion auf ihre Äußerung. Es war das erste Mal, dass sie über ihr Vorhaben sprach. Natürlich hatte sie mit den Ärzten darüber geredet, aber diese Gespräche zählten nicht. Sie sahen in ihr lediglich eine Patientin, die dem Tod nahe war, einen Fall wie viele andere auch. Dieser junge Mann hingegen hatte sie lebendig erlebt, hatte sie so erlebt, wie sie wirklich war. Deshalb hatte sie jetzt Angst, sein Blick auf sie könne sich verändern.

Nichtsdestotrotz war sie es ihm schuldig, ihre Entscheidung zu erklären, ihm die Gründe begreiflich machen, die sie dazu bewogen hatten, ihrem Leben ein Ende setzen zu wollen.

»Du denkst, dass dein Schmerz real ist. Und aus deiner Perspektive ist er das auch, und ich respektiere deinen Kummer. Aber du kennst keinen echten Schmerz, und ich hoffe, du wirst ihn so spät wie möglich kennenlernen. Meine Mutter sagte immer: ›Probleme gibt es in jedem Alter.‹ Ein kleines Kind hat kleine Probleme, aber aus seiner Sicht sind es eben echte Probleme. In deinem Alter sind die Probleme meist Liebesprobleme.«

»Und in Ihrem?«

»In meinem? Keine leicht zu beantwortende Frage. Ich glaube, das Schwierigste beim Altwerden besteht darin, die Tatsache zu akzeptieren, dass es keine Perspektive mehr gibt. Es gibt keine großen Pläne mehr, man hat kein Ziel mehr vor Augen, keine Träume mehr. Als einziges Ziel bleibt, das Unvermeidbare so lange wie möglich hinauszuschieben, und das mit der größtmöglichen Würde.«

»Haben Sie also ein Problem mit dem Altwerden?«

In Alex keimte ein Funken Hoffnung auf. Dieses Mütterchen schien ihm eigentlich gar nicht selbstmordgefährdet, ihr war einfach das Verrinnen der Zeit aufs Gemüt geschlagen.

»Nein, das habe ich bereits vor langer Zeit zu akzeptieren gelernt. Was ich aber nicht ertrage, ist Verlust.«

»Verlust von was?«

»Der Verlust von Menschen, die ich geliebt habe, und auch der Verlust des Menschen, der ich selbst bin. Ich bin dabei, mich allmählich aufzulösen. Ich versinke in mir selbst und werde bald ganz verschwunden sein. Es gelingt mir nicht mehr, meinem Gehirn vorzugaukeln, ich sei glücklich. Ich glaube es einfach nicht mehr. Ich habe es zu oft angelogen, und nun muss ich dafür bezahlen.«

»Sind Sie krank?«

»Ich habe Alzheimer.«

Jetzt war das unheilvolle Wort endlich über ihre Lippen gekommen, und seltsamerweise tat es ihr gut – als hätte die Tatsache, dass sie es gewagt hatte, das Ungeheuer laut und deutlich beim Namen zu nennen, seine Gräuel gebannt.

Sie hatte Alzheimer. Das wusste sie. Aber jetzt, wo sie dieses Wissen mit einem anderen Menschen teilte, bekam alles eine ganz reale Dimension. Sie hatte es tief in ihrem Inneren verschlossen gehalten wie ein dunkles Geheimnis, das man auf keinen Fall gestehen darf. Das hatte sehr viel schwerer auf ihr gelastet, als sie gedacht hatte. Es war schmerzhaft. Es brannte wie Alkohol in einer offenen Wunde. Aber es war ein notwendiger Schmerz, und das wurde ihr jetzt bewusst.

Alex' Gedanken fuhren Achterbahn. Das war der Tropfen, der das Fass seiner Emotionen zum Überlaufen brachte. Er hatte doch schon mit seiner eigenen Depression genug zu tun, wie sollte er sich da auch noch um einen angemessenen Umgang mit den Selbstmordgedanken einer alten, kranken Frau bemühen? Obendrein begann er diese exzentrische Person allmählich zu mögen. Es bedrückte ihn, sie von einer unheilbaren Krankheit heimgesucht zu wissen.

Er konnte nicht einfach zusehen, wie sie in Verzweiflung versank. Er konnte nicht zulassen, dass sie sich töten ließ wie ein armes Tier, das man zum Schlachthof bringt. Dagegen musste unbedingt etwas unternommen werden. Doch um sie von ihrem Vorhaben abzubringen, musste er noch mehr über sie wissen.

»Sind Sie wirklich sicher, dass Sie an Alzheimer leiden?«

Zugegeben, er hätte eine intelligentere oder wenigstens nicht ganz so ungeschickte Frage stellen können, aber es war immerhin ein Anfang. Maxine schien sie ihm nicht übel zu nehmen.

»Ich bin ziemlich sicher, ja. Eine solche Nachricht nimmt man normalerweise sehr ernst.«

»Ich meine doch nur, ähm, haben Sie mehrere Ärzte konsultiert? Man sollte ja immer mindestens eine zweite Meinung einholen.«

»Ich brauche nicht einen Arzt nach dem anderen aufzusuchen, um mir bestätigen zu lassen, dass ich diese Krankheit habe. Ich kenne ihre Symptome.«

»Sie wissen schon, dass man nicht allem Glauben schenken darf, was man im Internet in den entsprechenden Foren liest. Man fängt mit einem Schönheitsfleck an und landet bei einem Krebsleiden im Endstadium.«

»Es käme mir niemals in den Sinn, im Internet einen ärztlichen Rat einzuholen. Außerdem ist der Computer im Altenheim ein vorsintflutliches Exemplar. Der alten Kiste fehlt nur noch eine Bemalung mit Pferden und Stieren, dann könnte man glatt glauben, sie sei der Höhle von Lascaux entsprungen.«

»Na also. Es besteht kein Grund zur Beunruhigung. Wahrscheinlich machen Sie sich ganz umsonst Sorgen. Alzheimer – immer gleich so große Worte.«

Maxine war gerührt von der Anteilnahme dieses Jungen. Sie sah seine Erleichterung bei dem Gedanken, sie könne eine Hypochonderin sein. Sie haderte mit sich, ihm solchen Kummer zu bereiten. Trotzdem hatte sie beschlossen, ihm die Wahrheit zu sagen, die ganze Wahrheit.

»Ich erkenne die Alzheimer-Symptome, weil ich sie bereits sehr gut beobachten konnte. Bei meinem Mann. Ich habe erlebt, wie er im Vergessen versank, wie er allmählich in den Tiefen seiner zusammenhangslosen Erinnerungen verschwand. Ich habe gesehen, wie die Krankheit sich der Person bemächtigte, die er einmal war. Er hat gekämpft, aber dieser Kampf wird mit ungleichen Mitteln geführt und ist von vornherein verloren. Mein Mann war ein außergewöhnlicher Mensch, ein hochintelligenter Mensch. Es war schrecklich für ihn, mit der unwiderruflichen Gewissheit zu leben, dass sein Denkvermögen sich immer mehr einschränken würde. Wir verbrachten die meiste Zeit damit, Erinnerungen wachzurufen unter dem Vorwand, sein Gedächtnis zu trainieren. Aber im Grunde wollten wir einfach ein letztes Mal die gemeinsam erlebten glücklichen

Augenblicke vor uns erstehen lassen. Und manchmal ist uns das auch gelungen. Ja. Soweit das möglich war. Aber irgendwann war es auch damit vorbei. Es gab ihn nicht mehr. Der Mensch war zwar da, aber mein Mann war verschwunden. Doch auch als er mich nicht mehr erkannte, war ich noch gern mit ihm zusammen. Manchmal gab er mir Lehrstunden in Psychiatrie, er hielt mich dann für eine seiner Studentinnen und erklärte mir die theoretischen Ansätze von Freud und Lacan.«

»Es muss furchtbar gewesen sein, mit ihm zusammen zu sein, ohne dass er Sie erkannte.«

»Ja, das war es. Aber in diesem Stadium konnte ich im besten Fall darauf hoffen, noch ein wenig Zeit mit ihm zu verbringen. Ich verdanke ihm so viel. Er hat mir das Leben gerettet.«

Sofort bedauerte sie diesen letzten Satz. Sie hatte zu viel gesagt, hatte sich hinreißen lassen, die Tür zu ihren Erinnerungen aufzustoßen, und nun wusste sie nicht, ob es ihr gelingen würde, sie wieder zu schließen. Es war wie bei kostbaren kleinen Gegenständen, die man nicht aus dem Schrank holen mag, weil man Angst hat, sie zu zerbrechen.

Aber letztendlich ... Was hatte sie zu verlieren? Es gab nichts mehr zu zerbrechen. Außerdem hatte die Vorstellung, dass etwas von ihrer Geschichte sie überleben würde, etwas Beruhigendes. In ihrem Alter hatte sie keine Angst mehr vor dem Blick der anderen, und ihr Weggefährte wirkte nicht so, als wäre er darauf aus, möglichst rasch ein Urteil über andere Menschen zu fällen. Außerdem vergaß der Junge offenbar seine Depression, solange sie von sich erzählte.

Aus den Augenwinkeln konnte sie erkennen, dass er wie betäubt war. Beinahe hätte sie ihn daran erinnert, das Luftholen nicht zu vergessen, aber dann sah sie, wie sein Brustkorb über einen tiefen Atemzug wieder zu einem gleichmäßigen Auf und Ab zurückfand.

»Haben Sie keine Kinder?«

Diese Frage. Diese schreckliche Frage, die sie ihr ganzes Leben lang in Angst versetzt hatte. Jedes Mal wenn man sie ihr stellte, lief ihr ein eiskalter Schauer den Rücken hinunter, schnürte ihr ein unsichtbarer Schraubstock den Atem ab. Sie hatte die Frage stets verneint, und es war ihr im Lauf der Jahre sogar gelungen, dies mit einer scheinbaren Gleichgültigkeit zu tun. In ihrem Innern jedoch hätte sie sich am liebsten übergeben. Sie verabscheute sich. Sie wollte sich am liebsten selbst geißeln, sich die Haut aufkratzen, um zu spüren, wie das Blut aus den offenen Wunden über ihr Fleisch lief. Sie wollte sich körperlichen Schmerz zufügen und diesen spüren, um den seelischen Schmerz besser zu verkraften.

Sie wollte nicht mehr lügen. Dem Ende so nah, gab es keinerlei Grund mehr dafür.

»Doch.«

Alex spürte, dass er sich jetzt nicht regen durfte. Die geringste Bewegung hätte die Bereitschaft seiner Mitreisenden infrage gestellt, ihm ein schicksalsschweres Geheimnis anzuvertrauen. Es war ein entscheidender Augenblick. Und er befürchtete, dass er, wie so oft, der Situation nicht gewachsen sein könnte. Wenn er falsch reagierte, würde sich Maxine möglicherweise etwas antun. Was für eine Verantwortung! Und das, wo es ihm doch nicht einmal gelungen war, seinen kleinen Furby am Leben zu halten … Sogar seine Goldfische waren vor Freudlosigkeit eingegangen. Und als er noch klein war, hatten sich seine Schildkröten in ihrer unseligerweise oben auf einer Kommode platzierten Wanne kamikazeähnlich vom Gipfel ihrer kleinen Palme gestürzt – so unerträglich schien ihnen das Leben mit ihm zu sein. Es war ihm nicht geglückt, seine Tiere zu beschützen, wie sollte es ihm da bei einer alten Dame glücken?

Er fragte sich immer noch, was er antworten sollte, als Maxine fortfuhr:

»Ich hatte eine Tochter. Sie war winzig klein und wunderschön. Ich habe sie nur ein paar Sekunden gesehen, und doch hat sich ihr kleines Gesichtchen auf immer in mein Gedächtnis eingegraben.«

»Was ist denn geschehen?«

»Ich habe sie fortgegeben.«

»Fortgegeben! Das ist ja entsetzlich. Warum haben Sie das getan?«

Traurig nahm sie das wütende Aufblitzen in Alex' Augen wahr. Genau das hatte sie befürchtet.

»Ich konnte sie nicht behalten.«

»Das sagen alle Mütter, die ihre Kinder fortgeben. Das klingt ein wenig zu einfach.«

»Einfach! Glaubst du tatsächlich, dass das einfach war? Dieses kleine, wunderbare Wesen, die einzige Erinnerung an den Mann, den ich liebte, wurde mir von der Brust gerissen und verschwand für immer aus meinem Leben! Stattdessen lastete nur der vorwurfsvolle Blick der Hebammen auf mir, weil ich ein ›gefallenes Mädchen‹ war!«

Alex fühlte sich schuldig. Wie dumm von ihm. Mit welchem Recht hatte er es sich herausgenommen, über sie zu urteilen? Nur weil er sich stets von seiner eigenen Mutter zurückgewiesen gefühlt hatte, brauchte er noch lange nicht diese arme Frau so harsch anzugehen.

»Es tut mir leid. Ich hatte nicht das Recht, so etwas zu sagen.«

Maxine tätschelte ihm freundlich die Schulter.

»Keine Sorge! Da habe ich schon Schlimmeres zu hören bekommen.«

»Was ist ein ›gefallenes Mädchen‹?«

»So bezeichnete man früher eine junge Frau, die ein Kind bekam, ohne einen Ehemann zu haben. Das war damals eine große Verfehlung. Wir wurden als Mädchen mit verderbten Sitten angesehen.«

»Warum hatten Sie denn keinen Ehemann?«

»Ich war in einen jungen Mann verliebt. Er hieß Léonard. Er war groß und stark, sanftmütig und lustig. Wir hatten beschlossen, nach seiner Heimkehr aus dem Krieg zu heiraten. Als er einberufen wurde, haben wir uns noch verlobt. Das war der schönste und zugleich traurigste Tag in meinem Leben. Er wollte sein Vaterland verteidigen und war stolz darauf, für die Werte, die ihm wichtig waren, in die Schlacht zu ziehen. Ich hingegen wollte einfach nur, dass er bei mir bleibt. Seine Mutter war eine Frau aus einer anderen Zeit, eine Bauersfrau mit dem Gehabe einer Gutsherrin. Sie war kaltherzig und streng, aber ich kam mit ihr aus, denn sie war ja die Mutter meines Léonard. Er schrieb mir zweimal pro Woche, und ich fieberte seinen Briefen entgegen. Mit Entsetzen las ich, wie es an der Front zuging: Man belauerte sich, wartete ab und kämpfte. Ich zitterte mit ihm und um ihn. Eines Tages hielt der Briefträger nicht mehr vor meinem Briefkasten an. Eine Woche, dann wurden es zwei und schließlich drei Wochen. Ein ganzer Monat. Ich wartete umso ungeduldiger auf Nachrichten von Léonard, als ich ihm in meinem letzten Brief eröffnet hatte, dass ich ein Kind von ihm erwartete. Nach zwei Monaten ohne eine Nachricht von ihm war mir klar, dass das Schreckliche geschehen sein musste, aber ich wollte es mir nicht eingestehen. Nach vier Monaten erhielt Léonards Mutter einen Brief vom Kriegsministerium, in dem man ihr mitteilte, dass ihr Sohn auf dem Feld der Ehre gefallen sei. Ich brach zusammen. Eine ganze Woche verließ ich mein Bett nicht. Ich wollte nicht mehr leben, ich konnte nicht mehr leben. Nicht ohne ihn. Dann spürte ich einen Fußtritt in meinem Bauch. Ein Zeichen des kleinen Wesens in mir, das mich daran erinnerte, dass es da war. So blieb mir eine Spur von Léonard erhalten.«

Maxine hielt inne. Sie war erschöpft. Blass. Alex reichte ihr eine Wasserflasche, die sie unverzüglich an die Lippen setzte.

»Möchten Sie, dass wir anhalten? Sie wirken müde.«

»Nein, danke. Ich möchte jetzt lieber zum Ende kommen. Ich muss alles erzählen, damit wenigstens ein Mensch Bescheid weiß.«

Alex nickte zustimmend, ohne ein Wort zu sagen.

Maxine holte tief Luft, bevor sie ihren Bericht fortsetzte:

»Ich habe Léonards Mutter aufgesucht, um ihr zu sagen, dass ich ein Baby erwartete. Ich dachte, dass dies ihren Schmerz vielleicht etwas lindern würde. Niemals werde ich vergessen, wie sie mich in diesem Augenblick angesehen hat. Sie wandte mir den Rücken zu und sagte mit kalter Teilnahmslosigkeit, dass man bei einem Mädchen wie mir nicht sicher sein könnte, dass ihr Sohn tatsächlich der Vater war.«

»So ein Miststück!«

Maxine konnte ein Lächeln nicht unterdrücken.

»Da hast du recht. Aber damals kam es mir nicht in den Sinn, mich dieser Frau zu widersetzen. Sie kannte alle einflussreichen Leute in unserem Dorf, und alle fürchteten und achteten sie. Ich ging weinend nach Hause und erklärte meinen Eltern meine Lage. Mein Vater verpasste mir eine denkwürdige Ohrfeige und sagte, ich hätte Schande über die Familie gebracht. Meine Mutter weinte bittere Tränen, da sie mein Leben auf ewig für ruiniert hielt. An alles andere habe ich nur sehr verschwommene Erinnerungen. Während der folgenden Monate lebte ich wie in Trance. Ich erwiderte die winzigen Fußtritte meines Babys mit innigen Liebkosungen, meinen zunehmend runden Bauch beäugte ich jedoch mit wachsender Angst, denn ich wusste, dass ich mein Baby bald verlieren würde. Am Tag der Niederkunft bedachten mich die Hebammen mit Verachtung und drückten erbarmungslos auf meinen Bauch. Als meine Tochter da war, flehte ich sie an, mein Kind ein einziges Mal berühren zu dürfen. Eine der Frauen gab schließlich nach und legte sie auf meine Brust. Für ein paar wunderbare Sekunden. Dann nahm man sie mir fort, wickelte sie in Tücher und brachte sie weg.«

»Haben Sie sie nie wiedergesehen?«

»Nein.«

»Haben Sie nie versucht, sie wiederzufinden?«

»Das habe ich nie gewagt. Ich schämte mich zu sehr. Schämte mich für meine Schwäche. Schämte mich, dass ich mich von meinen Eltern hatte überzeugen lassen. Schämte mich, dass ich den Willen der anderen über meinen eigenen gestellt hatte.«

»Es gibt doch nichts, wofür Sie sich schämen müssten. Sie hätten ihr die damalige Situation erklären können. Ihre Tochter hätte es sicher verstanden.«

»Ich war feige.«

Maxine nahm einen weiteren Schluck Wasser und ließ ihn bedächtig die Kehle hinuntergleiten, um sich einen kurzen Aufschub zu gönnen und Mut für das Ende ihrer Geschichte zu fassen. Schließlich holte sie tief Luft und fuhr mit geschlossenen Augen fort.

»Eines Tages – viel, viel später – kam Charles, mein Mann, nach Hause und reichte mir ein Stück Papier, auf das er einen Namen und eine Adresse geschrieben hatte. Er hatte einen Freund gebeten, meine Tochter zu suchen.«

»Wie heißt sie?«

»Léonie Legrand. Ich weiß nicht, ob Legrand der Name der Familie ist, die sie adoptiert hat, oder ob es sich um den Namen ihres Ehemanns handelt. Léonie war allerdings der Vorname, den ich in Erinnerung an ihren Vater gewählt hatte, aber ich wusste nicht, ob die Hebammen ihn beibehalten hatten.«

»Und dann? Haben Sie sie angerufen?«

Maxine wandte den Blick zum Fenster, blickte starr in die Ferne, ohne die Landschaft draußen wahrzunehmen.

All das kostete sie große Überwindung, aber sie musste sich

jetzt dazu durchringen. Niemand außer ihrem Ehemann hatte je Bescheid gewusst: Sie trug dieses Geheimnis seit so vielen Jahren mit sich herum.

»Nein. Ich habe nie Kontakt zu ihr aufgenommen.«

»Aber warum denn nicht?«, fragte Alex eindringlicher, als er es beabsichtigt hatte.

»Ich hatte Angst! Und ich war wieder feige. Zunächst habe ich gedacht, dass ich sie, wenn sie ein glückliches Leben führt, nicht stören sollte. Dann wiederum habe ich mir gesagt, dass ich es nicht ertragen könnte, wenn sie unglücklich ist, denn ich war schließlich der Ursprung für ihr Leid. In beiden Fällen hätte es sie nur verstört, mich kennenzulernen. Da habe ich es vorgezogen, sie ihr Leben ohne mich leben zu lassen.«

»Sie haben recht. Das ist sehr feige.«

»Das weiß ich, und es tut mir unendlich leid. Es ist kein Tag vergangen, an dem ich nicht an sie gedacht habe, an dem ich mir nicht ihr Leben, ihre Familie, ihr Haus und ihre Arbeit vorgestellt habe. Ob sie wohl eine glückliche Kindheit hatte? Eine Kindheit, wie ich sie ihr nicht bieten konnte? Wie ist ihr erster Schultag verlaufen? Wie ihre erste Verabredung mit einem Jungen? Hat sie studiert? Hat sie Kinder bekommen?«

»Es ist nicht zu spät! Sie können immer noch Kontakt zu ihr aufnehmen.«

»Oh doch. Es ist leider zu spät. Ich habe die Gelegenheit nicht ergriffen, als sie sich bot. Was könnte ich ihr jetzt noch geben? Sie hätte es mit einer Mutter zu tun, die am Rande des Grabes steht. Es wäre ein sehr unliebsamer Anruf von mir, wenn ich ihr so etwas kundtäte wie ›Guten Tag, liebe Tochter, es tut mir sehr leid, dass ich dich fortgegeben habe. Übrigens bin ich bald tot.‹ Nein, das wäre fürchterlich egoistisch von mir. Ich habe ihr schon den Weg ins Leben verdorben, da werde ich ihr nicht noch das Alter verderben. Ich war nie für sie da, da will ich ihr jetzt nicht zur Last fallen.«

Am liebsten hätte Alex ihr gesagt, dass sie sich täuschte. Aber stand es ihm zu, sein Urteil abzugeben? Vielleicht hatte sie ja recht. Vielleicht wäre ihre Tochter nicht glücklich darüber gewesen, ihr zu begegnen.

Die Geschichte dieser Unbekannten, die allmählich viel mehr als das für ihn wurde, war unendlich traurig.

Er konnte sie nicht wie ursprünglich abgemacht einfach so nach Brüssel bringen, jetzt wo er wusste, dass sie dort Sterbehilfe in Anspruch nehmen wollte. Das kam einer unterlassenen Hilfeleistung gegenüber einer gefährdeten Person gleich.

Er schwor sich, alles in seiner Macht Stehende zu unternehmen, damit sie ihre Entscheidung änderte. Und er hatte auch einen Plan. Er wollte ihr die Freude am Leben zurückgeben und ihr zeigen, dass ihr Leben noch nicht zu Ende war. Er würde ihr eine ganze Reihe von Gründen liefern, die ihr Leben lebenswert machten.

Einziger Schatten über diesem perfekten Plan: Wie zeigt man jemandem die Schönheit des Lebens auf, wenn man selbst depressiv ist?

11

Alex schlug Maxine vor, die Autobahn zu verlassen und den Weg auf kleineren Straßen fortzusetzen. Er schützte ein plötzliches Interesse vor, einige an der Strecke gelegene Dörfer zu besichtigen. Diese List sollte es ihm erlauben, sein Vorhaben umzusetzen. Über die Landstraßen würde die Reise bis Brüssel um einiges länger dauern, und so würde er kostbare Stunden gewinnen, um Maxine davon zu überzeugen, dass das Leben es wert war, gelebt zu werden. Auch wenn man krank war. Auch wenn man eine Jugendliebe verloren hatte. Auch wenn man eine Tochter fortgegeben hatte. Auch wenn der Ehemann gestorben war … Tja, die Aufgabe würde nicht einfach werden.

Er zermarterte sich den Kopf, um eine Liste all dessen aufzustellen, was das Leben an Positivem bieten konnte, aber bislang war er auf nichts als Kummer, Sorgen, Enttäuschung, Schmerz und Bedauern gestoßen. Ein toller Bonvivant war er! Ein wahrer Champion im Aufmuntern!

Er klammerte sich an das, was Maxine ihm anfangs gesagt hatte. Wenn er seinem Gehirn vormachte, dass er glücklich war, dann würde er dies mit der Zeit vielleicht wirklich sein. Er musste es wenigstens versuchen. Für sie.

Seine Hände lagen ruhig am Lenkrad, aber Alex lächelte jetzt wie ein Verrückter. Seit sie die Autobahn verlassen hatten, lag ein so breites Lächeln auf seinem Gesicht, dass all seine Zähne zu sehen waren. An der Mautstelle lächelte er. Im Kreisverkehr. An der roten Ampel.

»Was ist denn los?«, fragte Maxine nach einer Kurve, die Alex ebenfalls lächelnd genommen hatte.

Alex wandte sich ihr zu und lächelte sie mit seinem breitesten Lächeln an.

Als sie ihm so ins Gesicht sah, wich sie entsetzt zurück.

»Oh nein! Du hast einen Schlaganfall! Deine Lippen sind ja ganz verkrampft, richtiggehend entstellt. So fängt es an. Aber keine Sorge, ich werde einen Krankenwagen rufen!«

Maxine kramte in ihrer Tasche. Sie zog ein Päckchen Papiertaschentücher hervor, ein Paar Strümpfe, Erfrischungstücher, ein Desinfektionsgel, ein Buch, das etwa so dick war wie *Krieg und Frieden*, einen Knirps, einen beigefarbenen Spiralblock, einen prallen roten Kulturbeutel, einen Staubwedel, einen Korkenzieher – bevor sie schließlich ein Handy zückte, das aus vorsintflutlichen Zeiten zu stammen schien. Ein altes, ebenso breites wie hohes Nokia von der Sorte, die man auf den Boden fallen lassen kann, ohne dass sie zerschellt, weil das Display ebenso klein wie solide ist.

»Alles klar, ich kümmere mich darum. Wie war noch mal die Nummer des Rettungsdienstes, 15 oder 17? Am besten ich versuch es mit der Mitte, der 16.«

Alex nahm ihr das Gerät ab.

»Geben Sie dieses Telefon her! Ich habe keinen Schlaganfall!«

»Aber was soll dein seltsamer Gesichtsausdruck sonst bedeuten?«

»Ich lächle«, antwortete Alex verzweifelt. »Genau wie Sie es mir geraten haben, ich tue so, als ob.«

Maxine sah ihn mitfühlend an.

»Also, wenn das so ist, dann müssen wir an deinem Lächeln aber noch arbeiten.«

Alex machte einen Schmollmund.

»Quatsch! Mein Lächeln ist vollkommen in Ordnung.«

»Es sieht aus wie eine Grimasse.«

»Ich zeige meine Zähne, das macht glücklich.«

»Man könnte meinen, du hättest Tollwut.«

»Soll ich den Mund lieber zumachen, wenn ich lächele?«

»Zeig mal, wie das aussieht!«

Der lächelnde Depressive konzentrierte sich. Zog die Augenbrauen hoch. Ließ sie wieder sinken. Schloss den Mund. Zog die Lippen in die Breite.

Er fuhr sich mit einem Finger über den Mund, um zu prüfen, ob alles an Ort und Stelle war, bevor er sich dann seiner Lehrmeisterin zuwandte.

»Du siehst aus wie ein blödsinniger Gorilla. Noch dazu mit Verstopfung.«

Alex beendete sein Lächeln auf der Stelle, er war entrüstet. Maxine beachtete ihn nicht.

»Warte. Dein Gesichtsausdruck erinnert mich noch an etwas anderes, aber ich komme nicht drauf. Was war es denn nur gleich?«

Sie schloss die Augen, um sich besser zu konzentrieren, dann schlug sie sie plötzlich wieder auf.

»Ah! Jetzt weiß ich es! Der Clown in dem Film *Es* nach dem Roman von Stephen King. Hast du ihn gesehen? Das ist die Geschichte eines völlig durchgeknallten Clowns, der alle Menschen tötet …«

»Vielen Dank auch. Ein Primat mit Darmproblemen und ein perverser Clown – ich bin wirklich der König des Lächelns.«

Alex war gekränkt. Er hatte schon lange nicht mehr gelächelt, ihm fehlte die Übung, das war alles. Jetzt wollte er lieber das Thema wechseln.

Er deutete mit dem Finger auf die bunt zusammengewürfelten Dinge, die Maxine aus ihrer Tasche befördert hatte und die nun auf ihren Knien lagen.

»Was ist das denn alles?«

Sie presste das Sammelsurium an sich. Die Federn des

Staubwedels kitzelten sie jedoch in der Nase, woraufhin sie sie mit größtmöglicher Würde zurückbog, um nicht zu niesen.

»Das sind meine Sachen.«

»Brauchen Sie dieses ganze Zeug wirklich?«

»Aber natürlich. Eine Frau muss für jede mögliche Situation gewappnet sein.«

Alex zog zweifelnd eine Augenbraue in die Höhe.

»Glauben Sie ernsthaft, dass ein Staubwedel unverzichtbar ist auf einer solchen Reise?«

»Absolut.«

Sie begann, über das Armaturenbrett zu wedeln.

»Was ist mit den Feuchttüchern?«

»Die brauche ich, um mir die Hände zu reinigen.«

»Und das Desinfektionsgel? Ist das nicht genau für diesen Zweck vorgesehen?«

»Das habe ich mit, falls mir die Feuchttücher ausgehen.«

»Und die Taschentücher?«

»Für den Fall, dass ich kein Desinfektionsmittel mehr habe.«

Alex ließ sich auf das Spiel ein.

»Und der Inspektor-Columbo-Notizblock, was ist mit dem?«

»Für Notizen eben. Ideen, Bemerkungen.«

»Der Regenschirm?«

»Für den Fall, dass es regnet.«

»Wir sitzen doch in einem Auto!«

»Irgendwann steigen wir aber aus.«

»Die Strümpfe?«

»Für den Fall, dass jemand sie brauchen könnte.«

»Und der prall gefüllte Kulturbeutel?«

»Meine Medikamente. Für das Herz, die Leber, die Nieren, den Rücken, die Gelenke, den Schlaf. Und meine Vitamine.«

»Und der Korkenzieher?«

»Ein Korkenzieher ist doch immer praktisch. Für den Fall, dass man angegriffen wird.«

Alex machte große Augen.

»Also, ich fasse zusammen: Wenn wir von einem Psychopathen angegriffen werden, der auf Feuchttücher steht, greifen wir zu unserer Verteidigung nach Korkenzieher und Staubwedel, eventuell werfen wir außerdem mit einem Paar Strümpfen nach ihm und verpassen ihm eine Ladung Desinfektionsmittel. Sollte er auch dann noch nicht genug haben, traktieren wir ihn mit dem Knirps und ersticken ihn mit den Papiertaschentüchern. Gibt er immer noch nicht auf – denn Feuchttücher sind zugegebenermaßen eine heiß begehrte Beute –, dann können wir ihn mit Ihren Medikamentenvorräten erschlagen.«

Maxine hatte das Kinn keck in die Höhe gereckt.

»Da hast du es. Alles ist von Nutzen.«

Plötzlich gab Maxines altes Handy eine mechanisch klingende Melodie von sich.

Die alte Dame warf einen misstrauischen Blick darauf und ließ es klingeln.

»Nehmen Sie das Gespräch nicht an?«

»Nein, das ist nichts Wichtiges.«

Maxines Tonfall verriet Alex, dass sie beunruhigt war. Er wagte es jedoch nicht, sie zu fragen, um wen es sich bei dem Anrufer gehandelt hatte.

Erneut gab das Handy eine Tonfolge von sich. Diesmal war sie allerdings kürzer, was den Eingang einer Sprachnachricht nahelegte.

Maxine steckte das Handy verärgert zurück in ihre Tasche.

»Wollen Sie denn die Nachricht nicht abhören, die man Ihnen hinterlassen hat?«

Ruckartig drehte sie sich in seine Richtung. Sturheit lag in ihrem Blick, als sie antwortete:

»Ich weiß, was Sie wollen, und ich bin nicht einverstanden damit.«

12

Alex wollte Maxine gerade um genauere Ausführungen bitten, als eine Polizeisirene ertönte. Ein Blick in den Rückspiegel offenbarte ihm, dass das Polizeiauto unmittelbar hinter ihm fuhr. Da er nicht anhielt, scherte der Polizist nach links aus und beschleunigte, bis er auf gleicher Höhe mit Alex war.

Maxine lächelte zu ihm hinüber und winkte ihm verschämt zu, wie ein Kind seinen Eltern zuwinkt, wenn es in der Schule bei der Jahresabschlussfeier auf der Bühne steht. Der Polizist blieb jedoch ungerührt und bedeutete Alex gestenreich, am Straßenrand anzuhalten. Maxine fuhr seit Jahren kein Auto mehr und fand das Ganze ziemlich aufregend. Sie fühlte sich beinahe wie eine Schwerverbrecherin auf der Flucht.

An diesem rasch entworfenen Szenario, das sie beinahe heiter stimmte, wollte sie ihren Sitznachbarn gerade teilhaben lassen, als sie sah, wie sich sein junges Gesicht vor Entsetzen verzerrt hatte. Große Schweißperlen standen Alex auf der Stirn, seine Zähne klapperten, er stammelte ein paar unverständliche Worte und schien sich mit irrem Blick bald hier, bald dort verzweifelt nach Hilfe umzusehen.

Erneut befielen die alte Dame Zweifel. Was, wenn der erste Eindruck doch der richtige gewesen war? Wenn der Depressive in Wahrheit ein Rauschgiftsüchtiger war? Wenn er sie angelogen hatte? Er konnte ja auch rauschgiftsüchtig und depressiv zugleich sein. Vielleicht war sein Twingo vollgepfropft mit auf dem Schwarzmarkt erstandenen Antidepressiva. Ein großartiges Thema für eine neue Reportage von Bernard de La Villardière. Sie sollte ihm schreiben und einen entsprechenden Vorschlag machen.

Fürs Erste aber könnte sie womöglich als Komplizin angesehen werden. Handel mit Antidepressiva – darauf standen vermutlich um die zehn Jahre Gefängnis. Sie war zwar dem Tode nah, aber sie wollte ihr Leben keinesfalls hinter Gittern beenden. Im Altenheim hatte sie die Serie *Orange Is The New Black* im Fernsehen gesehen. Für solche Eskapaden war sie zu alt.

Würde sie jetzt etwa mit einem Rauschgiftsüchtigen, der unter der Wirkung gepanschter Antidepressiva stand, in eine wilde Verfolgungsjagd geraten? Gewiss könnte das auch lustig sein, aber der Twingo hätte gegen das Polizeiauto keine Chance. Sie hatte nicht die geringste Lust, mit dieser Blechbüchse geradewegs an einer Platane zu enden. Sie würde ohnehin sterben, klar, aber eben auf ihre eigene Art und Weise. Das wäre der letzte Streich, den sie dem Schicksal spielen würde. Sie hatte selbst den Tag festgesetzt, an dem die Lichter ausgehen würden.

Sie sah immer wieder diese schöne Szene aus dem Film *Soylent Green* vor sich, in der der betagte Mitbewohner des Helden sich aus eigenem Willen einschläfern lässt, umgeben von schönen Naturbildern und angenehmer Musik in einer ruhigen und heiteren Atmosphäre.

Ein Geräusch riss sie aus ihren Gedanken. Es war der junge Mann, der irgendetwas zu ihr sagte, aber er sprach viel zu schnell und noch dazu sehr undeutlich.

»Beruhige dich. Hol erst einmal tief Luft.«

Alex, offenbar einem Herzinfarkt nahe, atmete tief ein und aus.

»So ist es gut«, redete ihm Maxine gut zu, wobei sie die sanfte Stimme des Yogalehrers im Altenheim nachahmte. Wieder einmal.

Sie beobachtete, wie sich die Schultern des Jungen wieder etwas entspannten und sein Atem regelmäßiger wurde.

»Sehr gut. Mach weiter so. Jetzt schließ die Augen.«

Wie in Trance gehorchte er ihrer Anweisung.

Das Auto kam bedenklich ins Schlingern.

»Mach die Augen wieder auf! Pardon, das war keine gute Idee von mir. Richte den Blick auf die Straße. Bleib ruhig. Halte an, wie der Polizist es von dir verlangt.«

Sie sah zum Polizeiauto hinüber. Der Ordnungshüter schien am Ende seiner Geduld zu sein. Als er jedoch sah, dass der Twingo das Tempo verlangsamte und sich zum Straßenrand bewegte, um dort anzuhalten, wirkte er erleichtert und ordnete sich wieder hinter ihnen ein.

Die Zeit war knapp. Sie musste rasch handeln, wenn sie nicht im Gefängnis enden wollte. Beschwörend redete sie auf Alex ein:

»Was ist los? Warum gerätst du so in Panik? Wo sind die Drogen?«

Alex kam wieder zu Sinnen.

»Welche Drogen?«

»Wir haben jetzt keine Zeit für Spielchen. Sag mir schnell, wo sie sind. Wir müssen sie verstecken. Zur Not kann jeder von uns auch eine kleine Dosis schlucken, aber ich warne dich, ich habe heute keine Backpflaumen gegessen. Da wird es ein wenig dauern, bis du deine Ware wiederbekommst.«

»Sie verstehen das nicht. Ich habe gegen das Gesetz verstoßen.«

Er hatte jemanden umgebracht. Da war sie jetzt sicher. Bernard hatte nicht umsonst davor gewarnt, sich als wehrlose Frau auf Mitfahrgelegenheiten einzulassen. Da dachte man, es mit einem depressiven Jüngling mit Liebeskummer zu tun zu haben, in Wirklichkeit war man jedoch an einen geisteskranken Verbrecher geraten.

Sie schluckte schwer.

»Was hast du angestellt?«

Drogenhandel, Ladendiebstahl, Raubüberfall, Mord … Unzählige Bilder, die im Altenheim über den Bildschirm geflimmert waren, schossen ihr durch den Kopf.

»Der TÜV ist überfällig.«

Verblüffung machte sich breit.

»Was?«

»Ja, ich weiß, das ist schlimm. Ich bin schon einen guten Monat über die Zeit. Ich wusste, dass ich mich darum hätte kümmern müssen, aber ich konnte mich nicht aufraffen. Und als ich dann aus einer Laune heraus beschlossen habe, diese Reise nach Brüssel zu unternehmen, blieb mir keine Zeit mehr für einen Termin.«

Er holte tief Luft, dann setzte er sich wieder gerade auf seinen Sitz: »Machen Sie sich keine Sorgen. Ich übernehme die volle Verantwortung für mein Vergehen. Ich werde erklären, dass Sie nichts damit zu tun haben und von nichts wussten.«

Maxine sah durch den Rückspiegel auf ihrer Seite, dass der Polizist aus seinem Wagen ausgestiegen und entschlossenen Schrittes zu ihnen unterwegs war.

»Hör mir genau zu. Du wirst jetzt tun, was ich dir sage, dann wird alles gut. Okay?«

Alex, der noch immer unter Schock stand, nickte willfährig. Die Aussicht auf einen glücklichen Ausgang seines Dilemmas war ihm willkommen, und Maxine war erleichtert, dass er sich nicht widersetzte. Rasch unterbreitete sie ihm ihren Plan.

»Du wirst mich als deine kranke Großmutter ausgeben. Wir werden sein Mitleid erregen. Er müsste wirklich herzlos sein, um von einem jungen Mann ein Bußgeld zu verlangen, der seine behinderte Großmutter spazieren fährt.«

Alex blieb keine Zeit zu erfragen, wie er das zu verstehen hatte. Der Polizist klopfte bereits an die Fensterscheibe und bedeutete ihm, sie herunterzulassen.

»Guten Tag, Monsieur. Verkehrskontrolle. Die Autopapiere bitte.«

Mit zitternder Hand klappte der junge Mann das Fach oberhalb des Lenkrads auf, um nach den erbetenen Papieren zu suchen.

»Arghhhhh!«

Alex und der Polizist fuhren erschreckt zusammen, bevor sie sich zur Urheberin des Geräusches umdrehten.

Mit verzerrtem Mund und Schaum auf den Lippen stieß Maxine fürchterliche Schreie aus.

»Arghhhhhh!«

Starr vor Staunen sah der Polizist Alex an und verlangte nach einer Erklärung.

Der junge Mann blickte ratlos auf Maxine, die ihm einen beschwörenden Blick zuwarf, bevor sie erneut zu einer Schrei-attacke ansetzte, die diesmal noch greller ausfiel.

»Hiihiihiihii!«

»Bitte entschuldigen Sie meine Großmutter. Sie ist krank und nicht mehr ganz bei Verstand.«

Maxine spürte, dass der alles entscheidende Augenblick nahte. Mit offenem Mund begann sie, sich zu kratzen, und tat so, als wolle sie zubeißen. Dabei tropfte jede Menge Speichel langsam an ihrem Kinn hinunter.

»Das sieht ja wirklich schlimm aus ...«, brachte der Polizist mühsam hervor und wich zurück.

»Es ist abscheulich, ja ...«

Ob nun aus Mitleid oder vor Angst – der Polizist wich noch ein paar Schritte weiter zurück.

»In Ordnung. Sie können weiterfahren.«

»Yiiiiiiiiiiii!«, heulte Maxine nun anstelle eines Danke-schöns auf.

Alex schloss unverzüglich das Fenster und startete den Motor, um den Polizisten so schnell wie möglich hinter sich zu lassen, für den Fall, dass dieser doch noch auf die Idee kommen sollte, seine Verkehrskontrolle zum Abschluss zu bringen.

Wieder auf der Straße und vor neugierigen Blicken geschützt, fragte Alex immer noch staunend:

»Was war das denn? Wir hatten gesagt, krank – nicht besessen und noch dazu mit Tourette-Syndrom!«

»Ich bin eben ganz in meiner Rolle aufgegangen, war vollkommen eins mit ihr … Rebecca ist sehr krank.«

»Wer ist Rebecca?«

»Die Figur, die ich spiele, wer denn sonst!«

Mit einem Feuchttuch, das sie ostentativ aus ihrer Tasche hervorzog, wischte Maxine sich die Lippen ab.

13

Alex fuhr in gemächlichem Tempo weiter, und bald hatten sich die Gemüter der beiden Reisenden wieder etwas beruhigt. Die Rebecca-Episode hatte Maxine großen Spaß gemacht, da sie dabei ihre in diversen Schauspielkursen erworbenen Fähigkeiten hatte anwenden können. Allerdings war ihr bewusst, dass Alex die Situation nicht unbedingt genossen hatte.

Er schien sich aber von den Ereignissen einigermaßen erholt zu haben und lauschte ruhig dem wieder eingeschalteten Radio, aus dem, untermalt von sanftem Wellenrauschen, die warme Stimme von Otis Redding ertönte: *Sittin' On The Dock Of The Bay.* Wie schon zuvor übte die Musik – aus einer anderen Zeit für ihn, aus ihrer Jugend für sie – eine wohltuende Wirkung auf beide aus.

Maxine sagte sich, dass der Junge, wenn er schon wegen einer nicht rechtzeitig wahrgenommenen TÜV-Kontrolluntersuchung derart in Panik geriet, ganz sicher kein Dealer sein konnte. Dazu hatte er nicht das Zeug. Er war eben schlicht und ergreifend ein netter, im Grunde viel zu netter Junge. Mit einem Respekt vor den Menschen um sich herum, der so weit ging, dass er den Respekt vor sich selbst vergaß. Sie musste ihm wirklich helfen. Sie war jetzt sicher, dass es ihr gelingen würde, ihn aus seinem Schneckenhaus zu locken. Er glich einer Zwiebel, die sie nur schälen musste, um zum Herzen vorzudringen. Auch auf die Gefahr hin, dass es ein wenig in den Augen brennen würde.

Dafür musste sie zunächst einmal die Gründe klären, die ihn dazu bewogen hatten, nach Belgien aufzubrechen.

»Du hast mir gar nicht gesagt, warum du nach Brüssel fährst.«

»Um mich umzubringen«, erwiderte er unterkühlt.

Als er den verblüfften Gesichtsausdruck der alten Dame bemerkte, fügte er hinzu:

»So sieht eben der Humor eines Depressiven aus. Es gibt keinen besonderen Grund für meine Reise.«

»Das ist keineswegs lustig.«

»Weil es nur Ihnen zusteht, dem Leben ein Ende setzen zu wollen? Einen so egoistischen Selbstmörder wie Sie habe ich noch nie erlebt.«

Die alte Dame ließ sich wohlweislich nicht auf sein Spiel ein. Er provozierte sie, um keine weitere Auskunft über sich geben zu müssen. Ein klassisches Ausweichmanöver. Sie kannte dieses Vorgehen nur zu gut, hatte sie es doch selbst jahrelang angewendet.

»Warum ausgerechnet Brüssel?«

»Weil ich möglichst weit weg von *ihr* wollte, ohne das Flugzeug nehmen zu müssen. Denn ein Versager wie ich hat natürlich, abgesehen von allen anderen Fehlern, auch Angst vorm Fliegen.«

»Die Flugangst ist kein Fehler im eigentlichen Sinn. Und sie ist sehr verbreitet.«

»Was ist mit Ihnen? Leiden Sie auch an Flugangst?«, fragte Alex hoffnungsfroh.

»Ganz und gar nicht! Ich bin doch keine Memme!«

Der Depressive fiel in sich zusammen.

Maxine wurde klar, wie ungeschickt ihre Äußerung gewesen war, und sie bemühte sich um Schadensbegrenzung:

»Entschuldige bitte. Das habe ich nicht so gemeint. Es ist nichts Schlimmes dabei, wenn man Flugangst hat. Siehst du, dein Fehler ist es, Angst zu haben, mein Fehler ist es, so zart und einfühlsam vorzugehen wie ein Trampeltier. Wir sind also quitt.«

Alex lächelte zaghaft, und Maxine fuhr fort:

»Ich finde es sogar sehr mutig von dir, dass du dich ganz allein auf den Weg gemacht hast. Also, ohne irgendeinen Freund, meine ich.«

»Meine Freunde verstehen mich nicht. Wie auch? Es ist ja schlicht und ergreifend so, dass nicht einmal ich selbst mich verstehe. Warum hat *sie* eine so große Macht über mich? Warum ist mein ganzes Leben verpfuscht, nur weil eine einzige Begegnung schiefgelaufen ist?«

Alex erinnerte sich an die Gespräche, die er mit seinen Freunden geführt hatte. Sie hatten ihm helfen wollen mit Sprüchen wie »Auch andere Mütter haben schöne Töchter«. Wieder so ein vollkommen blödsinniges Sprichwort. Er wollte keine anderen schönen Töchter, er wollte nur die eine. *Sie*. Aber *sie* wollte ihn nicht. *Sie* wusste nicht einmal, welche Höllenqualen *sie* ausgelöst hatte. Schluss aus. Vorhang zu für sein Leben, das trüb, fade und sinnlos geworden war.

Sein Schmerz war heimtückisch, aber auch verführerisch. Dass es ihm so schlecht ging, bedeutete, dass er immer noch an *ihr* hing, dass er immer noch eine Bindung zu *ihr* verspürte, selbst wenn diese vergeistigt und pathetisch war. Lag er nachts im Bett, dann quälte er sich gern mit Gedanken an *sie*, stellte sich ihre Zukunft vor. *Sie* würde ihr Leben mit einem Mann verbringen, den er verabscheute, während er im Schatten dieses Glückspilzes leben müsste und Neid, Eifersucht, Hass, Scham und Abscheu vor sich selbst jeden Tag ein wenig mehr an ihm nagen würden.

Wäre er ein »anständiger Mensch«, dann würde er sich für *sie* freuen, wie alle diese anderen Leute, die in solchen Situationen sagen: »Wichtig ist nur, dass es ihr gut geht. Ich wünsche mir nichts weiter, als dass sie glücklich ist.« Nein! Er wollte, dass *ihr* Glück darin bestand, *ihn* zu lieben.

Er wollte nicht zu einem Menschen werden, der nur noch

aus derlei destruktiven Gefühlen bestand. Also hatte er gehandelt. Das Maximum an Organisation, zu dem er in seinem vegetativen Zustand in der Lage gewesen war, war diese Reise nach Brüssel. Und zwar über eine Mitfahrzentrale, um Kosten zu sparen. Brüssel war lediglich ein Vorwand, er wollte einfach wieder durchatmen, befreit von der tonnenschweren Last auf seinem Herzen.

Maxine spürte Alex' innere Verzweiflung. Sie musste unbedingt verhindern, dass er noch weiter in die Depression abglitt. Im Laufe ihrer gemeinsamen Reise hatte er schon leichte Anzeichen einer Besserung gezeigt. Diese kleinen Fortschritte galt es auszubauen. Sie musste ihn auf den rechten Weg zurückführen. Auf den Weg des Lebens.

»Deine und meine Situation kann man nicht vergleichen. Du bist jung, du hast das Leben noch vor dir.«

»Und was soll ich damit anfangen? Ich habe keinerlei Zukunft, keinerlei Pläne. Wie haben Sie vorhin so schön gesagt, es fehlt die Perspektive ...«

Plötzlich riss er die Augen auf, als hätte er gerade etwas sehr Wichtiges begriffen.

»Im Grunde bin ich alt. Das ist es. Ich bin alt. Ich weise alle Symptome dafür auf: Apathie, Erschöpfung, Appetitlosigkeit, Depression, Lustlosigkeit ... Außerdem trinke ich für mein Leben gern Kräutertees. Und zwar sämtliche Sorten – zur Entgiftung, Entwässerung, Belebung, Entspannung, für die Gelenke und sogar für die Harnblase.«

»Was deinen Musikgeschmack angeht, so muss ich dir recht geben. Aber was den Rest betrifft, so schau dich doch einmal an. Du bist jung, kräftig und kerngesund.«

»Abgesehen von der wächsernen Hautfarbe und den dunklen Augenringen.«

»Genau. Ich bin ganz sicher, dass du mit einer anständigen Frisur sehr gut aussehen und dich gleich besser fühlen würdest.«

Maxines Handy begann erneut zu klingeln. Wieder warf sie einen kurzen Blick auf das Display und stopfte das Handy dann in ihre Handtasche.

»Also, was hältst du davon?«

»Wovon?«

»Von einem neuen Styling? Du bist meine Julia Roberts und ich dein Richard Gere. Das wird ein Riesenspaß!«

Sie klatschte übermütig in ihre kleinen braun gefleckten Hände.

Alex war nicht sonderlich begeistert von dieser Idee. Er fand sich durchaus angemessen gekleidet. Sein graues T-Shirt passte ebenso trefflich zu seinen Gedanken, wie seine abgenutzte Jeans seine moralische Verfassung widerspiegelte. Aber das Mütterchen schien sich für dieses Vorhaben regelrecht zu begeistern. Sie wirkte schon deutlich weniger suizidgefährdet seit der Rebecca-Episode. Sollte sie ihre Meinung tatsächlich aufgrund seines Einflusses ändern? War es ihm etwa schon halb gelungen, sie von dem fatalen Weg abzubringen, den sie einschlagen wollte? Konnte sein farbloses Leben wenigstens dazu dienen, das Leben eines anderen Menschen zu retten? Er wähnte sich seinem Ziel so nah, dass er jetzt keinen Rückzieher machen wollte. Daher beschloss er, dass es ihm nicht weiter schaden würde, sich ein »neues Styling« verpassen zu lassen. Für den guten Zweck.

»In Ordnung. Ich bin dabei.«

»Großartig! Du wirst sehen, danach wirst du dich viel besser fühlen.«

»Mmmh …«

»Doch, doch. Das läuft alles wie geölt.«

»Wie geschmiert. Es heißt ›wie geschmiert laufen‹.«

»Jetzt fang nicht wieder damit an. Ich habe schon immer gesagt ›Das läuft wie geölt‹, so lautet die Redewendung nämlich auch.«

»Nun, dann haben Sie sich eben immer schon geirrt.«

»Frechheit! Diese jungen Leute glauben immer, dass sie alles besser wissen. Dabei stimmt das doch hinten und vorne nicht! Überleg doch mal ein wenig! Was könnte denn Schmiere in dieser Redewendung verloren haben?«

»Ach, und Öl passt Ihrer Meinung nach besser?«

»Genau. Wenn du es genau wissen willst, Herr Besserwisser – Öl ist ein Symbol für Gemeinsamkeit, Gnade und Fruchtbarkeit. Es ist wichtiger Bestandteil vieler feierlicher Handlungen rund um den Erdball.«

»Schmiere macht geschmeidig und beschleunigt einen Vorgang aufgrund dieser Eigenschaft. ›Wie geschmiert‹ bedeutet also, dass etwas reibungslos klappt.«

»Nun gut. Dann müssen wir unsere Meinungsverschiedenheit eben akzeptieren. Du denkst, dass das, was ich denke, falsch ist, und ich denke, dass du zu wissen glaubst, was richtig ist, obwohl das, was du denkst, falsch ist. Aber ich möchte keinesfalls, dass du denkst, dass ich denke, dass das, was du denkst, richtig sein könnte, denn dann würdest du wirklich etwas Falsches denken. Aber wenn du denkst, dass ich denke, du würdest dich meiner Meinung anschließen, wenn du mal darüber nachdenken würdest, dann liegst du richtig. So, jetzt ist die Sachlage etwas klarer.«

Dem jungen Mann schwirrte der Kopf. Er kam nicht ganz mit. Sollte er sich vielleicht doch geirrt haben? Hatte die alte Dame am Ende tatsächlich recht? Oder war sie gerade dabei, ihn zu manipulieren?

Maxines Handy klingelte erneut. Diesmal sah sie nicht einmal mehr nach, wer der Anrufer war, sondern schaltete einfach den Klingelton aus.

»Also, legen wir los?«

»Womit denn?«, fragte Alex, der von Maxines Ausführungen noch ganz benommen war.

»Mit dem Shopping, auf geht's!«

14

Auch wenn noch ein gutes Stück Weg vor ihnen lag, hatten sie beschlossen, in der nächsten größeren Stadt einen Halt einzulegen. Dort würden sie Geschäfte und auch einen Friseur vorfinden.

Bei ihrer Ankunft stellten sie fest, dass es sich um eine offenbar recht wohlhabende Stadt handelte: Das Zentrum wirkte schick und gepflegt, die Häuserfassaden präsentierten sich in schmucken Pastelltönen, und die Gehsteige waren sauber. Diesem letzten Kriterium maß Maxine besondere Bedeutung bei, denn sie sah darin ein gutes Vorzeichen.

Alex hatte keine Mühe, einen Parkplatz für den Twingo zu finden, der zwischen den blitzblanken Limousinen allerdings fast wie ein Schandfleck wirkte. Maxine schnappte sich ihre Tasche und stieg aus dem Auto, noch bevor Alex den Motor abgestellt hatte. Sie platzte beinahe vor Ungeduld. Das neue Styling-Projekt tat ihr unglaublich gut. Die Hilfestellung, die sie diesem jungen, gehemmten Mann angedeihen lassen wollte, nahm sie mental so in Anspruch, dass sie für einige kostbare Augenblicke all die trüben Gedanken vergaß, die sie für gewöhnlich fest im Griff hatten.

Sie wollte ihm etwas von ihrer Energie einflößen, damit er sich wieder lebendig fühlte. Dabei merkte sie sehr wohl, dass er gerade kurz davorstand, einen Rückzieher zu machen, denn er brauchte eine Ewigkeit, um das Auto abzuschließen. Doch auch wenn ihr klar war, dass er sich auf die ganze Sache nur eingelassen hatte, um ihr einen Gefallen zu tun, war sie sicher, dass er sich danach besser fühlen würde. Dafür hätte sie ihre Hand ins Feuer gelegt.

Sie gab das Tempo vor und ging mit forschem Schritt voran. Wenngleich etwas widerstrebend, sah sich der junge Mann gezwungen, ihr zu folgen. So ging es ein paar Meter hurtig des Weges.

»Es gibt ziemlich viele Geschäfte hier. Warum gehen wir nicht gleich in dieses hier hinein? Es macht doch einen sehr guten Eindruck«, schlug Alex außer Atem vor.

Er wies mit dem Finger auf ein Geschäft für Camping-, Jagd- und Angelzubehör.

»Verstehst du dich aufs Fliegenfischen?«

»Äh, nein.«

»Dann brauchst du dich auch nicht dafür einzukleiden.«

»Aber es gibt dort sicher noch andere Dinge als Bekleidung für Angler ...«

»Lass es gut sein«, fuhr Maxine ihn an, wie sie es auch bei einem Kind hätte tun können, das um ein paar Bonbons bettelt. »So wie du aussiehst, könnte man dich für einen Wanderer halten, der sich vor zwei Wochen in den Bergen verlaufen hat und nun endlich gerettet wurde.«

Mit einem entschiedenen und unbeirrbaren Kopfschütteln setzte sie ihren Marsch fort, um das ideale Geschäft aufzuspüren.

Als sie an einem Laden für Sportbekleidung vorüberkamen, warf sie lediglich einen raschen Blick über die Schulter zu dem hinter ihr befindlichen Alex.

»Mach dir keine falschen Hoffnungen.«

Und damit ging es weiter.

Alex trottete mittlerweile mit eingezogenen Schultern hinter ihr her und hielt den Blick auf den Gehsteig gerichtet, da ihn die Auslagen der Geschäfte nicht mehr kümmerten. Er folgte wie ein Sträfling, wenn auch ohne Fußfessel.

Derart vertieft in seine Gedanken, merkte er gar nicht, dass

Maxine auf ihrem gebieterischen Weg innehielt. Er stolperte in sie hinein.

»Pass doch auf, wo du hinläufst! So etwas aber auch!«

Sie musterte ihn von Kopf bis Fuß und verzog mehrmals missbilligend den Mund.

»Zieh die Schultern nicht so ein und lass den Kopf nicht so hängen. Was guckst du denn so angespannt? Es wird alles gut gehen.«

Alex beschlich eine höchst ungute Vorahnung. Warum solche Vorsichtsmaßnahmen, wo sie doch lediglich ein Geschäft betreten wollten?

Maxines Hand lag bereits auf der Türklinke, als er das Ladenschild sah. Rasch fasste er sie an der Schulter, um sie am Eintreten zu hindern.

»Haben Sie den Namen des Geschäftes gelesen? Sie müssen sich geirrt haben.«

»Nur keine Bange, es ist alles in Ordnung.«

»Dann setzen Sie mal Ihre Brille auf. Da steht Prada! Das ist alles andere als ein Supermarkt!«

»Kleider machen keine Beute, aber sie tragen dazu bei. Wenn wir jetzt ein Styling vornehmen, dann machen wir es auch richtig.«

Alex zog es diesmal vor, Maxine nicht zu korrigieren und das Sprichwort in ihrer Version stehen zu lassen.

Sie hatte ganz offensichtlich den Verstand verloren und keine Ahnung, in welcher Liga sie mit ihrer Wahl des Geschäfts mitzuspielen versuchte.

Wie wollte sie überhaupt bezahlen? Mit alten Francs? Er würde sich jedenfalls mit seinem mageren Einkommen als Aushilfe in der Universitätsbibliothek keine Prada-Mode leisten können. Ein Strumpf wäre vielleicht bezahlbar, aber für zwei würde sein Geld schon nicht mehr reichen. Und dass man hier Strümpfe einzeln erstehen konnte, bezweifelte er.

»Ich bin raus. Ich will kein Styling.«

Maxine sah ihn mitfühlend an.

»Mach dir keine Sorgen. Ich kümmere mich um alles.«

Sie wirkte so selbstsicher und überzeugend, dass ihm Zweifel kamen. In Anbetracht des ungestümen Charakters seiner Gefährtin fragte er sich gar, ob sie vorhatte, etwas zu stehlen. Ein Überfall bei Prada. Möglich war alles. Im Sammelsurium ihrer großen Tasche fand sich am Ende vielleicht sogar auch eine Waffe. Als Maxine anfing, darin herumzuwühlen, schloss Alex nicht aus, dass sie ihm gleich einen Nylonstrumpf reichen würde, den er sich über den Kopf streifen sollte, um nicht erkannt zu werden.

Stattdessen reichte sie ihm jedoch einen weißen Stick.

»Hier, atme das ein. Es ist ein Stick mit ätherischen Ölen, die eine Anti-Stress-Wirkung haben.«

»Benutzen Sie etwa ätherische Öle?«

»Aber natürlich. Falls du es noch nicht bemerkt haben solltest, ich bin eine ziemlich energiegeladene Person, und hin und wieder muss ich etwas für meine Entspannung tun.«

»Klar doch, bei Ihren Plänen für die Zukunft gibt es natürlich nichts Besseres als einen guten Stick mit ätherischen Ölen zur Entspannung.«

Aber sosehr Alex sich auch aufplusterte und über Maxine lustig machte, er atmete jetzt doch tief ein und hoffte, dass die Entspannung unmittelbar eintreten möge.

»Ich merke rein gar nichts. Ihr Wundermittel funktioniert nicht.«

»Warte ein wenig. Gib den Wirkstoffen Zeit, sich zu entfalten.«

Maxine griff erneut nach der Türklinke, um das Geschäft endlich zu betreten.

Alex hielt sie am Arm zurück.

»Warten Sie! Ich habe noch nie einen solchen Laden betreten«, gestand er kleinlaut. »Ich weiß überhaupt nicht, wie ich mich benehmen soll.«

»Eine Gebrauchsanweisung gibt es dafür nicht. Sag dir einfach, dass wir ein paar Einkäufe erledigen.«

Diesmal stieß sie die Tür auf und ging hinein.

Die hochnäsige und ziemlich aufgetakelte Verkäuferin zog verächtlich die Augenbrauen in die Höhe, als sie die beiden Eindringlinge sah, die es tatsächlich gewagt hatten, die Schwelle ihrer Boutique zu überschreiten. Ein junger, schlaksiger Punk in Jeans, T-Shirt und Turnschuhen und eine alte Dame im Sonntagsstaat. Sie warf einen fachmännischen Blick auf die Perlenkette, die Maxine trug, und lächelte spöttisch. Süßwasserperlen.

Wieder einmal Touristen, die sich als Leute von Welt fühlen wollten, indem sie am luxuriösen Flair ihrer Boutique schnupperten. Aufdringliche Personen, die sie ganz schnell wieder aus ihrem Königreich vertreiben würde.

Sie ging mit einem Gesichtsausdruck auf die beiden zu, der mehr als deutlich kundtat, dass sie Wichtigeres zu tun hatte, obwohl weit und breit niemand zu sehen war.

»Haben Sie sich verlaufen? Das Bekleidungsgeschäft Damart liegt am Ende der Straße.«

Mit perfekt manikürtem Finger samt in gedecktem Rot lackiertem Fingernagel wies sie zum Ausgang.

Alex fühlte sich so unbehaglich in seiner Haut, dass er von einem Fuß auf den anderen trat wie ein Kind, das dringend zur Toilette muss. Er zupfte Maxine auf der Höhe des Ellbogens an ihrer Jacke, um ihr zu bedeuten, dass er fort von hier wolle. Als sie seine Hand jedoch wegschubste, ließ er den Ärmel wieder los, schaute wie ein geschlagener Hund drein und begann, an seinen Fingernägeln zu kauen.

Hier hatte er nichts zu suchen. Es war vollkommen fehl am Platz. Das Geschäft für Campingausrüstung war in Ordnung,

Prada hingegen nicht. Das war doch nicht so schwer zu verstehen. Warum hatte Maxine ihn genötigt, hier hineinzugehen? Jetzt musste er den süffisanten Blick dieser schrecklichen Verkäuferin ertragen.

Die einfache kleine Shopping-Tour drohte zu einem Spießrutenlaufen zu werden. Er wischte seine feuchten Hände an der Jeans ab. Die Verkäuferin, auf jedes noch so geringe Fehlverhalten lauernd, setzte eine angewiderte Miene auf.

Alex wich noch einen Schritt weiter zurück, um hinter Maxine Zuflucht zu suchen wie hinter einem Schutzschild.

Sie hingegen wirkte rundum zufrieden und tat so, als hätte sie die unterschwellige Aggressivität ihres Gegenübers nicht im Geringsten bemerkt.

»Danke, aber wir sind genau da, wo wir hinwollten. Bitte zeigen Sie uns die Anzüge.«

15

Die Verkäuferin schnaufte vernehmlich, um ihrer Verärgerung Ausdruck zu verleihen. Sie hatte es offensichtlich mit hartgesottenen Störenfrieden zu tun. Fürs Erste fügte sie sich, setzte jedoch darauf, dass ein Blick auf die Preisschilder die beiden veranlassen würde, die Flucht zu ergreifen.

Sie führte die Eindringlinge zum Bereich mit den Anzügen und wandte sich mit steil aufgestellten Augenbrauen zu Alex um:

»Ich nehme an, es ist für den Herrn?«

Das Wort »Herr« klang aus ihrem Mund wie eine Beleidigung. Alex hätte sich am liebsten in ein Mauseloch verkrochen. Maxine hingegen reckte die Brust heraus und mühte sich nach Kräften, trotz ihrer geringen Körpermaße die Verkäuferin von oben herab anzusehen. Ihr Einfallsreichtum kannte dabei keine Grenzen: Sie stellte sich unauffällig auf eine erhöhte Kante des Fußbodens, auf eine Treppenstufe oder, wenn sonst gar nichts mehr blieb, einfach auf ihre Zehenspitzen. Die Verkäuferin war angesichts dieses Getänzels mittlerweile davon überzeugt, dass sie es mit einer geistig zumindest instabilen Person zu tun hatte.

Entnervt fragte sie:

»Was für einen Anzug suchen Sie denn? Soll er für einen bestimmten Anlass sein?«

Mit bohrendem Blick richtete sie diese Worte an Alex, denn die alte, verwirrte Dame machte ihr allmählich etwas Angst. Er erstarrte förmlich, wie ein unversehens ins Scheinwerferlicht eines Autos geratener Hirsch. Allerdings einer, der sich eher wie ein Igel fühlte.

Die Verkäuferin musste ihre ganze scheinheilige Geschäfts-tüchtigkeit aufbringen, um die beiden Taugenichtse nicht hochkantig hinauszuwerfen. Sie hatte es tatsächlich mit einer verrückten Alten und einem jungen Schwachkopf zu tun! Was für ein Tag. Sie erinnerte sich an die Schulung, die Prada für seine Angestellten hier in der Region veranstaltet hatte. Niemals einen Kunden für einen Idioten halten oder zumindest nur so weit, dass er es nicht merkt. So lautete die vierte Grund-regel – oder war es doch die fünfte gewesen? Sie wusste es nicht mehr genau. Sie hatte damals eine nicht unerhebliche Zeit an der Hotelbar verbracht und Cocktails geschlürft in der Hoff-nung, dass einer der hohen Herren auf sie aufmerksam würde und ihr den Weg fort aus der Provinz ebnete.

Die neurotische Alte riss sie aus ihren gedanklichen Ab-schweifungen:

»Nichts Besonderes. Nicht für einen besonderen Anlass. Wir wollen einen ›kasualen‹ Anzug.«

Sie hatte dies mit einem solchen Selbstvertrauen gesagt, dass die Verkäuferin verunsichert war. Was war ein ›kasualer‹ Anzug? Eine bestimmte Marke? Ein bestimmter Schnitt? Ein Anzug mit Weste?

Sie ließ sämtliche Modelle der Prada-Kollektion vor ihrem inneren Auge Revue passieren. Es gab kein einziges Teil, das ›kasual‹ hieß.

Diese beiden schrägen Vögel hatten bei ihr einfach nichts zu suchen. Sie stahlen ihr nur die Zeit. Wie ein Mantra wie-derholte sie sich Regel Nummer vier, vielleicht auch fünf aus der Schulung. Sie musste die beiden endlich irgendwie los-werden.

»Es tut mir leid, Madame, wir haben kein Kleidungsstück mit dem Namen ›kasual‹.«

Die Alte blickte verächtlich auf sie herab.

»»Kasual‹ ist kein besonderes Kleidungsstück, es ist eine Stilrichtung. Man kleidet sich ›kasual‹, das heißt so viel wie alltags-tauglich.«

»Ach so! Sie meinen *casual*«, korrigierte die Verkäuferin nun mit betont amerikanischem Akzent.

»Sage ich doch, ›kasual‹.«

»Nein, es heißt *casual*«, sagte die Verkäuferin mit Nachdruck.

»Ja, genau, ›kasual‹.«

Maxine war hochgradig genervt von dieser kleinen, be-schränkten Person, die offenbar von nichts eine Ahnung hatte. Sie selbst hingegen freute sich diebisch darüber, dass sie dieses neue, in einer Zeitschrift im Leseraum des Altenheims aufge-schnappte Wort endlich einmal hatte anbringen können.

Da die Verkäuferin das Affentheater nun endlich abschlie-ßen wollte, richtete sie ihre Aufmerksamkeit lieber auf den stumm verharrenden jungen Mann:

»Welche Größe tragen Sie? Eine 46?«

Er verzog ratlos das Gesicht, blickte gequält und brachte le-diglich ein paar unzusammenhängende Silben hervor. Erneut zupfte er am Ärmel der alten Dame, die ihm nun mitleidig bei-sprang:

»Genau, ja. Er trägt Größe 46.«

Die Verkäuferin zog ein paar ›kasuale‹ Anzüge aus dem Regal und reichte sie dem Schwachkopf. Der machte jedoch keinerlei Anstalten, sie zu nehmen. Erst als die Alte ihn mit dem Ellbogen anstieß, schüttelte er seine Lethargie ab und griff nach den Kleiderbügeln.

»Der Preis steht innen.«

Maxine verschwendete keine Zeit damit, einen Blick darauf zu werfen.

»Wo können wir sie anprobieren?«

»Die Umkleidekabinen sind ganz hinten im Geschäft, gleich neben den Strümpfen.«

»Kann man bei Ihnen Strümpfe auch einzeln kaufen?«

Sprachlos starrte die Verkäuferin den offenbar Minderbemittelten an, dann machte sie auf dem Absatz kehrt und stolzierte Richtung Kasse.

Erleichtert darüber, dass diese Hexe sie endlich allein ließ, übernahm Maxine jetzt wieder die Initiative. Der Kleine wirkte geradezu traumatisiert, sie musste ihm erst einmal wieder Selbstvertrauen einflößen. Doch war er erst einmal umgezogen und konnte sich in einem wunderbaren, perfekt sitzenden Anzug im Spiegel betrachten, würde er sich rasch von seinem Gefühlschaos erholen. Sie setzte ein zuversichtliches Lächeln auf und bugsierte ihn in eine der Umkleidekabinen.

»Los, probier sie an. Wart's ab. Wie aus der Schale gepellt wirst du aussehen!«

»Aus dem Ei, Maxine, aus dem Ei gepellt«, murrte Alex noch rasch, während er den schweren Samtvorhang zuzog.

Im Schutz der Kabine fühlte Alex sich einigermaßen sicher. Sein Mund war immer noch trocken, aber sein Herz schlug nicht mehr ganz bis zum Hals. Im gedämpften Licht hier drinnen fasste er wieder Mut. Er atmete tief und langsam ein und aus, um sich zu beruhigen.

Nachdem die drohende Panikattacke so abgewendet war, musterte er die an den Garderobenhaken aufgehängten Kleidungsstücke. Er fuhr mit den Fingerkuppen über den Stoff. Alle fühlten sich gleichermaßen weich und seidig an. Noch nie zuvor hatte er etwas Ähnliches getragen. Das war einfach zu gut für ihn, zu schön, zu schick, während er doch so … Es würde nicht zu ihm passen.

Seine Hand glitt über ein Sakko, dessen perfekter Schnitt auch ihm nicht verborgen blieb. Die mit Kaschmirmotiven verzierte Innentasche beeindruckte ihn zutiefst. Sehr schick. Zu schick. Was besaß er denn schon, das er in eine Innentasche stecken konnte? Die Autoschlüssel zu seinem Twingo? Nein, solche Innentaschen waren für Männer mit erfülltem Leben bestimmt, für interessante Männer, die in ihrem interessanten Leben mit interessanten Dingen beschäftigt waren.

Andererseits – was riskierte er denn? Niemand sah ihn hier. Er würde die Sachen einfach einmal anprobieren. Nur um zu sehen, wie es sich anfühlte, so etwas zu tragen. Wie bei einer Verkleidung, die manchmal eine erstaunliche Wirkung hervorruft. Er würde sich als ein Mann verkleiden, der vor Selbstsicherheit nur so strotzte, ein Mann, der er vermutlich niemals sein würde.

Er nahm die Hose vom Ebenholzkleiderbügel und zog sich aus. Das Hemd. Die Weste. Die Jacke. Als er in den ganzen Anzug geschlüpft war, holte er tief Luft, bevor er einen Blick in den Kabinenspiegel wagte.

Er staunte sein Spiegelbild an wie einen Fremden. Das war er und zugleich doch nicht. Er in viel Schöner. Unwillkürlich musste er den Unbekannten anlächeln, der ihm da entgegenblickte. Und dann wollte er Maxine sein neues Erscheinungsbild vorführen.

Er wollte gerade den Vorhang beiseiteschieben, als er draußen eine etwas metallisch scheppernde Musik vernahm. Er erkannte den unverwechselbaren Sound von Maxines altem Handy. Allerdings war es nicht der Klingelton, den er bereits mehrmals gehört hatte und auf den sie nie antwortete. Es war keine wiederkehrende Tonfolge, sondern eine Melodie. Nein! Das konnte sie doch wohl nicht wagen!

Der Soundtrack des Films *Pretty Woman* tönte über das vorsintflutliche Nokia-Gerät durch den ganzen Raum. Alex stürmte aus der Kabine, um ihr klarzumachen, dass sie auf der Stelle aufhören musste, einen solch ungehörigen Lärm zu veranstalten. In einem Geschäft wie diesem hier durfte man keinesfalls unangenehm auffallen, und noch viel weniger durfte man Musik abspielen. In einem Geschäft wie diesem hier verständigte man sich im Flüsterton.

Der Kopf der alten Dame wackelte im Takt des Songs.

»Gefällt dir meine Überraschung? Jacky Potier hat mir den Song auf mein Telefon geladen.«

»Ich dachte, der wäre gestorben?«

»Ja, aber bevor er starb, hatte er schon noch Zeit, ein paar Dinge zu tun. Und dazu zählte auch, mir einige Musikstücke aufs Telefon zu laden. Du siehst großartig aus! Los, los, mach ein paar Schritte und dreh dich einmal um!«

Alex, dem das Kompliment schmeichelte und auch der Stolz nicht verborgen blieb, der in Maxines Augen aufleuchtete, ließ sich auf das Spiel ein. Er stolzierte auf dem granatfarbenen Samtläufer auf und ab. Als die Musik aufhörte, hielten beide einen Augenblick wie erstarrt inne und sahen einander an, wohl wissend, dass ihnen dieser Augenblick für immer in Erinnerung bleiben würde.

16

»Den nehmen wir!«, rief Maxine begeistert.

Das brachte Alex mit einem Schlag in die Wirklichkeit zurück. Niemals würde er sich einen solchen Anzug leisten können. Es war alles ein Traum.

»Das geht nicht, Maxine. Es war sehr gut gemeint von Ihnen, und ohne Sie hätte ich es nie gewagt, dieses Geschäft zu betreten, aber ich kann mir diese Sachen nicht leisten. Sie sind viel zu teuer.«

Er warf einen besorgten Blick in Richtung Kasse, wo die schreckliche Verkäuferin lauerte. Maxine folgte seinem Blick.

»Mach dir keine Sorgen. Das ist ein Geschenk.«

»Nein, ich möchte nicht, dass Sie so etwas für mich tun. Sie werden doch nicht Ihr ganzes Geld für einen Unbekannten ausgeben!«

»Zunächst einmal ist es nicht mein ganzes Geld. Dieser Anzug ist sicher teuer, aber mein ganzes Geld verschlingt er nun auch wieder nicht. Außerdem bist du kein Unbekannter. Ich spüre, dass wir sehr viel mehr miteinander teilen als nur das Auto. Und zu guter Letzt: Was soll ich deiner Meinung nach mit meinem Geld anstellen? Ich werde es nicht mit ins Grab nehmen. Ich habe genug zurückgelegt, um die Ärzte in Brüssel zu bezahlen, und mit dem Rest mache ich, was ich will.«

Alex war tief bewegt. Von dem Kauferlebnis an sich, vor allem aber von dem, was Maxine gesagt hatte. Auch er fühlte eine Art Verbindung zwischen ihnen beiden. Er hatte sich ihr gegenüber viel mehr geöffnet, als er es gegenüber seinen Freunden oder auch seinen Eltern je vermocht hätte. Deshalb quälte es ihn umso mehr, dass sie jetzt wieder von dieser verrückten Sterbehilfe-Sache sprach. Solange er lebte, würde er es niemals zulassen, dass Maxine so starb. Das schwor er sich feierlich.

Sie lenkten ihre Schritte Richtung Kasse. Dort war die Verkäuferin allem Anschein nach hochgradig davon in Anspruch genommen, einen Stapel Pullover zu ordnen. Maxine räusperte sich, und Alex, der jetzt ein wenig Oberwasser bekommen hatte, tat es ihr aus Solidarität gleich. Die Verkäuferin musterte die beiden schrägen Vögel abschätzig, denn sie stellte sich bereits vor, welche Ausdünstungen sie in der Kabine hinterlassen haben könnten. Sie würde eine ordentliche Dosis Desinfektionsspray einsetzen müssen, wenn das Duo erst einmal verschwunden war. Sie hatte sich bereits auf die Zunge gebissen, um keine Bemerkung zu machen, als die bekloppte Alte die Musik aufgedreht hatte, denn sie befürchtete tatsächlich, das Ganze könnte noch eine gewalttätige Wendung nehmen. Bei psychisch instabilen Personen wusste man ja nie, da war eine gehörige Portion Misstrauen wahrlich angebracht. Erst jetzt bemerkte sie, dass der Schwachkopf immer noch eines der Modelle am Leib trug. Er würde sie am Ende doch wohl nicht um ihre Meinung fragen? Sie kam ihm zuvor:

»Gefällt Ihnen der Anzug, mein Herr?«

Das war eine weitere versteckte Beleidigung. Alex wusste sehr genau, dass er kein »Herr« war.

»Wir nehmen ihn«, verkündete Maxine von oben herab.

»Sehr gut. Dann können Sie sich jetzt in Ruhe umziehen.«

»Nicht nötig. Er möchte ihn gleich anlassen.«

Voller Widerwillen griff die Verkäuferin nach den Sachen des jungen Mannes und stopfte sie in eine elegante schwarze Schachtel. Diese stellte sie in eine große blassgrüne Tragetasche, die den Schriftzug der berühmten Marke trug. Plötzlich befielen sie Zweifel, und sie fragte:

»Wie wollen Sie bezahlen?«

Maxine griff mit beiden Händen nach ihrer riesigen Wundertasche. Zunächst beförderte sie einen Wecker, einen Kugelschreiber, eine Wasserflasche und einen Müsliriegel zutage. Angesichts dieser Unordnung auf ihrer Verkaufstheke wurde die Verkäuferin erneut von Panik ergriffen. Diese Obdachlosen spielten ihr wahrlich übel mit.

Schon wollte sie all ihr Gift verspritzen, um diesem aufdringlichen Gesindel das Handwerk zu legen, als sie mit einem Mal innehielt.

Die alte Dame hatte ein pralles Bündel Geldscheine hervorgezogen.

Hatten die beiden eine Bank überfallen? Würden sie sie als Geisel nehmen? Waren sie Drogenbosse, die hier Geldwäsche betreiben wollten?

Sie erinnerte sich an Regel Nummer eins – oder war es doch Nummer zwei gewesen? –, die sie bei der Prada-Schulung gelernt hatte. Wenn ein Kunde Geld hat, nehmen Sie es, ohne Fragen zu stellen. Ein zahlender Kunde ist ein guter Kunde.

Nun, sie war schließlich nicht die Polizei. Womöglich würde sie durch diese beiden Gauner sogar ihre monatliche Prämie aufbessern.

»Wenn ich Ihnen meine Meinung sagen darf, mein Herr, dieser Anzug steht Ihnen ganz ausgezeichnet. Er ist Ihnen geradezu auf den Leib geschneidert.«

Sie lachte schrill auf und trieb ihre Bemühungen voran:

»Darf ich Ihnen vielleicht ein paar Accessoires zeigen, die das Ensemble vervollständigen würden? Ich bin sicher, dass sie Ihnen gefallen würden. Ein so gut aussehender junger Mann wie Sie …«

Sie warf Alex einen schelmischen Blick zu, konnte ihm aber nicht die kleinste Regung entlocken.

Alex hatte das Bündel Geldscheine nicht gesehen. Er hatte sich umgedreht, um seinen Blick ein letztes Mal durch dieses Luxusgeschäft schweifen zu lassen, denn er war sicher, dass er einen solchen Ort nicht so bald wieder betreten würde. Das veränderte Benehmen der Verkäuferin und ihr zuckersüßer Tonfall waren ihm noch unangenehmer als ihre kaum verhohlene Verachtung zuvor.

Sein Blick fiel auf die Verkaufstheke, wo Maxine eine beeindruckende Menge bunt zusammengewürfelter Gegenstände ausgebreitet hatte. Plötzlich sah er die Geldscheine. Maxine hatte nicht gelogen, als sie sagte, dass sie genug Geld für alles vorgesehen hatte. Er warf ihr einen komplizenhaften Blick zu, bevor er sich an die Verkäuferin wandte:

»Ich habe Sie vorhin gefragt, ob Sie auch einzelne Strümpfe verkaufen«, rief er ihr in Erinnerung.

»Äh, eigentlich nicht. Im Allgemeinen verkaufen wir sie paarweise.«

Maxine begann, die Geldscheine von einer Hand in die andere zu werfen wie ein Pokerspieler seine Karten.

»Aber für Kunden wie Sie können wir sicher eine Ausnahme machen …«

»Sehr schön, dann möchte ich bitte einen beigefarbenen Strumpf in Größe 42 und einen grünen in Größe 46«, fuhr Alex ernsthaft fort.

»Und packen Sie mir noch einen rosafarbenen in Größe 38 dazu«, nahm Maxine den Faden auf.

Je absonderlicher die Wünsche wurden, desto kleinlauter wurde die Verkäuferin. Sie erinnerte sich an Regel Nummer drei des Seminars – oder war es die vierte gewesen? Jeder Verkauf ist ein Verkauf.

»Ich werde im Lager nachsehen.«

Kaum war sie verschwunden, brachen die beiden Komplizen in Lachen aus.

»Haben Sie das gesehen? Was für ein spontaner Sinneswandel!«

»Das ist die Macht des Geldes, mein Lieber.«

Die Verkäuferin tauchte, mit kostbaren Strümpfen beladen, wieder auf.

Maxine fächelte sich scheinbar selbstvergessen mit einem Geldschein etwas Luft zu.

»Können Sie uns das als Geschenk einpacken?«

»Aber natürlich.«

Sie beobachteten genüsslich, wie sich die Verkäuferin mit Geschenkpapieren und Bändern abmühte. Als sie ihnen das Päckchen mit zuckersüßem Lächeln reichte, strahlte Maxine sie an:

»Ich habe es ja gesagt, Kleider machen Beute!«

17

Hochzufrieden verließen sie das Geschäft. Maxine hatte sich noch ein hübsches Seidentuch gegönnt, das sie nun elegant um ihren Hals geschlungen hatte. Alex hatte ihr vorgeschlagen, sich ein schönes Kleid zu kaufen, aber das hatte sie abgelehnt und als Argument ins Feld geführt, dass ein zu enges Kleid sie daran hindern könnte, ihn aufzufangen, falls sie eine weitere Vertrauensübung planen würden.

Sie hatten das Geschäft betreten als Alex, der Depressive, und Maxine, die Selbstmordkandidatin, doch sie verließen es wie zwei Filmstars. Zumindest fühlten sie sich so. Draußen auf der Straße erblickten die Passanten eine alte Dame und einen jungen Mann im dreiteiligen Anzug, die vermutlich zu einer Hochzeit unterwegs waren. Zwei Außerirdische, die sich gerade bei Prada eingekleidet hatten.

Beschwingt schlenderten die beiden Reisenden durch die Straßen. Sie stolzierten geradezu umher. Zum ersten Mal seit Langem fühlten sie sich rundum zufrieden, einer wie der andere. Für einen »normalen« Menschen mochte das nichts Außergewöhnliches sein, aber für sie war es ein seltsames Gefühl – eine massive Adrenalinausschüttung hatte sich gleichsam wie ein wohltuender Balsam auf eine offene Wunde gelegt. Sie wussten, dass dieses Gefühl nicht von Dauer sein würde, deshalb genossen sie es umso mehr. Für sie war jede noch so kleine Spanne Glück ein Luxus, der ebenso selten auftrat wie der Komet Halley.

Sie beschlossen, im Starbucks an der Ecke einen Kaffee zu

trinken, um sich von ihren überschwänglichen Gefühlen zu erholen. Zu viel Glück auf einmal, das kostet Kraft, wenn man nicht daran gewöhnt ist.

Als sie das Café betraten, umschmeichelte der Kaffeeduft ihre Nasen.

»Ich habe noch nie zuvor ein Starbux besichtigt.«

»Ich glaube auch nicht, dass man ein Starbucks wirklich besichtigt. Man kommt hierher, um einen Kaffee zu trinken.«

Maxine warf einen bangen Blick zu der Wandtafel, die die angebotenen Produkte samt Preisangaben aufführte. Sie zuckte die Schultern und schlug kurzerhand die Richtung zum Tresen ein, wo ein Kellner bereitstand oder, besser gesagt, ein Barista.

»Guten Tag, ich bin Kevin, was hätten Sie denn gern?«

»Guten Tag, ich bin Maxine«, antwortete die alte Dame, erstaunt, dass man hier seinen Namen preisgeben musste, um ein Getränk zu erhalten. »Ich hätte gern einen Kaffee.«

Der nun seinerseits erstaunte Kellner wartete auf weitere Präzisierungen. Als er merkte, dass nichts kam, sah er sich gezwungen nachzufragen:

»Was für einen Kaffee? Einen Latte? Einen Mocaccino? Einen Cappuccino? Einen Frappuccino? Einen Macchiato? Mit Karamell? Mit Vanille? Mit Sojamilch?«

Maxine drehte sich zu Alex um.

»Seit wann ist es so schwierig geworden, einen Kaffee zu bestellen? Was ist denn das für ein Kauderwelsch?«

Sie beugte sich vor zu dem Kellner und artikulierte langsam und deutlich, als spräche sie mit einem fremdländischen Menschen, der unsere Sprache noch nicht gut versteht:

»Einen Kaffee, ich möchte einen *Kaffee*.«

Inzwischen hatte sich eine beträchtliche Warteschlange hinter ihnen gebildet, in der sich allmählich Unmut regte.

Jetzt nahm Alex die Dinge in die Hand. Er war stolz auf seinen neuen Anzug und fühlte sich tatsächlich als ein ganz anderer Mensch. Ein Mensch, der bereit war, Krisen zu bewältigen. Ein Mensch, der sich Herausforderungen stellte. Und in diesem Augenblick bestand die Herausforderung darin, einen Kaffee serviert zu bekommen. Bruce Willis rettete die Welt, und er, er bestellte einen Kaffee. Jeder konnte ein Problemlöser sein.

»Zwei Latte mit Karamell, bitte.«

Der Kellner wirkte erleichtert.

»Und zwei Muffins.«

Wenn man ein Mann der Tat war, dann musste man sich manchmal darauf verstehen, die Spannung aus einem Geschehen herauszunehmen und Kompromisse einzugehen. Dank der Muffins würde der Kellner nicht den Eindruck haben, seine Zeit an zwei lächerliche Getränke verschwendet zu haben.

Glücklich darüber, die umständliche Bestellung endlich aufnehmen zu können, kam der Kellner zum letzten Schritt des Bestellvorgangs. Er blickte Maxine an.

»Ihren Vornamen, bitte?«

»Den habe ich Ihnen doch eben bereits genannt.«

In Richtung Alex murmelte sie:

»Da fragt man sich doch, wer hier eigentlich Alzheimer hat.«

Dann wandte sie sich wieder dem Kellner zu.

»Warum wollen Sie meinen Vornamen wissen?«, säuselte sie. »Wir sind uns doch gerade erst begegnet, Sie kleiner Strolch!«

»Er braucht den Vornamen, um ihn auf unsere Becher zu schreiben, Maxine«, beeilte sich Alex zu erklären.

»Ach so!«, seufzte sie enttäuscht. »Dann bin ich Tim, und er ist Struppi.«

Kaum hatten sie mit ihren dampfenden Bechern in den Händen an einem Tisch Platz genommen, da klingelte wieder Maxines Handy. Aus dem Augenwinkel warf sie einen kurzen, unauffälligen Blick auf das Display, nahm das Gespräch aber nicht an.

»Wer versucht Sie denn da ständig zu erreichen?«

»Das geht dich nichts an.«

»Dann schalten Sie Ihr Gerät doch wenigstens auf stumm«, entgegnete Alex gekränkt. »Dann stören Sie wenigstens niemanden mehr.«

»Du meinst wohl, dann störe ich dich nicht mehr?«

Maxine nahm ihr Handy so vorsichtig in beide Hände wie eine Bombe kurz vor der Explosion.

»Stumm schalten? Das heißt, dann würde es nicht mehr klingeln? Geht das?«

»Aber natürlich. Ihr Handy macht alles, was Sie ihm sagen.«

Die alte Dame betrachtete ihr Handy misstrauisch.

Dann beugte sie sich vor, bis ihr Mund dem Display ganz nah war, und schrie:

»SEI STILL!«

Alex war entsetzt. Ein paar Leute hatten sich zu ihnen umgedreht. Er fühlte sich unwohl, denn er stand nicht gern im Zentrum der Aufmerksamkeit. Sein Anzug verlor langsam seine magische Wirkung. Aber auch ein Bruce Willis hat hin und wieder einen Durchhänger.

»Warum schreien Sie denn so?«

»Du hast doch gesagt, dass ich das Handy stumm schalten kann, und dass es alles tut, was ich ihm sage. Hat es nun geklappt oder nicht?«

»Nein, natürlich nicht. Mit bloßem Anschreien ist es nicht getan.«

»Sag bloß, das Ding ist jetzt auch noch sensibel, und ich muss freundlicher mit ihm reden, damit es gehorcht … Einfach unverschämt, diese neuen Technologien!«

»Ich glaube kaum, dass man bei Ihrem alten Nokia-Gerät von neuer Technologie sprechen kann.«

»Wenn du die Telefone gesehen hättest, die es während des Krieges gab, würdest du so etwas nicht sagen.«

Da kam Alex eine Idee. Er griff nach seinem Smartphone.

»Gut. Wenn Sie mit einem Telefon sprechen möchten, dann nehmen Sie meines.«

»Und warum sollte deines besser sein als meines?«

Alex' Blick glitt von Maxines altem Handy zu seinem eigenen neuen Smartphone. Seine Eltern hatten ihm, im Glauben, ihm etwas Gutes zu tun und seine Stimmung aufzuhellen, ein Gerät der neuesten Generation gekauft – aber das führte ihm nur umso klarer vor Augen, dass er niemanden hatte, den er anrufen konnte, und dass niemand ihn anrief.

»Mein Handy können Sie alles fragen, was Sie wollen. Es wird Ihnen antworten!«

»Wirklich alles?«

»Ja. Los, versuchen Sie es und stellen Sie ihm eine Frage.«

»Wer hat die Tour de France im Jahr 1955 gewonnen?«

Die Computerstimme des Gerätes antwortete:

»*Der Gewinner der Tour de France im Jahr 1955 war Louison Bobet.*«

Maxine nickte zustimmend.

»Wie groß ist die Entfernung zwischen Erde und Mond?«

»*Die Entfernung zwischen Erde und Mond beträgt 384.400 Kilometer.*«

Verärgert über den neunmalklugen Roboter fuhr sie fort:

»Wer hat *Die Geburt der Venus* gemalt?«

»*Das Bild* Die Geburt der Venus *wurde um das Jahr 1485 von Sandro Botticelli gemalt.*«

Sie schnaubte.

»Gut. Wenn du so gewitzt bist, dann weißt du sicher auch, was es zuerst gab: das Ei oder die Henne?«

Der Roboter begann herzubeten:

»*Im Vereinigten Königreich haben Forscher behauptet, die Henne hätte es zuerst gegeben. An der Universität von Sheffield ...*«

Alex nahm das Handy wieder an sich.

»Ich glaube, Sie haben gesehen, dass es funktioniert.«

»Aber es gibt noch andere Fragen, die ich stellen möchte! Warum ist der Mensch auf der Erde? Gibt es ein Leben nach dem Tod? Existieren tatsächlich extraterrestrische Wesen? Sind Elvis und Michael Jackson wirklich gestorben? Wer war der wahre Mörder von JFK?«

Maxines altes Nokia, das noch immer auf dem Tisch lag, klingelte erneut. Alex war schneller als sie und schnappte es sich.

»Jetzt reicht es. Ich werde Ihrem Peiniger mal ordentlich die Meinung sagen.«

»Gib mein Telefon wieder her!«

Das nun folgende Gerangel um das Gerät ging zugunsten von Alex aus. Er war um einiges stärker als Maxine, sie hatte keine Chance.

Das Klingeln hatte wieder aufgehört. Alex blickte auf das Display, das zahlreiche Icons aufwies.

»Wie lange ist es her, dass Sie nicht mehr daraufgeschaut haben? Haben Sie all diese Icons gesehen? Jede Menge verpasste Anrufe, Textnachrichten … Da muss man mal wieder aufräumen.«

Er begann Maxines Nachrichten zu durchforsten.

Und er staunte nicht schlecht über das, was er vorfand.

18

Maxine, wo sind Sie? Ich habe Sie beim Frühstück nicht gesehen.
Robert Lamoureux

Maxine, jetzt melde ich mich noch einmal. Wir suchen noch einen Mitspieler für unser Backgammon-Spiel. Hätten Sie Lust?
Robert Lamoureux

Wenn es Ihnen lieber ist, können wir auch Dame spielen …
Robert Lamoureux

Maxine, Monsieur Lamoureux hat uns von Ihrer Abwesenheit unterrichtet. Die hier geltenden Regeln sind Ihnen bekannt. Jede Abwesenheit muss vom diensthabenden Pfleger genehmigt werden. Nehmen Sie bitte schnellstmöglich Kontakt zu uns auf.
Sophie Durefer, Leiterin der Residenz Beau Séjour

Liebe Maxine,
die Mitarbeiter unserer Praxis bedanken sich, dass Sie uns ausgewählt haben, um Ihre letzte Reise anzutreten.
Wir werden alles tun, um das Ende sanft und heiter zu gestalten.
Wir erinnern Sie daran, dass Sie Ihren Termin für den 13. Mai anberaumt haben.
Das gesamte Team steht für Sie bereit.
Mit herzlichen Grüßen
Praxis *Letzter Ausweg* Brüssel

PS: Im unglücklichen Fall eines vorzeitigen Hinscheidens werden 30 Prozent der vereinbarten Kosten für den Verwaltungsaufwand fällig. Vielen Dank für Ihr Verständnis.

Maxine, ich bitte Sie, kommen Sie zurück. Ich sehe mich gezwungen, Ihnen eine Verwarnung zu erteilen.
Sophie Durefer, Leiterin der Residenz Beau Séjour

Ihr Abonnement im Sportklub *Les Mimosas* läuft bald aus. Bitte kontaktieren Sie Brian, Ihren Fitness-Coach!

Maxine, sind Sie an einem Immobilienkauf interessiert? Ein guter Zeitpunkt, um zu investieren.
Immo 3000

Maxine, rufen Sie mich bitte zurück. Wir haben uns doch immer gut verstanden und sind (beinahe) Freundinnen. Ich möchte Ihnen wirklich keine zweite Verwarnung erteilen müssen.
Sophie Durefer, Leiterin der Residenz Beau Séjour

Maxine, Sie haben ab sofort Hausarrest!
Sophie Durefer, Leiterin der Residenz Beau Séjour

Ich verständige jetzt die Polizei!
Sophie Durefer, Leiterin der Residenz Beau Séjour

Maxine, ich habe mitbekommen, dass Sie blaumachen. Bravo! Könnten Sie mir vielleicht etwas Schokolade mitbringen? Die Pflegerin nimmt mir meine immer ab …
Ich revanchiere mich selbstverständlich.
Marty Schuberts
PS: Wenn Sie meinen Rat benötigen, rufen Sie mich bitte an. Zellennachbarn müssen einander schließlich beistehen …

Die Polizei ist hier. Die Überwachungskameras zeigen, wie Sie in einen Twingo steigen, an dessen Steuer ein verdächtiges Individuum sitzt.

Die Polizei hat die Ermittlungen aufgenommen, da sie von einer Entführung ausgeht. Halten Sie durch!

Sophie Durefer, Leiterin der Residenz Beau Séjour

Hier noch ein paar Ratschläge, um zu verhindern, dass der Entführer Ihnen zu Leibe rückt:

Versuchen Sie, ihn in Gespräche zu verwickeln.

Bauen Sie, wenn möglich, eine affektive Verbindung zu ihm auf, damit es ihm schwerer fällt, Sie zu töten.

Spielen Sie auf Zeit.

Ergreifen Sie die Flucht, wenn sich eine Gelegenheit bietet!

Sophie Durefer, Leiterin der Residenz Beau Séjour

19

Die gelesenen Botschaften lösten bei Alex erst Betroffenheit, dann Bestürzung und schließlich blankes Entsetzen aus. Es blieb ihm jedoch keine Zeit, sich von seinem Gefühlschaos zu erholen. Nach einem kurzen, ratlosen Blick gen Himmel wollte er Maxine mit allem Nachdruck um Erklärungen bitten. Aber da glitt sein Blick über das in einer Ecke des Cafés stehende Fernsehgerät – und blieb dort hängen. Er meinte, das Gesicht der alten Dame auf dem Bildschirm erkannt zu haben. Jetzt richtete er seine ganze Aufmerksamkeit auf die laufende Über-tragung. Er erkannte den Sprecher und das Dekor der täglichen Nachrichtensendung. Gebannt lauschte er:

Und nun kommen wir zu einer schrecklichen Nachricht, die uns ge-rade erreicht hat: Es geht um die Entführung einer Seniorin. Ge-sucht wird Maxine, eine fünfundneunzigjährige Dame, die heute Morgen ihr Altenheim verließ und seither verschwunden ist. Sie trägt einen Faltenrock und eine lavendelfarbene Strickjacke. Aus bislang ungeklärten Gründen hatte sie auch einen Koffer bei sich.

Einige Beobachtungen während der bisherigen Ermittlungen veranlassen die Polizei, von einem »besorgniserregenden Verschwin-den« zu sprechen. In der Tat liefern die Überwachungskameras in der Rue du Général-de-Gaulle Nummer 48 einige wertvolle Hin-weise. Auf den Bildern ist zu sehen, wie die unglückselige Seniorin in einen Renault Twingo steigt, der von einem jungen Mann ge-steuert wird, bei dem es sich dem Anschein nach möglicherweise um einen Drogenabhängigen handelt.

Der mit den Ermittlungen betraute Inspektor Rocher gibt uns nun näheren Aufschluss über den Entführer: »Es handelt sich um einen fünfundzwanzigjährigen Mann. Kaukasischer Typus. Ohne Vorstrafen. Allerdings haben eingehende Nachforschungen ergeben, dass er an einer schweren Depression leidet. Der labile Zustand und die Suizidgefährdung des Individuums geben Anlass zu den schlimmsten Befürchtungen. Wir müssen hoffen, dass er die Geisel nicht genommen hat, um sie mit sich in den Tod zu reißen. Wenn Sie also die alte Dame oder ihren Entführer irgendwo entdecken, dann greifen Sie nicht ein, sondern verständigen Sie umgehend die Polizei.«

Die Eltern des Entführers äußern sich erstmalig auf unserem Sender, und zwar in einem bewegenden Appell, der einmal mehr zeigt, in welche Verzweiflung ein psychisch labiles Kind eine Familie stürzt: »Alex ist kein schlechter Junge. Er macht gerade eine schlimme Phase durch. Wenn er diese Dame entführt hat, so geschah das mit Sicherheit aus einem plötzlichen Impuls heraus. Alex, stell dich der Polizei. Es ist nicht zu spät. Mach keine Dummheiten, dann wird alles ein gutes Ende nehmen.«

Die Bewohner des Altenheims stehen allesamt unter Schock. Monsieur Lamoureux, ein enger Freund der Vermissten und Vorsitzender des Komitees RETTET MAXINE, beteuert: »Ich verstehe nicht, wie das geschehen konnte. Als sie nicht zum Backgammon erschien, wusste ich, dass etwas Schwerwiegendes vorgefallen sein muss.«

Bestürzt über das Verschwinden zeigt sich auch Madame Durefer, die Leiterin der Residenz Beau Séjour. Sie bezeichnet Maxine als einen Grundpfeiler der Gemeinschaft in ihrem Altenheim: »Ich bin fassungslos. Hier in der Residenz Beau Séjour hängen wir sehr an unseren Kunden, äh ... unseren Bewohnern. Wir betrachten sie gewissermaßen als Familienmitglieder. Zudem stehen Maxine und ich uns sehr nahe. Als ich erfahren habe, dass sie verschwunden ist, habe ich sie zunächst freundlich darum gebeten zurückzukehren. Ich verstehe nicht, wie es zu dieser Situation kommen konnte. In der Residenz Beau Séjour steht die Sicherheit der Kunden, äh … Bewohner an erster Stelle, und ich lade alle künftigen Investoren, äh … Bewohner und ihre Familien ein, sich am Tag der offenen Tür, der am kommenden Wochenende stattfindet, unsere günstigen Sondertarife zu sichern. Bei der Anmeldung von zwei Senioren zahlt der zweite während der ersten drei Monate nur 50 Prozent.«

Wir halten Sie auf dem Laufenden über den Fortgang der Ermittlungen in diesem traurigen Fall, der wieder einmal zeigt, welcher Grausamkeit alte Menschen zum Opfer fallen können.

Und damit legen wir Ihnen das heutige Abendprogramm mit einer Sondersendung von Bernard de La Villardière ans Herz, die sich den Schattenseiten der Altenheime widmet: Erpressung, Schwarzhandel, Prostitution …

20

»Einfach skandalös ist das! Was für haltlose Dummheiten diese Journalisten von sich geben ... fünfundneunzig Jahre!«, schrie Maxine in Richtung Fernsehgerät und fuchtelte wild mit den Armen herum. »So ein Blödsinn! Das ist doch der Gipfel. Aber was rege ich mich eigentlich auf?«

Alex stand unter Schock. In seinem Kopf drehte sich alles. Seine Gedanken verknäulten sich zu einem heillosen Durcheinander, das er nicht zu entwirren vermochte.

»Ich sollte denen einen Prozess anhängen!«, empörte sich Maxine weiter. »So ein dummes Gerede! Also wirklich, in was für einem Polizeistaat leben wir denn eigentlich ... Man kann nicht einmal mehr einen kleinen Ausflug machen, ohne die Brigaden des Tigers im Nacken zu haben! Sehe ich etwa so aus, als wäre ich fünfundneunzig Jahre alt? Man hält mich höchstens für fünfundsechzig, an schlechten Tagen vielleicht für siebzig ...«

Alex verharrte immer noch regungslos. Maxine verpasste ihm einen Klaps auf die Schulter, um ihn aus seiner Lethargie zu reißen.

»Wach auf, mein Lieber! Wir haben jetzt keine Zeit zum Schlafen. Ist dir klar, dass ich soeben vor Millionen von Fernsehzuschauern beleidigt wurde? Pass bloß auf, Antenne zwei, wenn ich dich erst erwische!«, stieß sie mit zusammengepressten Kiefern und erhobener Faust hervor.

Alex hörte ihr nur mit einem Ohr zu. Er war völlig benommen von dem, was er da gehört hatte. Entführung. Freiheitsberaubung. Wie hatte er sich nur in eine solche Geschichte hineinziehen lassen können? Spielte ihm das Leben nicht ohnehin schon übel mit? Jetzt wurde er auch noch zum Gewaltverbrecher. Verglichen damit war sein Versäumnis mit dem TÜV tatsächlich halb so wild.

Er wagte zunächst nicht, den Blick über den Rand seines Kaffeebechers hinaus zu erheben – womöglich waren alle Blicke auf ihn gerichtet, den Kidnapper von alten Damen. Dann sah er schließlich doch vorsichtig auf, bereit, unverzüglich das Weite zu suchen. Ein Kunde zog sein Handy aus der Tasche. Sicher, um ihn zu denunzieren …

Nein, der wollte offenbar lediglich wissen, wie spät es ist. Ein anderer musterte ihn eingehend … Nein, nicht ihn, sondern das hübsche Mädchen hinter ihm.

Niemand schien Alex besondere Aufmerksamkeit zu schenken. Fürs Erste jedenfalls. Vielleicht hatten sie diesen schrecklichen Beitrag gar nicht verfolgt. Das Gerät stand in einer ungünstigen Ecke des Cafés, und die Kunden schienen es nicht wirklich zu beachten.

Das reinste Lügengespinst. Ausgerechnet er sollte sich an einem alten Menschen vergreifen! Nicht einmal einer Spinne konnte er etwas zuleide tun. Tauchte eine in seinem Zimmer auf, mühte er sich ab, sie auf ein Blatt Papier zu locken, um sie nach draußen zu tragen. Wie konnten ihm seine Eltern eine solche Tat zutrauen? Dachten sie tatsächlich, er könnte Maxine etwas antun? Seit seiner Depression hatte er den Kontakt zu ihnen vermieden, und auch zuvor hatte es kein sehr ausgeprägtes Familienleben gegeben. Aber deswegen musste man doch nicht gleich annehmen, er sei ein Psychopath, der sich vor Altenheimen auf die Lauer legt …

Das Allerschlimmste jedoch war: Was würde *sie* denken? Würde *sie* einen Zusammenhang sehen zwischen demjenigen, der in Liebe für *sie* entbrannt war, und dem angeblichen Seniorinnen-Kidnapper? Lieber sollte *sie* ihn vergessen, als ihn für einen durchgeknallten Oma-Mörder zu halten.

Wie sollte er aus diesem Schlamassel herauskommen? Es war ein Justizirrtum. Er würde die Polizei anrufen und sich stellen. Nein, nur Kriminelle stellten sich. Er würde einfach die Situation erklären. Genau. Unschuldige erklärten einfach, wie sich die Dinge verhielten.

Er wandte sich zum Corpus Delicti um, zu Maxine. Sie schimpfte immer noch in Richtung Fernsehgerät und murmelte nach Rache dürstende Worte über Verletzung der Privatsphäre und mangelnden Respekt vor den Rechten alter Menschen. Es sah nicht so aus, als hätte sie den Ernst der Lage begriffen. Zudem war sie krank. Das war ein erschwerender Tatumstand für ihn. Eine alte Oma zu entführen war eine Sache, aber eine alte Oma, die an Alzheimer litt ... Dafür musste man sicher lebenslang ins Gefängnis. Vielleicht würde man sogar die Todesstrafe wieder einführen. Übernahm Robert Badinter, Vorkämpfer gegen die Todesstrafe, noch neue Fälle?

Schreckliche Zweifel packten ihn jetzt. Hatte Maxine, als sie heute Morgen in sein Auto stieg, gewusst, dass sie ihn in eine solche Situation bringen würde? In ihm brodelte ein explosives Gemisch aus Wut, Angst, Verzweiflung und natürlich auch Niedergeschlagenheit. Er nahm es Maxine übel, ihm nichts gesagt zu haben; er nahm es dem Schicksal übel, ihren Weg mit dem seinen gekreuzt zu haben; er nahm es dem Leben übel, ihm nicht ein wenig Ruhe zu gönnen.

Er schloss die Augen und kniff sie so fest zusammen, dass es schmerzte. Dann atmete er tief durch, um den Kopf wieder frei zu bekommen. Jetzt musste erst einmal gehandelt werden, seine Depression ausleben konnte er später immer noch. Er würde gleich weiterfahren, und zwar zur nächstgelegenen Polizeiwache. Vielleicht könnte er Maxine dort einfach aussteigen lassen: nur schnell die Beifahrertür öffnen, die Fracht heimlich, still und leise absetzen und in aller Ruhe nach Brüssel weiterfahren. Ob mit Belgien in solchen Fällen Übereinkünfte bezüglich einer Auslieferung bestanden?

Aber nein, das konnte er nicht tun. Erstens, weil es sehr ungehörig wäre, Maxine die ganze Situation allein erklären zu lassen, und zweitens, weil seine Identität ja bekannt war. Er würde alles bis zum bitteren Ende durchstehen und seinen Teil der Verantwortung übernehmen müssen.

Er blickte auf seinen schönen, brandneuen Anzug, der ihm mit einem Mal lächerlich vorkam. Bruce Willis, ja, der hätte niemals eine nette alte Dame entführt. Aber er doch auch nicht! Eigentlich war es eher die nette Alte, die ihn gekidnappt hatte! Genau! Das würde er der Polizei erklären.

Aber bevor er zur Tat schritt, würde er erst einmal eine Valium-Tablette schlucken.

21

»Maxine, wir müssen uns stellen.«

»Kommt nicht infrage! Warum sollten wir uns stellen? Wir haben schließlich nicht das Geringste verbrochen.«

»Ihnen ist wohl nicht klar, wie ernst die Lage ist! Die Polizei ist im Spiel. Sie suchen nach uns. Man hält mich für einen Kidnapper.«

Sie vollführte eine Handbewegung, als wollte sie die Argumente einfach so vom Tisch wischen und sie damit aus der Welt räumen.

»Du nimmst dir das viel zu sehr zu Herzen. Morgen ist das alles wieder vergessen.«

»Morgen! Aber es wird kein Morgen geben. Wir fahren jetzt auf der Stelle zur Polizeiwache.«

Sie lächelte ihn warmherzig an.

»Ich mag es, wenn du so entschlossen bist. Du bekommst richtiggehend Farbe.«

Fassungslos packte Alex Maxine an den Schultern.

»Ich könnte ins Gefängnis kommen. Verstehen Sie? Die Lage ist ernst. Und außerdem macht man sich im Altenheim Sorgen um Sie.«

»Sorgen? Tickst du noch ganz richtig?«

»Sie sind verschwunden, ohne irgendjemandem Bescheid zu sagen.«

»Das ging ja wohl nicht anders. Sie hätten mich schließlich niemals gehen lassen. Du willst nicht ins Gefängnis, sagst du? Nun, dieses Altenheim ist auch ein Gefängnis!«

»Die Leiterin wirkte so, als würde sie sich Sorgen machen.«

»Sorgen um ihr Geld macht sie sich, das mit Sicherheit! Diese alte Ziege hat keinerlei Interesse an den Insassen. Sie schaut einzig und allein auf das Ansehen ihrer Einrichtung, das jetzt im Sinkflug begriffen ist. Und sie fürchtet, sich den Versicherungen gegenüber rechtfertigen zu müssen. Das ist nicht gut fürs Geschäft. Sorgen machen, da kann ich nur lachen! Diese Hexe bewacht uns wie ein Hund, der seine Herde bewacht, und ich bin das Lämmchen, das entschlüpft ist.«

»Entschlüpft? Sie haben es also mit voller Absicht getan?«

»Natürlich habe ich es mit Absicht getan! Mein Lieber, du bist der Komplize einer planmäßig durchgeführten Flucht.«

Ihre Wangen hatten sich rosig gefärbt, und sie war sichtbar zufrieden mit sich. Dennoch entging Alex nicht, dass das Strahlen, das auf ihrem Gesicht lag, von etwas Abgründigem überlagert wurde. Sie tat so, als könnte ihr nichts etwas anhaben, aber er sah sehr wohl, dass diese Selbstsicherheit auf tönernen Füßen stand. Und das rührte ihn.

Es gelang ihm nicht, seine Emotionen in geregelte Bahnen zu lenken. So viel auf einmal konnte er nicht verarbeiten. Eine emotionale Überdosis. Er war an einem Punkt, an dem er seiner Lethargie *ante* Maxine beinahe nachtrauerte. Zumindest hatte er da, abgeschottet gegen die Welt und eingesponnen in der Selbstzerstörung, fast nichts gespürt. Aber seit er diese alte Dame in seinen Twingo hatte steigen lassen, waren seine Gefühle geradezu explodiert. Ein emotionales Feuerwerk war im Gang, auf das er ganz und gar nicht vorbereitet war. Feuerwerke wurden von Profis entzündet, und er war nun wahrlich kein Pyrotechniker der Affekte.

In ihrer Verärgerung hatte Maxine den Hocker heftig zurückgestoßen und war aufgesprungen, sodass sie ein paar fragende Blicke auf sich zog. Ein eiskalter Schauer lief dem Amateur-Kidnapper den Rücken hinunter. Die Situation drohte ihm ganz eindeutig zu entgleiten. Er musste Maxine wieder zur Vernunft bringen, aber vor allem durften sie keine Aufmerksamkeit auf sich ziehen.

Er fasste die alte Dame am Arm und zog sie sanft Richtung Ausgang.

»He! Ich hab mein tolles Latte-Dingsda noch gar nicht ausgetrunken«, maulte sie.

»Das hat man davon, wenn man aus einem Altenheim ausbüxt!«

Als sie ohne weiteres Aufsehen nach draußen gelangt waren, bedauerte Alex, dass er bei Prada keine Kappe oder, noch besser, eine Kapuzenmütze erstanden hatte. Eine Kapuzenmütze war etwas Feines, sie passte zu allem, und für einen Kidnapper war sie die absolute Minimalausstattung.

Die intensiven Kaffeeausdünstungen, dazu die dunstige und gewollt gemütliche Atmosphäre des Cafés, hatten ihm zugesetzt. Auf der Straße fühlte er sich gleich etwas besser. Es galt, die Sonne und die frische Luft zu genießen, solange er es noch konnte. Im Gefängnis würden ihm nur noch ein paar Stunden Freigang auf einem betonierten Innenhof gestattet sein, umgeben von zwielichtigen Gestalten, die von Kopf bis Fuß tätowiert waren, unentwegt Krafttraining machten und womöglich schon ihren nächsten Mord planten.

Er reckte seinen Kopf der Sonne entgegen, als sähe er sie zum letzten Mal.

»Was ist denn los mit dir, dass du so dümmlich in den Himmel starrst? Haben wir gleich eine Sonnenfinsternis, oder was?«

Alex kehrte mit seiner Aufmerksamkeit zu der alten Dame zurück. Die Arme in die Seiten gestemmt, musterte sie ihn und wartete auf eine Erklärung. Als diese nicht kam, fuhr sie fort:

»Du siehst so aus, als wäre dir überhaupt nicht klar, was gerade vor sich geht, mein Lieber. Jetzt ist nicht der richtige Zeitpunkt für astronomische Betrachtungen.«

»Es sind eher Sie, die keine Vorstellung davon hat, was für ein Riesenproblem wir haben«, erwiderte der junge Mann entrüstet. »Das ist ja verkehrte Welt. Ich habe die Polizei der ganzen Welt im Nacken für eine Tat, die ich nicht begangen habe, und zugleich bin ich derjenige, der alles auf die leichte Schulter nimmt?!«

»Es sind keineswegs alle Polizeibeamten hinter dir her. Ich weiß, dass ich eine wichtige Person im Altenheim bin, ein ›Grundpfeiler‹, wie der Reporter es genannt hat, und es stimmt, dass mein Fehlen dort eine schwere Beeinträchtigung bedeutet. Die Stimmung ist sicher nicht mehr dieselbe, sie wird gedrückt sein, nicht mehr so jugendlich, dynamisch, lustig, brillant, angenehm, elegant … Aber was macht das schon – meine Mit-Insassen haben mich vermutlich längst vergessen, und ihre einzige Sorge ist, dass sie sich daran erinnern, wo sie ihr Gebiss abgelegt haben.«

»Sie sprechen in den Nachrichten von mir!«

»Ja, ich weiß. Das ist doch super, oder etwa nicht?«

»Ganz und gar nicht! Es ist entsetzlich! Sie beschreiben mich als einen Drogensüchtigen!«

»Kein Wunder. Alle denken doch, dass du einer bist …«

»Die glauben, dass ich Sie entführt habe!«

»Aber nein. Das ist doch nur ein Fehlschluss. Ein Missverständnis.«

»Meine Eltern halten mich für schuldig!«

»Ja, das stimmt. Das ist wirklich sehr unschön.«

Alex machte ein paar Schritte, um sich dann auf die Bordsteinkante zu setzen. In seinem Kopf drehte sich alles, er fühlte sich wie betäubt.

Maxine bekümmerte es, ihn in diesem Zustand zu sehen. Aber sie konnte jetzt nicht aufgeben und sich zur Polizei fahren lassen. Sie wusste ganz genau, was dann geschehen würde. Man würde sie ins Altenheim zurückbringen; Madame Durefer, die Leiterin, würde ihr eine Gardinenpredigt vom Allerfeinsten halten, und man würde sie nie wieder aus den Augen lassen. Man würde sie rund um die Uhr bewachen. Sie war reif für den »Knast«, wie der Aufenthaltsraum genannt wurde, in dem unentwegt Fernsehspielshows wie *Glücksrad* und Basteleien angeboten wurden. Aber wie sollte man denn basteln, wenn die Hände zitterten wie bei einem Junkie auf Entzug und man zudem kaum noch etwas sah? Es war die reinste Qual.

Sie wusste, dass ihre Überlegungen egoistisch waren, aber sie konnte jetzt nicht mehr zurück. Sie hatte beschlossen, nach Brüssel zu fahren, um allem ein Ende zu setzen, und sie würde diesen Weg gehen. Es gab keine Alternative. Sie musste den lieben Jungen nur noch davon überzeugen, ihr zu helfen. Außerdem würde ihm ein bisschen Abenteuer durchaus guttun. Ihm fehlte ein gewisser Grad von Verrücktheit in seinem Leben. Es gab nichts Besseres als eine Flucht, um ihn von seiner Niedergeschlagenheit abzulenken.

Um ihn zu überzeugen, musste sie jedoch vollkommen aufrichtig sein.

»Da saß er und war ein Symbol für den Menschen, der den Glauben verloren hat und hoffnungslos in der Welt der Verzweiflung die Fahne der Hoffnung aufrechthält.«

»Wie bitte?«

»Das ist Melville, aus *Moby Dick*.«

»Und weiter?«

»Dieser Satz passt auf dich wie die Faust aufs Auge. Du kannst das nicht nachvollziehen, aber du bist für mich die einzige Hoffnung. Du bist verzweifelt und depressiv, aber für mich bist du zum Hoffnungsträger geworden, du ganz allein.«

»Das verstehe ich nicht.«

»Du bist mein Oxymoron. Zwei absolute Gegensätze, die doch wunderbar zusammenpassen. Dir kommt es so vor, als hättest du alles verloren, und mir auch. Bei dir wird dieses Gefühl aber vorübergehen, das verspreche ich dir – auch wenn du das im Augenblick kaum glauben magst. Bei mir hingegen ist das wirkliche Ende greifbar nahe. In meiner Verzweiflung habe ich nun die Hoffnung, dass du mich nach Brüssel bringst, damit ich mir dort meinen letzten Wunsch erfüllen kann. Ich weiß, das ist widersprüchlich, aber unsere Begegnung ist vielleicht ein Wink des Schicksals. Du bist der letzte Streich, den ich meinem Leben spielen werde, meine letzte Chance. Ich weiß, dass ich sehr viel von dir verlange, aber … Wirst du das für mich tun? Wirst du weiterfahren?«

Alex war erschüttert. Das war eine zu große Verantwortung, die er da auf seine Schultern laden sollte. Warum hatte er bloß nicht den Zug genommen? Den Zug, das Flugzeug, ein Pferd oder den Wanderstock – alles, nur nicht das Auto. Was sollte er darauf antworten? Nichts verabscheute er mehr, als Entscheidungen zu treffen, und nun fand er sich in einem Dilemma wie in einer Tragödie von Corneille. Den grünen Pullover anziehen oder den grauen? Links abbiegen oder rechts? Ja sagen oder Nein? Einer Oma bei der Flucht helfen, damit sie ihrem Leben in Würde ein Ende setzen konnte, und deshalb von der Polizei verfolgt werden oder aber dafür sorgen, dass sie auf schnellstem Wege in ihr Altenheim zurückgebracht wurde, wo sie dann vor sich hin vegetieren und einen langsamen Tod sterben würde?

Maxine zitterte, und zwar nicht, weil sie Parkinson hatte – davon war sie bisher verschont geblieben –, sondern weil ihr Leben oder vielmehr ihr Sterben ganz und gar von dem Jüngling vor ihrer Nase abhing. Ihr war klar, dass sie besser den Zug nach Brüssel hätte nehmen sollen, aber aus einer Laune heraus hatte sie – ganz die alte Dame – unterwegs mit jemandem reden wollen. Im Zug hatten alle Kopfhörer auf den Ohren oder starrten auf einen Bildschirm. Fast niemand las noch ein Buch, außerdem wäre sie nie so unhöflich gewesen, einen in seine Lektüre vertieften Menschen zu stören. Sie hatte die Mitfahrgelegenheit gewählt, weil sie gehofft hatte, ein letztes Mal eine lockere Unterhaltung mit einem Unbekannten führen zu können – über das Wetter, das gerade herrschte, die neuesten Charts, die sie nicht kannte, über Politik oder sonst etwas. Sie hatte nicht im Entferntesten damit gerechnet, dass sie an einen depressiven jungen Mann mit weichem Herzen geraten könnte. Und sie hätte auch niemals geglaubt, dass das Altenheim so früh Alarm schlagen und sogar die Polizei verständigen würde. Sie sah Alex eindringlich an und hoffte inständig, dass er einwilligen würde.

»In Ordnung. Ich werde Ihnen helfen.«

Der alten Dame schwanden beinahe die Sinne. Ein Schwindel packte sie, und sie musste sich an Alex festhalten, um nicht zu fallen.

»Geht es Ihnen gut?«

»Ja, sehr gut für eine Sterbende!«, sagte sie mit einem schwachen Lächeln.

Alex wies mit dem Kopf in Richtung des Starbucks-Cafés:

»Möchten Sie noch einen Kaffee trinken, um wieder auf die Beine zu kommen?«

»Nein, danke. Ich weiß etwas Besseres. Ich nehme mein Medikament.«

Maxine wühlte in ihrer riesigen Wundertasche, zog ein kleines Fläschchen mit einer bernsteinfarbenen Flüssigkeit hervor und nahm einen ordentlichen Schluck.

»Willst du auch etwas?«

»Was ist das?«

»Octomore 6.3 Islay Barley, 64 Prozent, der torfigste Whisky auf diesem Erdball.«

»Also war es die Wahrheit, als Sie in Ihrem Profil angegeben haben, dass Sie sich für Whisky interessieren?«

»Hier, probier mal. Das wird dir guttun.«

Es war eher ein Befehl als ein Vorschlag, und Alex kam zu dem Schluss, dass es jetzt auch keinen großen Unterschied mehr machte, wenn er den Tatbestand der Entführung noch um den der Trunkenheit am Steuer erweiterte. Ein rauchiges und zugleich beeriges Aroma stieg ihm in die Nase, während seine Kehle wie Feuer zu brennen begann, kaum dass er einen kleinen Schluck genommen hatte.

»Grr! Das ist ja scheußlich! Es schmeckt wie Holzkohle gemischt mit etwas Erde … und außerdem brennt es tierisch!«

»Du wirst dich daran gewöhnen«, antwortete die alte Dame und packte die kostbare Flüssigkeit wieder in ihre Tasche.

Jetzt wurde es still zwischen den beiden Flüchtigen. Maxine genoss die wohlige Wärme des Alkohols, die sich langsam in ihrem Körper ausbreitete, während Alex sich von dem Feuer erholte, das dieses furchtbare Gebräu in seinem Hals entfacht hatte.

Sie saßen nebeneinander auf dem Gehsteig. Der junge Mann in seinem dreiteiligen Anzug, den er am liebsten gegen eine Kapuzenmütze eingetauscht hätte, und die alte Dame, die liebevoll über das neu erworbene hübsche Halstuch strich. Es kam ihnen so vor, als seien Stunden, ja beinahe Tage vergangen, seit sie diese Luxusboutique verlassen hatten. Eine leichte Benommenheit stellte sich bei Alex ein, denn obwohl der Gedanke, von der Polizei gesucht zu werden, an ihm nagte, war er zugleich auch erleichtert, eine Entscheidung getroffen zu haben. Denn das war das Schlimmste: die Unsicherheit, sobald man eine Wahl hatte. Jetzt gerade, in diesem Augenblick, fühlte er sich befreit von solchen Sorgen. Er wusste jedoch, dass die Unsicherheit schon bald wieder zum Vorschein kommen würde und er dann sehr bald daran zweifeln würde, ob er die richtige Entscheidung getroffen hatte.

Die alte Dame legte ihm die Hand auf die Schulter:

»Ich bin erleichtert, dass du einverstanden bist. Du wirst sehen, wir haben ein tolles Abenteuer vor uns. Wir werden uns amüsieren wie verrückt!«

»Verrückt … ja, das sind wir wohl.«

»Vor allem sind wir lebendig.«

»Normale Menschen fliehen aber nicht, um Sterbehilfe in Anspruch zu nehmen.«

»Hör mir auf mit den normalen Menschen. Die sind doch langweilig! Und denk nicht immer, dass die anderen ein besseres Leben haben als du. Das weißt du ja gar nicht.«

Sie wies mit dem Finger auf einen jungen Mann auf der anderen Straßenseite, der ziemlich mitgenommen aussah.

»Glaubst du, dass der glücklicher ist als du?«

Alex betrachtete ihn zweifelnd. Es stimmte, dass er nicht besonders fröhlich aussah mit seinem gesenkten Kopf und den hängenden Schultern.

»Keine Ahnung, wahrscheinlich nicht«, antwortete er widerwillig.

»Gut, du siehst also, dass du nicht der Einzige bist, der traurig ist. Anstatt ständig Nabelschau zu betreiben, solltest du lieber ein wenig mehr darauf achten, was um dich herum geschieht.«

Alex war beschämt und kam sich albern vor. Er war so sehr mit seinem eigenen Unglück beschäftigt gewesen, dass er darüber glatt vergessen hatte, dass andere Menschen auch Probleme haben könnten.

Gerade als er Maxine zustimmen wollte, sah er, wie der junge Mann den Kopf hob und sein Gesicht sich aufhellte. Eine wunderschöne Blondine kam lächelnd auf ihn zu. Als sie ihn erreicht hatte, umarmte sie ihn stürmisch. Strahlend vor Glück betrat das junge Paar das Starbucks-Café.

Alex warf Maxine einen so missbilligenden Blick zu, dass sie es mit der Angst zu tun bekam.

»Klar, sieht wirklich ganz danach aus, als hätte er ein total ätzendes Leben ...«

Die alte Dame, die wohl oder übel einsehen musste, dass ihre Beweisführung gerade widerlegt worden war, beschloss, sich auf das Wesentliche zu konzentrieren.

»Sei kein Spielverderber. Und außerdem, was hast du schon zu verlieren? Deine Angebetete schenkt dir keinerlei Aufmerksamkeit, du bist depressiv, niemand scheint dich zu verstehen und sogar deine Eltern halten dich im Falle der Entführung für schuldig.«

»Jetzt reicht es aber. Sie verstehen es wirklich, einen aufzubauen, wenn man schon am Boden liegt. Sieht Ihr Plan womöglich so aus, dass auch ich Sterbehilfe in Anspruch nehme? Vielleicht gibt es ja einen Preisnachlass, wenn man zu mehreren dort erscheint!«

Maxines Hand, die immer noch auf Alex' Schulter lag, holte zu einem Klaps aus.

»Sei nicht kindisch, nutze lieber die Gunst der Stunde.«

»Oh ja, ich nutze die Gunst der Stunde! Was für eine Wohltat ist es zu wissen, dass ich Ihnen beim Selbstmord helfe!«

»Du tust weit mehr als das«, erwiderte sie mit ernstem Blick.

»Ich weiß. Machen Sie sich keine Sorgen, ich lasse Sie nicht im Stich.«

»Sehr gut. Ich hätte dich wirklich nur äußerst ungern unter Druck gesetzt.«

»Unter Druck gesetzt? Was meinen Sie denn damit?«

»Nun ja, wenn du nicht freiwillig eingewilligt hättest, wäre ich gezwungen gewesen, dir damit zu drohen, dass ich zur Polizei gehe und behaupte, du hättest mich entführt.«

»Das hätten Sie getan?«

Maxines Tonfall nahm eine dramatische Färbung an.

»Ach, Herr Kommissar, wenn Sie wüssten, was dieser junge Rauschgiftsüchtige mir angetan hat. Es war schrecklich. Und wenn Sie nicht so schnell eingegriffen hätten – ich glaube, er hätte mich auch noch sexuell belästigt. Wenn Sie die lüsternen Blicke gesehen hätten, die er mir zugeworfen hat! Schon bei dem Gedanken daran beginne ich, erneut zu zittern.«

Dicke Tränen kullerten Maxine über die Wangen. Alex,

der diesem Schauspiel weniger erschreckt denn amüsiert beiwohnte, applaudierte.

»Was für eine Darbietung! Sie verdienen einen Oscar.«

Die alte Dame stand auf und machte ein paar Verbeugungen vor ihm.

»Sie sind echt irre!«

»Nein, nicht ich! Rebecca ist irre, erinnerst du dich nicht mehr? Yiiiiiii! Arhhhhhh!«, erwiderte Maxine lachend.

»Vorhin wurden wir allerdings noch nicht von der Polizei gesucht …«

Die Erinnerung daran, dass die Polizei ihnen im Nacken saß, ließ Maxine schaudern.

»Es wird Zeit, wir sollten weiterfahren.«

Sie reichte Alex die Hand, um ihm vom Bordstein aufzuhelfen.

»Dir ist doch wohl bewusst, dass es normalerweise die jungen Leute sind, die den Alten beim Aufstehen behilflich sind?«

»Erstens sind Sie keine Alte, und zweitens kann man Sie wohl kaum als ›normal‹ bezeichnen.«

»Das hast du nett gesagt, Jungchen. Ich nehme das Kompliment an.«

22

Als er aufstehen wollte, wurde Alex schwindlig. Er musste sich wieder setzen.

»Was ist los? Geht es dir nicht gut?«, wollte Maxine besorgt wissen.

»Ich bin wohl zu schnell aufgestanden.«

»Du musst auf deinen Blutdruck achten. Kopfschmerzen, Diabetes, Schlaganfall – das sind alles Gefahren, die nicht zu unterschätzen sind. Irgendwo müsste ich doch noch mein Blutdruckmessgerät haben.«

Wieder begann sie, in ihrem riesigen Beutel zu wühlen, aber Alex beschwichtigte sie:

»Es geht schon besser, danke.«

Er versuchte erneut, auf die Beine zu kommen, aber hinter seinen Schläfen hämmerte es gewaltig. Ein bohrender Schmerz jagte durch seinen Kopf, und seine Lider fühlten sich mit einem Mal schwer an.

»Valium und Whisky sind anscheinend keine gute Kombi. Ich fühle mich wie betäubt. Ich muss mich ein wenig ausruhen.«

Der vermeintliche Entführer schien vergessen zu haben, dass er sich besser unauffällig verhalten sollte, und machte zu Maxines Entsetzen Anstalten, sich auf dem Gehsteig hinzulegen. Sie packte ihn am Arm:

»Du kannst doch hier nicht schlafen! Was für ein sensibles Pflänzchen bist du denn? Eine Valium und ein Schluck Whisky, und schon geht gar nichts mehr! Du hättest wirklich nicht lange durchgehalten in Kriegszeiten. Man sieht dir an, dass du noch nie Kartoffelschnaps getrunken hast.«

Es war ihr gelungen, ihn in eine sitzende Position aufzurichten, aber der junge Mann hielt die Augen beharrlich geschlossen.

»Mach die Augen auf!«

»Ich kann nicht, das ist zu anstrengend.«

»Was soll das? Hier können wir nicht bleiben!«

»Lassen Sie mich hier zurück. Ich kann nicht weiterfahren. Ich wäre nur eine Last für Sie.«

»Du bist mir einer! Das hier ist doch nicht *Rambo*! Falls du es noch nicht bemerkt haben solltest, ich bin nicht Sylvester Stallone, und ich kann dich ganz gewiss nicht auf meinen Schultern bis zum Auto tragen. Das Auto! Wer wird denn nun das Auto fahren? Ich habe seit mindestens dreißig Jahren nicht mehr am Steuer gesessen ...«

Maxine versetzte Alex eine gehörige Ohrfeige.

»Autsch! Das tut weh!«

»Wenn du nicht noch eine kassieren willst, setzt du jetzt deine schlaksigen Beine in Bewegung und läufst los!«

»Keine Ahnung, wie ich das anstellen soll«, stöhnte Alex benommen.

»Na los! Du wirkst wirklich wie ein Rauschgiftsüchtiger! Völlig erledigt von einem Anxiolytikum und ein paar Tropfen Alkohol!«

Auf diese letzte Bemerkung gab Alex keine Antwort. Er kämpfte sich aber mehr schlecht als recht hoch, wobei er sich so sehr auf die arme alte Dame stützte, dass ihre Beine unter seinem Gewicht zitterten. Vorsichtig setzten sie sich in Richtung Auto in Marsch.

»So ist es gut, ein Schritt nach dem anderen.«

Alex blieb plötzlich stehen und riss die Augen weit auf.

»Wissen Sie, worauf ich jetzt Lust hätte? Auf Schokolade! Wir brauchen unbedingt Schokolade!«

Er richtete sich kerzengerade auf, drehte sich um und schlug die entgegengesetzte Richtung ein.

»Nein, nein, es gibt jetzt keine Schokolade.«

Der Junge sackte wieder in sich zusammen und schaute traurig drein.

»Wissen Sie, wer Schokolade liebt?«

»Nein, aber ich bin mir sicher, dass du es mir gleich sagen wirst.«

»*Sie*.«

»Sie?«

»Ja, *sie*.«

»Ach! *Sie*!«

»*Sie* liebt Schokolade, aber mich kann *sie* nicht leiden.«

Er begann lauthals zu schluchzen.

»Das wird schon wieder. Gehen wir weiter.«

Die Zeit, die verging, bis sie das Auto endlich erreichten, kam Maxine wie eine Ewigkeit vor.

»Wo ist der Schlüssel?«

»Welcher Schlüssel? Der Schlüssel zum Turm? Der Schlüssel zur Natur? Der Schlüssel zu meinem Herzen?«

Wieder kamen ihm die Tränen.

»Mein Herz ist gebrochen, in tausend Stücke zersprungen.«

»Das ist nicht weiter schlimm, wir werden es wieder heil machen.«

»Wirklich?«

»Ja.«

»Haben Sie auch Klebstoff für Herzen in Ihrer großen Tasche?«

»Aber sicher.«

»Sonst müssen wir welchen kaufen.«

»Genau.«

Maxine kramte in den Taschen von Alex' Anzugjacke, um der Autoschlüssel habhaft zu werden.

»Sie kitzeln mich!«, kickste der alkoholisierte Drogenkonsument.

Sie bedauerte, dass der Twingo nicht zu diesen neuen Autos mit Zentralverriegelung zählte, bei denen ein einfacher Piepton alle Türen auf einen Schlag entriegelte. Im Fernsehen des Altenheims hatte sie gesehen, dass manche Fahrzeuge sich sogar schon entriegelten, wenn man sich ihnen mit dem Schlüssel noch in der Tasche näherte. Das wäre jetzt praktisch gewesen. Mittlerweile hatte sie etwas Metallisches mit ihren Fingern ertastet. Doch der Gegenstand, den sie aus der Tasche des jungen Mannes hervorzog, war kein Schlüssel, sondern ein herzförmiger Anhänger. Ganz offenbar war sein Liebesleid größer, als sie dachte. Sie schob den Anhänger zurück und setzte ihre Suche fort.

»Kille, kille!«, kicherte der Beschwipste.

Endlich tauchten die gesuchten Schlüssel unter Maxines von Arthrose geplagten und mittlerweile auch heftig schmerzenden Fingern auf.

Sie schloss die Beifahrertür auf und bugsierte so gut es ging den jungen Mann in das Fahrzeug hinein, der auf der Stelle in einen tiefen Schlaf fiel. Erleichtert seufzte sie auf und ging um das Auto herum, um dann auf der Fahrerseite einzusteigen.

Zärtlich strich sie über das graue Kunstleder. Wann hatte sie das letzte Mal am Steuer gesessen? Das war, als sie ihrem Mann einen Besuch abgestattet hatte im »Pavillon des Vergessens«. So nannte das Krankenhauspersonal den für Alzheimer-Patienten bestimmten Bereich der Klinik.

Sie erinnerte sich daran, wie fest ihre Finger bei jedem dieser Besuche das Lenkrad umfasst gehalten hatten, als wäre es schuld an ihrem Schmerz. Sie hatte sich daran festgehalten, um nicht zusammenzubrechen, um sich zu beweisen, noch etwas unter Kontrolle zu haben.

Sie hatte nicht gewusst, dass sie ihren Mann da zum letzten Mal gesehen hatte, und das war vielleicht das Schlimmste. Wie gern hätte sie einen ganz besonderen Augenblick in ihrer Erinnerung verankert und als das letzte Gemeinsame definiert. Aber wozu eigentlich? Warum sollte sie das Bild eines armen, dementen Greises im Kopf behalten, der traurig in seinem Sessel saß? Wenn sie die Augen schloss, konnte sie immer noch das trostlose Knarren vernehmen, das der Sessel von sich gab, wenn Charles vor- und zurückwippte wie ein in seine Gedanken versunkenes Kind.

Sie schüttelte energisch den Kopf. Es war nicht der richtige Zeitpunkt, um in Schwermut zu verfallen. Mit den düsteren Gedanken war es wie mit Lakritz-Bonbons: Anfangs mochte man sie nicht, und dann konnte man nicht mehr von ihnen lassen. Sie durfte sich nicht von solchen Erinnerungen übermannen lassen. Ein Depressiver pro Fahrzeug war mehr als genug.

Entschlossen umfasste sie das Lenkrad und holte tief Luft. Dem Gehirn etwas vormachen, das hatte sie dem lieben Jungen geraten, und das würde sie selbst jetzt auch tun.

»Alles wird gut, ich kann das. Autofahren verlernt man nicht so schnell. Dreißig Jahre, das ist doch gar nichts. Und außerdem fahren diese modernen Autos beinahe wie von selbst. Man muss gar keine Kurbel mehr betätigen, um den Motor in Gang zu setzen. Einfach großartig.«

Es klappte! Sie fühlte sich bereits besser und fasste neues Zutrauen.

Liebevoll betrachtete sie ihren Entführer. Er sah so jung aus, so zerbrechlich.

»Du wirst sehen, wir schaffen das.«

Sie drehte den Schlüssel herum und startete. Das vertraute Geräusch des Motors beruhigte sie. Sie hatte die Situation im Griff. Dank ihrer Tatkraft würden sie nun weiterfahren. Vielleicht würde sie es sogar bis nach Brüssel schaffen.

Maxine atmete tief durch, warf einen Blick auf den Schalt-hebel, um sich zu vergewissern, wo der erste Gang lag, und drückte aufs Gas.

Aber da hatte sie den Motor auch schon wieder abgewürgt.

23

Langsam tauchte Alex aus einem schrecklichen Albtraum auf. Vollkommen verrückte Bilder waren vor seinem Auge abgelaufen. Er steckte im Gefängnis, und zwar in Gesellschaft einer alten Dame und einer Prada-Verkäuferin, die ihn zwangen, eine abscheulich schmeckende Flüssigkeit zu trinken. Sein Vater arbeitete als Kellner im Starbucks-Café und beschuldigte ihn, ein altes Mütterchen entführt zu haben. Untermalt wurde das Ganze von der Musik aus *Pretty Woman*. Er musste unbedingt wieder seinen Psychiater aufsuchen.

Er gähnte und streckte sich. Sein Kopf dröhnte immer noch. Automatisch sah er auf sein Handy. Das Display quoll über vor blinkenden Icons. Er las ein paar der eingegangenen Nachrichten.

Alex, was hast du nur getan? Ist dir das ganze Ausmaß deines Handelns klar?
Deine Mutter

Alex, hier ist dein Papa. Bring diese Dame nach Hause zurück. Sie hat dir nichts getan.

Hier ist Inspektor Rocher. Lassen Sie die Geisel frei. Stellen Sie sich unverzüglich, dann wird alles glimpflich für Sie ausgehen.

Lieber Alex,

wir möchten Sie an Ihren Termin bei Doktor Prost in der nächsten Woche erinnern. Bitte seien Sie pünktlich.

Arztpraxis Doktor Prost, Psychiater

PS: Im Falle eines Selbstmordversuchs vor dem vereinbarten Termin lehnt Herr Doktor bei depressiven Patienten grundsätzlich jegliche Verantwortung ab.

Alex, wie kannst du nur? Eine Depression ist keine Entschuldigung für so etwas. Denk doch auch mal an uns. Stell dir vor, was unsere Nachbarn jetzt von uns halten werden. Sei nicht so egoistisch.

Deine Mutter

Deine Mutter ist beunruhigt. Du weißt genau, dass sie seit ihrer Nasenkorrektur etwas labil ist. Du solltest auch ein wenig an sie denken. Stell dich der Polizei, damit alles wieder seinen gewohnten Lauf nehmen kann.

Dein Vater

Wie sehen Ihre Forderungen aus? Ein Lösegeld? Drogen? Ein Flugzeug? Bestimmen Sie einen Unterhändler. Ihm können Sie Ihre Forderungen nennen.

Inspektor Rocher

Die Realität holte ihn mit voller Wucht ein. Wenn er es recht bedachte, war ihm sein Albtraum vielleicht sogar lieber gewesen. Mit ein wenig Glück hatte das selbstmordgefährdete Mütterchen ihn im Stich gelassen, um ihr trauriges Vorhaben allein umzusetzen.

Aber nein, da war sie noch. Sie sah so friedlich aus, so sanft. Ihre geschlossenen Lider waren gesäumt von zarten Wimpern, auf die sie, so eitel war sie dann doch noch gewesen, Mascara aufgetragen hatte. Eine Woge der Zärtlichkeit erfasste ihn, in die sich allerdings sogleich auch Angst mischte. Sie wirkte so zerbrechlich. Es krampfte ihm das Herz zusammen, wenn er daran dachte, dass sie krank war. Das Leben war so ungerecht! Die runzligen Hände der alten Dame ruhten still auf der lavendelfarbenen Strickjacke.

Eine Minute lang bewegten sich ihre Finger nicht. Auch ihr Bauch darunter hob und senkte sich nicht mehr. Oh nein! Maxine war tot! Er vermutete bereits das Schlimmste, stubste sie aber dennoch leicht an, um seine Annahme zu überprüfen. Sie hatte ihren letzten Atemzug getan, während er vom Valium benebelt in aller Ruhe neben ihr schlief. Aber wenigstens war sie nicht allein gestorben! Er war ja bei ihr gewesen, hatte zwar vor sich hin gedöst, war aber doch mehr oder weniger anwesend gewesen. Ein eiskalter Schauer lief ihm plötzlich den Rücken hinunter. Wie sollte er das der Polizei erklären? Alle würden glauben, dass er sie umgebracht hatte. Er würde ins Gefängnis kommen, wo er als Oma-Mörder gelten würde. Niemand würde ihm glauben, dass er nicht gewusst hatte, dass sie aus ihrem Altenheim ausgebüxt war, als er sie heute Morgen in sein Auto hatte einsteigen lassen. Auch seine Eltern hielten ihn für schuldig, sie würden ihm nicht einmal mehr einen anständigen Anwalt bezahlen. Sein Leben war vorbei. Solche Gedanken trieben ein wildes Spiel in seinem von dem Cocktail aus Medikamenten und Alkohol noch benebelten Kopf.

Er musste die Leiche loswerden. Wie in all den Filmen. Er sah nach draußen. Der Twingo stand auf einem hübsch gelegenen Waldparkplatz. Wie war er bloß hierhergekommen? Er hatte keinerlei Erinnerung an das letzte Stück der Fahrstrecke. Ein totaler Blackout. Er musste wie in Trance das Auto genommen haben und ganz automatisch gefahren sein. Was für ein Glück, dass sie keinen Unfall verursacht hatten! Um genau zu sein, er hatte Glück gehabt, Maxine offenbar nicht so sehr. Ihr

Anblick machte ihn traurig, und er hoffte, dass sie ohne zu leiden friedlich eingeschlafen war. Das Beste, was er tun konnte, war, sie zu beerdigen. Vielleicht fand sich in seinem Kofferraum irgendetwas, das sich als Schaufel benutzen ließ.

Oje, oje. Jetzt war er vollkommen durchgeknallt. Er konnte Maxine doch nicht hier mitten im Wald begraben. Sie hatte wahrlich etwas Besseres verdient. Er schüttelte den Kopf, um sein Gedankenwirrwarr ein für alle Mal zu ordnen. Er musste jetzt Verantwortung übernehmen, zu seinem Handeln stehen, sich der Polizei stellen und das ganze Geschehen erklären. Sein Alibi war eine Valium-Tablette.

Er blickte zärtlich auf Maxine. Zumindest so viel stand fest: Sie hatte ihm zu einem unvergesslichen Abenteuer verholfen und alles getan, um ihn aus seiner Depression herauszuholen. Er hatte Glück gehabt, sie kennenlernen zu dürfen. Diese wunderbare und so unerwartete Begegnung würde er für immer in seinem Herzen bewahren. Da traf er einmal einen Menschen, der ihm guttat, und dann musste dieser sterben. Tränen traten ihm in die Augen und kullerten über seine Wangen. Niemand war da, der dies hätte sehen können, und so gab Alex seinen Gefühlen nach. Seine Tränen flossen haltlos, er weinte, wie er noch nie geweint hatte. Es war, als materialisierte sich sein ganzer Kummer in diesen salzigen Tropfen. Je mehr er weinte, desto mehr schwand die Last, die er seit Monaten mit sich herumschleppte. Endlich fanden seine Gefühle einen Weg aus ihm hinaus. Seine Anspannung, seine Sehnsüchte und auch seine Ängste, alles vereinte sich zu einem einzigen Strom. Er weinte, und er scherte sich nicht darum. Er schrie und schlug gegen die Tür.

»Was soll denn das? Hast du etwa einen Nervenzusammenbruch?!«

Alex fuhr so heftig zusammen, dass er glaubte, sein Herz würde stehen bleiben.

»Sie sind gar nicht tot?«

»Nein, dieses Glück wurde mir nicht zuteil.«

Alex drückte sie an sich. Er wollte sie gar nicht mehr loslassen, so groß war seine Angst, sie könne zusammenbrechen.

»Ich kriege keine Luft«, keuchte Maxine und tätschelte ihm den Rücken, damit er seine Umarmung lockerte.

»Ich kann gar nicht fassen, dass Sie noch da sind.«

»Tut mir leid, dass ich dich enttäusche.«

Alex schnappte nach Luft, und Maxine begriff das Ausmaß seiner Verwirrung.

»Warum zum Teufel glaubst du, dass ich das Zeitliche gebetet habe?«

Der junge Mann sah gern über Maxines falschen Gebrauch der Redewendung hinweg.

»Sie waren völlig regungslos! Ich dachte, Sie atmen nicht mehr!«

»Wenn du so etwas vermutet hast, hättest du mich rütteln müssen.«

»Das habe ich ja getan, aber Sie haben sich nicht bewegt.«

»Es stimmt, dass ich einen ziemlich tiefen Schlaf habe. Aber du hättest ja auch einen Spiegel zu Hilfe nehmen können.«

»Einen Spiegel?«

»Meine Güte, heutzutage lernt man wohl gar nichts mehr in der Schule! Wenn du einen Spiegel unter die Nase einer vermeintlich verstorbenen Person hältst, siehst du, ob er vom Atem beschlägt. Ist dem nicht so, ist sie tatsächlich tot. Warst du etwa nie bei den Pfadfindern?«

24

Alex konnte es immer noch nicht fassen, Maxine so lebendig zu sehen. Noch vor wenigen Minuten hatte er sich vorgestellt, wie er auf der Polizeiwache sitzen, seine Unschuld beteuern und die Umstände der Tragödie darlegen würde. Und jetzt saß sie neben ihm, gesund und munter – wenn man einmal davon absah, dass sie sterben wollte.

»Was ist eigentlich passiert? Ich erinnere mich an so gut wie gar nichts, auf jeden Fall nicht daran, hierher gefahren zu sein.«

»Das wundert mich nicht. Du warst in einer sehr üblen Verfassung.«

»Ich habe Kopfschmerzen«, stöhnte Alex und presste seinen Schädel zwischen beide Hände.

»Das kenne ich gut.«

»Gehört das auch zu … äh … Ihrer Krankheit?«

»Nein. Glaubst du etwa, ich weiß nicht, was ein schlechter Trip ist? Ich habe die Hippie-Zeit schließlich nicht nur als Zuschauerin erlebt!«

Sofort stand Alex eine Maxine vor Augen, die in wild gemusterter Tunika und Schlaghosen zu den Klängen einiger von Hare-Krishna-Jüngern gespielten Tamburine tanzte, auf der Nase eine Brille mit runden blau gefärbten Gläsern.

»Aber waren Sie nicht in den Siebzigerjahren schon ein wenig …«

»Ein wenig was?«, fragte Maxine, die stets auf Abwehr schaltete, wenn es um ihr Alter ging.

»Äh … mir fällt kein anderes Wort ein, also, waren Sie da nicht schon ›zu alt‹, um ein Hippie zu sein?«

Er hatte mit betonter Vorsicht Anführungszeichen mit seinen Fingern angedeutet, bedauerte seine Worte aber auf der Stelle, als er Maxines tief gekränkten Gesichtsausdruck sah.

»Ich war gerade einmal fünfzig. Hast du noch nie gehört, dass die Fünfzigjährigen von heute die neuen Zwanzigjährigen sind? Außerdem ist es nie zu spät, ein Hippie zu sein. Es geht schließlich um eine Geisteshaltung, eine Art, die Dinge zu sehen. Heutzutage sollten alle ein wenig mehr Hippie sein. Was allerdings nicht heißt, dass du Jacqueline Lamarche nacheifern sollst. Sie übertreibt es nun wirklich.«

»Wer ist Jacqueline Lamarche?«

»Eine Bewohnerin des Altenheims, leider verstorben.«

»Schon wieder eine?«

»Nun ja, es mag dich vielleicht überraschen, aber im Altenheim wird häufig gestorben. Das ist unsere vorrangige Tätigkeit. Und wenn man nicht stirbt, redet man über das Sterben der anderen. Also, Jacqueline lebte in einer Fantasiewelt, sie wähnte sich immer noch in den 1970er-Jahren und hörte den lieben langen Tag Jim Morrison und Santana, bis dieses Miststück Durefer ihr den CD-Player abgenommen hat.«

»Ganz schön heftig!«

»Ach, wir hatten uns ganz gut damit arrangiert. Hin und wieder hat sie schließlich auch Bob Dylan aufgelegt.«

»Nein, ich meine die Leiterin des Altenheims – einfach fies. Es hätte sie doch nichts gekostet, die alte Dame ihre Musik hören zu lassen, wenn sie das glücklich macht.«

»Die Bewohner glücklich zu machen zählt nicht zu Durefers vorrangigen Zielen. Sie war der Meinung, dass diese ›Drogen-Musik‹ einen schlechten Eindruck bei den Angehörigen hinterlässt, die zu Besuch kommen.«

Allmählich gewann Alex einen Eindruck von der Strenge und

den Vorschriften, die das Leben im Altenheim so wenig erstrebenswert machten. Ein solcher Ort sollte doch eigentlich ein Refugium sein, in dem Menschen nach einem arbeitsreichen Leben an ihrem Lebensabend wieder etwas Muße genießen konnten. Sie sollten tun und lassen dürfen, woran sie Freude hatten und was sie glücklich machte, und zwar in einem Umfeld, in dem man nach seinen eigenen Vorstellungen leben konnte, ohne sich um die Blicke der anderen zu kümmern. So sollte das Leben in einem Altenheim aussehen, nachdem man lange genug in einem Räderwerk von Zwängen und Regeln gesteckt hatte.

Er wollte Maxine gerade an seinen Überlegungen teilhaben lassen, aber sie schien gedanklich bereits mit etwas anderem beschäftigt zu sein.

»Ich bin jedenfalls sehr froh, dass ich diesen Ort für unsere kleine spontane Siesta ausgesucht habe.«

»Und ich bin sehr froh, dass ich es geschafft habe hierherzufahren, ohne einen Unfall zu verursachen.«

»Ich bin diejenige, die uns hierher befördert hat!«

Die alte Dame, die offensichtlich sehr stolz auf ihre Heldentat war, hoffte inständig, dass er nicht genauer nachfragen würde, und auch, dass ihm der linke Kotflügel nicht auffallen würde, der beim Abbiegen in den Wald auf unliebsame Weise Bekanntschaft mit einem äußerst unpassend platzierten Baumstumpf gemacht und einen leichten Kratzer davongetragen hatte.

»Sie sind gefahren?«, fragte Alex ebenso verblüfft wie beunruhigt. Erst jetzt registrierte er, dass er auf dem Beifahrersitz saß.

»Allerdings.«

»Wie haben Sie das geschafft? Es ist doch eine Ewigkeit her, dass Sie das letzte Mal am Steuer gesessen haben …«

»Überhaupt kein Problem. Hat alles gepasst. Ich habe nicht eine Minute am Erfolg meines Vorhabens gezweifelt.«

Alex zog ein schiefes Gesicht und sah sie zweifelnd an.

»Sie sind vor Angst gestorben, geben Sie es ruhig zu.«

»Entsetzlich war es! Ich bin im ersten Gang geblieben, weil ich den zweiten nicht gefunden habe. Also bin ich mit zwanzig Stundenkilometern gefahren und musste mich von allen Autofahrern anhupen lassen, die mich überholt haben. Wenn du wüsstest, was für schreckliche Dinge sie zu mir herübergeschrien haben! Aber das habe ich nicht auf mir sitzen lassen, das kannst du mir glauben!«

»Was soll das denn heißen?«

»Ich kenne durchaus auch einige Schimpfworte.«

Der junge Mann widerstand der Versuchung, sie um Beispiele zu bitten. Zumal er durchaus eine Vorstellung davon hatte, wie sie durch das Fenster die Fahrer anderer Autos anpöbelte.

Maxine stieg aus, um sich zu strecken.

»Komm, wir nutzen das schöne Wetter für einen Spaziergang in diesem hübschen Wald.«

Alex wollte sie im Namen der Vernunft wieder auf den rechten Weg bringen. Sie hatten doch wohl keine Zeit für einen Spaziergang – schließlich waren sie keine Touristen, sondern Flüchtige. Sie wurden von der Polizei gesucht, und es lagen noch viele Kilometer vor ihnen. Bei ihrem jetzigen Tempo würden sie Brüssel nicht vor Einbruch der Nacht erreichen.

»Nur ein paar Schritte«, drängte die alte Dame. »Das ist gut für den Kreislauf. Ich muss mich bewegen, sonst bekomme ich am Ende noch eine Embolie …«

Der junge Mann rührte sich immer noch nicht. Also setzte sie noch eins drauf:

»Und das kann tödlich sein.«

Da richtete er sich abrupt auf und stieg im Eiltempo aus dem Auto.

»Also gut, fünf Minuten.«

25

Sie gingen einen menschenleeren Waldweg entlang. Über ihnen wölbten sich die Zweige der Bäume zu einem schützenden Dach, und sie fühlten sich geborgen. Das Knacken des Reisigs unter ihren Schritten empfanden sie als wohltuend. Im Schatten war es mild, dazu umschmeichelte sie eine leichte Brise, die in schönem Einklang mit der Ruhepause stand, die sie sich gönnten. Alex hatte das Gefühl, dass sie allein auf der Welt waren, und wenn das tatsächlich so gewesen wäre, hätte es ihn glücklich gestimmt. Er schätzte die Gesellschaft dieser bemerkenswerten Frau, und es war jetzt sicher schon eine Stunde her, dass er zuletzt an seine Depression gedacht hatte. Das war wirklich eine Leistung.

Die alte Dame war in ihre eigenen Gedanken vertieft. Ihr Termin mit den Ärzten war nicht für den nächsten Tag ausgemacht. Sie hatte beschlossen, früher nach Brüssel zu fahren, um die Stadt zu besichtigen, bevor sie sich von der Welt verabschiedete. Also hatten sie noch reichlich Zeit. Es bestand keine Eile. Sie wusste, was sie bei der Ankunft erwartete – die Tristesse eines seelenlosen Zimmers, der krankenhaustypische Geruch nach Desinfektionsmitteln und die aufgesetzte Fürsorge des Pflegepersonals. Bei diesem Wort musste sie innerlich ein wenig schmunzeln: »Pflege«. Man würde sie pflegen, indem man ihr den Ausgang zeigte. Manchmal war der Tod eben das einzige Heilmittel.

Sie hatte ihre Entscheidung eine ganze Weile reifen lassen und war überzeugt, dass dies der beste Weg war, um nicht allein in einem knarrenden Schaukelstuhl zu enden, außerstande, sich auch nur an den eigenen Namen zu erinnern. Trotzdem war ihre Entschlossenheit etwas ins Wanken geraten, seit dieser Junge Teil ihres Abenteuers geworden war. Denn was anfangs ein Vorhaben gewesen war, hatte sich jetzt zu einem Abenteuer gewandelt. Die richtige Wortwahl war von größter Bedeutung, das wusste sie als ehemalige Lehrerin nur zu gut. Ein Abenteuer war etwas viel Positiveres als ein Vorhaben. Ein Abenteuer ließ Raum für das Unbekannte, das Geheimnisvolle und die Hoffnung. Aber vielleicht sollte sie lieber nichts hoffen. Die Hoffnung war ein bedenkliches Symptom, wenn man an einer unheilbaren Krankheit litt. Sie musste sich jetzt zusammenreißen. Sich auf ihre Vorhaben fokussieren, ja genau, ihre Vorhaben: Erstens musste sie nach Brüssel gelangen, um dort Sterbehilfe in Anspruch zu nehmen, und zweitens musste sie dem netten, kleinen Depressiven dabei helfen, wieder Gefallen am Leben zu finden.

»Wie geht es dir?«, fragte sie ihn.

»Ich glaube, das Valium hört allmählich auf zu wirken.«

»Und wie fühlst du dich sonst?«

Um sicherzugehen, dass er sie verstand, tippte Maxine sich mit dem Zeigefinger an die Schläfe. Alex stieß einen Seufzer aus.

»Nicht schlechter, aber auch nicht besser.«

»Willst du damit sagen, dass du dich nicht besser fühlst, seit wir uns begegnet sind?«

Angesichts ihrer enttäuschten Miene wurde Alex klar, dass er Maxine die Wahrheit schuldete.

»Doch, erstaunlicherweise fühle ich mich besser. Seit die Polizei hinter mir her ist, geht es mir besser. Das ist doch höchst seltsam. Aber ich mache mir Sorgen, was unsere Flucht angeht. Um Ihretwillen und um meiner selbst willen.«

»Du machst dir wirklich zu viele Gedanken. Du solltest einfach im Hier und Jetzt leben.«

»Das schaffe ich aber nicht! Das ist es ja!«, fuhr Alex wütend auf. »Mein Problem ist, dass ich alles immer schwarz-weiß sehe. Und zweidimensional. Die Welt kommt mir farblos vor. Die Menschen sind langweilig, abgesehen von Ihnen. Ich habe das Gefühl, dass mir nichts gelingt. Und wenn ich mal was schaffe, verpfusche ich es am Ende.«

Wütend trat er mit dem Fuß gegen einen Stein, der das Pech hatte, vor ihm auf dem Weg zu liegen.

»Sie hatten recht. Ich bin süchtig. Und zwar nach Glück. Aber immer auf Entzug.«

Er schwieg einen Augenblick, und Maxine wagte es nicht, das Schweigen zu brechen. Sie gingen weiter den Waldweg entlang, bis Alex sein Bekenntnis fortsetzte.

»Manchmal kommt es vor, dass ich beim Fernsehen neidisch bin auf all diese Berühmtheiten, die dafür bezahlt werden, Party zu machen, und die anscheinend immerzu Spaß haben. Das ist doch ein absurdes System. Müsste es mich glücklich machen, wenn ich sie glücklich sehe? Bin ich vielleicht zu egoistisch? Fehlt es mir an Empathie? Sie wirken so zufrieden.«

»Das Geheimnis des Glücks besteht darin, mit dem zufrieden zu sein, was man hat.«

»Wer hat das denn gesagt? Der Dalai Lama?«

»*Kung-Fu Panda*.«

Alex lachte sarkastisch auf.

»Ich bin beeindruckt von Ihrer kulturellen Bildung.«

»Die echte Bildung, die echte Weisheit besteht nicht darin, Kant auswendig zu zitieren – das könnte auch ein Papagei hinbekommen –, sondern darin, einen guten Gedanken aufzugreifen, wenn er einem begegnet, ob das nun ein Cartoon mit einem dicken Pandabären oder eine Enzyklopädie ist. Man muss seinen Horizont erweitern.«

»Sie haben recht, ich bin einfach nur müde.«

»Müde? Du hast doch gerade geschlafen!«

»Ich bin immerzu müde, keine Ahnung, warum. Und ich mache mir Sorgen, ohne den Grund dafür zu kennen. Ich komme mir idiotisch und lächerlich vor deswegen. Ich wage es nicht, auf etwas Gutes zu hoffen, denn jedes Mal, wenn ich das getan habe, hat sich alles in Luft aufgelöst. Es ist, als würde ganz tief in meinen Gedanken ein Dämon hausen, um die spärlichen positiven Bruchstücke aufzuspüren und sie mit boshafter Schadenfreude zu Staub zu zermahlen: Hoffnung gibt es für mich keine mehr.«

»Diese Geschichte von dem Dämon macht einem ja Angst. Wie sagt man so schön: Da kriegt man Suffenmausen.«

»Muffensausen, nicht Suffenmausen.«

»Hab ich doch gesagt.«

Wieder gingen sie eine Weile schweigend durch den Wald. Alex bedauerte bereits, dass er sich zu solchen Klagen hatte hinreißen lassen, aber es war einfach aus ihm herausgebrochen. Er schämte sich, sein Herz vor einer armen Frau ausgeschüttet zu haben, deren einzige Zukunftsperspektive darin bestand, Sterbehilfe in Anspruch zu nehmen. Statt weiterhin so lächerlich zu sein, sollte er ihr lieber so weit wie möglich helfen, auch auf das Risiko hin, dass ihn das ins Gefängnis brachte.

»Hören Sie zu, Maxine. Ich möchte etwas mit Ihnen besprechen. Ich habe ein Problem.«

»Leg los, ich höre dir zu.«

»Um ehrlich zu sein, eigentlich habe nicht ich ein Problem, sondern Sie.«

»Ich?«

»Ja … Ich habe irgendwie Angst, dass Sie mich missverstehen könnten. Nun, vielleicht werden Sie mich missverstehen, also, ich glaube, es könnte gut sein, dass Sie mich missverstehen. Im Grunde bin ich sogar sicher, dass Sie mich missverstehen werden …«

»Hör auf, um den heißen Brei herumzureden, erklär es mir einfach.«

Sie versuchte zwar, den Schein zu wahren, geriet jedoch ins Grübeln. Was hatte sie getan, den Jungen so in die Enge zu treiben? Hatte sie Anzeichen der Alzheimer-Krankheit offenbart, ohne es selbst zu merken? Verlor sie jetzt endgültig den Verstand? Genau davor fürchtete sie sich. Eben deshalb hatte sie die Entscheidung getroffen, nach Brüssel zu reisen, um ihr Leben in Würde zu beenden.

Auf keinen Fall durfte sie Symptome von Altersschwäche vor dem Jungen zeigen. Sie wollte ihm schließlich keine Angst einjagen, sondern ihm wieder Freude am Leben vermitteln! Außerdem würde er der letzte Mensch auf dieser Erde sein, den sie kennengelernt hatte. Es mochte vielleicht seltsam anmuten, aber sie wollte in guter Erinnerung bleiben. Sie hatte ihren Stolz.

Sie setzte noch einmal an und bemühte sich um einen milden Tonfall, um ihn zu beschwichtigen, denn letztlich wollte er ihr ja nur helfen.

»Ich bin ganz Ohr.«

Alex trat von einem Fuß auf den anderen. Sie kannte ihn mittlerweile gut genug, um zu wissen, dass er sich unwohl fühlte. Er räusperte sich.

»Ich denke, nun, im Grunde bin ich mir sicher, dass Sie ein Problem mit … ein Problem mit Redewendungen haben.«

Maxine hob die Arme zum Himmel, als wolle sie ihm dankbar huldigen.

Alex sah, dass seine Intervention die gewünschte Ernsthaftigkeit einzubüßen drohte. Er räusperte sich erneut.

»Du wirkst, als hättest du einen Dorsch im Hals. Ich müsste noch Lutschtabletten in meiner Tasche haben …«

»Da haben wir es! Genau das ist das Problem! Sie verwechseln oder verändern alle möglichen Redewendungen.«

Er warf einen bekümmerten Blick zu Maxine hinüber.

»Ich fühlte mich verpflichtet, Ihnen das mitzuteilen, denn in Kombination mit der Alzheimer-Geschichte ist das vielleicht ein Symptom, das Sie erwähnen sollten, wenn Sie einen Arzt aufsuchen.«

Alex war erleichtert, dass er es geschafft hatte, den Sachverhalt auf diese Weise in Worte zu fassen. Damit unterstellte er, dass Maxine auf jeden Fall einen Arzt aufsuchen und nicht ausschließlich ihre Selbstdiagnose zugrunde legen würde. Die ja vor allem von der schrecklichen Erfahrung herrührte, die Maxine bei ihrem Mann gemacht hatte – das allein hatte sie bewogen, den direkten Weg zur Leichenhalle einschlagen zu wollen.

Die alte Dame hatte sich inzwischen abgewandt und kehrte ihm den Rücken zu. Ihre Schultern bebten. Ein leichtes Stöhnen drang zu ihm herüber.

Na bitte! Er hatte es wieder einmal geschafft! Jetzt hatte er einer Sterbewilligen auch noch Kummer bereitet. Sie zum Weinen gebracht. Er war wirklich der größte Trampel auf Erden. Er entführte nicht nur alte Damen, nein, er brachte sie auch noch zum Weinen.

Er ging vorsichtig um Maxine herum und zog ein schönes, seidenes Taschentuch aus der Innentasche seiner Anzugsweste, das Maxine noch in der Boutique dort hineingesteckt hatte.

»Es tut mir leid, ich wollte Ihnen keinen Kummer machen …«

Jetzt stand er seinem Opfer von Angesicht zu Angesicht gegenüber.

»Sie lachen ja! Na toll, ich denke, dass Sie weinen, dabei machen Sie sich über mich lustig!«

»Ich weine doch, du Dummkopf, aber ich weine vor Lachen.«

Sie drückte ihm einen dicken Kuss auf die Wange.

»Du bist eine echte Stimmungskanone und ahnst es nicht einmal.«

»Können Sie mir das vielleicht erklären?«

Der junge Mann, der sich jetzt reichlich dumm vorkam, wurde langsam wütend.

»Ich habe immer schon ein kleines Problem mit Redewendungen gehabt. Das hat meinen Mann immer sehr amüsiert. Schon der erste Satz, den ich zu ihm gesagt habe, war ein Beispiel für diese kleinen Abwandlungen, zu denen ich in meiner Muttersprache neige.«

»Was haben Sie denn zu ihm gesagt?«

»Dass ich auf Gedeih und Geburt meine Probleme in den Griff bekommen wolle. Er antwortete, dass es ihm sehr leid für mich täte, aber dass er dafür nicht zuständig sei und lediglich die Nachsorge übernehmen würde.«

»Wie haben Sie sich denn kennengelernt?«

»Wenn dich das wirklich interessiert, müssen wir uns setzen. Diese Bank dort scheint mir ein geeigneter Platz dafür. Ich bin keine zwanzig mehr und auch keine dreißig. Sagen wir, ich gehe auf die vierzig zu.«

26

Alex und Maxine hatten auf einer von grünem Moos bewachsenen Holzbank Platz genommen. Die Sonnenstrahlen bahnten sich ihren Weg durch das Blätterwerk und warfen Licht- und Schattenspiele auf ihre Gesichter. Vorbeikommende Spaziergänger hätten sich als Zeuge einer entzückenden Familienszene gefühlt: ein netter Enkel, der mit seiner netten Großmutter einen Spaziergang durch den Wald unternimmt. Zumindest diejenigen Spaziergänger, die nicht die Nachrichten im Fernsehen gesehen hatten, denn sonst hätten sie die beiden für einen Entführer und sein Opfer gehalten, das womöglich am Stockholm-Syndrom litt.

Aber auf dem Waldweg war zum Glück weit und breit niemand zu sehen, und diese Abgeschiedenheit bewog Maxine, Alex ein weiteres Kapitel ihrer Geschichte zu erzählen – aus der Zeit nämlich, in der sie ihrem Ehemann begegnet war. Das stimmte sie glücklich und traurig zugleich. Sie bemühte sich, nur die positiven Erinnerungen wachzurufen, doch Wehmut und Schwermut waren eng miteinander verwandt. Trotzdem lächelte sie, als sie jetzt Charles' junges und heiteres Gesicht wieder vor sich sah. Wenn sie ihn hin und wieder in der Praxis abholte, bekam sie manchmal mit, wie sich ein leiser Stolz in seine Züge schlich, wenn ein Patient ihm für die Sitzung dankte. Er war ein guter Mensch, der seinem Umfeld Gutes tat. Genau daran wollte sie sich erinnern, und davon wollte sie Alex erzählen.

»Der Termin bei einem Psychiater hat mir das Leben gerettet.«

»Sie haben eine Therapie gemacht?«

»Beinahe. Letztlich muss man wohl sagen, ja. Ich hatte einen Termin bei einem Psychotherapeuten, um über meinen Schmerz und meine Schuldgefühle zu sprechen, die mich nicht mehr losließen, seit ich meine Tochter fortgegeben hatte. Ich war zweiundzwanzig Jahre alt und von meinen Eltern weggezogen, denn ihr Anblick erinnerte mich unablässig an den schrecklichen Fehler, den ich begangen hatte. Ich bin in die Praxis gegangen, und der Arzt war ...«

Maxine kniff die Augen zusammen, um sich jenen Augenblick ins Gedächtnis zu rufen, der ihr Leben so entscheidend verändert hatte.

»Er war sehr charismatisch, verströmte so eine ruhige Stärke, die mir ein Gefühl von Geborgenheit vermittelte. Er war groß und hatte lachende Augen, die tief an die Seele seines Gegenübers rührten.«

»Es war Ihr späterer Ehemann?«

»Ja, es war Charles. Er lächelte mich an und wies mit der Hand auf einen Sessel, der dem seinen gegenüberstand. Ich hatte kaum damit begonnen, den Grund meines Besuches darzulegen, da bat er mich auch schon innezuhalten. Ich war ratlos. Schließlich hatte ich mich dazu überwunden, einen Psychiater aufzusuchen, um mit ihm zu sprechen. Ich sagte ihm, dass er mich ›wiederherstellen‹ solle. Er antwortete mir, dass er mir nicht weiter zuhören und nicht mein Psychiater sein könne.«

»Warum?«

»Weil ich ihm zu sehr gefiel«, flüsterte die alte Dame, deren Wangen sich rosig gefärbt hatten. »Er fügte hinzu, dass es nicht mit seinem Berufsethos vereinbar sei, mich als Patientin zu behalten.«

»Und was haben Sie dann getan?«

»Wir haben zusammen zu Abend gegessen. Sechs Monate später waren wir verheiratet.«

»Das ist ja unglaublich.«

»Und dennoch wahr. Ich war nicht seine Patientin, aber er hat mich dennoch gerettet. Auch wenn ich mir das Fortgeben meines Kindes nie verzeihen konnte, habe ich doch dank meines Mannes allmählich gelernt, damit zu leben. Ich habe es geschafft, mir ein Leben jenseits meines Schmerzes aufzubauen. Ich bin Grundschullehrerin geworden, um Kindern zu helfen.«

»Und ich bin sicher, dass Sie sehr vielen Kindern geholfen haben.«

»Das ist nett, dass du das sagst, Jungchen«, antwortete sie und tätschelte ihm den Oberschenkel.

Maxine stand auf, um ihren Weg fortzusetzen.

Alex saß noch einen Moment wie festgewurzelt auf der Bank. War es wirklich möglich, jemandem zu begegnen, der einen ›wiederherstellen‹ konnte? Hatte Maxine einfach nur Glück gehabt, dass sich ihre Wege mit denen dieses Mannes kreuzten, oder hatte das Schicksal sie beide zusammengeführt? Nein, er glaubte nicht an das Schicksal. Wenn es so etwas wie Schicksal gab, dann hätte es doch dafür gesorgt, dass *sie* ihn bemerkt und sich in ihn verliebt hätte. Und warum hatte das Schicksal Maxines erste große Liebe, Léonard, in den Tod geschickt? War es Léonards Schicksal gewesen, auf dem Schlachtfeld zu sterben? Was für ein grausames Schicksal! Vielleicht hatte er ja dadurch, dass er sein Leben gegeben hatte, andere Soldaten vor dem Tod gerettet, die dann später noch Heldentaten vollbringen konnten. Das Schicksal war anscheinend eine sehr komplizierte Angelegenheit. Wie sollte ein kleines Licht wie er solche Zusammenhänge verstehen? Wie dem auch sei, das Schicksal hatte Maxine eine zweite Chance gewährt. Ob auch ihm eine solche zuteilwerden würde? Ob irgendwo auf dieser Welt ein Mädchen existierte, das ihm seine Lebensfreude zurückgeben könnte? Möglich war es ja.

Ein zaghaftes Lächeln erhellte seine Züge. Rasch stellte er

es wieder ab, denn er wollte nicht, dass Maxine auf dumme Gedanken kam und am Ende glaubte, sie hätte ihn tatsächlich auf den Weg der Heilung gebracht.

Zu spät – ihr war dieses leise Zeichen der Besserung nicht entgangen.

27

»Ich sterbe vor Hunger! Dieser kleine Spaziergang hat meinen Appetit geweckt, wie steht es mit dir?«, fragte Maxine, während sie den Rückweg antraten.

Sie sah auf die schmale Armbanduhr, die ihr Handgelenk zierte, bevor sie fröhlich verkündete:

»Es ist schon längst Zeit für ein Mittagessen.«

»Na ja, es ist wohl kaum ratsam, irgendwo anzuhalten, um essen zu gehen.«

»Warum?«

»Weil die Polizei uns sucht, wenn ich Sie daran erinnern darf.«

»Ach das«, antwortete sie und zuckte mit den Schultern.

»Ja, das.«

»Mach dir kein Sorgen, sie suchen ja nicht wirklich uns.«

»Wie meinen Sie das?«

»Sie suchen einen jungen Rauschgiftsüchtigen in einer alten Jeans und T-Shirt und eine betagte Dame. Du siehst aber eher wie ein Dandy aus in deinem schönen Anzug, und ich werde mir mein Halstuch um den Kopf binden und eine Sonnenbrille aufsetzen, dann hält man mich für höchstens fünfunddreißig. Und schon sehen wir aus wie ganz normale Leute.«

»Wenn normal so viel heißt wie einem Hitchcock-Film aus den 1960er-Jahren entsprungen …«

»Stimmt schon, ich sehe ein bisschen aus wie Grace Kelly, und du hast etwas von Cary Grant. Von einem depressiven Cary Grant, aber immerhin. Apropos, wir sollten uns wirklich um deine Frisur kümmern.«

Sie begann, seine Haare zu zerzausen.

»Nein, Maxine, wir gehen nicht zum Friseur.«

»Warum denn nicht?«, fragte sie enttäuscht.

»Weil man uns sucht.«

»Wir könnten so tun, als sei ich deine große Schwester.«

Schweigen.

»Oder deine Mutter.«

»…«

»Einverstanden, deine Großmutter also. Aber das kränkt mich dann doch ein wenig, schließlich sehen wir beinahe gleich alt aus.«

Sie hatten den Parkplatz wieder erreicht, auf dem weit und breit immer noch niemand zu sehen war. Alex hielt Maxine mit spöttischer Miene die Schlüssel hin.

»Wollen Sie fahren?«

Sie tat so, als bemerke sie diese sarkastische Note nicht.

»Ich könnte das durchaus tun, aber es ist mir lieber, dass du fährst. Schließlich ist es dein Auto, und die Versicherung läuft auf dich …«

»Und Sie nehmen es mit Vorschriften ja immer peinlich genau, wie ich bereits sehen konnte.«

»Absolut«, beteuerte die alte Dame mit einer energischen Kinnbewegung.

Alex ging um das Auto herum zur Fahrertür, aber noch bevor er diese erreicht hatte, stieß er einen Schrei aus, der halb nach Mensch und halb nach Fledermaus klang. Fassungslos wies er mit dem Finger auf die große Schramme an der Fahrertür.

»Was ist das denn?«

Voller Unbehagen versuchte Maxine, den Schaden herunterzuspielen.

»Was meinst du denn?«

»Ich meine diesen schrecklichen Kratzer im Lack!«

Sie lenkte ihren Blick ebenso flüchtig wie halbherzig in Richtung des Corpus Delicti.

»Ich sehe rein gar nichts.«

»Man könnte meinen, ein Bär hätte sich an meinem Auto vergriffen! Mein Twingo war so gut wie neu …«

»Du hast doch selbst gesagt, dass es sich um ein altes Auto handelt.«

»Und Sie haben mir erklärt, dass alle Autos, die nach 1950 gebaut wurden, neu sind! Also war meines neu, ziemlich neu sogar!«

Na so was! Jetzt wendete er doch tatsächlich ihre eigenen Argumente gegen sie.

»Es könnte sein«, nahm sie einen neuen Anlauf, »wohlgemerkt, es *könnte* sein, dass ein Baumstumpf eingangs dieses Waldstücks ziemlich ungünstig im Weg stand und dass eine Person, die sehr gut Auto fährt, also eine höchst aufmerksame, hervorragende Autofahrerin, diesen leicht berührt hat. Sehr leicht. Gerade eben gestreift.«

Bevor er sie unterbrechen konnte, argumentierte sie schon weiter:

»Und man darf nicht vergessen, dass diese routinierte Autofahrerin zudem gezwungen war, sich ans Steuer zu setzen, ohne sich zuvor mit allem vertraut gemacht zu haben, weil eine gewisse Person, deren Namen ich nicht nennen werde …«, mit eindeutiger Geste wies sie auf Alex und fuhr fort, »… nun, eine gewisse Person also aufgrund eines Cocktails aus Medikamenten und Alkohol nicht in der Lage war weiterzufahren.«

»Und wer hatte dieser gewissen Person den Alkohol verabreicht?«

»Das war nicht irgendwelcher Alkohol, sondern ein Whisky Octomore 6.3 Islay Barley mit 64 Prozent. Einer der besten auf der ganzen Welt! Jetzt lass uns endlich aufhören, den Verantwortlichen für einen so winzigen Kratzer auszumachen! Du polierst einmal drüber, und schon ist alles wie neu.«

Weiter vor sich hin murrend stieg Alex ins Auto, während Maxine es für das Beste hielt, so zu tun, als hörte sie nichts.

Trotz allem erfüllte beide eine leise Wehmut bei ihrem Aufbruch von diesem friedlichen Zufluchtsort. Aber sie konnten nicht ewig hier verweilen. Maxine malte sich zwar übermütig aus, wie sie als Waldwesen in einer kleinen Hütte lebte, die in ihrer Vorstellung allerdings eher einem Schweizer Chalet glich, und sich von Beeren ernährte. Sie würde eine großartige in Tierfell gekleidete Wilde abgeben, und für den Kleinen neben ihr würde das Leben unter freiem Himmel heilsam sein. Niemand würde sie in diesem Wald suchen, sie könnten hier glücklich sein. Das reinste Hirngespinst. Denn abgesehen von allem anderen würde sie bald von den Symptomen der Krankheit eingeholt werden, und das wollte sie Alex nicht aufbürden. Es war das Beste, weiterzufahren und die schönen Augenblicke zu genießen, die ihnen auf ihrer Fahrt noch vergönnt waren.

Sie waren nun auf einer Landstraße unterwegs und hielten die Tempovorschriften ein, fuhren weder zu schnell noch zu langsam, schließlich durften sie nicht auffallen. Sie hatten sich überlegt, wie sie es am besten anstellten, in der Menge der »normalen Menschen« – wie Alex es nannte – unentdeckt zu bleiben.

Ihre größte Sorge war, von der Polizei angehalten zu werden, sei es, weil man sie erkannt hatte, sei es, weil sie in eine einfache Verkehrskontrolle gerieten. Al Capone war der Polizei schließlich auch aufgrund einer banalen Steuerhinterziehung ins Netz gegangen.

Alex konzentrierte sich auf den Verkehr und eine möglichst »normale« Fahrweise, bis er ein Polizeiauto bemerkte, das ihnen folgte. Er wagte es nicht, sich Maxine zuzuwenden, denn er befürchtete, dass bereits eine solche Regung sie verdächtig erscheinen lassen würde. So stieß er lediglich zwischen den Zähnen ein paar unverständliche Worte hervor.

»Was sagst du? Ich verstehe dich nicht. Rede doch deutlicher!«

Der junge Mann setzte noch einmal an, allerdings wieder ohne seine Lippen zu bewegen.

»Was ist denn los mit dir? Strebst du jetzt eine Karriere als Bauchredner an, oder was?«

Wortlos vollführte Alex verzweifelte Zuckungen mit seinem Kopf, um Maxine auf das Polizeiauto aufmerksam zu machen – als könnte der Polizist sie über die Entfernung hinweg in seinem Auto hören.

»Verflixt noch mal! Du hast wohl einen epileptischen Anfall!«

Sie begann, in ihrer großen Tasche zu wühlen.

»Ich habe Medikamente für den Kopf, den Hals, das Herz, den Cholesterinspiegel, den Blutdruck, die Arthritis, fürs Schlafen, fürs Aufwachen, gegen Müdigkeit, gegen Angst und zum Muntermachen ... aber nichts gegen Epilepsie!«

Sie hatte eine Tablettenschachtel nach der anderen hervorbefördert und auf ihre Knie gehäuft. Die ausgesprochene Indiskretion seiner Begleiterin verstimmte Alex in hohem Maße, und er sah sich genötigt einzugreifen:

»Ich habe keineswegs einen epileptischen Anfall, ich wollte Sie lediglich auf das Polizeiauto hinter uns aufmerksam machen.«

Maxine fuhr schlagartig herum, um diese Behauptung zu überprüfen, worauf Alex sich bemühte, sie möglichst dezent wieder zu einer unverdächtigen Sitzhaltung zu bewegen.

»Wollen Sie, dass wir erwischt werden? Das war ja wirklich total unauffällig!«

»Aber er kann uns doch von seiner Position aus gar nicht sehen.«

»Das wissen wir nicht.«

»Wenn sie uns nicht gerade Superman mit seiner Sehkraft

über X-Strahlen auf den Hals gehetzt haben, versichere ich dir, dass man uns nicht sehen kann.«

Sie wollte sich erneut umwenden, um zu prüfen, ob das Polizeiauto ihnen immer noch folgte, doch Alex hinderte sie daran.

»Hören Sie auf, sich so aufzuführen. Sie werden uns noch verraten!«

Er warf einen möglichst unauffälligen Blick in den Rückspiegel. Jetzt gab der Polizist auch noch Gas!

»Er kommt! Wir sind geliefert! Wir kommen ins Gefängnis!«

»Du, du kommst ins Gefängnis. Ich komme zurück ins Altenheim.«

»Es ist aus. Schauen Sie nur, er überholt uns, um uns den Weg abzuschneiden. So läuft das bei Verfolgungsjagden immer ab.«

»Wenn dies eine Verfolgungsjagd wäre, müssten wir wohl etwas schneller unterwegs sein als mit siebzig Stundenkilometern.«

Das Polizeiauto war jetzt gleichauf mit ihnen. Noch ein paar Sekunden, und ihr Blick würde sich mit dem des Beamten kreuzen, der sie ins Gefängnis stecken würde. Beziehungsweise ins Altenheim.

»Verhalte dich ganz normal!«, befahl Maxine.

Die beiden Flüchtigen nahmen eine kerzengerade, stocksteife Sitzhaltung ein. Der Schweiß trat Alex aus allen Poren und lief ihm über das Gesicht, er zog seine Augenbrauen zusammen und biss sich nervös auf die Lippen. Maxine lächelte dümmlich und fixierte einen Punkt vor ihr.

Plötzlich streckte sie beide Arme in die Luft.

»Was ist denn jetzt in Sie gefahren?«, schrie Alex, während ein Schweißtropfen in seinem Augenwinkel landete.

»Ich weiß auch nicht, das war ein Reflex.«

»Arme runter, aber sofort!«

Maxine gehorchte. Schon war ihr Lächeln zurückgekehrt, und sie blickte wieder starr nach vorn.

Das Polizeiauto überholte sie, und der Beamte schenkte ihnen keine besondere Aufmerksamkeit, er sah nicht einmal zu ihnen hinüber. Dennoch wagte das flüchtige Duo kaum zu atmen, bis das Polizeiauto außer Sichtweite war.

»Siehst du, wir brauchen uns gar nicht zu stressen, wir sehen vollkommen normal aus.«

Alex rieb sich die von den vielen Schweißtropfen brennenden Augen. Er hatte Mühe, einen klaren Blick auf die Straße zu wahren.

»Das war knapp.«

»Dieser Polizist ist sicher hinter echten Kriminellen her. Und wir sind keine Kriminellen. Wir sind höchstens jugendliche Unruhestifter, wenn überhaupt.«

»Das beruhigt mich.«

Maxine schaltete das Radio ein, um auf andere Gedanken zu kommen. Außerdem hatte sie ja bereits feststellen können, welch positiven Einfluss gute Musik auf Alex hatte.

Und nun unsere Kurznachrichten. Es gibt noch immer keine Neuigkeiten im Fall der Entführung einer knapp hundertjährigen Seniorin am heutigen Morgen. Die Polizei setzt ihre Nachforschungen fort und hat mitgeteilt, dass der Entführer an einer schweren Depression leidet. Die genauen Umstände sind zwar noch nicht bekannt, aber die Familie des Täters hat preisgegeben, dass er von einer jungen Frau zurückgewiesen wurde, der er seit einiger Zeit nachstellte. Die Unglückliche hätte um ihr Leben gefürchtet, sei aber zum gegenwärtigen Zeitpunkt in Sicherheit. In einer eigens zu diesem Thema geplanten Sondersendung wird ein Psychologe, den wir zurate gezogen haben, später erklären, warum diese Entführung als Racheakt gegen das weibliche Geschlecht aufgefasst werden kann.

Das Altenheim, in dem die ehemalige Grundschullehrerin lebt, befindet sich in heller Aufregung. Das gilt ganz besonders für das Komitee RETTET MAXINE, dessen Vorsitz ein enger Freund der Vermissten innehat, Monsieur Lamoureux. Hier ein paar Worte aus dem Interview mit ihm, das später in unserer Sondersendung in vollem Umfang zu hören sein wird: »*Tun Sie meiner Maxine nichts zuleide!*« – *ein herzzerreißender Aufschrei, der den Kidnapper hoffentlich erreichen wird.*

Maxine schaltete das Radio aus. Sie hatten genug gehört.

28

Nach diesen Nachrichten stellte sich bedrücktes Schweigen ein, das schließlich von einem vibrierenden Geräusch unterbrochen wurde.

»Was ist das denn?«, fragte Maxine, die noch immer nicht fassen konnte, dass man sie als »knapp hundertjährig« bezeichnet hatte.

»Ihr Handy.«

»Das klang ja fast wie eine Motorsäge. Warum hat es denn nicht geklingelt?«

»Wir hatten den Ruhemodus eingestellt, erinnern Sie sich nicht?«

»Ach, das ist aber nicht sonderlich praktisch. Könnte es nicht still sein, wenn man mich nicht anruft, und klingeln, wenn man mich anruft? Ich dachte, dass diese Geräte intelligent sind!«

Alex hielt es für klüger, auf weitere Erklärungen zu verzichten, und erwiderte lediglich:

»Das Vibrieren hat nicht lange gedauert. Sie haben wahrscheinlich eine SMS erhalten.«

Maxine beugte sich tief über ihre riesige Tasche und suchte nach ihrem Handy. Als das alte Nokia-Gerät aufgetaucht war, setzte sie ihre Brille auf und entdeckte den kleinen Umschlag, der auf dem Display blinkte.

Maxine, da haben Sie ja ein Spektakel ausgelöst! Einfach großartig! Es erinnert mich daran, wie wir einmal gemeinsam mit dem Tierschutzverein einen Tag der offenen Tür im Altenheim veranstaltet haben, ohne der Durefer Bescheid zu sagen. Überall rannten Hunde und Katzen durch die Flure, ganz zu schweigen von den Meerschweinchen. Lächelndes Smiley. Daumen nach oben. Ich bin ganz fest bei Ihnen. Wenn mich mein Bauchgefühl nicht trügt, sind Sie auf dem Weg nach Brüssel, um den von Ihnen angedeuteten Plan umzusetzen. Das macht mich traurig und glücklich zugleich. Weinendes Smiley. Ich werde alles tun, um Sie zu unterstützen. Ich habe der Polizei gesagt, dass Sie mich angerufen und mir mitgeteilt haben, Ihr Entführer sei mit Ihnen nach Spanien unterwegs. Ich hoffe, dass Sie so Zeit gewinnen. Augenzwinkerndes Smiley

Ihr Freund Marty Schuberts

Maxine lächelte gerührt über die Nachricht ihres Freundes. Sie reichte Alex das Handy, damit auch er sie lesen konnte. Nach anfänglichem Protest, dass es gefährlich sei, am Steuer zu lesen, gewann die Neugier des jungen Mannes Oberhand, und er konnte der Versuchung nicht widerstehen, immer wieder zwischen der Straße und dem kleinen Display hin- und herzuschauen.

»Warum schreibt er denn ›lächelndes Smiley‹ oder ›Daumen nach oben‹?«

»Er ist eben jung geblieben. Weißt du, die Jugendlichen benutzen heutzutage unentwegt solche Smileys. Ich habe eine Reportage von Bernard de La Villardière darüber gesehen. Da wurde erklärt, dass die Smileys auch von Perversen genutzt werden, die im Internet mit Mädchen anbändeln, um sie dann zu Prostituierten zu machen.«

»Aber man schreibt dann nicht ›Smiley‹, sondern man zeichnet es. Dafür gibt es bestimmte Icons.«

»Das solltest du Marty erklären. Er liebt diese neuen Technologien. Er war der Erste, der im Altenheim ein Tablet hatte.«

»Ach, er ist also ein Geek.«

»Nein, er ist kein Grieche.«

»Nicht Grieche! Ein ›Geek‹, das bedeutet ein Computer-freak.«

»Also dann ist Marty ein ganz ausgesprochener Freak.«

Maxine stopfte das Handy wieder in ihre Tasche. Bei dem Gedanken an Marty wurde ihr warm uns Herz. Er war der Einzige, mit dem sie sich im Altenheim unterhalten konnte. Richtig unterhalten. Über alles und jedes sprechen, nicht nur über die neuesten Todesfälle oder die Leute, die als Nächstes dran waren.

Wenn alle anderen Bewohner damit beschäftigt waren, Fernsehspielshows im Gemeinschaftssaal anzusehen, zogen sich Marty und Maxine klammheimlich in einen Raum zurück, der den pompösen Namen »Lesesalon« trug. Im Grunde war es eine Abstellkammer, in der man ein paar Regale angebracht und einige Bücher darauf verteilt hatte. Dieser Winkel rief bei Maxine jedoch den Geruch an die ledergebundenen alten Fachbücher in der Praxis ihres Mannes wach. An die Zeit, in der alles noch gut war, als keiner von ihnen Alzheimer hatte, als sie abends, jeder in einem Ohrensessel, mit einem guten Glas Whisky in der Hand vor dem Kamin saßen und lasen.

Charles hatte ihr neben vielen anderen Dingen auch den Zugang zur Whisky-Kultur eröffnet. Er hatte sie gelehrt, dass es Zeit brauchte, um bestimmte Dinge richtig zu schätzen. Einen Single Malt musste man mit viel Geduld reifen lassen, bevor man ihn kostete. Er hatte ihr oft gesagt: »Es wird immer eine dringlichere Sache geben, die die vorangehende ablöst, also nimm dir die Zeit, innezuhalten und das zu tun, was wichtig ist, sonst zieht das Leben an dir vorüber, ohne dass du es merkst.« Sie hatte innegehalten, aber das Leben war dennoch zu schnell vorübergegangen. Sie hatte nur einmal kurz mit den Augen geblinzelt, und schon war sie allein im Altenheim gelandet. Ein Wimpernschlag – und schon lag das Leben hinter ihr.

Zum Glück hatte sie noch Marty. Er war der Einzige, der einen ähnlichen Blick auf die Welt hatte wie sie. Und nun hatte sie Alex – zwar nur für eine kurze Zeit, das war klar, aber immerhin für ein großartiges Abenteuer, das sie in vollen Zügen auskosten wollte.

Sie sah den jungen Mann, der ein solches Risiko für sie einging, verstohlen an. Ohne ein Wort zu sagen, legte sie ihm zärtlich die Hand auf die Schulter – einfach, um ihm nah zu sein.

Alex, der solche Gefühlsbezeigungen nicht gewohnt war, geriet in Verlegenheit, aber die Wärme von Maxines Hand war wohltuender als alles, was er in den letzten Jahren mit seinen Eltern an Zärtlichkeiten ausgetauscht hatte.

»Erzählen Sie mir mehr über Marty.«

»Er ist mein Zellennachbar.«

»Sie stehen einander offenbar recht nahe, sonst hätten Sie ihm nicht … äh … von Ihrem Plan mit Brüssel erzählt.«

»Wir haben rein hypothetisch darüber gesprochen. Ich wollte ihn nicht zu sehr einbeziehen, denn ich hatte Angst, dass er Madame Durefer vielleicht nicht genug entgegenzusetzen hätte, wenn sie ihn ins Verhör nimmt.«

»Ins Verhör?«

»Da kannst du aber sicher sein. Er wird gerade ganz schön unter Druck stehen. Sophie Durefer weiß, dass wir befreundet sind, und sie ist zu allem bereit, wenn es um den guten Ruf ihrer Einrichtung geht. Auch wenn Marty hart im Nehmen ist und den Krieg überstanden hat – einer Schachtel weicher Karamell-Bonbons mit Meersalz kann er nicht lange widerstehen.«

Allein der Gedanke daran ließ Maxine verzweifelt gen Himmel blicken. Alex nutzte die Pause, um die Frage zu stellen, die ihn nun umtrieb:

»Meinen Sie, dass er uns verraten wird?«

»Nein. Er wird sein Bestes geben, um uns zu helfen. Ich habe ihm nicht alle Einzelheiten meines Plans anvertraut, aber …«

»Aber was?«, hakte Alex besorgt nach.

Maxine biss sich auf die Lippe.

»Marty gehört zu jenen alten Menschen, die einen sechsten Sinn haben. Ich weiß nicht, wie man den bekommt, ob man damit geboren wird oder ob es sich um eine Belohnung für diejenigen handelt, die ein gutes und anständiges Leben geführt haben … Marty errät die wichtigen Dinge, selbst wenn man sie ihm verschweigen möchte. Hast du nicht auch schon einmal bemerkt, dass manche Alte etwas wissen, was man ihnen gar nicht erzählt hat – wie Außerirdische, die unsere Gedanken lesen können? Vielleicht ist Marty ein Alien, das würde manches erklären.«

»Sind Sie wirklich sicher, dass er unser Ziel nicht verraten wird?«

»Mach dir keine Sorgen. Er wird die Ratte nicht aus dem Sack lassen.«

»Die Katze. Er wird die Katze nicht aus dem Sack lassen.«

»Lass mich in Ruhe. Ratte oder Katze, das ist doch das Gleiche. Und um auf Marty zurückzukommen – du siehst ja, dass wir ihm vertrauen können. Er hat der Polizei gesagt, dass wir nach Spanien unterwegs sind. Genau in die andere Richtung also.«

Alex wirkte erleichtert. Er hoffte, dass die Ermittler sich auf diese Information konzentrieren und ihre Nachforschungen nach Süden ausrichten würden. Mit ein wenig Glück würden sie Brüssel ohne Probleme erreichen. Dort würde er Maxine davon überzeugen, sich noch einmal von einem Arzt untersuchen zu lassen, und er würde versuchen, sie in einer klinischen Studie über die Alzheimer-Krankheit unterzubringen. Mit viel Glück würde es eine neuartige Behandlungsmethode geben, und mit riesengroßem Glück würde Maxine geheilt werden. Das war ein toller Plan. Eine ungeahnte Energie durchströmte Alex. Plötzlich fühlte er sich in der Lage, Berge zu versetzen, alle Polizisten dieser Welt aus dem Feld zu schlagen und sogar den Kratzer zu vergessen, mit dem Maxine seinen geliebten Twingo verziert hatte.

In seinem Übermut beschloss er, jetzt auch einmal Maxine auf den Arm zu nehmen.

»Jacky Potier, der Musik auf Ihr Handy lädt, Marty Schuberts, der die Polizei für Sie anlügt, und Monsieur Lamoureux, der ein Suchkomitee bildet, um Sie zu retten … Sie sind ja wirklich eine grandiose Herzensbrecherin!«

»Einer von den dreien ist bereits tot, gebe ich zu bedenken.«

»Na und, er muss verrückt nach Ihnen gewesen sein, sonst hätte er Ihnen nicht die Musik von *Pretty Woman* aufs Handy geladen. Das war eine eindeutige Botschaft.«

»Ach ja? Meinst du?«, fragte Maxine verblüfft.

»Natürlich! Und Monsieur Lamoureux trägt seinen Namen absolut zu Recht.«

»Warum?«

»Weil er in Sie verliebt ist, was sonst!«

Maxine staunte nicht schlecht.

»So ein Quatsch!«

Sie hatte sich mit angewiderter Miene tief in ihren Sitz zurückgeschoben wie eine zwölfjährige Göre, die man auf einen bestimmten Jungen anspricht.

»Du fantasierst dir ja schöne Dinge zurecht!«, wiederholte sie halsstarrig und bemühte sich, dabei möglichst unbeeindruckt zu wirken.

»Er hat ein Komitee namens RETTET MAXINE für Sie ins Leben gerufen. Und außerdem schickt er Ihnen immer wieder Nachrichten. Offenbar spielen Sie des Öfteren Backgammon miteinander.«

»Er fragt mich hin und wieder, ob ich mit ihm spiele.«

»Und Sie sind der Meinung, dass das alles gar nichts zu bedeuten hat?«

»Doch! Dass er gern Backgammon spielt!«

Alex bereitete es zunehmend Vergnügen, Maxine auf diese Weise in die Enge zu treiben. Es erheiterte ihn ungemein zu sehen, wie sich ihre Wangen röteten und sie alles daransetzte, das zu verbergen.

»Und dieser herzzerreißende Aufschrei, den er im Radio von sich gegeben hat. ›Tun Sie *meiner* Maxine nichts zuleide‹«, ahmte Alex ihn nach, wobei er das »meiner« betonte. »Sie sind ›seine‹ Maxine.«

»Nie im Leben!«

Die alte Dame begnügte sich damit, das Kinn stolz nach vorn zu recken, ihre lavendelfarbene Strickjacke zurechtzuziehen und Alex ostentativ den Rücken zuzuwenden, um einen Punkt am Horizont zu fixieren, der sie erstaunlicherweise ungemein zu interessieren schien.

Alex, der seinen Sieg in diesem verbalen Schlagabtausch genoss, zog nun eine CD aus dem Handschuhfach hervor, um sie in das Abspielgerät des Autoradios einzulegen.

Die warme Stimme von Gloria Gaynor erfüllte die Fahrgastzelle des Twingo: »*At first I was afraid, I was petrified …*« Maxine warf einen kurzen, versteckten Blick zu Alex hinüber. Ein wenig schmollte sie noch, es war zu früh, um einzulenken, aber die Musik blieb nicht ohne Wirkung. Schon begann ihr Bein im Rhythmus zu wippen. Alex tat so, als bemerkte er nichts. Als Gloria zum Refrain kam, stimmte Alex zunächst leise ein, sang aber bald laut und deutlich mit: »*I will survive!*« Jetzt war Maxine geschlagen, sie musste sich ergeben. Sie drehte sich zu ihm um und sang lauthals: »*As long as I know how to love, I know I'll stay alive …*« Er drehte den Ton weiter auf. Gloria sang aus voller Kehle, und die Lautsprecherboxen des Autoradios gaben ihr Bestes, der Entführer und seine Gefangene sangen aus Leibeskräften, ohne es mit dem Liedtext allzu genau zu nehmen. Maxine klatschte in die Hände, Alex bewegte seine Schultern im Takt und schlug mit den Fingern rhythmisch aufs Lenkrad.

So heiter war es in dem Twingo noch nie zugegangen.

29

Dank der versöhnenden Intervention von Gloria Gaynor waren die Gemüter wieder besänftigt, und es herrschte ungetrübte Stimmung. Die beiden beschlossen anzuhalten, um eine Kleinigkeit zu sich zu nehmen. Sie hatten die Landstraße verlassen, um eine Kleinstadt anzusteuern.

Alex hatte an diesem Tag noch nichts gegessen, und sein Magen rumorte bereits gewaltig. Seit Ewigkeiten hatte er nicht einen solchen Hunger verspürt. Mit seiner Depression hatte ihn eigentlich ein Widerwille gegen das Essen gepackt. Nun aber verspürte er einen Bärenhunger, und das war ein schönes Gefühl.

Maxine, die das Restaurant aussuchen wollte, hatte sich für ein Pub entschieden.

»Dort gibt es etwas zu essen und auch zu trinken«, hatte sie ihre Wahl gerechtfertigt.

»Das sollte das Ansinnen aller Restaurants sein.«

»Ja, aber in einem Pub gibt es auf jeden Fall ein schönes Bier.«

»Ich dachte, Ihnen sei vor allem an Whisky gelegen.«

»Ich versuche, meinen Horizont zu erweitern.«

»Ach ja! Ich erinnere mich, so lautete doch die Empfehlung des Dalai Lama, oder war es Kung-Fu Panda …?«

»Langsam verstehst du, was Sache ist!«

Maxine marschierte geradewegs zu dem Tisch, den ihr die Kellnerin in Jeans und T-Shirt per Handzeichen angewiesen hatte. Alex folgte ihr eilfertig, schaute allerdings immer wieder um sich, um sicherzustellen, dass niemand sie erkannte. Maxine bemerkte sein Tun.

»Der große Vorteil eines Pubs besteht darin, dass es darin – so wie auch hier – ziemlich dunkel ist. Wir haben also gute Chancen, nicht aufzufallen.«

»Vergessen Sie bitte nicht, dass wir normal wirken müssen.«

»Ich wirke rundum normal, du aber ganz und gar nicht. So hektisch, wie du hierhin und dorthin schaust, könnte man dich wirklich für jemanden halten, der von der Polizei gesucht wird.«

»Aber das stimmt doch auch!«

»Sage ich ja.«

Maxine beendete die Diskussion mit einem entschlossenen Griff nach der Karte.

»Dienstags gibt es im Altenheim immer Spaghetti Bolognese.«

»Das ist doch lecker.«

»Ich verabscheue Spaghetti Bolognese.«

»Das trifft sich gut, heute ist ja Freitag.«

»Was ich am meisten verabscheue, ist die ewige Wiederholung. Aus welchem Grund setzt man uns jeden Dienstag das gleiche Gericht vor? Und das gilt nicht nur für den Dienstag. An allen übrigen Tagen der Woche verhält es sich genauso. Keinerlei Überraschung, immer wieder der keimfreie Geschmack von Spaghetti Bolognese und dazu die Geräuschkulisse von kauenden alten Menschen.«

Alex lenkte seine Aufmerksamkeit auf die Karte, um das Bild, das in ihm aufstieg, wieder zu verscheuchen. Er wollte keinesfalls seinen gerade wiederentdeckten Appetit einbüßen. Als er die Speiseangebote genauer betrachtete, kam ihm plötzlich ein Gedanke:

»Für den Fall, dass wir von der Polizei verhaftet werden, sollte ich meine letzten Mahlzeiten in Freiheit voll und ganz auskosten, bevor ich ins Gefängnis wandere.«

»Und ich ins Altenheim … Auch wenn die Mahlzeiten dort sicher besser sind als im Gefängnis.«

Maxine öffnete ihre riesige Tasche und zog eine kleine silberne Puderdose hervor. Kokett nahm sie den Spiegel zur Hand und puderte sich die Nase.

»Wollen Sie immer noch die Herzen brechen?«

»Hör auf mit deinen dummen Sprüchen! Du wirst bitte nicht wieder von Monsieur Lamoureux anfangen, das ist einfach lächerlich.«

Sie blickte zufrieden auf ihr Spiegelbild, bevor sie fortfuhr:

»Ich vergewissere mich nur, dass ich anständig aussehe, das ist alles. Wir sind immerhin in einem Restaurant.«

Alex sah sich um. An den Nachbartischen saßen Jugendliche, die in ihren Unterrichtspausen herumhängen und Darts spielen wollten, oder aber *fish-&-chips*-Stammgäste, deren Finger bereits vor Fett trieften.

»Sie scheinen die Einzige zu sein, der das wichtig ist.«

»Nur weil die Welt, in der Eleganz und Kultiviertheit eine Rolle spielten, im Untergang begriffen ist, muss ich ja nicht mit untergehen. Schließlich bin ich nicht der Kommandant der *Titanic*«, antwortete sie und legte einen blassrosa Lippenstift auf.

Der junge Mann hätte sie beinahe gefragt, ob sie das sagenumwobene Schiff damals zu Gesicht bekommen hatte, bevor er sich daran erinnerte, dass es 1912 gesunken war. Er fasste sein Gegenüber noch einmal ins Auge: Sie war alles andere als jung – aber 1912, das war dann doch zu viel!

Maxine räumte ihr Schminkzeug zurück in ihre Wundertasche und holte ihre Geldbörse hervor. Sie begann, die Scheine zu zählen, die sich darin befanden.

Alex riss ihr das Geld samt der Börse aus den Händen und verbarg alles unter dem Tisch.

»Sie werden uns noch verraten! Es ist höchst gefährlich, in

aller Öffentlichkeit auf diese Weise Geld hervorzuziehen. Man könnte es Ihnen stehlen, gerade Ihnen, wo Sie ...«

Maxines Augenbrauen zogen sich gefährlich zusammen, und ihr berühmter finsterer Blick, der schon so viele Schüler in Angst und Schrecken versetzt hatte, richtete sich direkt auf Alex:

»Wo Sie was?«

»Äh ...«

»... eine alte Dame sind? Wolltest du das sagen?«

»Keineswegs«, beteuerte Alex verlegen. »Ich wollte sagen, eine schöne Frau im besten Alter, die zwangsläufig Begehrlichkeiten weckt.«

Er wischte sich über die Stirn, damit der leichte Schweißfilm ihn nicht verriet. Doch Maxine schien besänftigt.

»Aha! Das gefällt mir besser.«

Der finstere Blick war verschwunden, und Alex fiel ein Stein vom Herzen, dass er nicht in die Ecke gestellt worden war.

»Trotzdem sollten Sie Ihr Geld nicht vor allen Leuten so in die Hand nehmen.«

Er warf einen Blick unter den Tisch, um in die Geldbörse hineinzusehen.

Ganze Bündel von Scheinen sahen daraus hervor.

»Vor allem nicht, wenn Sie so viel davon haben.«

»Ich habe all meine Konten aufgelöst. Ich wollte kein Geld auf der Bank liegen lassen, während ich meine letzte ... während ich nach Brüssel fahre.«

Alex musste ihr recht geben. Es war ihr Geld, und sie gab es aus, so wie sie es wollte.

»Ich verstehe nur nicht, warum Sie dieses Pub ausgesucht haben. Mit diesem ganzen Geld hätten Sie in ein richtig schickes Restaurant gehen können.«

»Du meinst diese Schuppen, in denen sie dir drei Karottenspitzen, eine Zwiebelschale und ein Stückchen Topinambur mit Rindfleischgulasch servieren und es dann als ›Symphonie alter Gemüsesorten an sautiertem Rindfleisch nach Großmutters Art‹ anpreisen?«

Alex lachte über Maxines affektierte Ausdrucksweise, mit der sie den Kellner nachahmte.

Entzückt über ihre Wirkung, holte die alte Dame noch weiter aus.

»Diese Chefköche setzen dir eine Auflaufform von mit Apfelstücken gefüllten Windbeuteln vor und nennen es ›Windbeutel im neuen Gewand‹. Wer hat denn verlangt, dass sie in einem neuen Gewand daherkommen? Sie waren genau richtig, so wie sie waren. Obendrein ausgerechnet mit Äpfeln!«

»Okay, ich hab's verstanden. Finger weg von Windbeuteln!«

Die alte Dame griff wieder nach der Karte, schenkte ihr aber keine Aufmerksamkeit.

»Wenn ich es recht bedenke, habe ich Lust, mit den Fingern zu essen.«

Der Junge sah verdutzt auf die dünne und faltige Haut von Maxines Händen.

»Mit den Fingern?«

»Im Altenheim dürfen wir das natürlich nicht. Es würde sofort als ein Zeichen für Demenz gelten. Sie halten uns schon für senil, bevor wir es werden. Als würden wir von einem Tag auf den anderen vergessen, wie man eine Gabel benutzt. Wobei wir die meiste Zeit mit einem Löffel essen, denn sie servieren uns fast immer Püriertes.«

»Aber nicht am Dienstag. Da gibt es ja Spaghetti Bolognese.«

Maxine lächelte.

»Nein, nicht am Dienstag. Aber die Nudeln sind immer so verkocht, dass sie auch wie Püree sind.«

Alex sah, dass die Erwähnung dieser traurigen Mahlzeiten im Altenheim seiner Freundin naheging. Er bemühte sich, das Thema zu wechseln.

»Also, was möchten Sie denn bestellen, wo es Ihnen jetzt freisteht, mit den Fingern zu essen?«

Ihr Gesichtsausdruck spiegelte ihre Gelüste ganz unverhohlen.

»Einen dicken Burger.«

»Perfekt, finde ich auch sehr gut.«

»Mit schön fettigen Fritten.«

»Geht klar.«

»Und ganz viel Soße.«

»Soße ist immer gut.«

»Und ein Bier.«

»Aber nur ein kleines, weil wir noch eine ganz schöne Strecke vor uns haben, und mir steckt immer noch der Whisky in den Knochen.«

»Und zusätzlich noch Zwiebeln, Cornichons und Peperoni und …«

»Ich glaube, wir belassen es dabei. Das wird reichen.«

Die Kellnerin kam zu ihnen an den Tisch. Ihre dunklen Haare waren zu einem losen Knoten zusammengesteckt und brachten ihre tiefschwarzen Augen gut zur Geltung. Ihr rockiger Look passte zu dem Pub, gleichwohl trug sie eine leicht hochmütige Miene zur Schau.

Als Alex diese junge Frau auf sie zukommen sah, senkte er sogleich den Kopf. Maxine hätte nicht sagen können, ob er fürchtete, erkannt zu werden, oder ob seine Schüchternheit ihn dazu zwang. Sie tippte auf Letzteres.

»Was hätten Sie gern?«

»Einen Cheeseburger mit Soße, Fritten, Zwiebeln, Cornichons, Peperoni und dazu ein Bier, danke schön«, teilte Maxine ihr genüsslich und voller Vorfreude auf den Gaumenschmaus mit.

Die offenbar gelangweilte Kellnerin sah nicht einmal auf und beschränkte sich darauf, die Bestellung auf ihrem Notizblock festzuhalten. Anschließend wandte sie sich Alex zu. Der hielt den Kopf immer noch gesenkt, denn er hatte gehofft, dass Maxine das Ganze in die Hand nehmen und für sie beide bestellen würde. Er wollte nicht mit einer jungen Frau seines Alters sprechen müssen, dafür war es noch zu früh. Obendrein einer hübschen jungen Frau, das machte die Sache noch schlimmer. Die Kellnerin wartete schweigend. Maxine versetzte ihm einen Fußtritt. Er wusste, dass er nicht ewig so hilflos verharren konnte. Leider würde er sich nicht auf wundersame Weise in eine kleine Maus verwandeln können, die über den Fußboden des Pubs davonhuschte und sich tief in einem Loch versteckte. Darauf hatte er schon so oft vergeblich gehofft. Vielleicht könnte er eine Ohnmacht vortäuschen. Ja, dazu müsste er nur kurz die Augen heben und dann zu Boden sinken; vielleicht könnte er auch noch ein paar Krämpfe simulieren, damit es möglichst glaubwürdig aussah. Dann wäre Maxine gezwungen, für ihn zu bestellen.

Maxine versetzte ihm einen weiteren Fußtritt, gefolgt von einem Ellbogenschubser. Wie grob diese alte Dame sein konnte!

Alex blieb keine Zeit, in Ohnmacht zu fallen. Außerdem war er noch nie ein sehr guter Schauspieler gewesen. Es gab einfach nichts, worin er wirklich gut war. Bei den Schulaufführungen hatte man ihm immer die unwichtigste Rolle gegeben, bei der möglichst wenig von ihm zu sehen war – ein Baum tief im Wald, ein Schilfrohr … Als seine Eltern das begriffen hatten, waren sie nicht mehr zu den Aufführungen erschienen.

Er hob also, zunächst noch mit gesenktem Blick, den Kopf. Dann sah er zögerlich auf, räusperte sich, und bevor Maxine ihm erneut Lutschbonbons gegen den vermeintlichen Husten anbot, stieß er triumphierend hervor:

»Dasselbe, bitte.«

Die Kellnerin, die zwischenzeitlich auf dem Handy ihre Nachrichten eingesehen hatte, nahm die Bestellung auf und zog wortlos von dannen.

Maxine wollte den Jungen nicht weiter in Verlegenheit bringen. Sie ahnte, dass die Situation bereits jetzt schon höchst unangenehm für ihn war. Da wollte sie nicht noch einen draufsetzen. Ihr Mann hatte sie gelehrt, dass es manchmal alles andere als dienlich war, ein Problem allzu brutal anzusprechen. Der Patient hatte dann eine Blockade, und man bekam nichts mehr aus ihm heraus. Und jetzt gerade spürte sie genau, dass ihr Patient sich im Bedarfsfalle wieder ganz in sein Schneckenhaus zurückziehen würde. Gewiss war die Frage des Werbens und Verführens ein zentrales Problem bei Alex. Wenn er keinerlei Selbstvertrauen entwickelte, würde er sich niemals wirklich entfalten. Nach Brüssel wäre sie nicht mehr da, um ihm zu helfen … Sie musste das Thema auf eine andere Weise anschneiden.

»Hast du bemerkt, wie hübsch dieses Mädchen ist? Wie schade, dass sie eine Anstellung in einem Pub hat, wo es so dunkel ist, dass man sie kaum sieht. Da hätte man an ihrer Stelle auch ein hässliches Gänslein anstellen können, und niemand würde etwas merken.«

»Das ist Diskriminierung.«

Sie freute sich, den Jungen aus seiner Reserve gelockt zu haben.

»Erzähl mir doch mal von dem Mädchen, das dir solchen Kummer gemacht hat.«

Alex verkrampfte sich. Er schien zu schwanken, ob er sich wie eine Auster verschließen oder das Weite suchen sollte. Sie befürchtete schon, ein wenig zu forsch vorgegangen zu sein. Ihr Ehemann wäre enttäuscht gewesen, wenn sie eine Sitzung so verdorben hätte, und sie wollte nichts tun, was ihn enttäuscht hätte.

»Du musst nichts sagen, wenn du nicht magst. Aber mir scheint, sie muss wirklich ein außergewöhnliches Wesen sein, wenn sie dich in einen solchen Zustand versetzt hat.«

Es fiel Maxine wahrlich schwer, der Frau zu schmeicheln, die Alex' Selbstvertrauen so zerstört hatte, aber es war wohl der einzige Weg, damit Alex sich ein wenig öffnete. Wie ein Rauschgiftsüchtiger musste er über das sprechen wollen, was ihm fehlte.

Alex dachte kurz nach. In seinem Kopf schien es zu brodeln. Er war hin- und hergerissen zwischen der Lust, die es ihm bereiten würde, über *sie* zu sprechen, und dem Schmerz, den er unweigerlich dabei verspüren würde. Er wagte den Sprung ins kalte Wasser.

»Sie war der Anfang.«

30

Maxine wagte nicht, sich zu rühren, sie hielt sogar kurz den Atem an. Sie fürchtete, dass Alex sich bei dem geringsten Geräusch anders besinnen könnte und seine Gesprächsbereitschaft wieder dahin wäre. Und ihre Strategie ging auf, denn er begann zu erzählen.

»Sie war der Anfang eines neuen Lebens für mich. Sie war alles, was ich nicht war. Schön, intelligent, fröhlich, humorvoll ... Sie war voller Selbstvertrauen und zog alle Blicke auf sich. Alle mochten sie. Ich dachte, dass an ihrer Seite ein wenig von ihrem Glanz auf mich abfärben würde. Schon ein Hauch von *ihr* hätte mich zum Strahlen gebracht.«

Bereits von diesen wenigen Sätzen gequält, konnte Maxine sich nicht länger zurückhalten:

»Ich habe noch nie etwas so Trauriges und Dummes gehört!«

Alex starrte sie mit aufgerissenen Augen an. Die Heftigkeit, mit der Maxine ihm diese Antwort entgegengeschleudert hatte, traf ihn wie eine Ohrfeige. Ohne sich dessen bewusst zu sein, fasste er sich an die Ohren.

Maxine war klar, dass sie sehr heftig reagiert hatte, aber sie wollte ihn wachrütteln. Sie wusste, dass das für ihn ungeheuer wichtig war, und hatte Angst, dass ihr nicht mehr genug Zeit bliebe, um ihr Vorhaben erfolgreich zu beenden. Phase eins: der Schock. Phase zwei: die Erklärungen. Phase drei: die Akzeptanz. Phase vier: die Aussöhnung. Phase fünf: die Heilung. Es lagen also noch vier Phasen vor ihr, und sie fühlte sich bereits jetzt erschöpft. Erschöpft von dem Wissen, dass die Zeit für sie gleich in doppelter Hinsicht begrenzt war: durch das Altenheim, das nach ihr suchte, und durch ihre Krankheit.

Phase zwei, die Erklärungen: Sie musste es schaffen, ihm begreiflich zu machen, dass seine Überlegungen falsch waren. Phase drei, die Akzeptanz: Er musste es akzeptieren, dass diese Niederlage keinen Weltuntergang bedeutete. Phase vier, die Aussöhnung: Er musste wieder in die Zukunft schauen. Gelänge es ihr, dass er diese drei Phasen auf einmal hinter sich brachte, würde sie viel Zeit wettmachen und hätte eventuell eine Chance, ihn noch zu retten – Phase fünf.

»Du kannst von einem Menschen nicht erwarten, dass er dein ganzes Leben verändert. Das ist unmöglich.«

»Und warum nicht?«, fragte der in Bedrängnis Geratene bockig zurück.

»Weil du ihr damit unrecht tust – und auch dir selbst. Ist dir klar, welche Verantwortung du ihr damit aufbürdest? Sie kann nicht Herrin über dein Schicksal sein, das kannst nur du selbst sein.«

»Ich glaube nicht ans Schicksal.«

»Ich auch nicht, aber man muss an irgendetwas glauben, sonst ist das Leben ziemlich traurig. Wenn du nicht ans Schicksal glaubst, dann lass dich aufs Leben ein, auf die Liebe, auf das Glück, auf den Zufall, auf die Vorsehung …«

»Wo haben Sie das denn her? Aus einem Glückskeks?«, spottete Alex.

Maxines Wangen färbten sich rot.

»Mag sein. Aber das heißt noch lange nicht, dass es falsch ist.«

Sie entfernte ein paar imaginäre Staubflocken von ihrer Strickjacke.

»Mit euch hätte es nicht geklappt. Du hattest viel zu viele Erwartungen. Ihr wärt ein sehr unausgewogenes Paar gewesen.«

»Besser ein unausgewogenes Paar als gar kein Paar!«

Hitzig schlug er mit der Faust auf den Tisch.

Ein paar neugierige Blicke richteten sich auf die beiden. Die alte Dame legte ihre Hand auf die Faust des Jungen.

»Im Grunde weißt du, dass ich recht habe, aber vielleicht ist es noch zu früh, um es zuzugeben. Nimm dir Zeit.«

Die Kellnerin kam mit den beiden Burgern. Gut ausbalanciert trug sie mit jeder Hand einen großen flachen Teller vor sich her, und Maxine war schwer beeindruckt von ihrer Geschicklichkeit. Sogleich kam ihr ein Gedanke: »Das versuche ich auch!« Schon wollte sie aufstehen, aber Alex hielt sie zurück.

»Sie haben es schon nicht geschafft, mich aufzufangen bei der Vertrauensübung. Ich glaube also kaum, dass Sie diese schweren Teller so vor sich her tragen können.«

»Ich will dich keineswegs kränken, aber du bist schwerer als diese Teller.«

»Vielleicht gar nicht so viel schwerer, als Sie denken – bei all den Beilagen, die Sie bestellt haben.«

Maxine sah bekümmert auf ihre schmächtigen Bizeps-Muskeln.

»Vermutlich hast du recht.«

Alex spürte ihre Enttäuschung.

»Sie haben die Arme einer Tänzerin, nicht die einer Gewichtheberin. Das ist sehr viel hübscher.«

Sofort heiterte sich ihre Miene auf.

»Das stimmt. Man hat mir oft gesagt, dass ich mich wie eine Tänzerin bewege.«

Sie nahmen ihre riesigen Burger in Angriff und bissen genüsslich hinein. Die Soße floss ihnen aus den Mundwinkeln, und Maxine empfand ein Gefühl der Freiheit bei diesem herzhaften Hineinbeißen. Sie tauchte eine Fritte in den kleinen Soßentopf und kaute ausgiebig darauf herum, um den deftigen Geschmack voll und ganz auszukosten.

Ein neuer Einfall brachte ihr Gesicht mit einem Mal so zum Strahlen, dass sie beinahe jugendlich wirkte. Sie wischte sich die Soße von den Lippen und fragte:

»Auf welchen Typ Frau stehst du eigentlich?«

Alex blieb der Bissen beinahe im Halse stecken.

»Sie sind wirklich sehr schön, Maxine, aber ich finde, wir sollten lieber nur Freunde bleiben …«

»Ich spreche doch nicht von mir, du Dummerchen! Obwohl ich mich wirklich geschmeichelt fühle, dass du dies in Erwägung gezogen hast.«

Da er sich über diesen Punkt nicht weiter auslassen wollte, fuhr Alex hastig fort:

»Ich möchte jemanden finden, durch den ich mich besser fühle, der mir das Gefühl vermittelt, dass ich schön und intelligent bin. Ich möchte jemanden finden, der mich Dinge lehrt und mein Denken inspiriert. Ich möchte jemanden finden, den ich bewundere.«

»Und sonst wohl gar nichts! Tolle Mädchen gibt es schließlich nicht wie Muscheln am Meer!«

Sie verschluckte sich beinahe an ihrem hastig hinuntergestürzten Bier.

»Alles, was du sagst, klingt so distanziert. Du zählst ein Kriterium nach dem anderen auf, aber du sprichst nicht von einem echten Menschen. Perfektion gibt es – abgesehen von mir – nicht. Du bist nicht perfekt, warum sollten es also die anderen sein? Man würde sich viel zu sehr langweilen.«

Sie biss erneut in ihren Burger, bevor sie weiterredete.

»Das Leben gleicht einem Enzephalogramm – wenn nur noch eine gerade Linie ohne jeden Ausschlag zu sehen ist, bedeutet das, dass du tot bist. Ich rate dir nicht, dass du dich bescheiden sollst, und auch nicht, lieber irgendein Mädchen zu wählen, als allein zu bleiben. Ich rate dir nur, dass du die Unebenheiten des Lebens akzeptieren sollst.«

»Die Unebenheiten?«

»Genau. Bei den ganzen Kriterien, die du anführst, bekommt man den Eindruck, als würdest du von einem Berggipfel auf alle anderen ganz weit unten schauen und beobachten, was sie dort treiben. Niemand stört dich, du fühlst dich sicher, aber das ist nicht das Leben. Wenn du von deinem Gipfel hinuntersteigst und tatsächlich versuchst, jemanden kennenzulernen, und gleichzeitig akzeptierst, dass dieser Mensch nicht all deine Kriterien erfüllt, dann wirst du so manche Überraschung erleben. Du bist ja auch nicht ohne Ecken und Kanten. Du hast deine Geschichte, die dich unverwechselbar macht. Und das ist viel interessanter, als perfekt zu sein.«

Alex hörte ihr gebannt zu. Es war der alten Dame gelungen, seine Überzeugungen ins Wanken zu bringen. Die Idee von den Unebenheiten des Lebens gefiel ihm. Es stimmte, dass er Ecken und Kanten hatte. In der Tat, das war so.

Maxine labte sich weiter an den Köstlichkeiten auf ihrem Teller, und als sie sah, dass Alex immer noch gedankenverloren ins Leere blickte, fuhr sie ihn an:

»Wenn du deine Fritten nicht isst, dann gib sie mir.«

Alex tauchte wieder auf.

»Kommt nicht infrage.«

Er verschlang vier Fritten auf einmal und tauchte drei weitere in die Soße, als müsse er seinen Heißhunger demonstrieren. Maxine schenkte seinem Gebaren keinerlei Aufmerksamkeit.

»Hast du es schon einmal mit Partnervermittlungen versucht?«

»Sie meinen Dating-Websites im Internet?«

»Zu meiner Zeit veranstaltete man zu diesem Zweck Tanzabende. Heute lernt man sich nur über den Computer kennen, das ist vollkommen unsinnig. Aber andererseits muss man natürlich auch mit der Zeit gehen. Wenn mittlerweile also die virtuelle Bekanntschaft vor der realen kommt, dann muss man sich eben damit abfinden. Kurzum, hast du dich schon einmal auf einer dieser Seiten im Internet angemeldet?«

»Nein!«, empörte sich Alex. »Sie etwa?«

Sie sah ihn verblüfft an.

»Natürlich nicht. Ich war ja verheiratet. Hörst du mir eigentlich zu, wenn ich dir etwas erzähle, oder rede ich ins Leere hinein?«

»Sie haben so viel erzählt, dass ich möglicherweise zwei oder drei Details vergessen habe«, stichelte Alex.

Maxine deutete diesen kleinen, aufbegehrenden Seitenhieb als ein gutes Zeichen, als ein Zeichen für die einsetzende Heilung. Ihre Behandlung begann Früchte zu tragen.

»Aber warum hast du es denn nie mit solchen Dating-Seiten versucht?«

»Weil ich nicht auf eine verrückte, vollkommen neurotische Person treffen will. Ein verrücktes Huhn mit Platzangst oder eine Psychopathin, die im Internet auf Fang aus ist. Nein, danke!«

»Ich nehme doch an, dass dort auch anständige Menschen unterwegs sind. Einsame Seelen, die einfach nur jemanden kennenlernen wollen, um in einer guten Beziehung zu leben. Normale Menschen wie du und ich.«

»Ich bin nun wahrlich kein Ausbund an mentaler Gesundheit. Vielleicht erinnern Sie sich – ich bin depressiv.«

Alles in allem musste sie sich eingestehen, dass Phase fünf vorerst noch nicht erfolgreich abgeschlossen werden konnte.

31

Die Kellnerin kam erneut an ihren Tisch, um abzuräumen. Maxine hatte nichts übrig gelassen. Wenn Alex sie nicht davon abgehalten hätte, hätte sie sogar noch ihren Teller abgeleckt. Nicht einmal das kleine Dekor-Salatblatt war liegen geblieben. Da Alex beim Näherkommen der Kellnerin erneut den Kopf gesenkt hatte, steckte Maxine noch rasch den Finger in den Soßentopf und fuhr am oberen Rand entlang, um die letzten Reste zu ergattern.

»Darf es ein Dessert sein?«, fragte die Kellnerin, während sie Maxine den Topf beinahe aus den Händen riss.

»Natürlich!«

Sie brachte ihnen die Karte und verschwand.

»Man könnte meinen, dass Sie seit Ewigkeiten nichts mehr gegessen haben«, bemerkte Alex.

»Ungefähr trifft das ja auch zu.«

»Sie bekommen im Altenheim doch zu essen, oder nicht? Schließlich gibt es nur dienstags Spaghetti Bolognese. Ich habe nämlich eine Reportage von Bernard de La Villardière gesehen, in der er über diese entsetzlichen Heime berichtete, wo alte, hilflose Menschen sich selbst überlassen werden, während das Personal eine ruhige Kugel schiebt.«

»Nein, ganz so schrecklich ist es nicht, aber wenn man nichts mehr ohne Erlaubnis tun darf, ist das der Anfang vom Ende.«

»Mark Twain, *Huckleberry Finn*.«

Maxine fiel aus allen Wolken, und Alex genoss den Anflug von Hochachtung, den er in ihrem Blick entdeckt hatte.

»Nun ja, ich bin nicht vollkommen dumm! Ich kann lesen, und wenn ich gut in Form bin, kann ich manchmal auch rechnen.«

Alex zog eine Grimasse, die ihn nun tatsächlich wie ein Dummkopf aussehen ließ. Ein Dummkopf allerdings, der eine alte Dame zum Lachen brachte.

Übermütig alberte er weiter herum, bis sein Blick auf die Kellnerin fiel. Sofort erstarrte er. Für wie idiotisch musste sie ihn jetzt halten! Ausgerechnet jetzt, wo er einmal Spaß hatte, über die Stränge schlug, sich gehen ließ, da musste dieses hübsche Mädchen ihn sehen. Maxine wurde Zeuge, wie er sich in ein regloses Standbild verwandelte. Sie folgte seinem Blick und entdeckte die Kellnerin, die zu ihnen herübersah. Oh nein! Der Kleine würde sich gedemütigt fühlen. Sie flehte innerlich, dass die junge Frau ihn nicht verspotten möge. Das würde ihm einen erneuten Tiefschlag versetzen. Beide blickten gebannt zu der Kellnerin hinüber, deren Augen immer noch fest auf Alex gerichtet waren. Ihre Mundwinkel zuckten, dann verzogen sich ihre Lippen zu einem breiten, freundlichen Lächeln.

Alex verstand die Welt nicht mehr. Er blickte hinter sich, um zu überprüfen, ob dieses reizende Lächeln tatsächlich ihm galt. Hinter ihm war jedoch nur noch eine dunkelgrüne Wand. So etwas war er nicht gewohnt. Wie sollte er nun darauf reagieren? Zurücklächeln? Eine arrogante Miene aufsetzen? So tun, als hätte er nichts gemerkt? Als er es schließlich wagte, sich ihr wieder zuzuwenden, war es zu spät. Die Kellnerin war schon wieder unterwegs, um andere Bestellungen aufzunehmen.

»Mit dem Lachen ist es wie mit der Liebe: Beide müssen uns überrumpeln oder beschleichen, wenn sie rechter Art sein sollen!«, deklamierte Maxine.

Alex ging nicht darauf ein, aber der Gedanke gefiel ihm.

Der alten Dame fiel ein Stein vom Herzen, dass der erste

Kontakt mit einer jungen Frau so günstig verlaufen war. Wie wäre es nur ausgegangen, wenn die Kellnerin anders reagiert hätte? Aber sie hatte dem Kleinen ein Lächeln geschenkt. Maxine war nicht entgangen, wie sehr ihn das aufgemuntert hatte. Plötzlich richtete sie sich vergnügt auf. Ihr war ein wunderbarer Einfall gekommen, um ihre Therapie fortzusetzen.

»Ich weiß genau, was du jetzt brauchst.«

»Bitte keine weiteren Vertrauensübungen. Haben Sie Erbarmen.«

»Das ist erledigt. Das war nicht gerade mein bester Einfall, aber jetzt kommt etwas anderes. Auf zu neuen Stränden!«

Sie ließ ihm keine Zeit für irgendwelche Einwände. Mit einer leichten Kopfbewegung wies sie nach hinten in das Pub, um Alex' Aufmerksamkeit dorthin zu lenken. Er war bisher so damit beschäftigt gewesen, normal zu wirken, dass er diesen Winkel gar nicht bemerkt hatte, wo ein kleines Podest und ein Mikrofon bereitstanden.

Da er seine Begleiterin mittlerweile einschätzen konnte, begriff Alex auf der Stelle, was sie im Sinn hatte.

»Niemals!«

»Ich bin sicher, dass du einen Riesenspaß hättest. Ich habe doch gesehen, dass Musik dir guttut.«

»Kommt nicht infrage!«

Er schüttelte heftig den Kopf, um seine Entschlossenheit zu untermauern.

»Außerdem hat bisher noch niemand hier gesungen«, fügte er hinzu. »Das Ganze wurde vermutlich für morgen aufgebaut.«

Maxine wies mit dem Finger auf ein kleines, an der Wand befestigtes Schild: FREITAG: KARAOKE.

»Heute ist Freitag.«

Alex blieb stur bei seiner Weigerung. Bevor das Kopfschütteln ihm einen steifen Hals verursachen konnte, stand die alte Dame auf, strich würdevoll ihren Faltenrock glatt, schloss einen

Knopf ihrer Strickjacke, schob den Stuhl zurück und bewegte sich entschlossenen Schrittes in Richtung Bühne.

Sie stützte sich an der Wand leicht ab, um auf das kleine Podest zu steigen, und verfluchte ihre Knie, die ihr nicht mehr den sicheren Halt früherer Tage gaben. Dann warf sie einen Blick in den Katalog, der auf einem Tisch hinter ihr lag. Im Halbdunkel des Pubs waren die Titel der Lieder schlecht zu lesen. Sie hielt den Ordner ganz nah vors Gesicht und kniff die Augen zusammen. Alex wäre vor Scham am liebsten im Boden versunken. Einige Gäste schienen Maxine inzwischen bemerkt zu haben und blickten erwartungsvoll in ihre Richtung. Andere Gäste legten eine wohlwollende Gleichgültigkeit an den Tag. Der junge Mann versuchte, sich ganz klein zu machen. Er kauerte sich so gut es ging auf seinem Stuhl zusammen und versteckte sich hinter der Dessertkarte. Gleichwohl warf er immer wieder verzweifelte Blicke zu Maxine hinüber, um zu sehen, welche Überraschung sie jetzt schon wieder für ihn bereithielt.

Die alte Dame legte den Katalog beiseite, sie hatte ihre Wahl getroffen. Mit dem Finger klopfte sie leicht an das Mikrofon.

»Eins, zwei, hören Sie mich?«

Auch die Gäste, die ihr Treiben bisher noch nicht bemerkt hatten, drehten sich nun zu ihr um. Als sie all diese auf sie gerichteten Blicke spürte, fühlte sie sich leicht und beschwingt: Das Publikum war ihr sicher, es verlangte nach ihr.

»Seid ihr bereit?«, rief sie ins Mikrofon.

Alex hätte sich an seinem Platz am liebsten in Luft aufgelöst. Hätte er doch nur eine Schaufel zur Hand, dann könnte er sich zumindest ein Loch graben, um sich zu verkriechen.

Ein Raunen ging durch den Saal. Maxine wurde klar, dass das Publikum möglicherweise doch nicht so zugänglich war, wie sie anfangs geglaubt hatte. Vielleicht spielte auch die Tatsache eine Rolle, dass es noch früh am Abend war. Aber wie auch immer, sie würde das Publikum schon locker machen. Sie würde eine echte Show abliefern.

»Ich habe nichts gehört! Seid ihr bereit?«

Auf einigen Gesichtern ließ sich ein Lächeln blicken, hier und da war sogar ein »Ja« zu hören. Mehr brauchte es nicht, um Maxine zu verzücken. Jetzt hatte sie sie in der Tasche. Gloria würde ihr helfen, wie sie es bereits vorhin im Auto getan hatte.

Die ersten Töne von *Can't Take My Eyes Off You* dröhnten jetzt aus den Lautsprechern. Alle Augen waren auf sie gerichtet. Maxine bewegte zunächst nur den Kopf im Takt, dann auch das Becken. Es folgten Disko-Tanzbewegungen, die sie mit Sicherheit John Travolta abgeschaut hatte: eine Drehung nach links, eine Drehung nach rechts. *»You're just too good to be true …«*

Alex zog erstaunt die Augenbrauen hoch. Maxine sang großartig und hatte die Gäste mit ihrer Stimme und dazu ein paar dezenten Hüftschwüngen im Nu in ihren Bann gezogen. Der Text wurde auf einem Bildschirm eingespielt, aber bald sah sie dort gar nicht mehr hin. Schließlich kannte sie den Text auswendig, außerdem konnte sie bei dieser Entfernung ohnehin nichts mehr entziffern.

Alex hatte die Dessertkarte losgelassen, besser gesagt, die Karte war ihm aus den Händen geglitten. Ein zaghaftes Lächeln umspielte seine Lippen. Es erlosch allerdings auf der Stelle, als Maxine bei *»I love you baby, trust in me when I say …«* mit dem Finger auf ihn wies. Die Gäste wandten sich zu demjenigen um, dem eine solche Aufmerksamkeit zuteilwurde. Wie paralysiert von den auf ihm lastenden Blicken saß der totenblasse Alex da – ein verschreckter Hase, der in das Scheinwerferlicht eines Autos namens Maxine geraten war. Zum Glück wagte sich der Star des Tages jetzt an eine rasante Choreografie, bei der selbst Travolta vor Neid erblasst wäre. Sie wirbelte von rechts nach links, von vorn nach hinten über die Bühne, vollführte Drehungen und warf kecke Blicke in alle Richtungen.

Die zwanzig letzten, rein instrumentalen Sekunden des Liedes bildeten den krönenden Abschluss. Sie hob die Arme in Nachahmung der Sänger, die ihr Publikum zum rhythmischen Klatschen animieren wollen. Die begeisterte Kundschaft im Pub kam ihrer Aufforderung unverzüglich nach. Mehr brauchte es nicht für die Discoqueen, um noch einmal alles zu geben, auch auf die Gefahr hin, sich die Hüfte zu verrenken.

Die Musik verstummte. Ganz der Profi, beglückte Maxine ihre Zuhörerschaft zum Schluss mit einer eleganten Verbeugung.

Stille kehrte ein. Der Saal stand noch ganz unter dem Eindruck des gerade Geschehenen. Dann setzte Applaus ein, zunächst zögerlich, dann immer lauter. Die Künstlerin bedankte sich mit einem Lächeln. Sie wartete ein wenig und verließ dann, da eine Zugabe nicht drängend gefordert wurde, die Bühne. Die Blicke folgten ihr auf ihrem Weg zurück an den Tisch, dann aber beschäftigte man sich wieder mit den Fritten, die man bestellt hatte.

Maxine setzte sich auf ihren Platz und fragte, als sei nichts geschehen:

»Na, hast du ein Dessert gefunden?«

Platt vor Staunen blieb Alex die Antwort schuldig. Die Kellnerin kam zu ihnen und beglückwünschte Maxine zu ihrer Darbietung. Die alte Dame nahm das Kompliment bescheiden an und errötete angemessen.

Dann kehrte sie zu den wichtigen Dingen zurück:

»Ihre Windbeutel sind doch hoffentlich prall gefüllt und kugelrund, oder?«

32

Eilmeldung:

Es gibt neue Hinweise im Fall »Maxine«, jener alten Dame, die heute Morgen vor dem Haupteingang ihres Altenheims so skrupellos entführt wurde.

Eine dem Opfer nahestehende Person hat uns berichtet, dass sie eine SMS der ehrwürdigen, hochbetagten Dame erhalten habe, aus der hervorgeht, dass ihr Entführer in Richtung Spanien unterwegs ist.

Die Ordnungskräfte nehmen diese neue Spur sehr ernst, da sie zu der heimtückischen und labilen Persönlichkeit des Aggressors passt. Denn der bisher zwar nicht auffällig gewordene junge Mann hat sich mit der Entführung dieser armen fast hundertjährigen Seniorin eindeutig zu einem unberechenbaren Gewalttäter gewandelt.

Unser Sonderberichterstatter konnte zwischenzeitlich die Residenz Beau Séjour *besuchen, um den Freund der unglückseligen alten Dame zu interviewen.*

»Monsieur Schuberts, womit waren Sie gerade beschäftigt, als Sie diese SMS erhielten?«

»Nun, ich war in der Bibliothek, als ich mein Handy klingeln hörte.«

»Wussten Sie sofort, dass es Ihre Freundin war, die Sie um Hilfe bat?«

»Ich habe ihre Nummer eingespeichert. Deshalb erscheint dann immer ›Maxine‹ auf dem Display, wenn sie mir eine SMS schickt oder mich anruft.«

»Haben Sie geahnt, dass sie es sein könnte?«

»Wie gesagt, ich habe ihren Namen auf dem Display gesehen. Ich bin schließlich kein Medium!«

»Können Sie uns diese SMS zeigen?«

»Äh, nein, das kann ich eigentlich nicht.«

»Warum? Hat der Entführer damit gedroht, Ihnen etwas anzutun, wenn Sie die SMS öffentlich machen?«

»Nein. Ich habe sie nicht mehr. Ich habe sie gelöscht.«

»Sie haben sie gelöscht?«

»Ja. Ich habe auf die falsche Taste gedrückt. Ich habe Arthrose in den Fingern. Da habe ich manchmal Schwierigkeiten mit den kleinen Tasten.«

»Aber Sie konnten die Nachricht doch der Polizei zeigen, bevor Sie sie gelöscht haben, oder?«

»Nein. Aber die Polizei hat mir geglaubt.«

»Gehen Sie davon aus, dass Ihre Freundin noch am Leben ist?«

»Da bin ich ganz sicher. Und wo auch immer sie sich befindet, ich möchte, dass sie weiß, dass ich mit ganzem Herzen bei ihr bin.«

Kehren wir nach diesem anrührenden Beispiel für die Solidarität unter Senioren zur Persönlichkeit des Entführers zurück. Er ist fünfundzwanzig Jahre alt, leidet an schweren psychischen Problemen, hat gegen den Rat seines Psychiaters und seiner Eltern eine Therapie abgebrochen und scheint sich im Augenblick keiner weiteren Behandlung zu unterziehen. Diese Informationen lassen das Schlimmste befürchten hinsichtlich seiner Stimmungsschwankungen, die womöglich in Tötungsabsichten münden. Einer anderen Quelle zufolge, die ebenfalls im Zuge der Ermittlungen aufgetaucht ist und aus dem näheren Umfeld stammt, soll er kurz vor seinem Anschlag geäußert haben: ›Ich werde alle töten.‹ Diese Information muss jedoch noch überprüft werden.

Die Polizei rätselt weiterhin über die Motive für diese Entführung. Der Ehemann der hochbetagten Dame war ein renommierter Psychiater. Möglicherweise handelt es sich um einen Racheakt gegen *die gesamte Ärzteschaft. Aber auch niedere Beweggründe kommen in Betracht. Wir haben erfahren, dass sämtliche Konten der alten Dame kurz vor der Entführung geleert und geschlossen wurden. Das lässt vermuten, dass das Verbrechen geplant war und der psychisch gestörte Täter die beinahe Hundertjährige gezielt ins Auge gefasst hat. Der junge Aggressor war zwar bereits als Stalker bekannt, doch warum hat er sich ausgerechnet an dieser Seniorin vergriffen?*

Vieles liegt weiterhin im Dunkeln, und es muss im weiteren Verlauf des Falls mit neuen Wendungen gerechnet werden – sei es, dass man die Leiche des Opfers findet, dass man den Schuldigen rechtzeitig festnimmt oder man eine Erklärung für sein Tun findet.

Verpassen Sie heute Abend nicht unsere Sendung »Angeklagt!«, die sich aus aktuellem Anlass dem Fall »Maxine« widmet und die einzelnen Schritte der bisherigen Ermittlungen nachzeichnet.

33

Der Mann am Tresen hatte die Lautstärke des bisher stumm geschalteten Fernsehgerätes im Pub aufgedreht. Alle Gäste verfolgten interessiert die Reportage, in der auch Fotos von Maxine im Speisesaal des Altenheims und im Park gezeigt worden waren. Die Journalisten hatten sogar Bilder von ihrem Ehemann während einiger Konferenzen aufgetrieben. Was Alex betraf, so hatten seine Eltern den Journalisten wohl einige Fotografien zur Verfügung gestellt. Seine Miene war finster, ein regelrechtes Verbrechergesicht. Marty Schuberts wirkte ganz entzückt darüber, von dem Sender befragt zu werden. Er hatte mit einer bühnenreifen Unverfrorenheit kundgetan, eine SMS gelöscht zu haben, die es nie gegeben hatte.

Während die Gesichter der anderen noch am Bildschirm hingen, verdrückten sich die beiden Flüchtigen, ohne einen Ton zu sagen. Maxine legte ein paar Scheine auf den Tisch, dann verließen sie im Schutze des schummrigen Lichts unbemerkt von den immer noch fernsehenden Gästen geräuschlos das Pub.

Am liebsten wären sie gerannt, um möglichst rasch zu ihrem Auto zu gelangen. Sie vermieden es nur deshalb, in den Laufschritt zu verfallen, weil sie befürchteten, sich verdächtig zu machen. Möglichst unauffällig huschten sie ins Auto. Alex ließ sofort den Motor an, und sie fuhren los. Während der ersten zehn Kilometer schwiegen sie wie benommen.

Alex stand immer noch unter Schock. Nicht, weil er von der Polizei gesucht wurde – daran hatte er sich gewöhnt –, sondern wegen der Fotos, die im Fernsehen von ihm gezeigt worden waren. Warum hatten seine Eltern ausgerechnet diese Fotos weitergegeben? Er sah darauf regelrecht zwielichtig aus. Zugegeben, er war nicht sonderlich fotogen, aber es gab mit Sicherheit andere Bilder von ihm, auf denen er nicht gerade mit der Miene eines Serienmörders in die Kamera blickte. War seinen Eltern nicht klar, dass sie die Situation damit verschlimmerten? Oder wollten sie das am Ende sogar?

Er schüttelte den Kopf. Vielleicht bildete er sich jetzt wirklich etwas ein. Vielleicht ging er zu hart mit seinen Eltern ins Gericht. Oder vielleicht sah er auch gar nicht so schrecklich aus, wie er dachte. Er brauchte die Einschätzung seiner Komplizin.

»Maxine, wie fanden Sie den Bericht im Fernsehen?«

Die alte Dame dachte einen Augenblick lang nach.

»Marty hat eine sehr gute Figur abgegeben. Er sollte über eine Karriere als Schauspieler nachdenken.«

»Und ich?«

»Was ist mit dir? Willst du auch Schauspieler werden?«

»Nein. Wie fanden Sie die Fotos von mir?«

Ihm fiel auf, dass er alle Muskeln hochgradig angespannt hatte und den Atem anhielt. Warum machten ihn diese Bilder überhaupt so nervös?

Sie machten ihn ganz einfach deshalb nervös, weil es um weitaus mehr als nur um Fotos ging. Sie spiegelten die Beziehung zu seinen Eltern wider. Er hoffte, dass Maxine ihm sagen würde, dass er auf den Bildern vollkommen normal aussah und seine Eltern nur sein Bestes wollten.

»Wie du weißt, finde ich, dass du sehr gut aussiehst.«

Er lächelte erleichtert.

»Danke, Maxine. Also fanden Sie, dass ich auf diesen Fotos gut aussah?«

»Ganz und gar nicht! Man hätte dich für einen aus der geschlossenen Psychiatrie entsprungenen Irren halten können.«

Der junge Mann ließ die Schultern hängen. Maxine bemerkte gleich, wie sehr sie ihm mit diesem Urteil ungewollt zugesetzt hatte. Er war noch sehr anfällig, sie wollte ihm keinesfalls wehtun. Wieder einmal war sie zu direkt gewesen.

Alex' Hände zitterten und hatten Mühe, das Lenkrad festzuhalten. Sie bekam Angst, dass er anfangen könnte zu weinen. Stattdessen holte er jedoch zu einem festen Schlag aus. Wut schien an die Stelle von Traurigkeit getreten zu sein. Aber das war manchmal besser: Die Wut konnte das Unglück vergessen machen, jedenfalls eine Zeit lang.

»Mach dir nichts draus. Wir suchen uns unsere Eltern nicht aus, leider. Schau mich an. Glaubst du, ich hätte nicht lieber Eltern gehabt, die mich unterstützen und mir helfen, mein Baby großzuziehen, statt mich dazu zu zwingen, es wegzugeben? Man muss lernen, sich von dem Bild zu lösen, das unsere Eltern uns widerspiegeln, vor allem, wenn sie ihrer Rolle nicht gewachsen sind. Du bist sehr viel mehr als ihr Widerschein. Daran darfst du nicht zweifeln. Wenn sie tiefstapeln, dann stapel du hoch. Wenn sie sich mit wenig zufriedengeben, dann greif du nach den Sternen. Wenn sie dir nicht die Liebe geben, die du verdient hast, dann such nicht danach. Wenn sie mittelmäßig sind, dann sei du großartig. Nicht deine Familie bestimmt, wer du bist, sondern deine Entscheidungen, deine Taten, das, was du jetzt gerade tust.«

»Wie zum Beispiel Fluchthelfer für eine Rentnerin zu spielen?«

Maxine grinste.

»Genau! Fluchthelfer einer sehr jungen Rentnerin. Außerdem bist du nicht der Einzige, der von der Reportage schlecht in Szene gesetzt wurde. Hast du mich auf den Fotos gesehen?«

Alex ahnte die Falle und zog es vor, sich erst einmal in Schweigen zu hüllen.

»Ich sah aus wie eine alte Frau! Kaum wiederzuerkennen!«

Er beglückwünschte sich innerlich dazu, nichts gesagt zu haben, um dann eilfertig zu beteuern:

»Stimmt, genau das habe ich auch gedacht.«

Maxine bedachte ihn mit einem zufriedenen Lächeln. Sie war glücklich, diese Erfahrung mit einem netten Jungen wie ihm zu teilen. Wie hätte ihr zartfühlender Gatte gesagt? Sie hatte Glück im Unglück gehabt. Der Zufall hatte ihr einen wunderbaren jungen Mann über den Weg geschickt, dem sie guttat und der ihr umgekehrt ebenfalls guttat.

Sie dachte noch einmal an die Reportage. Nicht zu fassen, dass tatsächlich die Polizei hinter ihnen her war! Ein Adrenalinausstoß jagte ihre Wirbelsäule hinunter.

»Diese ganze Aufregung erinnert mich an Ereignisse, die viele Jahre zurückliegen. Mein Mann und ich wurden bei einer unserer Demonstrationen gegen den Vietnamkrieg von Polizisten verfolgt. Sie trieben uns mit Wasserwerfern auseinander.«

Die alte Dame lachte bei der Erinnerung an diese handfesten Auseinandersetzungen mit den amerikanischen Ordnungskräften.

»Sie haben gegen den Vietnamkrieg demonstriert?«

»Ich erinnere mich noch gut an die sogenannten Sit-in-Aktionen vor dem Weißen Haus, die wir organisiert haben.«

»Sie waren in den Vereinigten Staaten?«

»Natürlich! Ich konnte ja wohl kaum in meinem Wohnzimmer vor dem Fernsehgerät demonstrieren. Und das ist nur eines der verrückten Abenteuer, die ich mit Charles erlebt habe.«

Alex schwieg, um sie zum Weitererzählen zu ermuntern. Er war neugierig auf die Fortsetzung von Maxines Heldentaten. Die alte Dame sah Vergangenes vor ihren Augen erstehen, und ein Hauch von Melancholie schwang in ihrer Stimme mit, als sie zu erzählen begann:

»Er machte jeden Tag zu einem Festtag. Er überraschte mich, organisierte aus einer Laune heraus ein Wochenende, und wenn er verreisen musste, hinterließ er ein paar liebe Worte auf dem Kopfkissen oder klebte sie an den Kühlschrank. Er brachte mir Blumen mit, einfach so, ohne Anlass. Er sagte, dass es ihm Freude machen würde, mich lächeln zu sehen. Wir gingen ins Restaurant, ins Kino und ins Theater. Langeweile gab es bei uns nie. Am Abend vor unserer Hochzeit haben wir eine Liste mit Dingen verfasst, die wir im Laufe unseres Lebens gemeinsam machen wollten. Jedes Jahr wählten wir einen unserer Träume von der Liste aus und ließen ihn wahr werden.«

»Das ist eine großartige Idee. Sie müssen ein außergewöhnliches Paar gewesen sein«, sagte Alex mitfühlend.

Außergewöhnlich, ja, das waren sie beide gewesen.

»Wir sind mit dem Motorrad quer durch Amerika gefahren, wir waren als Rucksacktouristen in Peru, wir haben einen wunderbaren Monat auf den griechischen Inseln verbracht, sind mit dem Schlitten durch das verschneite Lappland gefahren …«

Alex ließ Maxine Zeit, um all die großartigen Reisen aufzuzählen, die sie unternommen hatten. Dabei wurde ihm bewusst, dass er selbst noch rein gar nichts verwirklicht hatte, und was am allerschlimmsten war, dass er noch nie irgendetwas vorgehabt hatte. Ein Versäumnis, das seiner Depression zuzuschreiben war? Oder war er mit einem Mangel an Träumen geboren, einem Mangel an Fantasie? Seit geraumer Zeit, schon lange vor der Diagnose seiner Depression, hatte er sich in seiner emotionalen Dumpfheit eingerichtet. Was ihn zunächst geschützt haben mochte, hatte sich nach und nach zu einem Hindernis gewandelt, das ihn von jeglichem Traum abschnitt. Heute wusste er überhaupt nicht mehr, was er sich wirklich wünschte. Wovon hatte er als Kind geträumt? Hatte er eine Leidenschaft für irgendetwas empfunden, die er vergessen hatte?

Irgendwann musste doch auch ihm ein Funkeln in den Augen gelegen haben, wie es bei Maxine jetzt gerade der Fall war. Die Aufzählung der Abenteuer seiner Gefährtin rüttelte ihn wach. Er wollte zu sich selbst zurückfinden, zu demjenigen, der er eigentlich war. Und das war nicht der depressive junge Mann mit dem hageren Gesicht, auf den Maxine am Morgen getroffen war.

Die alte Dame, deren Teint sich durch das Wachrufen ihrer Reisen rosig gefärbt hatte, reihte eine Erinnerung an die nächste wie kleine Perlen, die am Ende gleichsam eine schön aufgezogene Kette ihres Lebens bildeten.

»Jede Reise bot uns die Gelegenheit, unser Wissen von der Erde und den Menschen zu erweitern. Ich habe großartige Menschen kennengelernt. Wir haben ehrenamtlich in Mutter Teresas Waisenhaus gearbeitet, für die Freilassung von Nelson Mandela in Südafrika protestiert – und ich bin sogar der Königin von England begegnet ...«

»Der Königin?«

»Ich erinnere mich noch daran, als sei es gestern gewesen. Wir waren zu einem von der französischen Botschaft in London organisierten Empfang eingeladen. Charles war gebeten worden, über einen Zeitraum von sechs Monaten eine Reihe von Vorträgen zu halten, und ich hatte einen Platz als Lehrerin in einer französischen Schule erhalten. Es war ein sehr eleganter und vornehmer Abend. Hochrangige Wissenschaftler waren anwesend, und ich war ziemlich eingeschüchtert. Ich hatte Angst, etwas Dummes zu sagen oder meinen Ehemann zu blamieren.«

»Sie?«, wunderte sich Alex, der sich beim besten Willen nicht vorstellen konnte, dass Maxine Angst vor irgendetwas oder irgendjemandem hatte.

»Stell mich nicht auf einen Sockel. Ich bin durchaus verletzlich. Auch ich habe meine Schwächen, und auch mir fehlte das Selbstvertrauen. Vielleicht sogar mehr als dir. Wenn ich an meine Fehler denke ...«

Sie hielt inne und schloss die Augen, um sich nicht von der

schmerzlichen Erinnerung an ihre Tochter fortreißen zu lassen, die sie nie kennengelernt hatte. Sie biss sich auf die Lippe. Schließlich war sie gerade dabei, Alex eine Anekdote zu erzählen, und allein darauf wollte sie sich konzentrieren. Sie schüttelte den Kopf:

»Kurzum, man hatte eine Bühne aufgebaut, und mein Mann sollte eine Rede halten. Ich kannte sie auswendig, denn er hatte sie mir den ganzen Nachmittag über immer wieder rezitiert. Er hatte eine Heidenangst.«

»Er?«

»Aber ja doch. Auch bei ihm gab es Augenblicke, in denen er an sich zweifelte. Er war sicher, dass er seinen Text vergessen würde, dass er stottern oder sogar auf dem Weg hinauf zum Rednerpult stürzen würde.«

Alex lächelte bei der Vorstellung, dass dieser anscheinend renommierte Psychiater Angst davor gehabt hatte, eine Rede zu halten. Irgendwie beruhigte ihn das.

Maxine war mit ihren Gedanken abgeschweift und beschwor noch einmal die mondäne Atmosphäre von damals herauf. Die braunen ledernen Klubsessel, die übervollen Bücherregale, die Rauchkringel der Zigarren, die schweren persischen Teppiche in ihren ockerfarbenen Tönen, das Klirren der mit Champagner gefüllten Kelche. Sie sah ihren Mann im Smoking vor sich und erinnerte sich an ihr schwarzes Samtkleid. So oft wie möglich hatten sie einander verschworene Blicke zugeworfen.

»Wie ist es mit seiner Rede gelaufen? Hat alles geklappt?«

Der junge Mann hatte sie wieder aus ihren Träumereien gerissen. Sie erzählte weiter:

»Man bat ihn für seinen Vortrag ans Rednerpult. Er hatte gerade angefangen zu sprechen, als ein Raunen durchs Publikum ging. Empört drehte ich mich auf der Stelle um und wollte den Störenfried zur Ruhe ermahnen. Es war eine Frau, die es tatsächlich wagte, mit dem Botschafter zu sprechen, anstatt der

Rede meines Mannes zuzuhören. Ich zischte ein eindeutiges ›scht‹ in ihre Richtung. Und bevor ich wusste, wie mir geschah, wurde ich von zwei Rohlingen in die Zange genommen.«

»Warum das denn?«

»Nun, die Schwatztante war niemand anderes als die Königin. Offenbar durfte man sie aber nicht auffordern, still zu sein, ohne von ihrer Leibgarde ausgeschaltet zu werden.«

»Wie ging es dann weiter?«

»Sie gab lachend die Anordnung, dass man mich loslassen sollte, fragte mich, wer ich sei, und bat mich, ihr zu erklären, warum ich sie so nachdrücklich zum Schweigen hatte bringen wollen. Ich antwortete ihr, dass mein Mann eine wichtige Rede hielt und ich ihm zuhören wollte. Da nickte sie und lobte meine eheliche Ergebenheit.«

Alex kam aus dem Staunen nicht mehr heraus.

»Sie hätten wegen Majestätsbeleidigung ins Gefängnis geworfen werden können!«

»Vielleicht. Aber weißt du, das war vor einem halben Jahrhundert. Da war ich ein junges, unverfrorenes Ding von vierzig Jahren.«

Er konnte sich vor Lachen kaum noch halten. Einer Königin den Mund verbieten wollen – das schaffte nur Maxine!

»Für mich sind jedenfalls Sie die Königin.«

Maxines Wangen röteten sich leicht, und sie legte ihre Hand auf die von Alex. Sie musste nichts weiter sagen. Ebenso wenig wie er. Sie verstanden einander. Die Berührung war dem jungen Mann nicht unangenehm. Im Gegenteil, er empfand sie als wohltuend. In dieser Welt, in der so viel schieflief, gab es immerhin noch Maxine.

34

Das Auto war zügig auf der Überholspur unterwegs. Die beiden Flüchtigen genossen schweigend den Blick in die Landschaft. Maxine konzentrierte sich auf die in regelmäßigem Rhythmus vorüberziehenden weißen Streifen. Sie wurde ein wenig schläfrig. Schließlich war sie keine fünfzig mehr, und da war das Nickerchen zwischendurch beinahe ein grundlegendes Bedürfnis geworden.

Alex dachte nach. Er dachte sehr angestrengt nach. Das war im Übrigen auch sein Problem. Er schaffte es nicht, sein Gehirn zur Ruhe zu bringen. Könnte er doch nur seine nicht enden wollenden Überlegungen durch das Drücken einer Pause-Taste aussetzen! Neben ihm dämmerte Maxine vor sich hin. Ihre Haltung ließ ihn an ein Video von einer Katze denken, das er im Internet gesehen hatte: Sie kämpfte dagegen an einzuschlafen. Maxine konnte so stark und zugleich so zerbrechlich sein, das war verwirrend. Er stellte sich vor, wie sie wohl Jahrzehnte zuvor gewesen sein musste, im Abendkleid, beim Cocktailtrinken mit ihrem Mann oder aber in khakifarbenen Shorts und mit einem riesigen Rucksack beim Aufstieg auf den Machu Picchu.

Er hätte sie damals gerne gekannt. Und ihren Mann auch. Es konnte kein harmonischeres und schöneres Paar gegeben haben als die beiden. Seine eigenen Eltern waren immer noch verheiratet. Er hatte also durchaus das Beispiel einer zuverlässigen Partnerschaft vor Augen. Dennoch wies nichts in ihrer Beziehung auf eine so tiefe Verbundenheit hin wie bei Maxine und Charles. Seine Eltern stritten nie. Er war sicher, dass Maxine und ihr Mann stundenlang Streitgespräche über philosophische Themen geführt hatten und dass dabei auch einmal die Fetzen fliegen konnten. Aber es war mit Sicherheit stets nur ein verbaler Schlagabtausch gewesen, an dessen Ende sie wieder zusammen lachten. Bei seinen Eltern legte jeder dem anderen gegenüber eine höfliche Gleichgültigkeit an den Tag. Sie waren ein Paar, das den Schein wahrte, das nach außen hin funktionierte. Und genauso hatten sie auch als Eltern den Schein gewahrt. Von außen betrachtet, sah alles wunderbar aus, innen aber lag vieles im Argen. Wie bei einer Fälschung. Theoretisch hatten sie alles richtig gemacht, sie hatten ihn gut genährt, gekleidet und regelmäßig zur Schule geschickt. Aber so wie sie einander mit Gleichgültigkeit begegneten, war auch seine Erziehung mit Gleichgültigkeit einhergegangen. Das wurde ihm jetzt klar. Er nahm es ihnen nicht übel, denn man konnte die Menschen nicht ändern. Man kam mit ihnen zurecht oder man ging fort. Als er sich heute Morgen auf den Weg gemacht hatte, hatte er lediglich daran gedacht, sich eine Auszeit von seiner Depression zu nehmen. In Wirklichkeit jedoch hatte er sich nicht nur physisch, sondern auch moralisch von allem distanziert. Seine Depression hatte ihm unbewusst zugeflüstert, dass er fortmüsste, dass er Luft zum Atmen brauchte, dass er sein Leben leben sollte. Maxines Mann wäre bestimmt glücklich, wenn er sehen könnte, dass die von seiner Frau erteilten Ratschläge bereits Wirkung zeigten.

»Er muss Ihnen sehr fehlen.«

Mehr musste er nicht sagen. Maxine verstand sofort, über wen Alex sprechen wollte.

»Er fehlt mir schrecklich. Ich fühle mich halb leer ohne ihn, auch wenn ihm lieber wäre, dass ich sage, halb voll. Er verstand es, in jedem das Beste zu sehen. Er hätte dich sehr gemocht.«

Alex war verlegen angesichts dieses großen Kompliments,

denn er war sich keineswegs sicher, dass er es verdiente. Er begleitete Maxine lediglich bei ihrer Flucht. Außerdem glaubte er nicht, dass ihr Mann besonders glücklich darüber wäre, dass sie Sterbehilfe in Anspruch nehmen wollte. Je mehr er darüber nachdachte, desto sicherer war er, dass dieser Mann ihren Entschluss nicht gutgeheißen hätte. Allerdings sagte er Maxine lieber nichts davon.

»Ich höre noch immer jeden Tag seine Stimme.«

»Sie meinen, in Ihrem Kopf?«

Bekümmert dachte der junge Mann, dass die alte Dame nun doch ein wenig in Wahnvorstellungen abdriftete. Die Symptome der Alzheimer-Krankheit ließen sich nicht leugnen. Die Unglückliche hörte anscheinend Stimmen. Es war schrecklich mitanzusehen, wie ein so lebendiger Geist wie der ihre langsam erlosch.

Maxine begriff, welche Gedanken ihren Nachbarn umtrieben.

»Ich höre wirklich seine Stimme, und du kannst sie auch hören.«

Jetzt delirierte die Ärmste. Er hatte keinen Zweifel mehr, dass die Krankheit bereits ein ernstes Stadium erreicht hatte. Er wollte sie nicht quälen. Das Beste, was er jetzt noch tun konnte, war mitzuspielen. Vielleicht gäbe es bald auch wieder einen Moment der Klarheit, und sie würde bemerken, dass sie abgedriftet war.

»Aber natürlich, ich würde sie sehr gern hören.«

»Rede nicht so mit mir! Ich bin nicht senil!«

»Wie rede ich denn mit Ihnen?«

»Wie mit einem Kind! So als wirst du mich gleich fragen, ob ich mein Kuscheltier will oder aufs Töpfchen muss. Und bitte, sieh mich nicht so an!«, schimpfte sie und hob tadelnd den Finger.

Er verstand überhaupt nichts mehr. Hatte die bloße Tatsache, dass er Maxine als Kranke betrachtet hatte, auch seine Art, sie zu sehen oder mit ihr zu sprechen, verändert? Vielleicht. Er haderte mit sich, dass er ihr ungewollt so zugesetzt hatte. Das Letzte, was er wollte, war, sie in irgendeiner Weise zu verletzen.

»Ich bin nicht verrückt, und das werde ich dir auch beweisen.«

Sie kramte einmal mehr in ihrer riesigen Tasche. Was würde sie diesmal ausfindig machen? Einen Talisman? Er hoffte, dass sie ihm keinen Knochen oder etwas Ähnliches präsentieren würde. Eine Speiche oder eine Elle, die sie als Erinnerung behalten hatte. Gewiss, sie betete ihren Mann an, aber die Verehrung musste doch ihre Grenzen haben. Eine Haarsträhne ginge gerade noch, aber mehr auch nicht. Sie kramte und kramte weiter, ohne das Gesuchte zu finden. Sollte sie tatsächlich ihren Mann selbst suchen, so würde sie ihn wohl kaum in dieser Tasche finden. Als Alzheimer-Patientin war sie nicht für ihr Tun verantwortlich, und man musste mit allem rechnen.

Endlich wich der angestrengte Ausdruck in den Zügen der Kranken einer erleichterten Miene. Sie lächelte und reichte ihm ihr altes Nokia-Handy.

»Drück auf die Taste mit der Zwei, das ist die Nummer meines Mannes.«

Jetzt musste er eingreifen. Ein Toter konnte schließlich nicht ans Telefon gehen. Es würde sie zutiefst enttäuschen.

»Maxine, es tut mir sehr leid, dass ich Ihnen das sagen muss, aber Ihr Mann wird nicht antworten. Das geht nicht.«

Maxine staunte nicht schlecht und zog in ihrer Überraschung die Augenbrauen hoch.

»Natürlich geht das nicht. Er ist ja tot!«

»Das ist Ihnen also klar?«

»Ich werd nicht mehr. Das hab ich dir doch selbst gesagt!«

»Aber warum wollen Sie dann, dass ich mit ihm telefoniere?

Sie wissen doch, dass er nicht antworten wird und dass Sie nicht mit ihm sprechen können.«

»Ich habe gesagt, dass ich seine Stimme hören kann. Das ist etwas anderes, als mit ihm zu sprechen. Drück auf die Zwei.«

Alex kam ihrer Aufforderung nach. Ein paar Klingeltöne gingen ins Leere, dann sprang der Anrufbeantworter an. Eine warme und ernste Stimme erklärte, dass der Inhaber dieser Rufnummer abwesend war und um das Hinterlassen einer Nachricht bat.

Er wollte wieder auflegen, als Maxine ihm mit einer lebhaften Geste bedeutete, weiter zuzuhören. Kurz vor dem abschließenden Piepton sagte der Psychiater noch: »Maxine, mein Liebling, wenn du es bist, dann möchte ich dir nur kurz sagen, dass ich dich liebe und dass ich es kaum erwarten kann, nach Hause zu kommen und dich zu sehen.«

Die alte Dame brauchte nicht zuzuhören, sie kannte die Nachricht in- und auswendig. Sie hatte den Vertrag von Charles' Telefonanbieter nicht aufgelöst und die Rechnungen weiter bezahlt, einfach, um den Klang seiner Stimme auf dem Anrufbeantworter zu bewahren. Jedes Mal war es das gleiche Gefühl. Für eine wunderbare Sekunde vergaß sie, dass er nicht mehr da war, und dachte, er würde gleich lächelnd durch die Haustür treten. Dieser magische Augenblick zauberte unfehlbar ein Lächeln auf ihr Gesicht, aber die bittere Wirklichkeit holte sie alsbald wieder ein. Sie war nicht mehr jene junge verliebte Ehefrau, sie war eine einsame und kranke alte Frau. Das Lächeln erlosch, sie versank in einem dunklen Meer, und ihre Augen drohten feucht zu werden.

Heute war es anders. Sie war nicht allein. Es gefiel ihr, diese Intimität mit Alex zu teilen. Außerdem blieb ihr nicht mehr viel Zeit, bevor sie wieder mit ihrem Mann vereint sein würde.

Sie war nie sehr gläubig gewesen. Im Grunde war sie nicht einmal sicher, ob sie tatsächlich daran glaubte, dass es nach dem

Tod noch etwas anderes gäbe. Sie lehnte den Opportunismus ab, der dazu führte, sich der Religion zuzuwenden, wenn man sein Ende nahen fühlte. Sie wollte einfach nur gern glauben, dass sie über den einen oder anderen Weg all jene wiedersehen könnte, die sie einmal geliebt hatte. Ihren Mann, aber auch Léonard, ihre erste Liebe. Manchmal musste sie innerlich lachen, wenn sie sich vorstellte, dass die beiden Männer sich begegneten und wie sie sie einander vorstellen würde. Ach ja, Probleme mit der Liebe auch im Jenseits. Und sie hoffte sehr, dass sie von dort, wo sie dann wäre, weiterhin auf Alex aufpassen könnte.

35

»Würdest du nicht auch gerne anhalten? Ich kriege langsam Hunger.«

»Schon wieder? Wir haben doch gerade erst etwas gegessen.«

»Ich bin in einer Wachstumsphase«, verteidigte Maxine sich.

Alex erstickte ein aufsteigendes Lachen, was die alte Dame nicht davon abhielt fortzufahren:

»Diese verflixte Nachrichtensendung hat uns schließlich um unser Dessert gebracht. Ich hätte jetzt Lust auf ein Raider, ein Nussini, auf Treets oder eine Lila Pause.«

Das Ausbleiben einer Reaktion des jungen Mannes machte ihr klar, dass sie die Sache in die Hand nehmen musste.

»Es wird doch einen Mammouth hier in der Gegend geben.«

»Ein Mammut?«, wiederholte Alex perplex, da er keine Verbindung zwischen einem Dessert und einem seit zigtausend Jahren ausgestorbenen Säugetier herstellen konnte.

»Ja, ein Lebensmittelgeschäft.«

»Jetzt kann ich Ihnen wirklich nicht mehr folgen! Wollen Sie ein Naturkundemuseum besuchen oder etwas einkaufen?«

Maxine bedachte ihn mit einem empörten Blick.

»Wir machen doch keinen Ausflug, mein Lieber. Wir sind auf der Flucht.«

Alex knurrte auf seinem Platz ein paar unverständliche Worte vor sich hin. Maxine ließ ihn einen Augenblick gewähren, aber ihre Lust auf Schokolade war keineswegs verflogen.

»Oder ein Topset!«

»Was ist denn das schon wieder?«

»Na, ein Schokoriegel! Wie hieß der Slogan noch gleich: *Topset is groovy!*«

Bei diesen Worten vollführte Maxine rhythmische Bewegungen, als würde sie tanzen.

Alex musste über die Hartnäckigkeit der alten Dame lächeln. Er wollte ihr das Vergnügen nicht nehmen. Wenn sie einen Schokoriegel wollte, dann würde er einen für sie auftreiben. Er warf einen Blick auf die Tankanzeige.

»Unser Tank ist ohnehin bald leer. Wir halten bei der nächsten Tankstelle, und da können Sie ein Mars oder Twix kaufen.«

Zufrieden lehnte Maxine sich auf dem Beifahrersitz zurück. Sie freute sich jetzt schon darauf, genussvoll in einen Schokoriegel hineinzubeißen. Trotz Gebiss lohnte sich das Ganze unbedingt. Schokolade hatte ihr immer gutgetan. Sie war wie ein treuer Freund, der seine Spur auf den Hüften hinterlässt. Sie wusste nicht, ob die plötzlichen Gelüste, die sie seit einiger Zeit verspürte, der Alzheimer-Krankheit zuzuordnen waren oder aber einfach nur ihrem hohen Alter. Sie wollte alles, und zwar sofort. Möglicherweise sah man im Alter deutlicher als zuvor den Uhrzeiger voranschreiten und wusste, dass keine Zeit zu verlieren war. Warum sich damit aufhalten, zu warten oder vernünftig zu sein, wenn man doch weiß, dass bald alles zu Ende sein wird?

Als eine Tankstelle auftauchte, setzte der junge Fahrer den Blinker. Je langsamer das Auto wurde, desto ungebremster wuchs Maxines Heißhunger auf Schokolade. Die alte Dame zappelte geradezu vor Ungeduld. Kaum hatten sie eingeparkt, öffnete sie auch schon die Tür und hechtete aus dem Auto, als wäre sie Jackie Chan. Bevor Alex sich versehen hatte, war seine Mitfahrerin bereits auf dem Weg zu dem kleinen Shop, der neben den Zapfsäulen stand.

»Wenn es denn sein muss, dann tanken wir eben nach unserem Einkauf …«, beschwichtigte Alex sich selbst und verriegelte die Autotür.

Er hastete Maxine hinterher, um sie vor dem Betreten des Shops einzuholen. Dazu musste er seinen üblichen Schritt nur unwesentlich beschleunigen, da Jackie Chan dann eben doch nicht mehr ganz jung war.

»Vergessen Sie nicht, dass wir wie ganz normale Leute wirken müssen.«

Das Wort »normal« hatte er mit solchem Nachdruck ausgesprochen, dass Maxine einen Augenblick lang glaubte, er würde es gleich noch einmal für sie buchstabieren, um sicherzugehen, dass sie es auch verstanden hatte.

»Ich bin immer normal, du bist derjenige, der sich seltsam verhält«, antwortete sie, bevor sie mit einem unüberhörbaren deutlichen »Guten Tag« den Kiosk betrat.

Glücklicherweise war der Shop leer, und der einzige Angestellte schien mehr an seinem Handy interessiert zu sein als an möglichen Kunden. Erleichtert seufzte Alex auf. Er ließ seinen Blick einmal rundum schweifen, um sicherzugehen, dass nirgendwo ein Fernsehgerät stand, das zufälligerweise gerade ein Bild von ihnen ausstrahlte. Nichts. Lediglich Überwachungskameras. In der Hoffnung, unerkannt zu bleiben, sah er zu Boden. Maxine war gleich zu dem Gang mit den Schokoladeartikeln gestürmt, und ihre in Falten gelegte Stirn verriet einen angestrengten Entscheidungsprozess. Ihre Augen glitten unschlüssig von einer Leckerei zur nächsten.

Plötzlich tauchte jedoch ein weiteres Individuum hinter einem Regal auf, das den alkoholischen Getränken vorbehalten war. Da Alex den Mann nicht hatte hereinkommen sehen, schreckte er zusammen. Kurz schoss ihm der Gedanke durch den Kopf, dass es sich um einen Polizisten in Zivil handeln könnte, der sie verhaften wollte. Vielleicht saßen sie bereits in der Falle. Vielleicht wartete am Ausgang eine Spezialeinheit der Polizei mit bis an die Zähne bewaffneten Beamten auf sie, bereit, auf den Entführer alter Damen zu schießen. Er rechnete schon damit, jeden Augenblick die vom Megafon verzerrte Stimme des Einsatzleiters zu vernehmen, der ihm die Anweisung gab, sich unverzüglich zu ergeben. Er wusste ja, wie solche Dinge im Allgemeinen endeten. Der Geiselnehmer wurde erschossen. Sobald er an ein Fenster trat, nahm das Verhängnis seinen Lauf: Ein Knall, und schon zeichnete sich auf seiner Brust ein kleiner roter Fleck ab, der sich rasch ausbreitete. Und dann war alles vorbei.

Maxine versetzte ihm einen Stoß mit dem Ellbogen, der ihn aus seiner Benommenheit riss, und lächelte ihn verschmitzt an, während sie mit dem Kinn auf den Kunden wies, der ihrem Kompagnon einen solchen Schrecken versetzt hatte. Bei genauerem Hinsehen sah der Mann keineswegs wie ein Polizist aus. Eher wie ein armer Schlucker, der zu viel getrunken hatte. Alex wurde seine Befürchtungen jedoch nicht ganz los. Vielleicht war es ein Spitzel, der seine Sache gut machte, oder sogar ein *profiler*, der befürchtete, Alex könne sein Opfer töten, wenn er die anrückenden Ordnungskräfte bemerkte.

Der Mann trat auf Maxine zu.

»He, ich kenne Sie doch!«

Wankend kam er auf die beiden Flüchtigen zu.

»Ich erkenne Sie wieder. Ich habe Sie schon einmal gesehen.«

Alex zog Maxine am Arm und wollte sich möglichst rasch verziehen. Aber die alte Dame blieb ungerührt stehen und forderte ihn auf, ruhig zu bleiben. Sie selbst wirkte ganz und gar nicht verängstigt.

»Stimmt genau. Wir sind Cary Grant und Grace Kelly.«

»Wer?«, wollte der Trunkenbold wissen, dessen Weinfahne Alex in die Nase wehte.

»Kanye West und Beyoncé.«

Der Mann setzte eine zweifelnde Miene auf, aber es war deutlich, dass er lediglich damit beschäftigt war, seine schwerfälligen Gehirnzellen in Gang zu setzen.

»Nein, ich bin sicher, dass ich Sie irgendwo gesehen habe. Im Fernsehen war das, glaube ich …«

Maxine ließ sich nicht aus der Fassung bringen.

»Gehen Sie hin und wieder in eine Bäckerei?«

Die Frage stürzte ihn in Ratlosigkeit.

»Äh, ja.«

»Sehen Sie, wir auch. Und dabei sind wir uns sicher einmal über den Weg gelaufen.«

Mit dieser Erklärung wollte Maxine den Rückzug antreten, aber der Mann wollte sich damit nicht begnügen.

»In welche Bäckerei gehen Sie denn?«, fragte er misstrauisch.

»Gehen Sie in die Bäckerei, die gleich bei der Kirche ist?«

»Nein.«

»Wir auch nicht.«

Maxine fasste Alex am Arm und zog ihn zu einem Gang ganz hinten im Kiosk, wobei sie rasch nach einem Balisto-Riegel und einem Päckchen M&M's griff. Sie versteckten sich hinter einem Regal, in dem Motoröl stand. Der trunkene Inquisitor ließ von seinem Verhör ab, schlurfte von dannen und hinterließ lediglich einen Schwall alkoholgeschwängerter Luft.

Alex hatte Mühe, wieder einen klaren Kopf zu bekommen, und fragte nur:

»Das war reichlich seltsam, oder?«

»Allerdings, das war reichlich seltsam.«

»Glauben Sie, dass es ein Polizist war?«

»Es gibt natürlich auch Alkoholiker in diesem Berufsstand …«

»Nicht doch! Ich meinte, ob es ein Polizist in Zivil sein könnte.«

»Ach so! Nein. Das war nur ein armer Schlucker, der so sturzbetrunken war, dass er morgen glauben wird, tatsächlich Kanye West und Beyoncé getroffen zu haben.«

Alex lächelte erleichtert.

»Woher kennen Sie eigentlich diese Sänger?«

»Welche Sänger?«

»Na, Kanye West und Beyoncé!«

»Ach, das sind Sänger? Das wusste ich nicht. Ich habe nur eine Unterhaltung von Micheline Ladrot und Simone Pert mitangehört, die sich gerne über ihre heiß geliebten Illustrierten austauschten. Beide sind übrigens kürzlich verstorben.«

»Und was hat es mit dieser Geschichte von der Bäckerei und der Kirche auf sich?«

»Überall auf der Welt gibt es eine Bäckerei in der Nähe der Kirche ...«

Das Geräusch einer heftig zugeschlagenen Tür unterbrach sie. Alex ging sofort in Deckung und schob Maxine dabei unsanft gegen das Regal, sodass die Ölkanister gefährlich ins Wanken gerieten.

»Mach die Kasse auf! Los, beeil dich!«

Alex hielt Maxine immer noch an der Schulter fest, wagte aber einen Blick um die Ecke, um zu sehen, was im Eingangsbereich geschah. Ein großer schwarz gekleideter Typ war in den Verkaufsraum eingedrungen und bedrohte den unglückseligen Verkäufer. In dem grellen Neonlicht glänzte seine Waffe gefährlich.

»Mach schon!«

Er schlug mit dem Pistolengriff auf die Hand des Kassierers, der vor Angst zitternd mehr schlecht als recht versuchte, die paar Scheine zusammenzuraffen, aus denen die spärlichen Einnahmen der Tankstelle bestanden.

Der Verrückte, mit dessen Kaltblütigkeit es nicht weit her war, begann angstvolle Blicke in alle Richtungen zu werfen. Als er in den hinteren Teil des Kiosks sah, wich Alex überstürzt zurück und stieß dabei einen Kanister um, der scheppernd auf den Boden fiel und aufplatzte.

In wilder Panik fuhr Alex zu Maxine herum.

»Er kommt! Was machen wir jetzt? Wir müssen weg!«

Er schubste Maxine leicht an, um sie zum Loslaufen zu bewegen, aber die alte Dame rührte sich nicht.

»Wir haben keine Zeit mehr zu fliehen. Und wie sollen wir überhaupt an ihm vorbeikommen? Er blockiert doch den Eingang.«

»Wir können nicht hierbleiben. Er kommt!«

»Das Beste ist, dass du dich ergibst.«

»Was? Ich?«, wisperte der junge Mann in heller Aufregung.

»Besser, er erwischt nur einen als uns beide.«

Alex sank in sich zusammen. Er war sprachlos. Zu dem Schock, Zeuge eines Überfalls zu werden, gesellte sich die bittere Erkenntnis, dass Maxine ohne jegliches Zögern bereit war, ihn zu opfern. Ein vollkommen widersinniger Gedanke machte sich in seinem Kopf breit. Was für eine Fügung war das, dass er an einer Tankstelle haltmachte, die just an diesem Tag, zu dieser Uhrzeit überfallen wurde? Das hatte nichts mehr mit Pech zu tun. Er war eben einfach ein Loser, wie ihn die Welt noch nicht gesehen hatte. Er konnte nicht mal anhalten und ein Bounty kaufen, ohne dass es zu einem Drama kam. Gerade so, als wäre er in einem früheren Leben ein wahres Scheusal gewesen, und nun würde das Universum zum Gegenschlag ausholen. Zugegeben, der Verkäufer schien auch nicht gerade mit Glück gesegnet zu sein, und immerhin war er derjenige, der den Schlag mit der Pistole abbekommen hatte. Aber eine Flucht und ein Überfall an ein und demselben Tag – das war zu viel für Alex. Und dann noch Maxine, die ihn kalt lächelnd fallen ließ. Das war die Krönung.

»Warum ich?«

»Weil einer jetzt auftauchen muss.«

»Das könnten genauso gut Sie sein«, widersetzte er sich und wies mit anklagendem Finger auf sie.

»Wenn ich dich darauf hinweisen darf, du hast den Kanister umgeworfen. Nur wegen dir sind wir aufgeflogen.«

»Und nur wegen Ihnen haben wir an dieser Tankstelle angehalten.«

»Falsch. Du wolltest hierhin, ich habe einen Mammouth vorgeschlagen.«

Entsetzt riss Alex die Augen auf. Schon wieder diese Geschichte mit dem prähistorischen Elefanten. Maxine verlor wirklich den Verstand. Aber das war jetzt unerheblich. Sei's drum! Er würde sich ergeben und hoffen, dass sein Tod die arme alte Dame retten würde.

»In Ordnung, ich gehe«, lenkte Alex ein.

»Gut, ich krieg das hin«, antwortete Maxine und lief ans andere Ende des Gangs, ohne dass jemand es bemerkte.

Der Geopferte fragte sich, was Maxine wohl hinkriegen würde, aber es war ihm nicht mehr vergönnt, ihr diese Frage zu stellen. Der Räuber stand jetzt seitlich vor ihm und richtete seine Pistole abwechselnd auf Alex und den Kassierer.

»Du da! Komm dahinten raus!«

Alex gehorchte. Das Beste, was er jetzt tun konnte, war, den Räuber nicht aufzuregen und Zeit zu gewinnen. Vielleicht würde die Polizei schon bald eingreifen. Vielleicht hatte der Kassierer auf einen unter dem Tresen versteckten Knopf gedrückt und die Einsatzkräfte benachrichtigt – so wie in den Banken. In diesem Fall gab es nur ein Problem: Die Polizei suchte schließlich auch ihn. Entsprechend würde er bei ihrem Eintreffen womöglich ebenfalls im Gefängnis landen. Der Verbrecher packte ihn grob an der Jacke und manövrierte ihn dicht vor sich. Er umfasste Alex' Hals mit einem Würgegriff, während er seine Waffe auf den Kassierer gerichtet hielt.

»Beeilung! Wie lange brauchst du denn, um die Scheine in eine Tüte zu stopfen?«

Je nervöser er wurde, desto enger wurde sein Griff um Alex' Hals, der allmählich keine Luft mehr bekam. Der Kassierer, auf dessen Hemd sich bereits große Schweißflecken unter den

Achseln abzeichneten, schob mit zitternder Hand ein mageres Bündel in eine kleine Tüte.

»Los, beeil dich, sonst lege ich ihn um! Kapiert?«

Alex spürte den warmen Atem des Räubers an seinem Ohr, und das war ihm unerträglich. Er war nicht klein, aber dieser Typ musste ungefähr zwei Meter groß sein. Oder kam ihm das nur so vor, weil er eine Waffe an seiner Wange spürte?

Nur mit Mühe gelang es ihm zu schlucken. Einerseits, weil der Griff dieses Hünen immer enger wurde, andererseits, weil er diese Drohung höchst ungerecht fand. Warum sollte er derjenige sein, den man erschoss, wo doch der andere es war, der nur im Schneckentempo der Aufforderung des Räubers nachkam?

Als er ein Klicken vernahm, war Alex klar, dass jetzt sein Ende nahte. Sein Leben zog an ihm vorüber, wie man so oft sagt. Schwachsinn. Seine letzten Gedanken galten Maxine – er hoffte, dass es ihr gelungen war zu fliehen – und seinen Eltern. Er bedauerte, ihnen solche Schande gemacht zu haben: als Verbrecher zu sterben, wo er nur Gutes im Sinn gehabt hatte. Welchen Spruch würden sie auf seinen Grabstein setzen? »Alex, schmerzlich vermisster Sohn und Entführer von alten Damen. Ein freundlicher Junge, der den Verstand verloren hat. Es geht ihm sicherlich besser dort, wo er jetzt ist.«

Er spürte, wie der Räuber sich mit einem Mal verkrampfte. Seinen Würgegriff lockerte er allerdings nicht, und dem jungen Mann ging langsam die Luft aus, alles drehte sich, und ihm wurde schwarz vor Augen.

»Lass die Waffe los, Kleiner, oder du wirst es bereuen!«

Das war Maxines Stimme! Was machte sie noch hier? Warum hatte sie nicht das Weite gesucht?

Alex stand so unter Schock, dass er nicht genau begriff, was sich um ihn herum abspielte. Allerdings nahm er wahr, dass der Griff um seinen Hals nachgab. Seine Lungen füllten sich wieder mit Sauerstoff, was ihm nach anfänglichem Schmerz eine unglaubliche Wohltat war. Sein Umfeld hörte langsam auf, sich zu drehen. Dann sah er den fassungslosen Blick des Kassierers, der in seinem Tun innegehalten hatte, sodass die letzten Geldscheine immer noch lose über der Tüte flatterten. Schließlich wagte Alex es, sich umzudrehen.

Der Übeltäter hob die Arme hoch. Alex musste einen Schritt zur Seite machen, um hinter dem Muskelpaket die alte Dame zu entdecken, die einen Revolver in der Hand hielt.

»Maxine? Aber ... was machen Sie denn da?«

»Ich habe dir doch gesagt, dass ich das hinkriege«, antwortete sie ihm augenzwinkernd. »Und du, du rührst dich nicht von der Stelle!«

Sie versetzte dem Räuber mit ihrem Revolver einen leichten Stoß in den Rücken.

»Aber wo haben Sie denn diese Pistole her?«

»Gefällt sie dir? Das ist ein Souvenir aus Dallas.«

Alex konnte es nicht fassen. Maxine und eine Pistole, das passte doch nicht zusammen. Obwohl ...

»Waren Sie von Anfang an bewaffnet?«

»Nur keine Sorge. Ich benutze sie nie.«

»Trotzdem hätten Sie mir das sagen können.«

»Warum? Willst du sie einmal ausprobieren?«, fragte sie mit einem Lächeln.

»Natürlich nicht! Ich bin gegen Feuerwaffen.«

»Da hast du natürlich recht. Ich auch.«

Sie drückte die Pistole ein wenig mehr in den Rücken des Halunken und fuhr dann fort:

»›Man kommt viel weiter mit einem freundlichen Wort und einer Pistole als mit einem freundlichen Wort allein.‹ Das stammt nicht von mir, sondern von Al Capone.«

»Das ist ja eine sehr rühmliche Quelle.«

»Ist hier jetzt mal Schluss mit dem Gequatsche? Mir tun langsam die Arme weh!«, unterbrach sie der Räuber, der noch immer mit erhobenen Händen dastand. »Was willst du denn, Mütterchen?«

»Halt den Mund!«, fuhren die beiden Flüchtigen ihn einstimmig an.

Maxine drehte sich zu Alex um.

»Wärst du so nett und holst mir meine Tasche? Ich habe sie hinter den Konservendosen abgestellt.«

»Wozu?«

»Wenn ich dir das sage, bin ich gezwungen, dich umzulegen.«

Alex riss entsetzt die Augen auf, und Maxine brach in Lachen aus.

»Wenn du dich sehen könntest. Ich wollte diesen Satz immer schon mal sagen. Was für ein Spaß!«

Sie wollte in die Hände klatschen, um sich wie üblich selbst Beifall zu spenden, aber die Pistole hinderte sie daran. Waffen haben eben auch ihre Nachteile.

Mit einer kurzen Kopfbewegung wiederholte sie ihre Bitte an Alex. Er gehorchte und schaffte Maxines riesige Tasche herbei.

»Halt mal«, sagte sie und reichte ihm die Pistole.

Automatisch griff der junge Mann nach der ihm gereichten Waffe, ließ sie jedoch beinahe fallen.

»Das kann ich nicht!«

»Stell dich nicht so an!«

Tony Soprano alias Maxine arbeitete sich in die Untiefen ihrer Tasche vor.

»Was muss ich tun?«

»Halte ihn in Schach.«

»Aha.«

Alex streckte seinen Arm mit der Waffe ungeschickt in Richtung des Räubers.

»Und wenn er sich bewegt, dann schießt du!«

»Was?«, fragten Alex und der Übeltäter wie aus einem Mund.

»Das wollte ich auch schon immer mal sagen!«

Diesmal konnte Maxine ihrer Freude freihändig Ausdruck verleihen und klatschte sich ausgiebig Beifall. Dann setzte sie ihre Suche in der Tasche fort.

Bei Alex wuchs das Unbehagen, Schweißtropfen liefen ihm in die Augen und trübten seine Sicht. Erneut begann sich alles um ihn herum zu drehen, und ihm wurde übel.

»Sagen Sie, Madame«, begehrte der Räuber jetzt auf. »Könnten Sie die Knarre vielleicht wieder übernehmen? Dieser Typ hier macht mir wirklich Angst.«

»Keine Sorge, mein Lieber, ich brauche nur noch eine Minute.«

Alex wusste nicht, ob sie ihn oder den anderen meinte. Endlich förderte sie ein kleines graues, recht harmlos aussehendes Ding zutage. Sie machte einen Schritt auf die beiden Männer zu, bedeutete ihrem Gefährten, Abstand zu nehmen, drückte dann das Ding gegen den Rücken des Räubers und betätigte einen roten Knopf. Ein elektrisches Knacken war zu vernehmen, und schon fiel der Hüne mit ein paar Zuckungen zu Boden.

»Ich wusste doch, dass dieser Elektroschocker mir eines Tages nützlich sein würde. Bernard de La Villardière hat immer recht.«

36

»Was machen wir jetzt?«, fragte Alex und stieß mit der Spitze seines Schuhs vorsichtig an die Schulter des bewusstlos auf dem Boden liegenden Räubers.

»Ich habe die Polizei gerufen«, ließ sich der Kassierer jetzt vernehmen.

Maxine und Alex fuhren zu ihm herum – sie ebenso verärgert wie er verängstigt. Die alte Dame war bestürzt über einen solchen Mangel an Kaltblütigkeit bei den beiden jungen Männern.

»Ich muss hier wohl alles alleine regeln. Wenn ich die Sachen nicht in die Hand nehme, stehen wir noch an Ostern hier herum.«

Sie marschierte in den hinteren Teil des Verkaufsraums.

»Was machen Sie?«

»Das ist doch klar, oder? Ich hole eine Schnur.«

»Hinten links«, erwiderte der Kassierer automatisch.

»Danke.«

Sie warf Alex einen Blick zu, der so viel bedeuten sollte wie: »Siehst du, wenigstens er macht sich nützlich.« Gekränkt folgte ihr der junge Mann in den letzten Gang.

»Wir müssen uns aus dem Staub machen, bevor die Polizei eintrifft. Wenn sie uns hier findet, ist es vorbei mit unserer Flucht und dem Brüssel-Projekt.«

Mit beredter Geste ahmte Alex nach, wie er sich ein Seil um den Hals wand. Obwohl Maxine zu keinem Zeitpunkt den Tod durch Erhängen im Sinn hatte, verstand sie die Anspielung.

»Wir können uns nicht aus dem Staub machen wie Diebe …«

»Wir, Diebe? Der Dieb ist doch er!«

Er zeigte mit dem Finger auf den massigen Körper am Boden.

»Reg dich nicht auf. Hilf mir lieber und hol die Schnurrolle herunter.«

Der Junge stellte sich auf die Zehenspitzen, ertastete die Rolle und reichte sie an die alte Dame weiter.

»Die nützlichsten Dinge sind immer ganz oben in den Regalen untergebracht. Ist dir das schon aufgefallen?«

»Mmmh, Schnur gehört nicht gerade zu den Dingen, die ich oft brauche im Leben.«

»Dann solltest du dein Leben vielleicht ändern.«

Sie kehrten zu dem Kassierer zurück, der neben dem bewusstlosen Räuber Wache schob.

Maxine beugte sich mit nachdenklicher Miene vorsichtig zu ihm hinunter.

»Warum trägt er eine Maske? Zum Schutz gegen die Kälte jedenfalls nicht.«

»Vermutlich soll man ihn nicht erkennen.«

»Wie schade. Es könnte doch sein, dass er ein hübsches Gesicht hat.«

»Ob er ein hübsches Gesicht hat oder nicht, kann uns ja wohl egal sein! Er wollte uns töten!«

»Vielleicht hatte er seine Gründe.«

»Welche guten Gründe könnte es denn geben, uns töten zu wollen?«

»Sei nicht so polemisch. Es ist nicht immer alles nur schwarz oder weiß. Außerdem hat er dich nicht getötet, soweit ich sehen kann.«

»Ich bin beinahe erstickt.«

»Du hast einen schmalen Hals, und er hat breite Arme. Das hat er vermutlich nicht berücksichtigt.«

Alex blickte verzweifelt zum Himmel.

»Aber Maxine, wenn Sie nicht eingegriffen hätten mit Ihrer Waffe, dann wäre ich jetzt vermutlich tot!«

Sie zuckte bescheiden mit den Schultern.

»Ach, ich habe doch fast nichts gemacht.«

»Ist das Ihr Ernst? Sie haben ihn ausgeschaltet!«

Sie lächelte, und die Bescheidenheit, die sie hatte an den Tag legen wollen, löste sich schlagartig in Luft auf.

»Das ist noch gar nichts! Selbst ohne Waffe hätte ich ihn uns vom Hals geschafft. Ich hätte ihn vermöbelt, ich hätte ihn windelweich geschlagen, ich hätte ihn so was von …«

Alex unterbrach sie.

»Ich glaube, ich habe verstanden, was Sie meinen.«

»Ich habe im Altenheim Krav Maga gemacht.«

»Krav Maga? Die Selbstverteidigung im Kontaktkampf, die vom israelischen Geheimdienst verwendet wird? Meinen Sie dieses Krav Maga?«

»Genau das.«

»Im Altenheim?«

»Bevor die Durefer Leiterin wurde, hatte ein junger Mann mit ziemlich neuartigen Ideen übergangsweise die Leitung übernommen. Er war vorher Direktor in einem Freizeitpark gewesen. Dort hatte er viel mit Kindern zu tun gehabt, und da viele einen alten Menschen als ein Kind mit Falten betrachten, hatte die Hauptverwaltung in ihrem Elfenbeinturm nichts gegen seine Einstellung einzuwenden. Mehr als einmal hat er uns geradezu geschockt mit seinen Einfällen. Alte Menschen mögen es nämlich nicht, wenn man ihre Gewohnheiten durcheinanderbringt. Als er dann das Bridge-Spiel durch Badminton ersetzen wollte, machte sich Unmut breit. Dabei ist doch Gleitschirmfliegen so viel schöner als *Derrick* schauen. Aber dann gab es den Vorfall beim Tauchen.«

»Was ist denn passiert?«, schaltete sich der Kassierer ein, den diese Geschichte offenbar in ihren Bann gezogen hatte.

»Wissen Sie, wie groß das Lungenvolumen eines alten Menschen ist? Das mit dem Tauchen war nicht gerade die beste Idee …«

Sie klatschte kurz in die Hände, dann wurde sie wieder ernst:

»Jetzt aber Schluss mit dem Geplauder. Die Uhr läuft, und wir sind immer noch nicht weitergekommen. Dieser Koloss wird sicher bald aufwachen.«

Mit einer knappen Geste wies sie die beiden jungen Männer an, das Individuum auf einen Stuhl zu befördern. Sie halfen ihr, ihn an die Rückenlehne zu fesseln. Nach getaner Arbeit trat Maxine etwas zurück.

»Gute Arbeit!«

In der Ferne ließen sich jetzt Polizeisirenen vernehmen. Alex verkrampfte sich und wurde bleich.

»Wir müssen verschwinden!«

»Warum denn? Wollen Sie nicht warten, bis die Polizei hier ist? Sie müssen doch bleiben und ihnen erklären, was Sie getan haben.«

»Wir müssen los.«

»Aber Madame, Sie haben ganz allein einen bewaffneten Räuber zur Strecke gebracht!«

»Nun werde ich aber gleich rot Ihretwegen«, winkte Maxine mit falscher Bescheidenheit ab.

»Keine Zeit für Eigenlob. Wir müssen jetzt los«, schnitt Alex ihr das Wort ab und packte Maxine am Arm, um sie zur Eingangstür des Shops zu drängen.

Sie befreite sich erfolgreich aus seinem Griff und ging schnurstracks zum Verkaufstresen.

»Haben Sie vielleicht einen Notizblock?«

Alex, der bereits an der Tür stand, kehrte eilig zurück.

»Einen Notizblock? Wir haben keine Zeit, einen Einkaufszettel zu schreiben. Wir müssen von hier verschwinden!«

Der Schweiß perlte ihm jetzt an den Schläfen hinunter, und

sein Herz hämmerte so in seiner Brust, dass er damit rechnete, es gleich explodieren zu hören. Seine Kehle war trocken, und er verspürte ungeheuren Durst. Ihm war heiß, und gleichzeitig lief ihm kalter Schweiß den Rücken hinunter und ließ ihn erschaudern. Waren das Symptome der überstandenen Gefahr oder war es ganz einfach die Angst, dass diese verrückte Reise mit Maxine gleich ihr Ende finden könnte?

Die alte Dame griff nach dem Notizblock, den ihr der Kassierer reichte.

»Und einen Stift?«

Diesen jungen Leuten musste man auch wirklich alles sagen. Zum Glück war Maxine in der Lage, Ruhe zu bewahren, wenn es darauf ankam, und amüsante Augenblicke auszukosten, wann immer sie sich boten. Sie hatte noch keine Gelegenheit gehabt, ihren praktisch neuen Elektroschocker sinnvoll einzusetzen. Zum Glück hatte sie ihn im Altenheim schon an Wassermelonen ausprobiert. Hinzu kam Martine Fusse, aber das zählte nicht wirklich, denn sie lag seit Jahren im Koma. Und dann natürlich ein einziges Mal an Marty, aber das war aus Versehen passiert. Auch wenn er es nicht wirklich angenehm fand, waren seitdem sein Blutdruck und auch sein Zuckerspiegel auf wundersame Weise gesunken. Als sie ihm, großmütig, wie sie war, vorgeschlagen hatte, das Ganze zu wiederholen, hatte er jedoch rundweg abgelehnt.

Der Kassierer kam endlich zur Vernunft und reichte ihr den erbetenen Stift. Maxine trat ein wenig zur Seite und legte die Handkante auf den Rand des Papiers wie ein Schüler, der verhindern will, dass man von ihm abschreibt. Sie schrieb rasch ein paar Worte, dann faltete sie das Blatt sorgfältig zusammen.

Anschließend ging sie zu dem schlafenden Räuber und schob das Blatt in seine Jackentasche. Durch diese Berührung kam er wieder zu sich. Noch immer benommen öffnete er zögerlich ein Auge. Die alte Dame beugte sich vorsichtig zu ihm hinunter und flüsterte ihm ein paar Worte ins Ohr, die weder Alex noch der Kassierer hören konnten.

»Alles klar. Jetzt können wir los.«

Als sie sah, dass Alex sich nicht rührte, schubste sie ihn an.

»Schläfst du, oder was hast du? Für Träumereien haben wir jetzt keine Zeit.«

Damit zog sie den jungen Mann am Arm zum Ausgang. Bevor sie endgültig hinausschlüpfte, ließ sie es sich nicht nehmen, einen flüchtigen Handkuss in Richtung des Kassierers zu werfen.

37

Eilmeldung:

Soeben wurde gemeldet, dass an einer Tankstelle ein Überfall vereitelt wurde. Ein vermummtes Individuum war in den dortigen kleinen Shop eingedrungen und hatte unter Androhung von Waffengewalt die Herausgabe der Tageseinnahmen verlangt.

Dank des beherzten Eingreifens einer Seniorin konnte er jedoch überwältigt werden. Unterstützt von dem mutigen Kassierer konnte die alte Dame den Übeltäter dazu zwingen, seine Waffe fallen zu lassen. Dabei wurde anscheinend versehentlich ein Elektroschocker ausgelöst.

Exklusiv geben wir hier die Zeugenaussage des heldenhaften Angestellten wieder:

»Ich war gerade dabei, den Bestand im Regal mit den Sandwiches zu prüfen, als der Mann hereinkam.«

»Konnten Sie sein Gesicht sehen?«

»Er hatte einen entschlossenen Blick, und mir war sofort klar, dass er bis zum Äußersten gehen würde.«

»Hatten Sie Angst um Ihr Leben?«

»Ja. Er hat mir befohlen, ihm das Geld aus der Kasse auszuhändigen. Ich habe ihm erklärt, dass das nicht geht, da es gegen die Vorschriften des Unternehmens verstößt – genau wie ein Blick in persönliche Mails oder die Benutzung von Facebook während der Arbeitszeit. Das war ihm jedoch vollkommen egal, und er hat damit gedroht, mich zu erschießen.«

»Wie haben Sie reagiert?«

»Ich wollte handeln, war bereit, Qualen in Kauf zu nehmen, wenn es denn sein müsste, mich auf ihn zu werfen, um seine Waffe an mich zu bringen. Ich schaue mir nämlich sehr gern Action-Filme an, ich kenne zum Beispiel alle Filme von Steven Seagal. Da griff plötzlich diese Frau ein.«

»Haben Sie sie gar nicht kommen gesehen?«

»Nein, sie ist wie aus dem Nichts aufgetaucht, wie Batman.«

»Was hat sie getan?«

»Sie hat ihre Pistole in den Rücken des Räubers gebohrt und ihm befohlen, seine Waffe fallen zu lassen.«

»Die alte Dame war bewaffnet?«

»Im Grunde nein. Nicht wirklich. Ihre Pistole war eigentlich ein Feuerzeug, eine Reiseerinnerung aus Dallas. Sie hat es mir gezeigt, bevor sie den Shop wieder verließ. Um es kurz zu machen, nachdem ich ihr geholfen hatte, den Räuber zu fesseln, ist sie gegangen.«

Die geheimnisvolle Seniorin ist nicht am Ort des Geschehens geblieben, um auf die Polizei zu warten. Aus bislang unbekannten Gründen möchte die gute Samariterin offenbar lieber anonym bleiben.

Allerdings liefert die Aussage des Räubers mehr Aufschluss über die Persönlichkeit dieser seltsamen Wohltäterin:

»Sie hat ein paar Zeilen auf einen Zettel geschrieben und diesen in meine Jackentasche gesteckt.«

»Was stand darauf?«

»›Geh wieder zur Schule. Arbeite. Hör auf, Dummheiten zu machen. Du hast doch weit mehr drauf. Dein Leben wird viel besser sein, wenn du dich um andere kümmerst. PS: Zieh keine Masken mehr auf, das macht einen schlechten Eindruck, außerdem hindert es uns daran, dein hübsches Gesicht zu sehen.‹ Dann hat sie mir noch etwas ins Ohr geflüstert.«

»Und zwar?«

»›Wenn du so weitermachst, werde ich dich verfolgen, ich werde dich finden, und dann wirst du für alles bezahlen.‹«

»Was werden Sie jetzt tun?«

»Ich werde mich bei allen Leuten entschuldigen, denen ich etwas angetan habe, ich werde gemeinnützige Arbeiten übernehmen und wieder zur Schule gehen. Das war mein erster Überfall, ich wollte doch nur genug Geld haben, um mir ein iPhone zu kaufen ... Madame, wenn Sie das hören, dann kommen Sie bitte nicht zurück. Es ist nicht nötig! Ich schwöre, dass ich mich anständig benehmen werde!«

38

»Sie sprechen überhaupt nicht von mir! Als wäre ich gar nicht dabei gewesen«, jammerte Alex und schlug mit der Faust aufs Lenkrad.

»Umso besser, auf diese Weise fällt der Verdacht nicht auf uns. Niemand wird uns mit der Sache in Verbindung bringen.«

»Aber das ist total kränkend! Und der Typ behauptet auch noch, dass er mutig war und Ihnen geholfen hat. Genau das Gegenteil war der Fall! Er ist doch vor Angst beinahe gestorben!«

»Sei nicht so garstig, das ist schlecht für dein Karma.«

»Und was soll diese Geschichte von der Feuerzeug-Pistole?«

»Du hast doch nicht ernsthaft geglaubt, dass ich eine Waffe besitze?«

»Bei Ihnen muss man mit allem rechnen. Immerhin haben Sie schon alles Mögliche aus Ihrer Mary-Poppins-Tasche hervorgezaubert.«

»Gerade deshalb ist es doch höchst unwahrscheinlich – oder glaubst du, dass Mary Poppins eine Pistole hatte?«

Alex dachte einen Augenblick nach und schmollte.

Maxine lächelte und sah in die Landschaft hinaus. Sie hatten beschlossen, wieder die Autobahn zu nehmen, um etwas Zeit wettzumachen und vor allem, um schnell möglichst weit von der Tankstelle fortzukommen, an der es jetzt vermutlich vor Polizisten wimmelte. Sie musste innerlich lachen bei dem Gedanken, dass Alex hatte annehmen können, sie besitze tatsächlich eine Waffe. Eine Pazifistin wie sie, niemals!

»Der ›Revolver‹ war ein Feuerzeug, das mir mein Mann

während einer Reise nach Dallas als Erinnerung gekauft hat. Dort kann man solche Dinge ganz normal kaufen.«

»Feuerzeuge?«

»Nein, Waffen! Versuch bitte, mir zu folgen.«

Alex zog es vor, den Mund zu halten, und bemühte sich, den Anflug von Gereiztheit zu überwinden, der in ihm aufstieg. Noch vor weniger als einer Stunde hatte er befürchtet, seine Reise mit Maxine könne zu Ende sein, und jetzt konnte er nicht erwarten, dass es endlich so weit wäre. Noch während ihm dieser Gedanke in den Sinn kam, erschrak er zutiefst über sich. Nein, er wollte ganz und gar nicht in Brüssel ankommen. Das Ende der Reise würde unweigerlich den Tod seiner Freundin in greifbare Nähe rücken. Er wollte nicht, dass sie diesen Weg ging. Allein der Gedanke, sie zu verlieren oder zu sehen, wie sie in ihrem Faltenrock und ihrer lavendelfarbenen Strickjacke in ein Krankenhaus marschierte, um es niemals wieder zu verlassen, war unvorstellbar. Zugleich wäre er noch gestern wahrlich nicht in der Lage gewesen, sich auch nur einen Bruchteil dessen vorzustellen, was er heute erlebt hatte.

Er hatte der alten Dame ein Versprechen gegeben, und das musste er halten. Aber er hatte auch sich selbst eines gegeben, und das besagte, dass er sie retten wollte. Diese beiden Versprechen waren unvereinbar. Es war so schwer, die richtige Wahl zu treffen! Es war eine solche Bürde, für einen anderen als sich selbst verantwortlich zu sein!

In der phylogenetischen Reminiszenz, die uns den Affen so ähnlich macht, kratzte er sich am Kopf. Plötzlich hielt er in seiner Bewegung inne. Das war die Lösung! Er hatte Maxine versprochen, sie nach Brüssel zu fahren, aber er hatte ihr nicht versprochen zuzulassen, dass sie Sterbehilfe in Anspruch nahm. Er würde sie hinfahren, wo immer sie hinwollte, aber er würde sie nicht sterben lassen. Er würde vor Ort einen Weg finden, sie davon abzubringen. Sie könnten gemeinsam Spezialisten aufsuchen, um Untersuchungen und Tests zu machen. Sie würden verschiedene Behandlungsmethoden ausprobieren. Er würde nichts unversucht lassen, um sie zu retten. Beruhigt von dem vagen Vorhaben, das sich in seinem Kopf zu einem Plan formte, fühlte er sich wieder etwas unbeschwerter und dazu in der Lage, ihre Unterhaltung fortzusetzen.

»Sie haben recht. Es ist wirklich besser, dass niemand von meiner Anwesenheit an der Tankstelle weiß.«

»Sonst hätten sie uns womöglich orten können.«

Die alte Dame streckte eine faltige Hand zu dem jungen Mann hinüber.

»Gib mir mal dein Handy.«

Alex zog sein Smartphone aus der Tasche und reichte es ihr.

»Was …«

Weiter kam er nicht. Die alte Dame hatte die Scheibe heruntergelassen und das Handy in den Straßengraben geworfen.

»Das wäre geschafft«, seufzte sie erleichtert und schloss das Fenster wieder. »Ich mache lieber wieder zu, es ist doch ein wenig frisch.«

»Warum haben Sie das getan?«

»Möchtest du, dass ich es wieder aufmache?«

»Nein, verdammt! Das Fenster ist mir vollkommen egal. Warum haben Sie mein Handy weggeworfen?«

Sie setzte eine Unschuldsmiene auf.

»Ach das. Nun ja, damit die Polizei uns nicht auf die Spur kommt. Du weißt doch, dass viele Gauner wegen ihres Handys gefasst werden. Aber du brauchst mir nicht zu danken.«

»Und wenn wir einmal telefonieren müssen?«

»Mit wem denn? Deine Eltern halten dich für einen Entführer, Freunde hast du im Grunde nicht und eine Freundin auch nicht.«

»Danke. Sie verstehen es prächtig, die Dinge zurechtzurücken.«

»Entschuldige. Ich wollte nicht gemein sein. Wenn du jemanden anrufen möchtest, wer auch immer es sei, dann kannst du meines benutzen.«

Sie reichte ihm ihr altes Nokia. Er schmollte.

»Klar, bei Ihrem antiken Teil besteht wohl keine Gefahr, dass wir geortet werden.«

Sie ging nicht darauf ein, legte stattdessen den Kopf in den Nacken und fuhr im Flüsterton fort:

»Ich habe getan, was getan werden musste. Wir müssen uns in Acht nehmen. Sie sind überall mit ihren Satelliten und ihren Drohnen.«

Beunruhigt warf er einen raschen Blick nach oben, fasste sich aber schnell wieder.

»So ein Unsinn! Sie sehen zu viel fern, und zwar nicht nur Serien wie *Schatten der Leidenschaft*, wie ich sehe.«

»Im Altenheim habe ich einmal mit Marty eine Folge von *CSI – Den Tätern auf der Spur* gesehen. Am besten wäre gewesen, wenn wir dein Handy in der Ladung eines Lastwagens versteckt hätten, der Richtung Spanien fährt, oder in einem Güterzug nach Osteuropa oder noch besser im Container eines Frachtschiffes, das nach Asien schippert. Aber nun gut, wie heißt es so schön: Man muss sich mit dem vergnügen, was man hat.«

»*CSI* also?«

»Eine einzige und einmalige Folge. Aber die hat den Alten einen Riesenschrecken eingejagt. Es hat ein heilloses Durcheinander gegeben. Die eine Hälfte der Bewohner hat sich in ihrem Zimmer verkrochen im festen Glauben, dass ein geisteskranker Mörder durchs Fenster klettern und ihnen das Gebiss stehlen würde. Die andere Hälfte war damit beschäftigt, in allen Ecken nach Indizien zu suchen. Allerdings gelang es auf diesem Wege, den Dessertdieb zu entlarven, der seit mehreren Wochen sein Unwesen trieb: Simon Lepoint, mittlerweile verstorben.«

Sie hielt inne, um für den Bruchteil einer Sekunde eine andächtige Miene aufzusetzen, dann fuhr sie fort:

»Wie immer, wenn wir ein wenig Spaß haben, hat uns die Durefer verboten, weitere Folgen zu schauen. Dabei hätte ich so gern mit *Criminal Minds* weitergemacht. Jetzt bleibt uns nur noch *Die Schwarzwaldklinik*, *Derrick* und *Mord ist ihr Hobby*. Und da soll man nicht auf Selbstmordgedanken kommen … ohne dir zu nahe treten zu wollen.«

»Schon in Ordnung.«

»Das musst du dir mal vorstellen! Sie hat eine richtiggehende Kontrolle eingeführt, was unseren Fernsehkonsum angeht. Als wären wir Kinder. Bis auf Simone Jacquot, die leider schon verstorben ist, hält sich keiner von uns für ein Kind, selbst diejenigen nicht, die Windeln tragen. Das ist beleidigend! Der Samstag heißt heuchlerisch ›Kino-Samstag‹, um einen guten Eindruck bei den Besuchern zu machen. Dabei läuft immer das Gleiche. *Casablanca* oder *Vom Winde verweht*. Ich gebe gern zu, dass die Alten ein kurzes Gedächtnis haben, aber trotzdem … Der neueste und handlungsreichste Film, den wir gesehen haben, war *Apocalypse Now*. Nicht einmal die neuesten Folgen von *Star Wars* durften wir sehen, weil die Durefer sie für zu gewalttätig hielt.«

Alex zeigte Mitgefühl. Die Leiterin der Einrichtung schien ihm tatsächlich eher einer Gefängniswärterin als einer barmherzigen Seele zu ähneln.

»Warum ist die Durefer Ihrer Meinung nach so garstig?«

Maxine dachte eine Weile nach. Sie hatte sich die Frage selbst schon des Öfteren gestellt, denn sie war in ihrem Leben auf eine ganze Reihe von garstigen Personen gestoßen.

»Manchmal sind die Menschen garstig, weil sie allein sind. Sie wissen nicht, wie sie sich sonst verhalten sollen.«

»Mag sein, aber die anderen müssen dafür herhalten.«

»Ihr Mann hat sie verlassen, und sie hat keine Freunde.«

»Das ist nicht verwunderlich, wenn man sieht, wie sie sich verhält.«

»Man muss sich fragen, was die Leute zu ihrem Verhalten treibt. So kann man komplexe Situationen oft entzerren. Im Fall von Sophie Durefer treibt eine innere Unzufriedenheit sie dazu, sich wie ein Miststück zu gebärden.«

»Oder aber sie ist eine Psychopathin, die Gefallen daran findet, alte Menschen zu misshandeln.«

»Nein. Das habe ich ausprobiert.«

Verblüfft sah Alex zu ihr hinüber:

»Wie, ausprobiert?«

Maxine stupste ihn leicht an die Wange, damit er seinen Blick wieder auf die Straße richtete.

»Konzentrier dich auf den Verkehr, dann erkläre ich es dir. Es ist ganz einfach. Du gähnst dem vermeintlichen Psychopathen gegenüber. Wenn er dann nicht ebenfalls gähnt, besitzt er keinerlei Empathie, und es handelt sich tatsächlich um einen Psychopathen.«

»Und dann, was muss man dann tun?«

»Davonlaufen!«

Der junge Chauffeur sah Maxine erneut an, um herauszufinden, ob sie ernst meinte, was sie gerade von sich gegeben hatte. Aber nichts in ihrem Lächeln gab ihm Aufschluss darüber, ob sie sich über ihn lustig machte oder nicht.

Er richtete seine Aufmerksamkeit wieder auf die Straße. Fehlende Empathie. Er war so besessen von seiner eigenen Depression, dass er aufgehört hatte, sich für andere zu interessieren. Vielleicht war auch er ein Psychopath. Vielleicht war er eine Gefahr für Maxine. Zweifel packten ihn, ihm wurde schwindlig. Angstvoll starrte er die alte Dame an.

»Ich wusste es! Mir war klar, dass du dir diese Frage stellst, sensibel, wie du bist.«

Sie begann zu gähnen und ihre Kiefer weit aufzusperren.

Schon konnte Alex selbst ein Gähnen nicht zurückhalten, das sich reflexartig einstellte.

»Siehst du? Du bist kein Psychopath.«

»Eigentlich hatte ich daran auch nie einen Zweifel«, antwortete er mit einem Seufzer der Erleichterung.

Er setzte sich wieder gerade hin und konzentrierte sich auf die Straße. Wie konnte Maxine so leicht erraten, was in ihm vorging? Er rühmte sich doch, verschwiegen zu sein und nicht so einfach zu durchschauen. Bei ihr hatte er jedoch den Eindruck, dass sie in ihm las wie in einem offenen Buch.

Er schüttelte den Kopf, um solche Gedanken zu vertreiben. Er sah Maxines altes Handy immer noch auf ihren Knien liegen. Nicht zu fassen, dass sein neues Handy vermutlich in tausend Stücke zersprungen war. Welch trauriges Ende.

»Wissen Sie eigentlich, was ein neues Smartphone kostet?«

»Keine Ahnung. Wie viel denn?«

»Ich schätze 900.«

»Alte oder neue Francs?«

»Euro. Maxine, 900 Euro.«

»Dieses neue Geld, damit komme ich gar nicht zurecht.«

Alex stockte einen Augenblick, als ihm klar wurde, dass seine Eltern ihm dieses Handy gekauft hatten, obwohl er sie nie darum gebeten hatte. Gleichwohl hatte er begriffen, dass der Besitz solcher ultraneuen Geräte zum greifbaren Anzeichen von Reichtum geworden war. Jedes Jahr scharten coole und lässige Geschäftsführer großer Unternehmen auf den Messen Tausende von Menschen um sich, und Abertausende folgten ihnen an den Bildschirmen, wenn die neuesten Modelle vorgestellt wurden.

Geradezu bestürzt hatte ihn eine Unterhaltung, die er einmal zwischen zwei nicht mehr ganz jungen Männern mitbekommen hatte. Der eine prahlte mit den Vorzügen seines neuen »Spielzeugs«, der andere warf ein, dass es in China fabriziert worden sei wie alle anderen auch. Der zufriedene Besitzer hatte erwidert: »Ja, aber nicht von den gleichen Chinesen.« Die Menschen, die diese Dinger unbedingt besitzen wollten, schienen den Verstand verloren zu haben.

»Ist Ihnen klar, dass unser Räuber uns beinahe umgebracht hat, nur wegen eines iPhones?«

»Der Arme. Er wollte doch nur einen HNO-Arzt aufsuchen.«

Jetzt war Alex vollkommen perplex. War das ein weiteres Anzeichen ihrer Krankheit?

»Was meinen Sie denn damit?«

»Na, wenn er aphon war …«

»Nicht aphon, iPhone. ›Ei‹phone. Er wollte das Geld aus der Kasse, um sich ein Handy zu kaufen.«

»Sonst nichts? Da brauchte er doch keine Tankstelle zu überfallen.«

Der junge Mann hütete sich wohlweislich, Maxine zu fragen, was denn echte Gründe für einen Überfall sein könnten. Er hoffte, dass sie verstanden hatte, dass es nicht toll war, ein ganz neues Handy einfach aus dem Fenster zu werfen. Das war Umweltverschmutzung und Verschwendung.

»Jedenfalls war es nicht notwendig, mein Handy wegzuwerfen. Wir hätten es ganz einfach ausschalten oder die Batterie herausnehmen können. Dann hätte man uns auch nicht orten können.«

»Tatsächlich? Das wäre sicher in der zweiten Folge von *CSI* gekommen.«

39

Eilmeldung:

Unerwartete Wendung im Fall des vereitelten Tankstellenüberfalls. Die Polizei konnte die Bilder einer Überwachungskamera einsehen. Wie wir aus zuverlässiger Quelle erfahren haben, ist auf den Bildern zu sehen, wie sich eine hochbetagte Dame beherzt dem Räuber nähert, der ein anderes Opfer umklammert hält, von dem wir bisher nichts wussten. Dann ist das Bild kurz gestört, möglicherweise aufgrund des Elektroschockers, von dem der junge Kassierer sprach.

Die folgenden Bilder zeigen das zweite Opfer, das sich offenbar befreien konnte und nun eine Pistole auf den Räuber und auch auf den Kassierer und die alte Dame richtet.

Dann brechen die Aufzeichnungen aufgrund eines leeren Akkus ab, sodass es keinen genauen Aufschluss über den weiteren Tathergang gibt. Nachforschungen haben jedoch ergeben, dass es sich bei der alten Dame um die betagte Maxine handelt, von deren Entführung wir heute Morgen berichtet haben. Zwischen diesen beiden Vorfällen scheint eine Verbindung zu bestehen. Auch die Person mit der Waffe in der Hand konnte identifiziert werden: Es handelt sich um den jungen Drogensüchtigen, der für die Entführung verantwortlich ist.

Jetzt stehen mehrere Theorien zur Diskussion. Hat der junge Entführer angehalten, um zu tanken, und wurde dabei zum Opfer eines Überfalls? Hat die alte Dame möglicherweise versucht zu fliehen? War der Räuber ein Komplize, der sich hier mit dem Entführer verabredet hatte?

Die Polizei wird den gefassten Räuber erneut befragen, um seine Aussage zu überprüfen und eventuellen Unstimmigkeiten auf die Spur zu kommen.

Eines ist sicher: Der junge Entführer scheint mit einer Waffe umgehen zu können und ist offenbar auch bereit, sie zu benutzen. Man muss also weiterhin um das Leben seines Opfers fürchten.

Monsieur Lamoureux, der Vorsitzende des Komitees RETTET MAXINE, zeigt sich »entsetzt von diesen Bildern« und appelliert an alle Bürger, »die Augen offen zu halten«. Er hofft, dass die Ermittlungen rasch voranschreiten, damit »der Mistkerl geschnappt wird, der die arme Maxine in seiner Gewalt hat«.

Madame Durefer, die Leiterin der Residenz Beau Séjour, wollte sich nicht zu den neuesten Entwicklungen äußern, da sie »von ihren Gefühlen überwältigt« sei. Sie weist jedoch darauf hin, dass demnächst der Tag der offenen Tür in ihrer Einrichtung stattfindet.

Die Eltern des jungen Entführers sind von der abscheulichen Tat ihres Sohnes schockiert und beteuern, nicht gewusst zu haben, dass er im Besitz einer Feuerwaffe ist. Eine Hausdurchsuchung bei ihnen ist derzeit im Gang.

Der Kassierer, der nicht vorbestrafte Zeuge des Überfalls an der Tankstelle, wird ebenfalls noch einmal von den Ordnungskräften vernommen werden. Seine Aussage, der zufolge die alte Dame allein den Angreifer überwältigt habe, ist vermutlich auf den Schock zurückzuführen, den das Aufeinandertreffen von gleich zwei kaltblütigen Verbrechern ausgelöst hat.

Die Polizeibeamten betonen jedoch, dass sie große Fortschritte in beiden Fällen gemacht haben, insofern sie den Entführer inzwischen annäherungsweise orten konnten. Es wird jetzt weiterhin mit Hochdruck nach seinem Twingo gesucht, dessen Kennzeichen an alle Polizeieinheiten übermittelt wurde. Es sei nur noch eine Frage der Zeit, bis man ihn aufspüren werde. Man hoffe, dass der Verbrecher der alten Dame noch nichts zuleide getan habe.

Der Autohersteller bedauert in einer Pressemitteilung, dass es sich um ein älteres Twingo-Modell handelt, wobei er zugleich die Langlebigkeit des Fahrzeugs hervorhebt. Wäre der Entführer im Besitz eines neueren Modells, hätte er über das Fahrerassistenzsystem gebremst werden können. Allen Kaufinteressenten wird allein aus Sicherheitsgründen zu diesem neueren Modell geraten.

40

Das Auto war zügig auf der Autobahn unterwegs, aber die neuesten im Radio vernommenen Nachrichten waren alles andere
als beruhigend für Alex. Er wollte diese Tankstelle möglichst
schnell weit hinter sich lassen, denn er hatte das Gefühl, dass
die Probleme mit zunehmendem Abstand auch zunehmend
verblassen würden. Er hatte die Fensterscheibe heruntergelassen, um sich den Wind ins Gesicht wehen zu lassen. Die frische
Luft verschaffte ihm einen klaren Kopf.

Er versuchte, eine Bilanz der letzten Stunden zu ziehen. Ob
diese eher positiv oder negativ ausfiel, vermochte er nicht zu
sagen. Er war mit einer kranken alten Dame auf der Flucht, deren Entführung man ihm andichtete. Die ganze Welt – seine
Eltern eingeschlossen – hielt ihn für schuldig. Außerdem wäre
er beinahe bei einem Überfall ums Leben gekommen. Zugleich
hatte er aber in den wenigen Stunden mehr Spaß gehabt als in
seinem ganzen bisherigen Leben. Er hätte dies vor Maxine nie
zugegeben, aber es war tatsächlich so, dass er immer weniger an
seine Depressionen dachte und das häufige Lachen seine unge-
übten Kiefermuskeln geradezu schmerzlich strapazierte.

Es kam ihm vor, als sei er aus einem tiefen Schlaf erwacht.
Und wie immer beim Aufwachen schmerzten die Augen erst
einmal ein wenig in dem hellen Licht. Manchmal war er tatsächlich für ein paar Minuten in der Lage gewesen, den Augenblick zu genießen, in der Gegenwart zu leben. Kurz darauf waren natürlich all die Fragen, Ängste und anderen Sorgen wieder
aufgetaucht. Was, wenn Maxine sich nicht behandeln lassen

wollte? Wenn sie sich tatsächlich in Brüssel in die Sterbeklinik begeben wollte? Würde er sie davon abbringen können? Wer war er denn, dass er ihr dieses Recht verwehren wollte? Sie hatte den Mut aufgebracht, ihr Altenheim zu verlassen und ein Auto zu finden, um die Fahrt zu diesem unseligen Termin in Brüssel anzutreten. Wie würde es danach weitergehen? Hätte er dann überhaupt noch Lust zu leben? Er fühlte sich besser, wenn er mit Maxine zusammen war, aber was würde geschehen, wenn sie wieder getrennt waren? Wie sollte er nach diesem Abenteuer in einen normalen Alltag zurückkehren?

All diese Fragen schwirrten ihm im Kopf herum und ballten sich dort zu einer kompakten Masse zusammen. Ein dumpfer Kopfschmerz setzte ein, und er massierte seine Schläfen, obwohl er wusste, dass dies nichts nutzen würde. Er konzentrierte sich auf die weißen Mittelstreifen, die auf der Straße vorüberzogen. Durch ihren gleichbleibenden, beständigen Rhythmus gelang es ihm, seine Aufmerksamkeit wieder zu fokussieren. Jetzt zählte einzig und allein, dass sie vorwärtskamen und die Polizei abhängten, die ihnen zwangsläufig auf den Fersen war. Es hieß also: fahren, fahren, fahren.

»Hast du das Schild gesehen?«, unterbrach Maxine seine Überlegungen und wies mit dem Finger in eine Richtung, doch Alex machte sich nicht die Mühe, dorthin zu blicken.

»Keine Zeit.«

»Wie du willst.«

Der Ton seiner Begleiterin verhieß nichts Gutes, darin schwang unterschwellig etwas mit wie »Du wirst es bitter bereuen«. Er schielte zu ihr hinüber und sah aus den Augenwinkeln, dass sie den Gesichtsausdruck eines Menschen an den Tag legte, der etwas weiß, es aber nicht preisgibt. Sein Stolz hielt ihn jedoch gerade noch davon ab zu fragen, worum es sich handelte. Maxine ihrerseits hatte große Mühe, nicht damit herauszuplatzen.

Die Anspannung im Wageninneren war deutlich spürbar.

Wirkte der Schock des Überfalls nach, oder lag es einfach an der Erschöpfung? Keiner rührte sich, eine düstere Stimmung hatte sich im Twingo breitgemacht. Irgendwann konnte die alte Dame jedoch nicht mehr an sich halten.

»Warum fährst du so schnell?«

»Um möglichst bald von der Tankstelle fortzukommen.«

»Bei diesem Tempo wirst du es noch so weit bringen, dass wir angehalten werden.«

»Ich fahre nicht schneller, als es erlaubt ist.«

»Wahrscheinlich hast du es so eilig, weil du mich loswerden willst, das ist der Grund.«

Alex zuckte unter dem Schlag zusammen, den sie ihm versetzt hatte.

»Wie können Sie so etwas sagen? Nach allem, was ich für Sie getan habe! Ich werde von der Polizei als Entführer gesucht, mir droht eine Gefängnisstrafe, ich bin überfallen worden und dabei beinahe gestorben … Und da wagen Sie es zu behaupten, dass ich Sie loswerden will! Wenn ich das wirklich gewollt hätte, dann hätte ich Sie schon längst vor der erstbesten Polizeiwache absetzen können. Aber stattdessen bin ich immer noch mit Ihnen unterwegs, obwohl ich Ihr Vorhaben nicht gutheiße. Sie sind ungerecht, und das ist Ihrer nicht würdig.«

Maxine runzelte die Stirn und kauerte sich tief in ihren Sitz. Dann zuckte sie die Schultern.

»Du hast recht. Es tut mir leid. Ich hasse es, wenn mein Alter durchschlägt.«

Der junge Mann ging nicht darauf ein, also fuhr sie fort:

»Du weißt schon, es gibt diese unerträglichen Alten, die sich in einem fort beklagen und so verbittert darüber sind, alt zu sein, dass sie die ganze Welt dafür büßen lassen wollen. Irgendwie glauben diese Alten wohl, dass sie ihre Jugend zurückbekommen könnten, wenn sie besonders garstig sind – nicht gerade eine gute Werbung für uns Hochbetagte!«

Ein leichtes Lächeln zeichnete sich auf Alex' Gesicht ab, was Maxine ermutigte.

»Ich hätte das nicht sagen dürfen, ich habe es nicht so gemeint. Ich bin wohl etwas abgespannt. Oder unterzuckert.«

»Unterzuckert? Das ist unmöglich. Sie haben einen Schokoriegel und ein ganzes Päckchen M&M's gegessen.«

»Ja, aber solche Sachen sind nicht wirklich nahrhaft. Ich würde sogar sagen, dass sie den Appetit anregen.«

»Ich habe noch nie jemanden gesehen, der so viel isst wie Sie und dabei so schlank bleibt.«

»Ich habe einen guten Stoffwechsel. Mein Arzt hat gesagt, dass ich ein Sportlerherz habe. Schade, dass er uns jetzt nicht sehen kann.«

»Praktiziert er nicht mehr?«

»Er ist gestorben. Er ist sogar schon der zweite, den ich beerdigen musste. Ärzte sind nicht besonders robust.«

»Man könnte meinen, dass alle Leute, die Sie kennen, bereits tot sind. Das ist ja schrecklich.«

»Ab einem gewissen Alter lebt man mehr an der Seite von Erinnerungen als mit den Lebenden. Es sind freundliche Schatten, die uns einladen, zu ihnen zu kommen.«

Maxines Handy, das noch immer auf ihren Knien lag, begann wieder zu vibrieren. Sie bekam Angst, und einen Augenblick lang dachte Alex, dass sie dieses Gerät ebenfalls aus dem Fenster werfen würde. Aber dann packte sie es mit beiden Händen wie ein dickes Wörterbuch und hielt es ganz nah vor ihre Augen, um die Mitteilung lesen zu können, die auf dem Bildschirm stand.

»Es ist eine Nachricht von Marty!«, verkündete sie freudig.

»Aha! Allmählich verstehe ich, warum Sie mein Handy weggeworfen und Ihres behalten haben. Sie wollten keinen Anruf oder keine Nachricht von Marty verpassen ...«

Er schürzte die Lippen, um ein Küsschen anzudeuten, und

wirkte dabei wie ein zehnjähriger Junge, der auf dem Pausenhof Unsinn treibt.

Maxine setzte eine hochnäsige Miene auf und sah ihn von oben herab an, konnte dabei jedoch nicht verhindern, dass ihre Wangen sich zart röteten.

»Ich werde mich nicht dazu herablassen, auf solche Dummheiten zu antworten.«

Ihr scheinbar beleidigter Tonfall brachte Alex zum Lachen.

»Alles klar, was erzählt er denn, Ihr Verehrer?«

»Er ist nicht …«

Sie atmete tief ein, um sich zu beruhigen. Sie wollte sich nicht auf Alex' Neckereien einlassen. Deshalb hielt sie den Bildschirm noch dichter vor ihr Gesicht und las die Nachricht vor:

Huhu, Maxine, lachendes Smiley. Immer noch wohlauf? Augenzwinkerndes Smiley. Kleine Katze. Panda. Smiley, das die Zunge herausstreckt. Ich hoffe, dass Ihr Entführer Ihnen das Leben nicht allzu schwer macht, hihi (Lachen) … aber auch nicht allzu leicht, haha (anderes Lachen).
Durefer hat mich einem strengen Verhör unterzogen, aber ich bin standhaft geblieben. Messer. Stuhl. Smiley, das große Augen macht. Ich habe dem Nugat aus Montélimar widerstanden, den sie mir angeboten hat. Sie war so verzweifelt über die schreckliche Presse, dass sie sogar bereit gewesen wäre, mir eine Zigarette zu geben für ein paar Informationen über Sie. Aber Sie wissen, dass Sie immer auf mich zählen können. Daumen nach oben. Ich habe nichts gesagt. Smiley mit Reißverschluss-Mund. Aber nach Ihrem Missgeschick an der Tankstelle (ich bedaure den armen Räuber, dass er es mit Ihnen und Ihrem Elektroschocker zu tun bekommen hat – mein Rücken erinnert sich immer noch daran) sucht die Polizei mit Hochdruck nach Ihnen und rückt Ihnen immer näher.

M. Lamoureux versucht gerade, die Bridge-Spieler zu motivieren, um eine Suchaktion auf die Beine zu stellen! Herz. Ich glaube, dass Sie ihm sehr fehlen, und wenn ich das sagen darf, er ist nicht der Einzige …

Melden Sie sich. Ganz liebe Grüße.

Ihr ergebener Marty

»Damit ist doch alles klar. Er ist in Sie verknallt.«

»So ein Blödsinn! Er ist ein guter Freund. Er ist verheiratet und ich ebenfalls.«

Leicht zerknirscht wagte Alex dennoch einen Vorstoß:

»Wenn der Ehepartner verstorben ist, gilt man nicht mehr so richtig als verheiratet.«

»Was willst du denn damit sagen?«

»Ich weiß, dass Sie Ihren Mann wahnsinnig geliebt haben, aber Sie haben das Recht, sich wieder zu verlieben. Rein technisch betrachtet sind Sie ledig.«

Maxine spürte einen seltsamen Schauer ihren Rücken hinunterlaufen. Ledig. Aus dieser Perspektive hatte sie die Dinge noch nie gesehen. Dieser Begriff kam ihr seltsam vor, unangemessen, ja beinahe vulgär.

»Ich bin viel zu alt, um ledig zu sein.«

»Die Liebe kennt kein Alter«, intonierte der junge Mann wie ein Varieté-Sänger.

Die alte Dame wehrte dieses Argument mit einem Handwedeln ab.

»Ich werde bald sterben, wenn ich dich daran erinnern darf.«

»Diesmal sind Sie aber die Spaßbremse.«

Die beiden Reisenden verfielen in Schweigen. Sie wussten, dass ihre Unterhaltung jetzt zu heiklen Fragestellungen führen würde, und keiner von beiden wollte an diesen Punkt gelangen. Seltsamerweise fühlte Maxine sich mit ihrem Vorhaben, Sterbehilfe in Anspruch zu nehmen, nicht mehr so wohl wie zuvor.

Sie hatte so viel Spaß mit Alex. Wenn sie mit ihm zusammen war, kam ihr das Leben gar nicht mehr so schrecklich deprimierend vor und das Ende nicht mehr ganz so unausweichlich. Aber sie war nun einmal krank, und sie wollte gewiss nicht abwarten, bis sie nicht mehr wusste, wer sie war. Sie hatte keine Lust, weiter mit Alex darüber zu sprechen, denn sie fürchtete, dass ihre ursprünglichen Beweggründe ihr selbst nicht mehr einleuchten würden. So weit durfte sie es nicht kommen lassen.

Alex seinerseits wollte ebenfalls nicht länger bei diesem Thema bleiben. Er hatte keine Lust, sich noch einmal Maxines Beweggründe für ihre Entscheidung anzuhören. Er wollte ihr lieber vor Augen führen, dass es eine Alternative gab, und wenn diese Alternative Marty hieß, umso besser. Er hatte sie nicht verletzen oder sich ihrem Ehemann gegenüber respektlos zeigen wollen – er wollte lediglich ihren Blickwinkel erweitern, damit sie wieder Hoffnung schöpfen und neue Kraft finden konnte.

Das Schweigen, das jetzt herrschte, war ihm unangenehm. Er hatte den Eindruck, einen Fehler begangen zu haben. Aber als er sich Maxine zuwandte, lächelte sie ihn an. Wieder einmal schien sie in seinen Gedanken gelesen zu haben. Ihr kristallklarer Blick sagte ihm, dass seine Absicht ihr vollkommen klar war, und mehr noch, dass sie ihm dankbar dafür war.

Das Display des alten Nokia leuchtete immer noch. Der Akku schien unverwüstlich seinen Dienst tun zu wollen.

»Sie müssen ihm antworten.«

»Wem?«

»Marty!«

»Wirklich?«

»Aber klar doch. Er bittet Sie ganz unmissverständlich darum, dass Sie sich melden.«

»Was soll ich denn schreiben?«

»Das weiß ich doch nicht. Wie wäre es mit der Wahrheit?

Dass es Ihnen gut geht, dass Sie einen Ausflug machen und so lange weiterfahren, bis Sie mit Ihrem freundlichen Entführer von der Polizei angehalten werden.«

»Einverstanden.«

Die alte Dame konzentrierte sich und drückte mit solcher Bedächtigkeit auf die einzelnen Tasten, dass nicht ganz klar war, ob die Langsamkeit von technischen Schwierigkeiten oder einer äußersten Konzentration herrührte. Bei jedem Buchstaben, den sie tippte, war ein Piepton zu hören. Schließlich sah sie wieder auf.

»Geschafft und abgeschickt.«

Alex versuchte, einen Blick auf das Display zu erhaschen, aber es war viel zu klein und zu weit entfernt.

»Was haben Sie geschrieben?«

Sie reichte ihm das Handy.

Akla, np. Tml wg Funkstille. GN. LOL. Thx f hlp bei Durefer. War sicher hyst! ROFL. Gtse nix an. Wusste, dass OK. BFF. Muss das tun, hkW. All ok, bis SH mit Pol. *gg* Thx. Bin geehrt, dass BF war. Quatschn mit Ihnen wird m feln. STn! Maxine

»Huch! Was soll das denn heißen? Welche Sprache ist das?«

Maxine blickte erstaunt auf das Display des Handys. Sie las ihre Nachricht noch einmal durch, um zu überprüfen, ob sie einen Fehler gemacht hatte.

»Alles richtig. Da ist kein Fehler.«

»Maxine, das ist das reinste Kauderwelsch.«

Sie sah den jungen Mann bekümmert an. Dieser Bursche hatte wirklich von nichts eine Ahnung!

»Ich habe die Handysprache benutzt. Da steht: ›Alles klar, keine Probleme. Tut mir leid, dass ich mich nicht gemeldet habe. Es ging nicht, ich war beschäftigt. Lachen. Danke, dass Sie uns mit Durefer geholfen haben. Sie war sicher hysterisch!

Noch mehr Lachen. Diese Sache geht sie nichts an. Aber ich wusste, dass Sie mich niemals im Stich lassen würden. Was ich tue, ist notwendig. Ich habe keine Wahl. Alles ist gut, ich bin ganz entspannt, zumindest so lange, bis ich verhaftet werde. Noch mal Lachen. Danke für alles. Es ist mir eine große Ehre, Ihre Freundin gewesen zu sein. Das Plaudern mit Ihnen wird mir fehlen … Einen schönen Tag noch, Maxine.‹ Du siehst also, dass es gar nicht so kompliziert ist!«

»Noch einfacher wäre es allerdings gewesen, wenn Sie alles ganz normal geschrieben hätten.«

Sie schüttelte den Kopf.

»Für einen jungen Menschen bist du nicht gerade auf Zack, wie man so schön sagt.«

»Nein, mit Ihnen kann ich sicher nicht mithalten.«

41

Alex blieb gerade noch Zeit zum Bremsen. Die Verkehrsdichte hatte schlagartig zugenommen. War die Straße bisher frei gewesen, blinkten mit einem Mal zahllose rote Rücklichter vor ihm auf, hier und da auch orangefarbene Warnblinkanlagen. Ein unschöner, kilometerlanger Stau hinderte sie an der Weiterfahrt. Verstopfte Straßen waren schon ärgerlich genug, wenn man in die Ferien aufbrach, aber wenn man auf der Flucht war, gab es kaum etwas Schlimmeres! Der Stresspegel des jungen Mannes schnellte in die Höhe. Wenn das so weiterging, würde sein Blutdruck derart bedrohlich steigen, dass er derjenige wäre, der ins Krankenhaus gebracht werden musste.

»So ein Mist!«, regte er sich auf.

»Das war allerdings absehbar.«

»Wussten Sie etwa, dass wir in einen Stau geraten würden?«

»Genau das stand auf dem Schild.«

»Und Sie haben mir nichts davon gesagt!«

Der junge Mann schäumte vor Wut. Im Stau zu stecken, wenn man es hätte vermeiden können – das brachte ihn in Rage. Maxine hingegen schien sich damit abgefunden zu haben.

»Ich habe es versucht, aber du wolltest mir nicht zuhören.«

»Sie hätten insistieren müssen!«

»Und du hättest zuhören sollen!«

Alex war beleidigt und sah besorgt auf die Schlange der dicht an dicht stehenden Autos vor ihm.

»Was machen wir, wenn es sich um eine von der Polizei errichtete Straßensperre handelt? Vielleicht ist eine ganze Schar bis an die Zähne bewaffneter Beamten im Einsatz, um die Gesichter der Autofahrer mit unseren Phantombildern abzugleichen.«

»Glaubst du, dass es Phantombilder von uns gibt?«

Sie klatschte in die Hände, diese Aussicht schien sie hochgradig zu freuen. Als der junge Mann nicht antwortete, fuhr sie fort:

»Ich hoffe, wir können sie sehen. Ich habe natürlich, wie viele andere auch, schon einmal ein Porträt von mir anfertigen lassen. Aber ich weiß nicht, ob das Bild, das Picasso in der Villa *La Californie* in Cannes von mir gemalt hat, wirklich als ein Porträt gelten kann …«

Nachdenklich hielt sie inne, bevor sie ihren Gedankengang wieder aufnahm:

»Es ist wirklich bedauerlich, dass wir dein Handy wegwerfen mussten. Ich bin sicher, dass wir unsere Phantombilder im Internet gefunden hätten.«

Voller Angst stellte sich Alex bereits Spezialeinheiten der Polizei bei den Vorbereitungen für ihren Einsatz vor. Vielleicht hatten sie längst ihre Gewehre auf ihn gerichtet. Sicherheitshalber sah er rasch auf seinen Oberkörper hinunter und stieß einen erleichterten Seufzer aus: Dort war kein roter Fleck zu sehen. Noch hatte man ihn nicht aufgespürt, aber das war nur eine Frage der Zeit. Am Ende schwirrte bereits eine Drohne über dem Twingo und übermittelte ihren Standort, um sie absolut treffsicher in die Luft jagen zu können. Nein, das würden sie nicht tun. Maxine befand sich ja im Auto, und man sah in ihr das Opfer einer Entführung. Also konnte man sie nicht mit hochgehen lassen. Andererseits: Kollateralschäden gab es immer. Er sah bereits die Pressekonferenz vor sich, in welcher der Polizeipräfekt erklären würde, dass es keine andere Wahl gab, als den Zugriff anzuordnen.

Er schrak zusammen, als er realisierte, dass sich eine Hand

auf seinen Unterarm gelegt hatte. Maxine sah ihn eindringlich an. Sie war ganz ruhig, aber paradoxerweise steigerte ihre Heiterkeit seine Angespanntheit nur noch mehr.

»Mach dir keine Sorgen. Wenn die Situation aus dem Ruder läuft, nehme ich alles in die Hand …«

Das Selbstvertrauen, mit dem die alte Dame ihm das versicherte, konnte ihn jedoch nicht im Geringsten beschwichtigen.

»Das haben Sie schon einmal gesagt, und dann hat mich ein Kraftprotz beinahe erwürgt, den Sie mit einer Spielzeugpistole bedroht, mit einem Elektroschocker niedergestreckt und anschließend an einen Stuhl gefesselt haben.«

»Sag ich doch, du kannst mir vertrauen.«

»Und was schlagen Sie jetzt vor?«

»Zunächst einmal glaube ich nicht, dass es sich um eine Polizeisperre handelt. Die Leute machen Wochenendtouren, schließlich ist Samstag.«

»Nein, es ist Freitag!«

»Das kommt auf das Gleiche heraus. Es gibt doch andauernd Staus auf den Autobahnen, Polizei hin oder her. Außerdem, wenn es Probleme gibt, habe ich immer noch meine Notlösung.«

»Die da wäre?«

»Rebecca.«

Sie schnitt eine Grimasse nach der anderen und untermalte sie mit den seltsamen Geräuschen von vorhin. Alex, der nur zu gut wusste, wozu sie fähig war, bat rasch um Beendigung der Darbietung, damit sie nicht auch noch zu sabbern begann.

»Diesmal wird das nicht reichen.«

»Du unterschätzt mein Schauspielertalent.«

Und als wolle sie ihm beweisen, dass er unrecht hatte, verzerrte sie ihren Mund, krümmte sich und stieß dabei heisere Schreie aus. Quasimodo im Faltenrock.

»Yiiii! GRRRH!«

Alex war beeindruckt, aber auch ein wenig angewidert. Dann packte ihn die Angst. Wie konnte er nur vermeiden, dass man sie aufspürte? Noch waren sie in der Autoschlange nicht weiter aufgefallen, und er hoffte, dass dies auch so bleiben würde.

Reflexartig legte er eine Hand auf Maxines Mund, um sie zum Schweigen zu bringen. Gleichermaßen überrascht wie begeistert sah sie ihn an. Er hingegen zog seine Hand, beschämt über den plötzlichen körperlichen Kontakt, rasch wieder zurück.

»Tut mir leid.«

»Nicht schlimm, mein Lieber. Es ist schon lange her, dass mich jemand geküsst hat.«

»Ich habe Sie nicht geküsst!«

»Du hast meine Lippen liebkost«, schnurrte sie wie eine Katze.

Der junge Mann wurde hochrot und drückte sich tief in seinen Sitz.

Maxine konnte sich vor Lachen kaum noch halten.

»Merkst du nicht, dass ich dich auf den Arm nehme?«

Halb gekränkt und halb erleichtert begann auch er zu lachen, bis die alte Dame noch hinzufügte:

»Außerdem bist du gar nicht mein Typ.«

42

Inzwischen steckten sie bereits seit einer guten Stunde fest, der Motor war ausgeschaltet. Nicht einen Zentimeter waren sie vorwärtsgekommen, aber Maxine sah wie gewöhnlich das Gute an der Situation. Sie hatte alle möglichen Spiele vorgeschlagen, um die Zeit totzuschlagen. Mit den Nummern der Départements auf den Autoschildern waren sie bald am Ende, weil man immer dieselben Autos sah, außerdem konnte nur sie die Nummern den Regionen zuordnen. Man konnte meinen, dass die Jugend heutzutage gar nichts mehr in der Schule lernte. Dann hatte sie eine Partie »Wer bin ich?« vorgeschlagen, aber Alex kannte die meisten Persönlichkeiten nicht, die sie im Kopf hatte und er erraten sollte. Schließlich waren sie das ganze Alphabet durchgegangen und hatten Tiere benannt, deren Namen mit A, mit B, mit C … anfingen. Schon bei H hatte der junge Mann aufgegeben.

Sie gab es nur ungern zu, aber sie empfand diesen widrigen Umstand als einen Segen. Da ihr Termin in der Brüsseler Klinik nicht für den nächsten Tag ausgemacht war, hatte sie Zeit, diesen kleinen Aufschub zu nutzen. Sie hatten inzwischen im Radio gehört, dass ein Streik der Taxifahrer der Grund für den Stau war. Von einer Polizeisperre konnte also keine Rede sein. Dennoch gelang es Alex auch jetzt noch nicht, seine Zweifel abzuschütteln. Er führte ins Feld, dass die Polizei den Medien womöglich Stillschweigen über ihr Eingreifen auferlegt haben könnte. Er war vollständig paranoid. Trotzdem stellte Maxine, auch wenn seine Angst deutlich spürbar war, eine ganz klar positive Veränderung in seinem Verhalten fest. Er war weniger in sich gekehrt und zog sich nicht mehr so zurück. Mehrfach lag trotz allem ein Lächeln auf seinem Gesicht. Er trug nicht mehr jene Miene zur Schau, die so viel besagte wie »Gehen Sie mir aus dem Weg, sonst springe ich«. Sicher hatte sein schöner Anzug Anteil an diesem Eindruck, aber die Veränderung kam auch von innen heraus, und sie wusste, dass sie dabei eine Rolle spielte. Es machte sie sehr glücklich, dass es ihr gelungen war, etwas Gutes zu vollbringen, bevor sie diese Welt verließ. Ihr Vorhaben war noch nicht beendet, aber sie war auf dem richtigen Weg. Sie mochte ihr erstes Leben als Léonards Frau nicht gelebt haben, sie mochte ihr Leben als Mutter verpfuscht haben, als sie Léonie fortgab, aber bei ihm, da würde sie alles richtig machen. Es war wichtig, sich an etwas Positivem festhalten zu können, bevor der Tod kam.

Sie war zutiefst davon überzeugt, dass jedes menschliche Lebewesen aus einem bestimmten Grund auf Erden weilte. Der ihre hatte sich ihr jedoch niemals wirklich erschlossen. Sie war das Opfer trauriger Umstände gewesen, und später war ihr das Glück zuteilgeworden, viele schöne Dinge zu erleben. Aber sie hatte ihr eigenes Schicksal nie richtig in den Händen gehalten. Manchmal hatte sie das Gefühl gehabt, sie würde sich treiben lassen, wie in einem Fluss, gegen dessen Strömung man nicht ankommt. Deshalb war sie stolz auf ihre freie Entscheidung darüber, wie das Ende ihres Lebens aussehen sollte. Jetzt, wo sie die ersten Symptome der Alzheimer-Krankheit an sich bemerkte, hatte sie schließlich noch alles selbst in der Hand. Allerdings hielt das Leben mit Alex nun eine letzte Überraschung für sie bereit. Eine schöne Überraschung. Sie bedauerte es, dass sie ihm nicht früher begegnet war, denn sie hätte gern mehr Zeit mit ihm verbracht. Aber ihr war klar, dass das Glück nur darin bestehen konnte, sich an dem zu erfreuen, was man hatte, also wollte sie diese zusätzliche Zeit genießen, die ihr der Zorn der Taxifahrer bescherte.

Alex hingegen sorgte sich weiterhin. Er hatte genug Filme gesehen, um zu wissen, dass man während einer Flucht nicht anhalten durfte. Er hatte keine Lust mehr, sich auf die Spiele einzulassen, die Maxine vorschlug, aber noch mehr fürchtete er sich vor einer neuen Vertrauensübung oder gar einem Karaoke-Auftritt, also fügte er sich.

Plötzlich hörte er seinen Magen knurren.

»Ich habe Hunger!«

Sein Erstaunen über dieses Gefühl war so groß, dass ihm die Feststellung laut und deutlich über die Lippen kam. Schon zuvor im Pub hatte er es verspürt, aber er hatte angenommen, dass es sich um eine Ausnahme handelte. Während der letzten Monate hatte ihn beim bloßen Gedanken an Essen ein Widerwille gepackt. Jetzt aber war das Gefühl erneut da, er hatte Hunger.

»Du hättest dir auch ein paar M&M's nehmen sollen.«

»Das hätte ich tun können, wenn Sie mir welche übrig gelassen hätten.«

»Die Packung war winzig. Und außerdem habe ich sie besorgt. Schließlich habe ich den Räuber erledigt und euch befreit, dich und den Kassierer.«

Sie nickte bekräftigend.

»Ich habe Hunger, Hunger, Hunger!«

Er trampelte vor Begeisterung wie ein Kind.

»Du siehst doch, dass es nicht vorwärtsgeht. Du musst das Ungute einfach wegdenken.«

Missmutig verschränkte Alex seine Arme vor der Brust. Er schmollte.

»Alles spielt sich im Kopf ab. Du musst deinem Gehirn klarmachen, dass du keinen Hunger hast.«

»Das sagt die Richtige. Sie sind vorhin geradezu aus dem Auto gestürzt, nur um an einen Schokoriegel zu kommen.«

»Ich bin nicht aus dem Auto ›gestürzt‹«, zitierte sie ihn und deutete mit ihren Fingern Anführungsstriche an. »Ich bin nur zügig ausgestiegen, schließlich habe ich noch sehr gute Reflexe und Gelenke wie eine jung gebliebene Sechzigjährige.«

»Sie könnten es fast mit Gérard Philipe in *Fanfan, der Husar* aufnehmen – den Degen lassen wir mal weg.«

Maxine lächelte tiefgründig.

»Weißt du, dass ich Gérard Philipe wirklich gekannt habe?«

»Sie wissen aber, dass er gestorben ist?«

»Natürlich!«

»Ach ja, ich vergaß, in Ihrem Umfeld sind ja fast alle gestorben.«

Für einen kurzen Augenblick herrschte Stille, sie hing ihren Gedanken nach.

»Das ist nicht ganz falsch. Aber bei ihm weiß ich, dass er weiterlebt.«

»Sie haben ihn tatsächlich gekannt?«

»Ja. In gewisser Weise sogar ziemlich gut.«

Alex lächelte verstohlen.

»Zählt auch er zu Ihren Eroberungen?«

Die alte Dame kramte in ihrem schauspielerischen Repertoire und setzte eine zutiefst gekränkte Miene auf.

»Für wen hältst du mich? Du beleidigst mich. Du stellst mich gerade so hin, als wäre ich ein Flittchen. Ich bin eine treue, ehrbare und sittsame Frau.«

Es fehlte nur noch ein Umhang um ihre Schultern, in den sie sich mit großer Geste hätte hüllen können, um ihrer Beteuerung Nachdruck zu verleihen.

»Meine Werte sind unantastbar. Ich habe mich immer um Aufrichtigkeit und Anstand bemüht …«

»Bla, bla, bla …«, schnitt ihr Alex das Wort ab. »Hand aufs Herz, hatten Sie nun etwas mit ihm, ja oder nein?«

»Nur etwas ganz Flüchtiges.«

»Ich wusste es! Maxine, die Herzensbrecherin! Das will ich jetzt aber genauer wissen!«

»Eigentlich ist gar nichts vorgefallen. Ein Patient meines Mannes war ein bekannter Regisseur, der an einer Zwangsstörung litt. Als Dank dafür, dass mein Mann ihn geheilt hatte, lud er uns zum Premierenabend seines neuen Films ein, in dem Gérard Philipe mitspielte. Während des Empfangs wollte ich einmal kurz frische Luft schnappen, da mir der Champagner zu Kopf gestiegen war. Also schlenderte ich durch den angrenzenden Garten, und da stand er mir plötzlich ganz unvermittelt gegenüber. Der Vollmond schien, und der Lärm des festlichen Empfangs drang nur noch gedämpft zu uns herüber. Es herrschte eine besondere Atmosphäre in diesem Augenblick. Es war, als gäbe es nur uns beide auf der Welt, die hier in diesem abgeschiedenen Garten zueinander gefunden hatten. Er sagte kein Wort zu mir, kam auf mich zu und küsste mich. Dann ging er wieder fort.«

»Ohne etwas zu sagen?«

»Nicht ein Wort.«

»War er betrunken?«

»Glaubst du etwa, dass man betrunken sein muss, um mich zu küssen? Na, vielen Dank auch!«

»Tut mir leid, das wollte ich damit nicht sagen.«

Beide schwiegen und hingen ihren Gedanken nach. Dann drängte es Alex zu der Frage:

»Und Ihr Mann? Wusste er Bescheid?«

»Ich habe ihm alles gestanden. Ich schämte mich, dass ich es hatte geschehen lassen.«

»Und wie hat er reagiert?«

»Zunächst wollte er ihm eine verpassen, aber dann hat er seine Meinung geändert ...«

»Er sagte sich, dass Gérard Philipe betrunken war.«

»Jetzt hör aber auf damit! Das ist einfach nur beleidigend! Er war vollkommen Herr seiner Sinne. Ich bin einfach absolut unwiderstehlich, das ist alles. Mein Mann wusste das. Als seine

Wut verraucht war, sagte er, dass er ihn verstehen könne und dass er wahrscheinlich das Gleiche getan hätte, wenn ihm Lauren Bacall im Garten über den Weg gelaufen wäre.«

»Was haben Sie darauf geantwortet?«

»Nichts – was hätte ich denn deiner Meinung nach antworten sollen? Allerdings habe ich mich rasch vergewissert, dass sie an diesem Abend nicht eingeladen war.«

43

Ein lautes Knurren ließ Maxine zusammenfahren. Erstaunt blickte sie zu Alex hinüber, der so tat, als hätte er nichts gehört. Dem inquisitorischen Blick der alten Dame konnte er jedoch nicht lange standhalten:

»Ich habe Ihnen doch gesagt, dass ich Hunger habe.«

»Wie sagte meine Großmutter immer so schön: ›Hunger ist der beste Koch.‹«

Der junge Mann sah davon ab, das Geburtsjahr von Maxines Großmutter auszurechnen. Wahrscheinlich hatte sie noch Ludwig den XVI. gekannt.

Maxine beugte sich zu ihrer riesigen Wundertasche hinab, die neben ihren Füßen lag.

»Ich habe eine Idee.«

»Mir schwant Fürchterliches …«

Diesmal tat sie so, als hätte sie nichts gehört. Sie griff nach ihrem Handy und legte es auf das Armaturenbrett, dann setzte sie ihre Suche fort. Nach und nach förderte sie eine Rolle Tesafilm zutage, ein paar Strohhalme, eine Wäscheklammer, einen Nagelknipser, eine Tube Klebstoff und einen Apfel, schien jedoch nicht zu finden, wonach sie suchte. Dann aber juchzte sie plötzlich zufrieden auf.

»Ich hab's!«

Sie zog eine rotlederne Kartentasche heraus, die ebenfalls aus der Zeit ihrer Großmutter und damit der von Ludwig XVI. stammen musste. Sie sah die darin steckenden Visitenkarten durch, bis sie auf die richtige stieß. Dann griff sie nach ihrem alten Nokia-Handy und wählte eine Nummer, wobei wieder jeder Tastendruck von einem metallischen Piepton quittiert wurde.

»Was machen Sie denn jetzt? Wen rufen Sie an?«

Sie antwortete nicht, und Alex fragte sich, ob ihr Tun auf ein rasantes Fortschreiten der Alzheimer-Krankheit hindeutete. Er hatte gehört, dass diese alten Menschen manchmal sogar ihre Häuser in Brand setzten, weil sie vergessen hatten, den Gasherd auszuschalten, oder dass sie mitten in der Nacht aufstanden und verschwanden. Vielleicht war auch Maxine jetzt nicht mehr ganz bei sich. Oder aber sie telefonierte erneut mit ihrem verstorbenen Ehemann. Nein, das konnte nicht sein, denn seine Nummer war in ihrem Handy eingespeichert. Dafür brauchte sie keine Visitenkarte. Alex schüttelte unwillig den Kopf. Bei kranken Leuten durfte man sich keine Fragen stellen.

Mit einem Mal fiel es ihm wie Schuppen von den Augen. Die Antwort lag doch auf der Hand. Maxine hatte keineswegs einen psychotischen Schub, sie gab einfach nur auf. Sie würde sich der Polizei stellen. Sie wusste, dass es ihnen nicht gelingen würde, Brüssel zu erreichen, ohne von der Polizei erwischt zu werden, und wollte nicht, dass er für sie ins Gefängnis ging. Sie opferte sich für ihn. Lieber gab sie ihre Planung auf, als ihn auch nur eine Minute länger mit leerem Magen darben zu lassen.

Er konnte sich nicht daran erinnern, dass schon einmal jemand so selbstlos gehandelt hätte, um ihm etwas Gutes zu tun, nicht mal seine Eltern. Bei ihnen reichte die Zuwendung vielleicht so weit, dass sie ihm das letzte Stück Kuchen überließen, aber damit war ihre Opferbereitschaft auch schon am Ende. Sie hatten ihren Zeitplan selten umgestellt, um einer Theateraufführung in der Schule beizuwohnen, hatten nie mit ihm *Aladdin und die Wunderlampe* angesehen, nie einen wichtigen beruflichen Termin abgesagt, weil er krank war. Dass Maxine für ihn darauf verzichtete zu sterben, war einfach unfassbar. Ihm kamen beinahe die Tränen. Jetzt sah er, wie sich die Lippen der alten Dame bewegten, konnte sich aber keinen Reim auf das machen, was sie da vor sich hin redete:

»Ist dort Rapid'Pizza? Ich hätte gerne eine Royale und eine Vier Jahreszeiten.«

Angesichts der entsetzten Miene von Alex hielt sie das Telefon etwas von sich weg und fragte ihn:

»Magst du keine Royale? Möchtest du lieber eine Dreierlei-Käse?«

Der junge Mann war noch immer zu keiner Reaktion imstande. Er öffnete den Mund, brachte aber keinen Ton heraus und schloss ihn deshalb wieder.

»Gut, dann nehmen wir eine Regina und eine Hawaii. Vielen Dank.«

Sie nahm ihren Nachbarn ins Visier, der sich auch jetzt noch nicht regte, und presste das Handy gegen ihre Wange, damit ihr Gesprächspartner am anderen Ende der Leitung nichts mitbekam.

»Was ist denn los? Magst du keine Ananas? Es ist wirklich nicht leicht mit dir. Aber egal, dann isst du eben den Teig und die Tomatensoße.«

Sie widmete sich wieder dem Telefongespräch.

»Sie haben doch auch einen Lieferservice? … Wunderbar. Wir stehen im Stau auf der A31, kurz vor Ausfahrt Nummer 12. … Keine Sorge, Sie werden mich schon erkennen. Wann? … Bis gleich.«

Sie beendete das Gespräch und wandte sich hochzufrieden Alex zu.

»Gleich wirst du dich laben können, und ich werde nicht länger dieses aufdringliche Rumoren deines Magens ertragen müssen.«

Der junge Mann tauchte endlich aus seiner Lethargie auf. Er war fassungslos.

»Ihnen ist offenbar nicht klar, in welcher Lage wir uns befinden, Maxine. Wir sind auf der Flucht, und da ist es wohl kaum angeraten, Pizza zu bestellen.«

Sie zuckte nur mit den Schultern.

»Ich habe an alles gedacht. Ich werde bar bezahlen.«

»Man bestellt keine Pizza, wenn man mitten in einem Stau feststeckt, schon gar nicht, wenn man von der Polizei gesucht wird! Niemand würde das tun.«

»Ich habe leider vor meinem Aufbruch zu dieser Reise keine Anleitung für vorschriftsmäßiges Fluchtverhalten gelesen! Ich wollte dir einfach einen Gefallen tun. Aber wie heißt es so schön, Undank ist der Welten Hohn.«

»Glauben Sie denn tatsächlich, dass man uns eine Pizza mitten auf die Autobahn liefert?«

»Hierhin oder an einen anderen Ort, was macht da den Unterschied?«

»Ganz einfach. Wenn man sich etwas liefern lässt, gibt man eine genaue Adresse an, und in unserem Fall …«

Mit ausladender Geste wies er auf die Landschaft draußen und fuhr fort:

»Wir sitzen hier in einem Auto auf der Straße und sind eingezwängt zwischen unzähligen anderen Autos.«

»Mach dir keine Sorgen, ich weiß ein ganz sicheres Mittel, wie wir unsere Pizza geliefert bekommen und sie genießen können.«

»Darf man fragen, welches?«

»Du wirst schon sehen.«

Maxines geheimnisvolle Miene verhieß nichts Gutes. Alex wusste, dass er sich die Mühe sparen konnte, weiter in sie zu dringen. Stur wie ein Esel, das war sie wirklich. Als ihm dieser Gedanke durch den Kopf schoss, wandte er sich zu ihr um, aber dann besann er sich und hielt es für klüger, die Unterhaltung in eine andere Richtung zu lenken.

»Bestellen Sie oft Pizza im Altenheim?«

»Marty und ich machen das hin und wieder. Wir haben es geschafft, unseren Aufpassern einen Schlüssel für die Hintertür zu entwenden. Deswegen können wir uns jetzt etwas liefern lassen, ohne dass jemand es bemerkt. Marty mag am liebsten die Regina. Mit meiner Bestellung erweise ich ihm gewissermaßen die Ehre.«

Alex warf einen Blick auf Maxines prallvolle Kartentasche.

»Sie haben ja offenbar eine ganz schöne Menge an Visitenkarten.«

»Ja, ich sammle schon lange«, bekannte sie stolz. »Überall, wo ich vorbeikomme, nehme ich welche mit. Es erweist sich oft als sehr nützlich, die richtigen Adressen bei sich zu haben. Wenn du willst, kann ich dir für alles eine Empfehlung geben, ob du nun einen Osteopathen suchst, einen Sophrologen, einen Finanzberater, einen Fitness-Coach …«

Sie zückte eine Karte nach der anderen und präsentierte ihm die Angebote.

»Wir hätten uns auch Sushi, Hamburger oder thailändisches Essen liefern lassen können. Ich habe sogar eine Adresse für tibetanische Küche …«

»Haben Sie diese Karten denn alle schon mal benutzt?«

»Nicht alle, aber ich weiß sie gern in Reichweite. Dann bin ich sicher, dass ich, wenn sich die Gelegenheit bietet, auch die richtige Adresse zur Hand habe. Übrigens habe ich mir vorhin an der Tankstelle auch eine Karte mitgenommen.«

Sie reichte ihm eine kleine Visitenkarte in Grüntönen hinüber, auf der eine Art Tipi abgebildet war.

»Was ist das?«

»Ein Jurten-Hotel.«

»Waaas?«

»Ein Hotel, in dem die Gäste in echten Jurten wie in der Mongolei schlafen können. Das scheint sehr komfortabel zu sein.«

»Eine Jurte? Na, diese Karte können Sie aber getrost ganz nach hinten in Ihre Kartentasche verbannen, die werden Sie ja eher selten benutzen.«

Maxine erwiderte nichts, denn sie war damit beschäftigt, immer wieder in den Rückspiegel zu blicken, um zu sehen, ob der Lieferdienst käme. Sie wippte zufrieden mit dem Kopf hin und her, als nähme sie den Rhythmus einer Musik aus dem Radio auf. Nur lief kein Radio, und Alex widerstand auch dem Drang, es wieder einzuschalten, denn er fürchtete, er könnte mit Eilmeldungen konfrontiert werden, die ihnen ihre baldige Festnahme prophezeiten. Maxines unbeirrtes rhythmisches Wippen fügte sich in Alex' Kopf ganz wunderbar mit den ersten Takten des Songs *Under Pressure* von Queen und David Bowie zusammen, als würde sie dieses Stück gerade hören. Amüsiert über diese gedankliche Assoziation, musste Alex lachen. Die alte Dame sah ihn fragend an.

»Was hast du denn jetzt?«

Alex wollte gerade antworten, als sie ihn unterbrach und in die Hände klatschte.

»Es ist so weit! Sie sind da!«

»Wer? Die Polizei?«, fragte Alex entsetzt und schaute in alle Richtungen.

»Aber nein! Die Pizzas. Ich kann das Motorrad vom Lieferdienst im Rückspiegel sehen! Jetzt aber Beeilung!«

Mit unvermuteter Schnelligkeit tauchte Maxine tief in ihre Tasche ein und förderte eine Zitronenpresse, einen Schuhlöffel und eine Handcreme zutage, die sie allesamt auf die Rückbank warf. Dann zog sie einen länglichen, orangefarbenen Gegenstand hervor, drehte ihn um und drückte auf einen kleinen

Knopf. Das Ding heulte auf und tauchte die Fahrgastzelle in ein orangefarbenes Licht.

Alles war in so rasendem Tempo vor sich gegangen, dass Alex nicht reagieren konnte. Blitzartig hatte Maxine die Seitentür geöffnet und die Sirene auf dem Dach des Twingo platziert. Sie gestikulierte wild herum und schrie in Richtung des Lieferanten, der zwar höchst überrascht war, aber gleich begriff, dass er die Person gefunden hatte, die die Bestellung aufgegeben hatte.

»Hören Sie sofort mit diesem Zirkus auf! Sonst haben sie uns gleich!«

»Aber das bezwecke ich doch. Ich habe jetzt auch Hunger bekommen.«

»Sonst hat uns die Polizei gleich!«

»Aber nein. Sei nicht so ängstlich. Das hier ist schließlich keine Polizei-Sirene, sondern eine Pizza-Sirene.«

»Wo haben Sie dieses Teil überhaupt her?«

»Aus dem Internet. Marty hat es mir zum Geburtstag geschenkt. Er wusste, dass ich schon lange so eine Sirene haben wollte.«

»Wozu denn, um Himmels willen?«

Die alte Dame schlug Alex sanft auf die Finger, als er ihr das Ding wegnehmen wollte, dann beobachtete sie den Lieferanten, der sein Motorrad geschickt durch die Autoschlange manövrierte und gleich bei ihnen sein würde. Sie stieß einen erleichterten Seufzer aus.

»Kennst du den Unterschied zwischen VIP und RIP?«

»...«

»Ein einziger Buchstabe, und schon bist du keine Berühmtheit mehr, sondern liegst im Grab. So ist das Leben, unvorhersehbar. Von einem Augenblick auf den anderen bist du nicht mehr der Held im Film deines Lebens, sondern bloß noch ein winziger Verweis in den Todesanzeigen neben jemandem wie

Léon Couturier, dem zwanghaften Sammler von Kronkorken. Das ist sehr unschön!«

»Und wie kann die Sirene Ihnen helfen, ein VIP zu bleiben?«

»Ich möchte eben gern bis zum Schluss meine Auftritte selbst in die Hand nehmen.«

44

Nachdem die Hupkonzerte längst verstummt waren – die Autofahrer hatten irgendwann begriffen, dass eine Geräuschkulisse nichts an der Situation änderte –, kam allmählich wieder Bewegung in den Verkehr. Der Twingo und seine von der Polizei gesuchten Insassen gelangten zwar immer noch sehr langsam voran, aber das anfängliche Gefühl der Ohnmacht schwand mehr und mehr. Die Hoffnung, dieser Falle entkommen zu können, nahm allmählich auch von Alex Besitz und drängte seine Angst in den Hintergrund.

Der volle Magen munterte die beiden Flüchtigen zusätzlich auf. Sie hatten beschlossen, die stauanfällige Autobahn wieder zu verlassen. Die Sonne ging bereits unter, und ein warmes rosaorangefarbenes Licht verbreitete eine angenehme Stimmung.

Da bemerkte Alex einen nicht dorthin gehörenden roten Punkt auf dem Armaturenbrett. Ein Kontrolllämpchen blinkte.

»Oh nein! Bitte nicht!«

Er hob die Arme flehend zum Himmel, als bäte er eine himmlische Macht um Beistand. Diese schien ihn jedoch zu ignorieren. Maxine hatte derweil nichts Besseres zu tun, als seine erhobenen Hände zu mustern, wobei ihr die abgenagten Fingernägel des jungen Mannes auffielen.

»Hast du schon einmal darüber nachgedacht, eine Maniküre zu machen?«

Er sah sie fassungslos an.

»Zieh nicht so ein Gesicht. Der moderne Mann ist auf seine Körperpflege bedacht.«

Jetzt platzte ihm der Kragen:

»Ich schere mich einen Dreck um eine Maniküre. Wir haben ganz andere Probleme. Sehen Sie das rote Kontrolllämpchen da? Wissen Sie, was das bedeutet?«

Maxine beugte sich herüber und nahm das Lämpchen genauestens in Augenschein. Dann lehnte sie sich rundum zufrieden mit sich wieder zurück in ihren Sitz.

»Denk nur, ja, ich weiß es. Es bedeutet, dass wir bald kein Benzin mehr haben.«

Stolz erfüllte sie, dass sie die Frage hatte beantworten können. Aber der Oberlehrer bohrte weiter:

»Und wenn wir bald kein Benzin mehr haben, dann bedeutet das …?«

Ihre Stirn legte sich in Falten, so sehr konzentrierte sie sich darauf, die richtige Antwort zu geben.

»Dass wir demnächst liegen bleiben!«, ließ sie schließlich lächelnd verlauten.

Alex schwieg einen Augenblick, um Maxine Zeit zum Nachdenken zu geben. Die Situation war heikel. Regel Nummer zwei bei einer Flucht: Man braucht ein Auto, das genug Benzin im Tank hat. Damit hing auch Regel Nummer drei zusammen: Immer in Bewegung bleiben. Und Regel Nummer eins durfte bei alldem nicht vergessen werden: Bei einem Stau auf der Autobahn niemals Pizza bestellen.

Maxine setzte ein sorgenvolles Gesicht auf, sie schien den Ernst der Lage endlich begriffen zu haben.

»Hast du nicht daran gedacht vollzutanken?«

Ihre sorgenvolle Miene wandelte sich nun in Argwohn. Sie fügte hinzu:

»Wenn man eine Mitfahrgelegenheit anbietet, dann ist es doch wohl das Mindeste, dass man vor dem Losfahren volltankt. Das ist wirklich unverantwortlich von dir …«

»Ich hatte ja vollgetankt! Aber wir sind schon ziemlich

weit gefahren. Wir hätten vorhin noch einmal auftanken müssen.«

»Deswegen wollte ich ja auch an einer Tankstelle anhalten.«

»Von wegen! Sie wollten einen Schokoriegel!«

»Und du hättest diesen Halt dazu nutzen müssen, den Tank aufzufüllen! Als Fahrer lag das in deiner Verantwortung!«

»Das hätte ich auch getan, wenn Sie nicht sofort aus dem Auto gesprungen wären wie eine unterzuckerte Yamasaki. Dann kam der Überfall, die Polizei rückte an, und wir mussten so schnell wie möglich abhauen. Da blieb keine Zeit mehr fürs Auftanken.«

Die alte Dame zog ein schiefes Gesicht und stieß einen tiefen Seufzer aus.

»Gut, ich verzeihe dir.«

Alex biss sich auf die Lippen, um nicht aus der Haut zu fahren. Es musste zumindest einen mündigen Erwachsenen in diesem Auto geben.

Er sah auf das Kontrolllämpchen. Konnte es sein, dass das Rot immer greller wurde? Es kam ihm jetzt beinahe glutrot vor. Es verspottete ihn förmlich, kündigte es ihm doch das unabwendbare Scheitern ihres Unternehmens an. Sie würden erwischt werden, weil er kein Benzin mehr hatte. Was für ein Dummkopf war er nur! Sein Blick glitt desillusioniert über seinen schönen Anzug. Er kam sich lächerlich vor, nicht würdig, solch edle Kleidung zu tragen. Wo er es nicht einmal schaffte vollzutanken. Tief in seinem Innern spürte er das alte, vertraute Gefühl aufkeimen, das ihm Beklemmungen verursachte und sein Selbstwertgefühl in den Boden stampfte. Er war nichts wert. Er war ein Versager.

Maxine sah, wie sich die Züge ihres Reisebegleiters verfinsterten. Die Depression war wieder in greifbare Nähe gerückt. Ihr Ehemann hatte ihr erklärt, dass depressive Verstimmungen immer wieder auftauchen können, dass alles Mögliche einen

Rückfall auslösen kann. In diesen Fällen musste man dem Patienten unbedingt zeigen, dass es neue, andere Lösungen gab. Alex war bereits auf dem Weg der Besserung gewesen, und einen Rückfall würde sie auf keinen Fall zulassen. Er durfte seine neu gewonnene Stärke nicht wieder einbüßen.

»Wir nehmen die nächste Ausfahrt. Dann finden wir sicher schnell eine Tankstelle.«

Alex hob den Kopf ein wenig.

»Glauben Sie?«

»Natürlich. Da brauchen wir uns gar keine Sorgen zu machen.«

Sie war keineswegs sicher, dass sie sich keine Sorgen machen mussten, denn sie konnten sehr wohl schon vor dem Verlassen der Autobahn liegen bleiben. Das wäre dann das Ende. Aber sie wollte den Jungen nicht beunruhigen, also lächelte sie ihr schönstes Lächeln und hoffte zugleich, dass es ihr ein weiteres Mal gelingen möge, ihrem eigenen Gehirn etwas vorzumachen.

Alex schien etwas Zuversicht zu schöpfen, als ein Schild mit dem Hinweis auf die nächste Ausfahrt auftauchte. Es ging immer noch recht langsam voran, ganz im Gegensatz zu ihrem Treibstoffverbrauch, der dadurch eher stieg. Er spürte einmal mehr, wie eiskalte Schweißtropfen seinen Hals hinunterperlten, und fuhr mit dem Handrücken über seine Schläfen, um sie zu trocknen. Seine ganze Aufmerksamkeit galt der Straße, auf der es viel zu schleppend vorwärtsging. Schon mehrere Kilometer vor der Ausfahrt setzte er den Blinker. Psychologisch gesehen vermittelte ihm diese Aktion das Gefühl, die Ausfahrt schneller zu erreichen. Maxine hätte ihn gern auf die Sinnlosigkeit des Unterfangens hingewiesen, zumal das unentwegte Klacken des Blinkers schmerzhaft in ihrem Kopf widerhallte, aber sie hielt sich zurück. All das trug dazu bei, ihrem Gehirn etwas vorzumachen.

Alex hatte sich mittlerweile seltsam über das Lenkrad gekrümmt und wippte dabei immer wieder vor und zurück, als könne er mit dieser Bewegung das Fahrzeug beschleunigen. Er konzentrierte sich auf die Schilder, welche die immer weiter herannahende Ausfahrt ankündigten. Aber auch wenn das ersehnte Ziel näher kam, war es immer noch zu weit weg. Das rote Kontrolllämpchen glühte mittlerweile purpurrot, sofern das nicht eine Frucht seiner Einbildungskraft war.

Maxine hatte mittlerweile einen Kloß im Hals, sodass sie nur mit Mühe schlucken konnte. Sie krampfte die Hände ineinander, um der Anspannung entgegenzuwirken, die die Furcht vor der drohenden Panne nun auch bei ihr ausgelöst hatte. Unter normalen Umständen war eine Panne nicht weiter schlimm, sie hatte sogar mal von einer jungen Frau gehört, deren Leben durch ein solches Ereignis eine ganz neue Wendung genommen hatte. Aber ihre jetzige Situation war eben alles andere als normal. Eine Panne würde ihrer Flucht ein Ende setzen, ihr gemeinsames Abenteuer zunichtemachen und ihr Vorhaben vereiteln. Sie hätte nicht sagen können, was sie mehr bekümmerte: War es die Tatsache, dass ihre Pläne scheitern könnten, oder war es die drohende Trennung von Alex? Sie fühlte sich dem Kleinen nahe. Sehr nahe. Er war ihre letzte Begegnung, ihr letzter Freund, der letzte Mensch, der sich an sie erinnern würde.

»Weißt du, Alex, ich habe dich gern.«

Überrascht von einem solchen Geständnis, löste sich sein Blick kurz von der Straße. Ihre Worte stellten ihn vor ein Problem, denn er wusste nicht, was er darauf antworten sollte. Er hätte ihr gestehen wollen, welche Bedeutung sie für ihn gewonnen hatte, wie sehr sie ihm geholfen hatte und wie sehr er sie vermissen würde. Er wollte ihr ins Gesicht schreien, dass sie von ihrem Vorhaben Abstand nehmen solle. Er wollte seinen Tränen freien Lauf lassen darüber, dass sie an einer unheilbaren Krankheit litt. Er wollte sie in die Arme nehmen. Er wollte ihre kleinen, faltigen Hände in den seinen halten.

»Äh, ich, ich mag Sie auch gern, Maxine.«

Das war alles, was er hervorbrachte. Er haderte mit sich, dass er seine Gefühle nicht besser in Worte zu fassen vermochte. Er war nicht in einem Umfeld groß geworden, in dem Gefühlsregungen Beachtung geschenkt wurde. Unter den in seinem Elternhaus herrschenden Regeln des Anstands waren die Gefühle zur Fassade erstarrt. Künstliche Schaufenster von Emotionen, die nach den Öffnungszeiten geschlossen wurden.

Das alles wollte er Maxine sagen. In seinem Kopf herrschte ein heilloses Durcheinander, das seine Wangen zum Glühen brachten. Er kämpfte mit sich: Er wollte so sein können, wie er sein wollte. Er würde ihr alles offenbaren, er würde seine Gefühle vor ihr auspacken wie ein Geschenk. Maxine würde diesen Wert zu schätzen wissen.

Er schloss die Augen, um sich zu konzentrieren und endlich zu sagen, was er noch nie zuvor jemandem gesagt hatte.

»Die Ausfahrt! Nimm die Ausfahrt! Träumst du, oder was? Mach schon, sonst verpassen wir sie noch!«

45

Endlich hatten sie die Autobahn verlassen. Maxine hatte Alex im letzten Augenblick aufgebracht ins Lenkrad gegriffen, sodass sie sich gerade noch auf der Abbiegespur einordnen konnten. Nach einem Augenblick der Empörung hatte sie sich nun wieder beruhigt.

Das kleine Anzeigefeld neben dem Tanksymbol zeigte gähnende Leere, und das Kontrolllämpchen blinkte nun auch noch, um auf seine Not hinzuweisen.

Das Duo der Flüchtigen war zwar höchst erleichtert, die Autobahn samt Stau hinter sich gelassen zu haben, fragte sich nun aber nicht mehr ganz so zuversichtlich wie zuvor, wo hier auf dem Land eine Werkstatt oder Tankstelle zu finden sein sollte. Sie kamen durch ein reizendes Dorf, das auf seinem Namensschild stolz die Anzahl seiner Bewohner preisgab: fünfundachtzig.

Sie spähten in alle Richtungen, in der Hoffnung, wundersamerweise eine Benzinpumpe vor ihren Augen auftauchen zu sehen.

»Wirklich sehr hübsch hier«, stellte Maxine fest.

»Stimmt, in der Rubrik ›verlassene Orte‹ würde dieser hier durchaus positiv auffallen. Ärger mit Nachbarn, die einem auf die Pelle rücken, bekommt man hier jedenfalls nicht.«

»Es ist seltsam, aber der Name sagt mir irgendetwas.«

»Waren Sie schon einmal hier?«

»Nein, daran würde ich mich erinnern. Ich habe ein Gedächtnis wie ein Elch.«

»Wie ein Elefant. Ein Gedächtnis wie ein Elefant.«

»Ich versichere dir, dass Elche ein sehr gutes Gedächtnis haben.«

Alex zuckte die Schultern. Mittlerweile wusste er, dass dieses Ringen um Worte vergeblich war. Die alte Dame grübelte zunächst still weiter, dann nahm sie den Faden noch einmal auf:

»Vielleicht kenne ich ihn, weil er irgendetwas Besonderes zu bieten hat oder weil eine Berühmtheit von hier kommt.«

»Für Tankstellen scheint er jedenfalls nicht bekannt zu sein. Ich sehe keine einzige.«

Sie fuhren auf der Hauptstraße weiter, an der sich hübsche Backsteinhäuschen aneinanderreihten. An den Fassaden rankten sich üppige Glyzinien, deren Blütentrauben malerisch herabfielen. Wären sie von dem bedrohlichen Benzinstand mental nicht so in Beschlag genommen gewesen, hätten sie gewiss den aus der Zeit gefallenen Charme zu schätzen gewusst. So aber hätten sie diesem hübschen Straßenzug mit seinem rustikalen Mauerwerk eine schöne und rettende Zapfsäule entschieden vorgezogen.

Die Durchgangsstraße verjüngte sich ausgangs des Ortes zu einem kleinen Weg. Einen kurzen Moment zögerten sie, doch dann setzten sie in Ermangelung einer Alternative ihre Fahrt fort.

Der Twingo begann zu ruckeln, und Alex flehte, dass dies lediglich ein leiser Protest des Autos gegen ein allzu unwegsames Gelände war. Doch nach ein paar weiteren Zuckungen kam der Wagen vollkommen zum Stillstand. Verbissen versuchte Alex, den Motor noch einmal zu starten.

»Los, fahr schon, bitte! Ich flehe dich an ...«

Maxine legte ihm sanft ihre Hand auf die Schulter.

»Es ist vorbei. Ich glaube, wenn dein Auto könnte, dann würde es wieder losfahren. Aber es geht nicht mehr.«

»Es geht, da bin ich ganz sicher ...«

»Wir müssen den Tatsachen ins Auge sehen. Es hat seinen Geist aufgegeben.«

»Doch nicht mein Twingo! Nicht jetzt! Nicht an diesem gottverlassenen Fleck!«

Es dämmerte bereits, und auch Alex' Gedanken wurden immer düsterer. Sie hatten jede Menge Zeit verloren. Zunächst war er entschlossen gewesen, in die Nacht hineinzufahren, aber jetzt, wo sie liegen geblieben waren, stand das nicht mehr zur Diskussion. Alles ging schief.

Die alte Dame schwieg und wollte den Sturm vorüberziehen lassen. Der Kleine musste seine Wut und seine Frustration loswerden.

»Ich weiß, was du jetzt brauchst.«

»Oh nein! Keine Vertrauensübung und auch kein Karaoke, danke!«

Sie versetzte ihm einen leichten Klaps auf die Schulter.

»Du musst es aus dir herauslassen.«

»Ich werde nicht singen.«

»Ich weiß. Das verlange ich auch nicht von dir.«

Sie legte eine Hand auf ihre Brust.

»Schau her, hier bist du blockiert. Hier äußert sich dein inneres Unwohlsein ganz unmittelbar. Du verkrampfst dich physisch und mental gleichermaßen. Du musst dich öffnen. Du musst Raum schaffen.«

»Ich werde nicht singen.«

»Du bist viel zu gestresst. Viel zu angespannt.«

»Ich werde nicht singen.«

»Du musst deinen Brustkorb öffnen. Die Luft frei fließen lassen. Du musst spüren, wie sie in deine Lungen hineinströmt und wieder hinausströmt. Du musst dir den Strom des Lebens in dir selbst vergegenwärtigen.«

»Ihre Worte erinnern mich an diese amerikanischen Fernsehprediger.«

»Du musst schreien.«

Entsetzt starrte der junge Mann sie an.

»Was?«

»Ja, du musst schreien, um diese ganze innere Anspannung zu lösen.«

»Sie sind wirklich nicht ganz bei Trost.«

Ihr blitzte der Schalk aus den Augen, als sie parierte:

»Daraus habe ich nie einen Hehl gemacht.«

Als sie sah, dass es ihr gelungen war, die Aufmerksamkeit des jungen Mannes zu erregen, fuhr sie fort:

»Das ist wissenschaftlich erwiesen. Eine deutsche Studie, die im Dezember 2012 in der wissenschaftlichen Zeitschrift *Health Psychologies* veröffentlicht wurde, legt dar, dass es sich sehr viel günstiger auswirkt, wenn man seine negativen Emotionen nach außen trägt, als wenn man seinen Unmut und Ärger in sich hineinfrisst. Bei Menschen, die hin und wieder ihrer Wut Luft machen, hat dies eine messbare positive Auswirkung auf die Lebenserwartung und verringert physische und mentale Leiden. Menschen wie du, die ihre negativen Gefühle verinnerlichen und mit sich herumtragen, sind der Studie zufolge deutlich anfälliger für Herz- und Gefäßkrankheiten, für Krebsleiden, Nierenleiden und Bluthochdruck.«

Alex blieb trotzig.

»Schön für sie! Ich behalte meine Gefühle lieber für mich. Ich bin eben eher ein nach innen gekehrter Mensch.«

»Es gibt Pflanzen, deren Äste nach innen wachsen, aber keine nach innen gekehrten menschlichen Wesen. Du glaubst, dass du deine Emotionen beherrschst, du wiegst dich gern in der Vorstellung, alles im Griff zu haben. In Wirklichkeit hast du jedoch Angst davor loszulassen. Das kann man auch als emotionale Feigheit bezeichnen. Du wehrst dich dagegen, ein Risiko einzugehen. Du fürchtest, deine Gefühle könnten dich überwältigen wie eine Welle, die deine Selbstkontrolle hinwegspült. Dadurch, dass du deine Emotionen tief in dir vergräbst, bremst du dich aus.«

Alex wagte nicht länger, der alten Dame in die Augen zu sehen. Wie konnte sie so klar erkennen, wie es um ihn stand? Das beschäftigte ihn ebenso sehr, wie es ihn ärgerte.

»Mein Mann und ich«, fuhr Maxine fort, »wir haben, ganz gleich, wo wir gerade wohnten, daran festgehalten, häufig einen Spaziergang ins Grüne zu machen. Sobald wir etwas weiter draußen waren, haben wir einen stillen Platz gesucht, uns vergewissert, dass niemand in der Nähe war, um dann aus vollem Halse loszuschreien. Das tat unglaublich gut. Wir warfen alle Anspannungen über Bord und ließen die negativen Auswirkungen von Ärger und Stress hinter uns.«

Der junge, liegen gebliebene Autofahrer schien zu zögern, deswegen griff Maxine kurzerhand zum Äußersten:

»YAAAAAAAAAAAAAAAAAAAAAAAAAAAAA!«

Er fuhr hoch und stieß sich fast den Kopf am Dach des kleinen Twingo.

»Sie sind ja verrückt!«

»Noch nicht ganz. Aber was nicht ist, kann ja noch werden. YAAAAAAAAAAAAAAAAAAAAAAAAAAA!«

»Hören Sie auf damit, man wird Sie noch hören!«

Maxine zog die Augenbrauen hoch und wies mit großer Geste nach draußen, um ihm die Leere vor Augen zu führen, die um sie herum herrschte. Sie waren allein, bis auf ein paar goldbraune Kühe, die auf einer nahe gelegenen Wiese weideten.

»Hast du Angst, du könntest die Kühe erschrecken? Wir sind allein. YAAAAAAAAAAAAAAAAAAA! Ich fühle mich schon besser.«

»Sie vielleicht, aber ich bin auf dem besten Wege, taub zu werden. Sollten wir es schaffen, dieses Chaos doch noch irgendwann hinter uns zu lassen, muss ich erst mal einen Hörtest machen. Hören Sie auf, so zu schreien. Mein Kopf platzt gleich.«

»Wenn du Gefahr läufst, dass dein Kopf platzt, dann deshalb, weil du deine Gefühle nicht herauslässt. Ich werde so lange weitermachen, bis du es zumindest einmal ausprobierst. Ich habe eine ungemein kräftige Stimme, ich hätte das Zeug zur Opernsängerin gehabt …«

Sie atmete tief ein, um erneut loszuschreien, doch Alex hielt sie hastig davon ab.

»Okay, Sie haben gewonnen. Eines will ich aber klarstellen, ich mache es einzig und allein, um Sie zum Schweigen zu bringen, und nicht, weil ich darauf aus wäre, was auch immer aus mir herauszulassen. Und schon gar nicht, um ›das Leben in mich hineinzulassen‹ oder andere angeblich wissenschaftlich erwiesene Dummheiten.«

»In Ordnung.«

Er war enttäuscht. Er hatte gehofft, ein weiteres Streitgespräch mit Maxine anzetteln und dadurch Zeit gewinnen zu können. Doch wieder einmal schien sie seinen Plan durchschaut zu haben.

In Wahrheit fühlte er sich sehr unwohl. Er zeigte seine Gefühle ohnehin schon nicht gern, aber jetzt und hier, in seinem armen, benzinlosen Auto, in Begleitung von Maxine und unweit eines Fünfundachtzig-Einwohner-Dorfes war es noch schlimmer. Schon das Wort ›Gefühl‹ war ihm peinlich. Es implizierte eine Art Nacktheit, die ihn verletzbar machte. Der auf ihm ruhende klare Blick der alten Dame verstärkte sein Unbehagen noch zusätzlich.

»Schließen Sie die Augen.«

»Warum?«

»Einfach so. Ich kann es nicht tun, wenn Sie mich ansehen.«

»Ich verlange doch nur, dass du losschreist, und nicht, dass du vor mir pinkelst.«

»Das kommt auf das Gleiche heraus!«

»Nicht wirklich. Ich mag dich sehr, aber ich ziehe doch die erste Option bei Weitem vor.«

»Schließen Sie die Augen, oder ich mache nicht mit.«

»Meine Güte, kannst du zaghaft sein! Von mir aus.«

Die alte Dame konnte sich einen Seufzer nicht verkneifen, wandte ihm aber ostentativ den Rücken zu und verschränkte die Arme vor der Brust. Dabei fiel ihr auf, dass sie das Spiegelbild des jungen Mannes im Seitenspiegel sehen konnte. Das behielt sie allerdings für sich und sah still zu, wie er sich vorbereitete.

Man hätte meinen können, es ginge darum, sich für einen Triathlon startklar zu machen. Er atmete tief ein und wieder aus, dann machte er anscheinend Dehnübungen mit seinem Mund. Trotz seiner komischen Verrenkungen gelang es ihr, sich zu beherrschen, schließlich durfte er auf gar keinen Fall bemerken, dass sie ihn beobachtete. Als sie ihn so sah, wurde ihr aber auch klar, welche Anstrengung sie ihm abverlangte. Für sie handelte es sich lediglich um einfaches Schreien, für ihn hingegen war es etwas ganz anderes. Er musste seine natürliche Schüchternheit, seine Erziehung und über die Jahre verfestigte Verhaltensweisen über Bord werfen. Er musste seine Komfortzone verlassen.

»Yaaa ...«

Und Schluss.

»Das war's. Ich habe geschrien. Sie können sich wieder umdrehen.«

»Das nennst du schreien? Ich dachte, ich hätte irgendwo eine Katze gehört. Du musst mehr Anlauf nehmen!«

»Keine Lust.«

»Es spielt überhaupt keine Rolle, ob du Lust hast oder nicht, du wirst das machen und damit basta.«

Sie hatte jetzt wieder den strengen Tonfall aus ihrer Zeit als Grundschullehrerin angenommen, wenn sie einem aufsässigen Schüler nicht das Geringste durchgehen ließ.

»Ich kann nicht.«

»Du musst an alles denken, was dich ärgert. An das Mädchen, das nichts von dir wissen wollte, deine Depression, die

Ärzte, deine Eltern, die Polizei, die nach dir sucht, das Gefängnis, die Krankheit, den Tod, die ...«

»YAAAAAAAAAAAAAAAAAAAAAAAAAAAAAAAAAA
AAAAAAAAAAAAAAAAAAAAAAAAAAAAAAAAAAAAA
AAA!«

Maxine schreckte hoch und stieß sich den Kopf an der Beifahrertür. Bei der Gelegenheit bemerkte sie draußen etwas, das sie zuvor noch nicht wahrgenommen hatte.

»YAAAAAAAAAAAAAAAAAAAAAAAAAAAAAAAAAA
AAAAAAAAAAAAAAAAAAAAAAAAAAAAAAAAAAAAA
AAA!«

Wieder fuhr sie hoch, nahm sich aber diesmal vor der Beifahrertür in Acht. Sie versuchte, ein Schild zu entziffern, das sie draußen etwas weiter weg entdeckt hatte, aber mit ihren müden Augen war das schwierig.

»YAAAAAAAAAAAAAAAAAAAAAAAAAAAAAAAAAA
AAAAAAAAAAAAAAAAAAAAAAAAAAAAAAAAAAAAA
AAAAAAA!«

Sie hatte es fast geschafft, musste sich nur noch ein einziges Mal darauf konzentrieren. Die Buchstaben auf dem Holzschild waren ein wenig verblasst, aber nach und nach fügten sie sich zusammen. Ihre Augen schmerzten von der Aufgabe, die sie ihnen zumutete. Dies allein stellte bereits eine große Herausforderung dar, dazu kam dieser Verrückte, der unmittelbar neben ihr brüllte ...

»YAAAAAAAAAAAAA ...«

»Könntest du vielleicht einmal aufhören mit diesem Gebrüll? Man kann sich überhaupt nicht konzentrieren. Manchmal frage ich mich wirklich, was in deinem Kopf vor sich geht.«

Auf so unvermittelte Weise in seinem Schwung ausgebremst, wo er doch gerade die Erfahrung machte, wie gut das tat, verstand er überhaupt nichts mehr.

»Aber ...«

Die alte Dame nahm seinen Kopf zwischen ihre faltigen Hände und lenkte seinen Blick nach draußen.

»Sieh doch! Wir sind gerettet!«

»Auf keinen Fall«, erwiderte Alex und massierte sich die Halswirbel.

»Ich wusste doch, dass mir der Name dieses Dorfes schon einmal begegnet ist.«

»Kommt nicht infrage.«

Maxine klatschte bereits in aufgeregter Vorfreude in ihre kleinen Hände.

»Wir werden die Nacht in einer Jurte verbringen.«

46

»Ich wusste doch, dass mir diese Visitenkarte einmal nützlich sein würde! Es war goldrichtig, dass wir an der Tankstelle
angehalten haben. Sonst wäre ich nie auf sie gestoßen. Ich
habe übrigens ziemlich oft recht, du solltest mir häufiger zuhören.«

»Ja, ich fand es auch ganz wunderbar, überfallen zu werden.«

»Hätten wir nicht an der Tankstelle gehalten, dann könnten
wir jetzt nicht die Nacht im Warmen in einer schönen Jurte
verbringen.«

»Super.«

»Sei kein Spielverderber. Man könnte meinen, dass du gar
keinen Wert darauf legst, diese einzigartige Erfahrung zu machen, die sich dir jetzt so unverhofft bietet.«

»Ich bin schon beinahe in Ekstase, aber nur innerlich«, antwortete er ironisch.

»Bei dir geht immer nur ganz oder gar nicht. Mal schreist
du wie am Stiel, mal schluckst du alles runter. Nimm, was das
Leben dir bietet. Sieh doch, wie schön es hier ist!«

»Sie haben recht, ich werde gleich mitten in dieser Emp-
fangshalle eine Gigue aufs Parkett legen, so froh bin ich.«

Schon hüpfte er von einem Bein aufs andere und vollführte
ein paar Tanzschritte.

»Sieht gar nicht schlecht aus. Solltest du vertiefen«, riet Maxine ihm und drückte auf die Klingel auf dem Empfangstresen.

Es blieb ihm keine Zeit herauszufinden, ob Maxine ihren
Ratschlag ernst meinte. Sie tippte ihm leicht an die Schulter,

um seinen Luftsprüngen Einhalt zu gebieten, weil sie den Geschäftsführer auf sie zukommen sah.

Nach einem kurzen Fußmarsch über einen unbefestigten Weg hatten sie das schlichte Haus erreicht, in dem sich die Rezeption des Jurten-Hotels befand. Es war von vier zylindrischen Türmen mit kegelförmigem Dach eingerahmt und lag am Rand eines großen Feldes. Hübsche Holztüren, die mit geometrischen Mustern in roter Farbe verziert waren, vervollständigten die friedliche Atmosphäre des Ortes. Nur die Kühe und ein paar Schafe erinnerten daran, dass man sich in Europa befand, ansonsten hätte man sich in der mongolischen Steppe wähnen können. Alles war zenatmosphärisch ausgerichtet, bis hin zu dem kleinen Brunnen, dessen klares Wasser unablässig und gleichförmig in ein steinernes Becken lief.

Alex kam in den Sinn, dass dies sicher ein Ort war, den seine Eltern gern einmal besucht hätten – allerdings nicht, um sich auf eine neue Erfahrung einzulassen, sondern um all ihren Bekannten davon erzählen zu können. Seltsamerweise munterte ihn dieser Gedanke auf. Ihm gefiel die Vorstellung, etwas zu tun, das sie nicht getan hatten. Ein Anflug von schlechtem Gewissen folgte auf dem Fuße: Es war kindisch, so zu denken, aber trotzdem …

Maxine hatte letztlich nicht lange gebraucht, um ihn davon zu überzeugen, den Weg zu diesem Hotel anzutreten. Es war bereits dunkel, und ihnen blieb im Grunde keine andere Wahl. Vielleicht konnten sie von dort noch einen Automechaniker anrufen, der ihnen weiterhalf, oder noch besser, vielleicht überließ ihnen der Hotelbetreiber einen Reservekanister mit Benzin. Alex hatte sich schweren Herzens eingestanden, dass es keine Alternative gab, also war er widerstrebend und missmutig dem Hinweisschild zu den Jurten gefolgt.

Der erste Eindruck des Hauses hatte ihn ein wenig beruhigt, von außen sah es ganz normal aus. Er hatte bereits erwogen, dass Maxine geträumt hatte oder sie in eine falsche Richtung abgebogen waren. Die Hoffnung auf eine normale Unterkunft war jedoch verflogen, als er einen Blick auf das weite Feld geworfen hatte, wo sich in der Dunkelheit die Umrisse der Jurtendächer abzeichneten.

Die Formalitäten waren rasch erledigt. Maxine wollte alles selbst regeln. Sie übernahm die Führung, wie sie sagte. Auf dem Weg hatten sie sich abgesprochen: Maxine wollte, dass sie sich als Herr und Frau Smith ausgaben, aber Alex war es gelungen, sie davon zu überzeugen, dass diese falschen Namen hochgradig verdächtig klangen. Dann hatte sie einen Geistesblitz gehabt, und davon hatte er sie nicht mehr abbringen können. Also hatten sie sich als Maxine Bonnie und Alex Clyde registriert.

Die Aussteiger-Atmosphäre des Ortes beschränkte sich offenbar nicht nur auf die baulichen Besonderheiten, denn ihr Gastgeber hatte angesichts ihrer Namen weder das Gesicht verzogen noch einen Ausweis verlangt. Oder war dies womöglich der Tatsache geschuldet, dass Maxine angeboten hatte, im Voraus und bar zu bezahlen, und zwar für die »Ehren-Jurte«, einen getreuen Nachbau der Jurte von Tschimediin Saichanbileg, seines Zeichens Premierminister der Mongolei?

Maxine war ganz offensichtlich entzückt von dieser Zuflucht und hielt mit ihrer Begeisterung gegenüber dem Geschäftsführer nicht hinter dem Berg. Dieser war hocherfreut, ein offenes Ohr für sein Unternehmen zu finden, und erklärte ihr in aller Ausführlichkeit, wie die Zelte gebaut wurden. Außerdem zeigte er ihr Fotos von seiner letzten Reise durch die mongolischen Steppengebiete. Das Zwiegespräch schien nach Alex' Dafürhalten kein Ende nehmen zu wollen, aber dann entschloss der Geschäftsführer sich doch, ihnen endlich die großartige Jurte zu zeigen, in der sie die Nacht verbringen würden.

Alex war zunächst besorgt darüber gewesen, dass er ein Zimmer mit der alten Dame teilen musste, aber sie hatte ihm versichert, dass diese Art Unterkunft sehr geräumig sei und es ausreichend Platz für zwei gebe. Abgesehen davon war gar keine andere Jurte verfügbar. Vorsichtshalber hatte er jedoch darauf bestanden, dass es zwei getrennte Betten gab.

»Das ist schade, denn es verändert die offene Atmosphäre der Suite ›Tschimediin Saichanbileg‹. Normalerweise steht dort ein *Kingsize*-Bett«, hatte der Geschäftsführer bedauernd geäußert.

Alex hatte nichts weiter verlauten lassen, und so warteten tatsächlich zwei in der Zwischenzeit hierhergebrachte Einzelbetten im Innern ihrer Jurte auf sie.

»Ich kann es kaum erwarten!«, juchzte Maxine.

Alex verschlug es den Atem. Der Raum war tatsächlich recht groß. Ringsum standen breite Holzlatten, die in einem mittigen Kuppelauge am höchsten Punkt des Daches zusammenliefen. Die Ausstattung war geschmackvoll und anheimelnd. Die Rottöne der Türen wurden in den Bettpfosten aufgenommen und fanden sich auch auf den geräumigen Truhen und an dem kleinen niedrigen Tisch wieder. Das Ganze war zwar sparsam, aber vollkommen ausreichend möbliert und verströmte eine gelassene Heiterkeit, die ihm zu seiner Überraschung guttat.

Maxine beanspruchte mit großer Selbstverständlichkeit das rechte Bett für sich, indem sie ihre riesige Tasche daraufwarf. Ihren Koffer hatte sie im Auto zurückgelassen, in vorfreudiger Eile hatte sie lediglich ein Nachthemd daraus hervorgezerrt. Alex blieb an der Tür stehen. Er fühlte sich unbehaglich angesichts dieser plötzlichen Nähe. Die Intimität des Schlafens wollte er eigentlich mit niemandem teilen. Während er schlief, fühlte er sich verletzlich, weil er seine Reaktionen nicht unter Kontrolle hatte. Was, wenn ihn ein furchtbarer Albtraum heimsuchte und er schreiend wach wurde? Am Ende würde die alte Dame wegen ihm einen Herzanfall erleiden.

Er hatte oft Albträume, fast jede Nacht, und dafür schämte er sich ein wenig. Nur Kinder durften so häufig Albträume haben. Aber er träumte nicht wie sie von einem Monster unter dem Bett, er wurde unablässig von seinen Misserfolgen heimgesucht. Seine dunklen Gedanken trieben ihr Unwesen mit ihm und nahmen im Traum bedrohlich Gestalt an.

Doch obwohl Maxines Anwesenheit ungewohnt und verwirrend war, ging seltsamerweise auch etwas Beruhigendes von ihr aus. Als könnte es ihr gelingen, die bösen Geister zu vertreiben. Würde er hier endlich zu einem ruhigen Schlaf finden?

Er hatte seine Großeltern nie kennengelernt. Die Eltern seines Vaters waren bereits vor seiner Geburt gestorben, die seiner Mutter hatten seit einem lange zurückliegenden Familienstreit den Kontakt abgebrochen. Er war in den Ferien nie »bei Oma und Opa« gewesen. Er hatte nie einen Großvater gehabt, der ihm das Gärtnern beigebracht hätte, oder eine Großmutter, die ihm Kuchen gebacken hätte. Er stellte sich vor, dass das bestimmt etwas Tröstliches hatte.

Maxine mit ihrer Ausstrahlung, ihrer Exzentrik, ihrer Verrücktheit, ihrer Freundlichkeit und ihrem Optimismus würde ihm ganz sicher zu einer guten Nacht verhelfen, da war er sich sicher.

Versonnen und auch etwas gerührt sah er ihr zu, wie sie ein paar Sachen aus ihrer riesigen Wundertasche hervorkramte. Das blieb ihr nicht lange verborgen:

»Was ist denn? Du schaust so komisch. Sag nicht, dass du noch eine Valium-Tablette genommen hast.«

Er sah zu Boden.

»Ach, nichts.«

Sie lächelte ihn wissend an.

»Du findest die Jurte richtig gut, nicht wahr?«

»Stimmt.«

Diesmal hatte sie seine Gedanken nicht lesen können. Das weckte in ihm einerseits ein wenig Stolz, aber auch eine leichte Enttäuschung. Möglicherweise tat sie aber auch nur so, um ihn nicht in Verlegenheit zu bringen. Er seufzte. Diese alte Dame blieb ihm wirklich ein Rätsel!

Sie richtete sich weiter ein, zog eine kleine Kulturtasche hervor und einen Wecker mit dicken, langen Zeigern, den sie auf den Holzklotz stellte, der anstelle eines Nachttisches neben dem Bett stand.

»Kennst du den Film, in dem ein Mann und eine Frau in ihrem Hotelzimmer ein Bettlaken als Sichtschutz zwischen sich aufhängen?«

»Ja, das sagt mir irgendwas. Ich glaube, ich habe ihn gesehen, aber den Titel weiß ich nicht mehr.«

Er runzelte die Stirn und fuhr fort:

»Ich hasse es, wenn mir ein Filmtitel nicht einfällt. Manchmal grüble ich dann stundenlang nach.«

»Geht mir genauso. Dabei liegt er mir auf der Lunge.«

»Erinnern Sie sich vielleicht wenigstens an ein Wort des Titels?«

»Fragst du ernsthaft jemanden, der an Alzheimer leidet, ob er sich an einen Filmtitel erinnert?«

Er wurde verlegen und sah sie bekümmert an.

»Entschuldigung, das hatte ich vergessen.«

»Gut. Das heißt nämlich, dass du mich nicht als Kranke betrachtest, und das gefällt mir. Wahrscheinlich ist mein großartiges Aussehen schuld daran. Meine Pfirsichhaut und meine schlanke Figur tragen sicher auch dazu bei.«

Er lächelte, als er jetzt sah, wie sie eine Puderdose zückte, um ihr Aussehen zu prüfen. Mit geübter Hand verteilte sie ein wenig Puder auf den Wangen, warf einen zufrieden lächelnden Blick in den Spiegel und schloss diesen mit der Feststellung:

»Auf jeden Fall bin ich angenehm überrascht, dass du diesen alten Film kennst. Du scheinst verteufelt gute Filmkenntnisse zu haben.«

»Wenn man depressiv ist, hat das zumindest den Vorteil, dass man genug Zeit zum Fernsehen hat.«

»Sollen wir das hier auch machen?«

Alex sah sich um.

»Hier gibt es doch gar keinen Fernseher.«

»Ich spreche doch nicht vom Fernsehen, ich schlage dir vor, dass wir es wie in dem Film machen, mit dem Bettlaken.«

»Es geht auch ohne, Maxine. Ich denke, dass ich mich im Zaume halten kann.«

»Du vielleicht! Aber ich kann für nichts garantieren«, antwortete sie mit einem Augenaufschlag.

Wieder einmal war es ihr gelungen, den jungen Mann zu schockieren. Halb erschreckt, halb amüsiert stand er da und rührte sich nicht.

»Das war ein Scherz!«, rief die alte Dame aus und lachte.

Seine Züge spiegelten seine Erleichterung wider, da fuhr sie auch schon fort:

»Allerdings, ein junger Mann und eine junge Frau, die sich ein und dasselbe Zimmer teilen ... Was wird der Hotelbetreiber denken?«

»An eine Großmutter mit ihrem Enkel.«

»Wie gemein du bist! Weißt du, was Streikbrecher sind? Nun, was dich betrifft, bist du ein Traumbrecher.«

Sie bedachte ihn mit einem ihrer berühmten finsteren Blicke, dann packte sie weiter aus. Auf dem Holzklotz türmten sich bereits unzählige Habseligkeiten, sodass sie sich seufzend nach einem Plätzchen umschaute, an dem sie ihre restlichen Besitztümer unterbringen konnte, die sie noch in den Armen hielt. Ihr Blick glitt durch die Jurte und blieb an einer der geometrisch gemusterten Holztruhen hängen. Sie ging auf die kleinste der Truhen zu und kniete sich hin, wobei ihre armen Gelenke hörbar knackten.

Alex beobachtete ihr Tun und nahm den eigenartigen Ausdruck wahr, der auf ihrem Gesicht lag, als sie den Deckel öffnete. Ihre Augen waren staunend aufgerissen und ihr Mund gleichermaßen verblüfft und lächelnd geöffnet. Jetzt erinnerte er sich. Genau so hatte der kleine Sohn seiner Nachbarn geschaut, als er ihm seine alte Sammlung Spielautos geschenkt hatte. In Maxines' Zügen lag die unverfälschte Freude angesichts eines Geschenks, die dem Schenkenden das Gefühl verleiht, ein Superheld zu sein.

Er fragte sich, was diese Truhe wohl enthielt. Bündel von Geldscheinen? Bei dem Glück, das ihnen beschieden war, mochte der letzte Bewohner ihrer Jurte ein zerstreuter Mafioso gewesen sein, der die Beute seiner jüngsten Transaktion vergessen hatte. Er würde die Beute holen kommen, aber es wäre zu spät. Maxine hätte bereits alles im Casino verspielt. Er würde sie alle beide aus Rache quälen. Alex sah sich schon an einen Stuhl gefesselt, während der Psychopath ihm mit der Beißzange die Zähne ausriss.

Maxine holte ein großes Stück roten Stoff aus der Truhe hervor. Das war sicher der Beutel, in dem sich das Geld befand. Alex konnte nicht viel erkennen, da der Deckel ihm die Sicht versperrte. Jetzt förderten die Hände der alten Dame eine Art Goldkette zutage. Das wurde ja immer besser, der Mafioso war also auch noch ein Zuhälter. Als Nächstes tauchte ein kohlschwarzer Pelz auf, über den Maxine zärtlich strich, dann ließ sie ein Collier von blauen und weißen Perlen durch ihre Finger gleiten. Was hatte der Mafioso bloß mit den Perlen vorgehabt? Trugen Diebe so etwas heutzutage? Der Räuber an der Tankstelle war bis auf die Gesichtsmaske ganz normal angezogen gewesen. Vielleicht kleidete sich die Elite des organisierten Verbrechens mit Goldketten, Perlen und Pelzen. Die Rapper in der Musikszene taten das schließlich auch.

Schließlich gab Alex sich einen Ruck und ging zu Maxine und ihrer extravaganten Ausbeute hinüber. Sie schwebte im siebten Himmel. Schwelgerisch fuhr sie über die Stoffe, ohne ihn auch nur im Geringsten zu beachten, und strahlte dabei über das ganze Gesicht. Ahnte sie denn nicht, dass sie sich damit nur weiteren Ärger einhandeln würden?

»Am besten legen wir alles wieder dorthin zurück, wo es war, und tun so, als hätten wir nie etwas gesehen. Das ist unsere einzige Chance.«

Die alte Dame schien mit einem Schlag wieder seiner Gegenwart gewahr zu werden und starrte ihn überrascht an:

»Komm her und sieh dir das an. Es ist wunderschön!«

Er schloss die Augen.

»Nein, auf keinen Fall. Je weniger ich sehe, desto größer ist meine Chance, mit heiler Haut davonzukommen.«

»Wovon redest du da? Hast du etwa den Verstand verloren? Man muss sich wirklich fragen, wer von uns beiden der Kränkere ist …«

Sie fasste den jungen Mann an den Schultern und zwang ihn, näher an die Truhe heranzutreten. Da er beharrlich die Augen geschlossen hielt, stolperte er und fiel der Länge nach auf den roten Stoff, den Maxine als Erstes herausgezogen hatte.

Jetzt war es zu spät, nun war er doch in die Sache verwickelt. Da konnte er es sich auch gestatten, einen Blick auf die Schätze zu werfen, bevor der Mafioso ihnen zu Leibe rückte.

Der Stoff war weich und erstaunlich warm. Er stand auf und sah nun, um was es sich handelte.

»Aber … sind das etwa Kostüme?«

»Ja!«, rief Maxine begeistert und klatschte in die Hände. »Wir werden uns verkleiden und in die Haut von echten Mongolen schlüpfen!«

47

Auch das noch. Nun konnte es wirklich nicht mehr schlimmer werden. Es brachte einen zwar nicht um, wenn man sich lächerlich machte, aber es tat wahrlich auch nicht gut.

Alex saß im Schneidersitz auf einem Teppich mit Rosettenmuster und trug einen traditionellen mongolischen *deel*, eine lange Tunika aus Baumwolle mit einem asymmetrisch verlaufenden Stehkragen. Das eigentliche Gewand war braun, die seidene Hemdbrust darüber jedoch orangefarben. Um seine Taille war ein ebenfalls seidenes Band gewunden. Auf dem Kopf trug er einen *janjin*, eine Art schwarzen Pelzhut, an dessen aufragender Spitze ein roter Bommel prangte. Die ausladenden Ärmel der Tunika waren an den Handgelenken ebenfalls mit einem zu dem Hut passenden Pelz besetzt und vermittelten ihm aufgrund ihrer Weite den Eindruck, es mit einer Fledermaus aufnehmen zu können.

Die vor Stolz strahlende Maxine trug einen grünen *deel* für Frauen, der in goldener Seide mit Emblemen bestickt war, die Langlebigkeit symbolisierten. Der hohe Kragen der dazugehörigen Weste war rot-gold gemustert und betonte ihre zarte Haut und ihre blauen Augen. Auf dem Kopf trug sie eine *toortsog*, eine runde Kappe, an der feine, mit Perlen besetzte Schnüre befestigt waren, die ihr Gesicht schmückend einrahmten.

Alex fragte sich, warum Maxine so hoheitsvoll aussah und tatsächlich wie eine mongolische Prinzessin wirkte, während er wohl eher einem abgehalfterten Power Ranger ähnelte.

»Hier steht, dass der *janjin* Wohlstand und Glück symboli-
siert. Was für eine schöne Prophezeiung für dich!«

»Ja, ich bin wirklich ein echter Glückspilz!«, antwortete er
und fingerte am Kragen seines *deel* herum, der ihn am Hals
kratzte.

»Wir tragen Sommerkleidung. Im Winter wären die Kleidungsstücke mit Ziegen- oder Luchsfell gefüttert.«

Mit gespielter Enttäuschung spottete der junge Mann:

»Das ist aber wirklich zu schade.«

»Nicht für die Ziege oder den Luchs.«

Als sie merkte, dass ihr Witz nicht ankam, holte sie weiter
aus:

»Ich bin gegen Pelze und die Verarbeitung von Tierhäuten,
aber die armen Mongolen machen das nicht zum Vergnügen,
für sie ist es lebensnotwendig. Das ist meiner Meinung nach etwas ganz anderes. Es geht nicht um abgemagerte Mannequins
oder Fascho-Nistas, die sich für schön halten, wenn sie Tierka-
daver statt Mäntel tragen.«

»Fascho-Nistas? Was ist denn das?«

Sie zog spöttisch die Augenbrauen hoch.

»Das weißt du nicht? Fascho-Nistas sind Leute, die jede
Mode blind mitmachen. Wenn sie einen Filmstar in Strampel-
hose und High Heels sehen, dann wollen sie sich auch so kleiden,
nur weil sie glauben, dass sie damit im Trend liegen. Diese Fascho-Nistas kaufen tonnenweise Kleidung, die sie dann nie tragen. Das Ganze stapelt sich säckeweise im Kleiderschrank, neben zahllosen Schuhen, die viel zu klein und unbequem sind ...«

»Sie meinen Fashionistas!«

»Sage ich doch!«

Mit einer kleinen Handbewegung wischte sie seine Richtigstellung weg, als müsse sie eine lästige Fliege verscheuchen, und
setzte die Lektüre des Hinweisblattes fort, das sie in der Truhe
gefunden hatte:

»Die Motive und Farben der traditionellen mongolischen Kleidung haben eine Bedeutung. Sie symbolisieren Werte wie Kraft, Wohlstand, Bescheidenheit oder auch Glück.«

»Glück?«

Es leuchtete ihm nicht ein, wie man glücklich darüber sein konnte, einen Schlafanzug mit Fledermausärmeln zu tragen und in einer Jurte zu leben.

»Aber ja doch. Dieses Ziel ist allen Gesellschaften gemein, es vereint uns. Wir streben nach derselben Sache. Das Problem dabei ist, dass manche ihr Glück auf Kosten von anderen machen wollen.«

»Es ist jedenfalls leichter, in einer Villa in Beverly Hills glücklich zu sein als in einer abgelegenen Jurte in der tiefsten Mongolei.«

»Woher willst du das wissen? Du hast weder das eine noch das andere ausprobiert.«

»Das brauche ich nicht. Es liegt doch auf der Hand.«

»Ich habe nie eine Villa in Beverly Hills gehabt, und ich war sehr glücklich. Wenn du wirklich glücklich sein willst, dann musst du lernen, in der Gegenwart zu leben. Das ist nicht leicht, du musst dein Denken daran hindern, sich mit der Zukunft zu beschäftigen. Schau, ich denke jetzt nur an uns, an das Vergnügen, mit dir hier zu sein in dieser großartigen Jurte, und daran, diese wunderschönen Kleidungsstücke zu tragen. Ich zwinge mich, nicht an morgen zu denken.«

Sie schloss die Augen und hielt kurz inne, bevor sie ihre Ausführungen fortsetzte.

»Ich habe nur geringen Einfluss auf das, was geschehen wird. Ich tue, was ich kann, aber ich halte die Fäden des Schicksals nicht in meiner Hand. Ich akzeptiere, dass ich relativ wenig selbst entscheiden kann, und handle dort, wo ich die Möglichkeit habe, etwas zu ändern. Ich weiß nicht, ob wir morgen festgenommen werden oder wohlbehalten in Brüssel ankommen.

Ich werde alles dafür tun, aber im Augenblick ist das Einzige, was ich tun kann, dass ich diesen schönen Augenblick mit dir genieße. Möchtest du es mir nicht gleichtun? Möchtest du mir nicht diesen Gefallen tun?«

Alex antwortete nicht sofort. Das beunruhigte Maxine jedoch nicht weiter, denn sie war inzwischen daran gewöhnt und konnte seine Art zu denken einschätzen. Er stellte sich immer viele Fragen und neigte dazu, Situationen über die Maßen zu analysieren. Schließlich hob er den Kopf und sagte mit einem Lächeln zu ihr:

»Ich würde trotzdem die Villa in Beverly Hills bevorzugen.«

Die alte Dame versetzte ihm einen ordentlichen Klaps auf den Hinterkopf.

Es klopfte an der Tür. Der Besitzer trug ein schweres Tablett mit zwei dampfenden Tellern und zwei Schalen herein. Angesichts von Maxines Schwärmerei für die mongolische Kultur hatte er seinen Gästen gern eine kulinarische Besonderheit des Landes auftischen wollen. Alex hatte zwar ins Feld geführt, dass sie bereits auf der Autobahn eine Pizza gegessen hatten, aber das hatte er nicht gelten lassen. Maxine als wahrer Nimmersatt war sofort begeistert gewesen und hocherfreut, neue kulinarische Spezialitäten kennenlernen zu können.

Als ihr Wohltäter sie wieder verlassen hatte, nahmen sie im Schneidersitz auf dem dicken Teppich in der Mitte der Jurte Platz, um mit einer Schale *aïrag* in der Hand das *khuushuur* zu kosten. Besser gesagt, Maxine war dabei, es zu kosten, während Alex immer noch misstrauisch vor seiner Schale saß und das *khuushuur* nicht angerührt hatte. Die alte Dame hatte schon einige Bissen genommen, als sie das Zögern des jungen Mannes bemerkte.

»Worauf wartest du? Iss! Es schmeckt sehr gut.«

Als wolle sie ihn überzeugen, biss sie herzhaft in eine der Ravioli hinein.

»Können Sie mir noch einmal sagen, womit sie gefüllt sind?«

Widerstrebend legte sie ihre Gabel zur Seite.

»Das *khuushuur* ist eine mit Fleisch gefüllte Teigtasche. Das Fleisch kann von Schaf, Yak, Rind oder Ziege stammen und wird in Öl frittiert.«

»Yakfleisch?«

»Das ist so etwas wie eine große Kuh.«

»Ich weiß, was ein Yak ist! Nur habe ich es noch nie gegessen, und ich bin mir nicht sicher, ob ich das heute ändern will.«

»Wie spießbürgerlich du manchmal sein kannst! Aber du hast ja auch den Krieg nicht miterlebt. Da schlug man sich um ein paar Kartoffelschalen, und hätte man Yakfleisch gehabt, dann hätte man das ohne jegliches Zögern gegessen, das kannst du mir glauben.«

Alex hätte am liebsten gefragt, welchen Krieg sie meinte. Den Sezessionskrieg? Den Krieg gegen die Preußen?

Sie fuhr fort:

»In Wirklichkeit bist du so wählerisch, weil du Angst hast, dich auf etwas Neues einzulassen. Du bist cainophob.«

Er mochte sich nicht gern als spießbürgerlich und noch weniger als cainophob bezeichnen lassen, was das auch immer heißen sollte. Gleichzeitig widerstrebte es ihm in höchstem Maße zuzugeben, dass Maxine unter Umständen wieder einmal recht hatte. Seine Weigerung zu essen rührte mehr von seiner Angst her, etwas Neues zu probieren, als von einem tatsächlichen Ekelgefühl. Warum hatte er solche Angst vor dem Unbekannten? Was konnte ihm schon geschehen, wenn er Yakfleisch aß? Vielleicht schmeckte es ihm nicht. Vielleicht reagierte er allergisch darauf. Na und? Er würde nicht daran sterben, im Normalfall jedenfalls nicht.

Er sah Maxine direkt in die Augen und schob sich einen großen Bissen der Teigtasche in den Mund. Er zwang sich zu kauen. Zu kauen und noch einmal zu kauen, bis er schließlich zugeben musste, dass es nicht übel, eigentlich sogar recht gut schmeckte.

»Alles in allem schmeckt es gar nicht schlecht, das Yakfleisch.«

»Glaubst du wirklich, du hättest Yakfleisch gegessen?«

Der spöttische Blick der alten Dame jagte ihm einen Schauer über den Rücken. Warum blitzte ihr schon wieder der Schalk aus den Augen? Womit waren diese Teigtaschen nun wirklich gefüllt? Mit Hund? Oder gar mit Ratte?

Er schluckte seinen Bissen mühsam hinunter und blickte skeptisch auf den Rest seiner Teigtasche, bevor er all seinen Mut zusammenraffte und fragte:

»Woraus besteht die Füllung denn nun?«

»Hast du viele Yaks hier in der Nähe gesehen?«

Alex musste unwillkürlich an ein Schild denken, das am Dorfeingang auf einen dort ansässigen Hundezüchter hinge-wiesen hatte. Noch könnte er sich einfach den Finger in den Hals stecken.

Als Maxine sah, wie er ganz grün im Gesicht wurde, klärte sie ihn auf:

»Hier gibt es keine Yaks, aber Kühe. Dein *khuushuur* ist schlicht und einfach mit Rindfleisch gefüllt. Du hast nichts Schlimmeres gegessen als ein Stück Lasagne.«

»Warum wollten Sie mir dann weismachen, dass es Yak-fleisch ist?«

»Damit du deine Angst vor Neuem überwindest. Du hast es gegessen, obwohl du dachtest, es sei Yakfleisch. Bravo!«

Alex schwankte zwischen Wut und Verblüffung. Und viel-leicht mischte sich auch ein wenig Stolz in dieses emotionale Durcheinander.

Er blickte auf die Ravioli, lächelte und nahm einen zweiten Bissen.

Dann hob er, von seinem eigenen Schwung mitgerissen, die Schale, in der sich eine undurchsichtige weiße Flüssigkeit befand. Er führte sie bereits an seine Lippen, als ihn doch der Zweifel packte.

»Und das hier, was ist das?«

»Das ist *aïrag*.«

»Und was ist das?«

»Yak-Sperma.«

Alex zog ein Gesicht und setzte die Schale angewidert auf den Boden. Maxine prustete los und nahm einen Schluck.

»Komm schon! Ich habe mich nur über dich lustig gemacht! Das ist fermentierte Stutenmilch. Probier mal, es schmeckt köstlich!«

Beleidigt, aber auch erleichtert nahm er mit geschlossenen Augen einen Schluck.

»Gar nicht übel.«

»Siehst du, ich hatte recht. Du kannst mir vertrauen.«

»Ihnen vertrauen, wo Sie mich glauben machen wollten, dass es sich um Yak-Sperma handelt!«

»Hattest du zuvor schon einmal Stutenmilch getrunken?«

»Äh, nein.«

»Hätte ich dir sofort gesagt, dass es sich um Stutenmilch handelt, hättest du dich geweigert, sie zu trinken. Da ich dir aber zuerst weisgemacht habe, dass es Yak-Sperma sei, und erst nachher erklärt habe, dass es Stutenmilch ist, warst du beruhigt und fandest es sogar normal, davon zu trinken.«

Mit dieser Feststellung sah sie ihn an, sichtlich stolz auf sich. Beinahe hätte sie noch ein »quod erat demonstrandum« hinzugefügt, aber dann hätte er womöglich den Eindruck gewonnen, sie sei eingebildet. Sie entschied sich, ihren Triumph in aller Bescheidenheit auszukosten.

Sie beugte sich mit ihrer Schale *aïrag* zu Alex vor.

»Zum Wohl!«

48

Die Nacht war eine Wohltat gewesen. Alex hatte rasch in einen tiefen, festen Schlaf gefunden. Kein Albtraum hatte ihn heimgesucht, und so hatte ihm die Nachtruhe wirklich Erholung beschert. Der Tag mit Maxine hatte ihn ganz schön angestrengt, sodass er keine Schlafmittel gebraucht hatte, um einzuschlafen. Jetzt hielt er die Augen geschlossen und genoss den angenehmen Dämmerzustand, der ihn zwischen der realen Welt und dem Reich der Träume verweilen ließ.

Sie hatten einen außergewöhnlich schönen Abend miteinander verbracht. Maxine hatte einen kleinen CD-Player gefunden, der mit nur einer einzigen Scheibe bestückt war. Die Fremdartigkeit der mongolischen Musik hatte ihn zunächst etwas ratlos gemacht. Aber als er sich erst einmal darauf eingelassen hatte, war das Vergnügen, etwas Neues zu entdecken, umso größer gewesen. Obwohl ungewohnt, konnte er sich ihrem Klangreichtum nicht entziehen. Der Gesang spielte eine wesentliche Rolle und rief die unterschiedlichsten Geräusche der Natur wach. Maxine hatte ihm mit einer zarten Geste bedeutet, die Augen zu schließen. Aus der wohligen Dunkelheit der Jurte hatten ihn die schweren, rauen Stimmen in die weite Steppenlandschaft hinausgetragen, die er sich zu Pferd durchstreifen sah. Er hatte den scharfen Wind im Gesicht gespürt, den Geruch des Grases eingeatmet, das Plätschern eines gemächlich dahinfließenden Baches vernommen und die mineralische Kraft der Berge in sich aufgenommen.

Dann hatten einige Instrumente die Harmonie bereichert.

Der Klang von Lauten, Drehleiern, Oboen, Maultrommeln und verschiedenen Flöten hatte die Jurte erfüllt und alle beide in Trance versetzt. Schließlich hatten sie sich vollständig der Musik überlassen und zu tanzen begonnen. Alex war kein mit Komplexen behafteter Junge mehr und Maxine keine kranke alte Dame. Sie waren eine mongolische Königin und ein mongolischer Prinz, die auf ihren stolzen Rossen durch die weiten Steppen galoppierten.

Nie zuvor hatte Alex einen so intensiven Augenblick mit irgendeinem Menschen geteilt. Es schien ihm, als bestünde zwischen ihm und Maxine eine so innige Verbindung, wie er sie nie wieder mit jemandem erreichen würde. Für diesen einen Abend hatten sie alles über Bord geworfen und alles gewonnen.

Er wollte die Augen nicht aufschlagen. Er wollte hierbleiben, in dieser Jurte, unter seiner Decke aus Yakwolle. Mit Maxine und für immer. Hier wurden sie nicht von der Polizei gesucht. Hier gab es weder seine Depression noch ihre Alzheimer-Krankheit. Weg damit! Sie würden sich an Gerichte wie *khuushuur* und Getränke wie *aïrag* gewöhnen. Sie würden leichten Herzens zugunsten von fermentierter Stutenmilch auf Schokocrossies verzichten, wenn das mit dieser Freiheit einherging.

Er wog in seinen Gedanken das Für und Wider ab, als er etwas an seiner Nase entlangstreifen spürte. Es war kalt und glatt. Widerwillig schlug er die Augen auf und sah Maxines Gesicht direkt vor seinem. Sie hatte sich über ihn gebeugt und hielt ihm einen Spiegel unter die Nase. Er stieß sie etwas zurück.

»Was machen Sie denn da?«

»Ich überprüfe nur, ob du nicht tot bist. Ich habe dir ja gestern erklärt, wie man das macht.«

»Warum sollte ich denn tot sein?«

»Bei Depressiven weiß man das nie genau. Es ist eine große Verantwortung, auf dich aufzupassen. Du hättest dir heute Nacht das Leben nehmen können.«

»Aber ich will doch überhaupt nicht sterben!«

»Freut mich zu hören«, antwortete Maxine mit triumphierender Miene. »Dann werde ich mal das Frühstück holen.«

Alex stutzte einen Augenblick verwirrt, dann schüttelte er lachend den Kopf. Er wollte nicht sterben. Nein, er wollte nicht sterben! Zuvor war ihm der Tod gleichgültig gewesen: Ob er nun lebte oder starb, hatte ihn nicht sonderlich gekümmert, als er in seiner schmerzlichen Lethargie vor sich hin vegetierte. Aber jetzt wollte er nicht sterben. Besser noch, er wollte leben! Maxine hatte ihm zu dieser Erkenntnis verholfen. Sie wusste genau, was sie tat. Er fühlte, wie ihm leichter ums Herz wurde und wie seine Schultern sich aufrichteten, als sei eine große Last von ihnen abgefallen. Er war wieder voller Tatendrang, streckte die Brust heraus und holte tief Luft.

So tief, dass er sich beim Ausatmen beinahe verschluckte. Er wollte leben, aber er wollte auch, dass Maxine lebte. Er konnte sich nicht eine Sekunde vorstellen, Maxine in Brüssel zu lassen und sein eigenes, normales Leben weiterzuleben, als sei nichts gewesen. Das kam nicht infrage. Er würde sie nicht allein lassen. Sie war für ihn wichtiger geworden als alles, was sich in seinem bisherigen Leben zugetragen hatte. Und es gab keinen triftigen Grund, warum er zu seinem vorigen Leben zurückkehren sollte. Jede mit Maxine verlebte Minute war eine gewonnene Minute.

Die alte Dame stieß die angelehnte schwere Holztür mit dem Fuß auf und trug ein hübsches, mit geometrischen Mustern verziertes Tablett herein. Alex war erleichtert, als er darauf so etwas wie Krapfen und daneben zwei irdene Teeschalen entdeckte.

»Die *boortsog* für den Herrn sind serviert«, eröffnete sie die Essenszeremonie.

»Heute kein *khuushuur*?«

»Man soll es nicht übertreiben mit den guten Dingen.«

Sie stellte das Tablett auf dem Teppich in der Mitte der Jurte ab und nahm im Schneidersitz Platz, wobei das Knacken ihrer Knochen nicht zu überhören war. Dann reichte sie dem jungen Mann eine Art Creme.

»Hier, das ist *öröm*. Man streicht es auf die *boortsog*.«

»Ist Mongolisch Ihre Zweitsprache, oder wie darf ich das verstehen?«

Seine Bemerkung ließ sie einmal mehr laut auflachen.

»Ich lasse mich einfach auf eine Kultur ein. Wenn du ein Land kennenlernen willst, gibt es kaum etwas Geeigneteres, als sich seiner Essenskultur zu öffnen. Und ist dir noch nie aufgefallen, wie glücklich es die Einheimischen macht, wenn du ein paar Worte in ihrer Sprache radebrechst? Es ist ein Zeichen des Respekts, es zeigt, dass du offen bist und ihr Land kennenlernen möchtest.«

Verlegen trat Alex von einem Fuß auf den anderen.

»Warst du noch nie im Ausland?«

»Zählt auch eine Klassenfahrt nach Spanien?«

»Natürlich! Dabei hast du doch sicher sehr viel Neues entdeckt.«

»Nicht wirklich. Wir sind weitgehend unter uns geblieben und haben uns mehr dafür interessiert, wer im Bus neben uns sitzt, als für die Kulturschätze dort.«

»Du warst jung und einfältig.«

»Und was bin ich jetzt? Alt und weise?«

»Weniger jung und weniger einfältig.«

Sie klopfte mit der Hand einladend auf den Boden neben sich und bedeutete ihm, sich zu ihr zu setzen.

»Jetzt, wo ich endlich sitze – und glaub mir, das war nicht ohne für mich, denn meine Gelenke sind nicht mehr die allerjüngsten –, lass uns essen!«

Alex wollte sich gerade niederlassen, als Maxine ihm zurief:

»Kannst du mir bitte noch meine Tasche reichen?«

Er hob die riesige Handtasche der alten Dame hoch. Sie war erstaunlich leicht, trotz allem, was sie noch an Sonderbarkeiten bergen mochte. Er reichte sie ihr hinüber, und sie wühlte darin, bis sie den prall gefüllten Beutel mit Medikamenten hervorzog, den er bereits am Tag zuvor gesehen hatte.

Sie schüttelte geübt zehn Tabletten aus einem Pillendöschen und schluckte sie schnell hinunter.

»Für jemanden, der sterben will, passen Sie ziemlich gut auf sich auf.«

»Ich bin ja noch nicht tot, soweit ich weiß! Und bis es so weit ist, werde ich mich tapfer schlagen.«

»Freut mich zu hören.« Alex lächelte zufrieden.

Verblüfft über seine kecken Worte ihr gegenüber schwieg Maxine und beschloss, ihr Unwohlsein zu verbergen, indem sie einen Schluck Tee zu sich nahm.

Ja, sich tapfer schlagen, bis es so weit ist … Es kam ihr so vor, als hätte sie sich ihr ganzes Leben lang tapfer geschlagen, da kam es auf einen Kampf mehr oder weniger auch nicht an. Nein, sie war müde. Sie war nicht mehr gut drauf und hatte auch keine Energie mehr. Sie verbrachte großartige Momente in Alex' Gesellschaft, aber sie wusste, dass dies nur ein Aufschub sein konnte.

Sie hätte sich gewünscht, noch sehr viel mehr solcher Augenblicke zu erleben. Hätten sie sich doch nur früher kennengelernt! Sie wusste, dass sich ihr Zustand schon bald verschlimmern würde. Und sie wollte nicht, dass er miterlebte, wie sie ein anderer Mensch werden würde.

Im Moment betrachtete er sie wie einen normalen Menschen, ganz im Gegensatz zu den Leuten im Altenheim. Dort schienen alle das Alter als eine unvermeidbare und unheilbare Krankheit akzeptiert zu haben. Genau darin bestand aber ihr

Problem: Sie war anders. Ohnehin war sie immer schon anders gewesen, sie hatte die Welt immer mit anderen Augen gesehen. Die beiden Männer in ihrem Leben, Léonard und ihr Ehemann, waren davon fasziniert gewesen, doch von den anderen, den »normalen« Menschen, wie Alex es nannte, hatte es sie entfernt. Sie war niemals normal gewesen, und sie würde jetzt gewiss nicht damit anfangen. Sie würde ihr Leben in Würde beschließen, weil sie sich das so vorgenommen hatte. Es gab nur weniges, was sie bereute oder bekümmerte. Ihr friedliches Ende wurde lediglich von zwei Kümmernissen getrübt, einem sehr alten und einem ganz neuen: Sie hatte ihre Tochter nie wiedergesehen, und sie ließ Alex allein zurück. Zwei Menschen aufzugeben, das war viel für einen allein und bedrückte sie zunehmend.

Klar, sie würde sich auch weiterhin tapfer schlagen, um weiter sie selbst zu sein, um ihren Überzeugungen bis zum Schluss treu zu bleiben.

Sie wollte ihre Beweggründe vor Alex möglichst verbergen, damit die Situation nicht schwerer wurde, als sie es ohnehin bereits war. Sie hatten gestern einen großartigen Tag miteinander verbracht, und sie hoffte, dass auch der heutige so sein würde. Vielleicht würden sie verhaftet werden. Vielleicht würden sie ihr Ziel erreichen. Sie wusste es nicht und hatte sich damit abgefunden. Sie musste dafür sorgen, dass auch der junge Mann dies tat.

»Erinnerst du dich, wir haben gestern davon gesprochen, dass du lernen musst, dein Denken ganz von der Gegenwart ausgefüllt sein zu lassen.«

»Ja.«

»Genau das werden wir jetzt tun. Wir werden nur Entscheidungen treffen, die sich auf die unmittelbare Gegenwart beziehen. Wir werden es um jeden Preis verhindern, uns mit der Zukunft abzugeben, Angst zu haben oder nachzudenken.«

»Ich verstehe nicht so ganz, wie wir das anstellen sollen. Es hört sich schwierig an.«

»Für jemanden wie dich, der sich viele Fragen stellt, wird es ein wenig hart sein, aber ich bin sicher, dass du es schaffen wirst. Erste Übung, erste Frage: Möchtest du noch einen *boortsog*?«

49

Nach einer rührenden Abschiedsszene zwischen Maxine und dem Hotelbetreiber, die es durchaus mit jener von Rose und Jack aus dem Film *Titanic* hätte aufnehmen können, hatten sie die Jurte verlassen. Der reizende Geschäftsführer hatte sogar die Freundlichkeit besessen, ihnen einen Kanister Benzin zu überlassen, mit dem sie die nächste mehr als vierzig Kilometer entfernte Tankstelle erreichen würden.

Sie waren also wieder unterwegs. Die vertraute Atmosphäre seines Twingo stimmte Alex zufrieden und heiter. Die Strecke war rasch zurückgelegt, und weit und breit ließ sich kein Polizeiauto blicken.

Obwohl die Landstraße recht breit war, machte die Tankstelle einen eher abgeschiedenen Eindruck. Der einzige Angestellte hatte vermutlich seit geraumer Zeit keinen Kunden mehr zu Gesicht bekommen, denn er stürzte sich regelrecht auf sie und bot ihnen an, den Wagen aufzutanken. Alex hatte noch nie erlebt, dass jemand diese Tätigkeit für ihn übernehmen wollte, und war höchst erstaunt darüber. Maxine hingegen erinnerte sich an eine Zeit, in der noch die Dienstgüte und nicht die Wirtschaftlichkeit an erster Stelle gestanden hatte, und war sehr davon angetan, dass die Ritterlichkeit anscheinend doch noch nicht vollkommen ausgestorben war.

Der Tankwart hatte jedoch nur Augen für Alex, der seinen Prada-Anzug wieder angezogen hatte und sehr gut aussah. Die alte Dame war der Einfachheit halber wieder in die Kleider vom Vortag geschlüpft, ergänzt allerdings um den in der Jurte vorgefundenen *toortsog*, den sie dem Hotelbetreiber abgekauft hatte. Abgesehen von ihrem Faltenrock, ihrer lavendelfarbenen Strickjacke und ihrer Perlenkette trug sie also nun auch den runden, traditionellen mongolischen Hut. Alex hatte es nicht übers Herz gebracht, sie zu bitten, ihn abzulegen. Sie war so stolz, ihn zu tragen, dass er es dabei beließ. Sollten schlimmstenfalls irgendwo Polizisten auftauchen, könnte er ihn ihr immer noch gewaltsam herunterreißen, tröstete er sich.

Der junge Tankwart verschlang Alex geradezu mit den Augen, und dieser fühlte sich zunehmend unbehaglich, da ihm diese Blicke nicht verborgen blieben. Er kehrte ihm den Rücken zu, um Maxine zuzuflüstern:

»Er sieht uns so seltsam an. Ich bin sicher, dass er uns erkannt hat. Bestimmt hat er die Polizei angerufen und schindet nun Zeit, indem er den Tank im Schneckentempo füllt. Wir müssen abhauen.«

»Willst du deinen Twingo stehen lassen?«

Misstrauisch warf er einen Blick auf den vermeintlichen Verräter hinter sich, der immer noch damit beschäftigt war, Benzin in den Tank zu füllen. Wie lange würde er denn noch brauchen, bis der Wagen vollgetankt war? Entschlossen wandte er sich wieder Maxine zu.

»Zum Teufel mit dem Twingo. Haben Sie Ihren Elektroschocker noch?«

Maxine gluckste vergnügt.

»Er sieht nicht uns an, er sieht dich an.«

»Mich? Warum mich?«

»Weil du gut aussiehst.«

Als sie bemerkte, wie peinlich berührt Alex war, sah sie sich zu einer Erklärung genötigt.

»Weißt du, was mein Mann immer zu mir sagte? ›Wenn man dich ansieht, dann deshalb, weil du schön bist. Sei nicht egoistisch, und lass die anderen diesen Anblick genießen.‹«

Der junge Mann spürte die Wehmut und Traurigkeit, die in Maxines Tonfall mitschwangen.

»Sie sind immer noch sehr schön.«

Sie sah ihn lächelnd an.

»Und wenn du zehn Jahre älter wärst, würde ich mich durchaus geschmeichelt fühlen, dass du mir den Hof machst. Aber hier geht es um etwas anderes: Der junge Mann steht auf dich.«

Alex setzte ein empörtes Gesicht auf und zog energisch seine Jacke zurecht.

»Kann man denn nicht mal ganz normal tanken, ohne dass jemand auf die eine oder andere Weise hinter einem her ist? Ist das etwa zu viel verlangt?«

Maxine lachte laut auf.

»Lass das normale Leben den normalen Menschen. Uns würde es doch eher langweilen. Und außerdem kann man nicht behaupten, dass dieser freundliche junge Mann dich belästigt.«

Der Angestellte hängte die Benzinpumpe wieder in die Halterung an der Zapfsäule. Das metallische Geräusch bewog Alex, sich abrupt umzudrehen und, ohne den jungen Mann eines Blickes zu würdigen, ins Auto zu steigen. Er nahm an, dass Maxine zum Bezahlen in den Verkaufsraum gehen würde, aber sie setzte sich neben ihn und wartete ab. Einen Augenblick lang versuchte er, es in seinem Schweigen mit ihr aufzunehmen. Aber seine innere Anspannung war zu groß.

»Wollen Sie die Verbrechen, die mir bereits zur Last gelegt werden, jetzt auch noch um Diebstahl bereichern? Soll ich Gas geben und mit quietschenden Reifen losfahren, ohne zu bezahlen? Sie scheinen zu vergessen, dass wir in einem Twingo sitzen, nicht in einem Maserati!«

»Deine Idee gefällt mir, aber ich möchte ganz einfach nur, dass du bezahlen gehst.«

»Warum ich? Gehen Sie doch bitte hinein.«

»Nein.«

»Warum denn nicht?«

»Weil du dich diesem jungen Mann gegenüber höchst unschön benommen hast und dieses dumme Verhalten aus der Welt schaffen musst.«

»Ich habe mich kein bisschen unschön benommen!«

»Du hast ihn keines Blickes gewürdigt. Man hätte meinen können, ein Schlossherr rümpft die Nase über seinen kleinen Angestellten. Glaubst du etwa, du bist in *Downton Abbey*, oder was?«

»Ich dachte, Sie bekämen im Altenheim nur *Casablanca* und *Schatten der Leidenschaft* zu sehen.«

»Wenn man auf Diät gesetzt wird, hindert einen das noch lange nicht daran, die Karte mit den Desserts in Augenschein zu nehmen. Marty hat eine Fernsehzeitschrift abonniert, und gemeinsam lesen wir immer die Zusammenfassungen der Filme oder Serien, die Durefer uns nicht sehen lässt. Wir leisten auf unsere Weise Widerstand gegen die Gleichschaltung, die die Einrichtung uns gerne auferlegen möchte. Durefer ist der *Big Brother* des Altenheims. Wie in Orwells *1984* duldet sie eigene Meinungen nur in unverfänglichen Dingen und untersagt jeden Ausdruck von Mitmenschlichkeit, der den von ihr vorgegebenen Rahmen sprengt. Es herrschen strenge Verhaltensregeln: Entweder man beugt sich ihnen, oder man geht zugrunde.«

»Das war aber eine ziemlich lange Erklärung nur für *Downton Abbey*.«

Sie versetzte ihm einen Klaps auf die Schulter. Alex fragte sich, wie oft sie ihn eigentlich schon geschlagen hatte. Vielleicht könnte er der Polizei klarmachen, dass *er* das Opfer der Entführung war.

Die alte Dame reichte ihm ihre Geldbörse.

»Stell dich nicht so an und geh bezahlen.«

Unter unverständlichem Gemurmel kam er schließlich ihrer Aufforderung nach. Er drehte sich auch nicht um, als er Maxine hinter sich rufen hörte:

»Und hör auf, so vor dich hin zu murmeln, man könnte dich glatt für Captain Haddock halten!«

Er ging langsam zu dem kleinen Verkaufslokal hinüber, wo der Kassierer geduldig auf ihn wartete. Durch die Scheiben konnte er sehen, dass dieser ihm bereits zulächelte. Ohne recht zu wissen, warum, warf er nun doch kurz einen Blick nach hinten. Maxine hatte ein strahlendes Lächeln aufgesetzt und schien ihm sogar aufmunternd zuzuwinken. Schon wollte er dies erwidern, als er sah, dass ihre freundliche Geste offenbar nicht ihm galt, sondern dem Tankwart, der auch bereits zurückwinkte.

Alex kam sich dumm vor, und obendrein war er – so ungern er das zugab – fast ein wenig eifersüchtig. Jetzt kam er sich noch dümmer vor. Ein weiteres Mal sah er sich zu Maxine um und hoffte, dass sie nun ihn mit einem Lächeln und einer freundlichen Geste bedenken würde, aber diesmal wedelte sie nur eifrig mit den Händen und trieb ihn zur Eile an. Kein Lächeln, kein Aufmuntern.

Wieder zog er seine Jacke zurecht und schloss einen Knopf seiner Weste. Er musste sich zusammenreißen. Schließlich hatte er bereits die verächtlichen Blicke einer Verkäuferin überlebt sowie die Anschuldigung, Urheber einer Entführung zu sein. Er hatte eine Karaokedarbietung ebenso überstanden wie einen Überfall, einen Kostümabend in einer Jurte und möglicherweise sogar eine Depression. Da würde er es doch wohl schaffen, eine Tankfüllung zu bezahlen.

Als er den kleinen Verkaufsraum betrat, ließ ihn die Türglocke zusammenschrecken. Er tat zunächst so, als würde er sich ernsthaft für das Warenangebot interessieren, nahm zwei Schokoriegel zur Hand und begutachtete sie scheinbar abwägend. Um Zeit zu gewinnen, schlenderte er wie gleichgültig herum, wobei er den entspannt an der Kasse wartenden Tankwart verstohlen beobachtete. Er musste sich eingestehen, dass dieser ausgesprochen freundlich wirkte.

»Ich möchte eines klarstellen. Ich wildere nicht im eigenen Revier.«

»Wunderbar.«

»Ich bin nicht andersherum.«

»Sehr gut.«

»Ich bin nicht vom anderen Ufer.«

»Wie schön für Sie.«

Alex fühlte sich immer unwohler in seiner Haut. Er hatte den Verkäufer nicht kränken wollen, aber der machte es ihm auch nicht gerade leicht, dieses heikle Thema anzuschneiden. Er konnte nicht noch mehr Zeit darauf verwenden, einfühlsam vorzugehen, schließlich war er auf der Flucht. Er musste es wie beim Abreißen eines Pflasters machen: Ein schneller Ruck, und schon war es vorbei.

»Ich bin nicht schwul!«

Der Satz war weitaus lauter gefallen, als er ihn bei sich gedacht hatte.

»Niemand ist vollkommen«, erwiderte der Tankwart ruhig.

Alex haderte schrecklich mit sich, dass er so taktlos gewesen war. Der Tankwart musste ihn für einen reaktionären Kleinbürger halten. Er empfand das Bedürfnis, sich zu rechtfertigen.

»Es tut mir leid. Aber ich denke, dass es jedem freisteht, zu tun und zu lassen, was er will. Jeder sollte lieben können, wen er will. Es leben die freien Männer! Es leben die freien Frauen! Es lebe das freie Frankreich!«

Das war vielleicht etwas zu viel des Guten gewesen. Sein Gegenüber sah ihn befremdet an. Er schien zwischen einem

Anruf bei der Polizei und bei der psychiatrischen Abteilung eines Krankenhauses zu schwanken.

Alex spürte, dass er seine Äußerungen abmildern musste. Der Tankwart war gekränkt, und er war schuld daran. Wieder hatte er es geschafft, jemanden aus seinem Umfeld zu enttäuschen.

»Vielleicht breche ich Ihnen das Herz, und glauben Sie mir, das bedaure ich, denn ich weiß, was es bedeutet, ein blutendes Herz zu haben. Ich habe gerade selbst eine durch Liebeskummer verursachte Depression hinter mir ...«

»45,60 Euro.«

»Ich sehe sehr wohl, dass Sie leiden, aber auch für Geld könnte ich es nicht. Im Übrigen sind 45,60 Euro nicht gerade viel, das ist beinahe beleidigend wenig.«

»Ihre Tankfüllung, Sie schulden mir 45,60 Euro.«

Alex sah ihn mitfühlend an.

»Sie reißen sich zusammen, das ist gut.«

Dem Verkäufer platzte nun beinahe der Kragen. Was für ein Glück er auch hatte! Da kam endlich einmal ein Kunde an diesem abgelegenen Flecken vorbei, und dann musste es ausgerechnet ein Verrückter sein. Er hatte nichts von diesem ganzen Kauderwelsch über die Liebe verstanden. Vermutlich war der Typ einer von diesen Hippies, die in den nahe gelegenen Jurten übernachteten.

Er musste die Ruhe bewahren. Im Radio hatte er von diesem schäbigen, zum Glück aber gescheiterten Überfall an einer Tankstelle gehört. Erfreulicherweise waren dem Verkäufer Kunden zu Hilfe geeilt, aber er war hier ganz auf sich gestellt. Das alte Mütterchen im Auto würde ihn mit Sicherheit nicht verteidigen können.

Um den Spinner nicht zu erschrecken, setzte er mit ruhiger Stimme noch einmal an:

»Hören Sie, Sie geben mir jetzt 45,60 Euro, und damit ist die Sache erledigt. Okay?«

Alex begriff, dass der Kassierer gute Miene machen wollte, aber er spürte, dass er tief in seinem Innern verletzt war. Vielleicht hegte er ja noch immer eine leise Hoffnung. Er konnte nicht einfach so gehen, nicht, ohne die Sache abschließend geklärt zu haben.

»Ich sage es noch einmal, ich bin nicht schwul.«

»Das habe ich verstanden. Machen Sie sich keinen Stress. Ich bin es auch nicht, aber ich mache kein solches Aufheben davon.«

Alex sah ihn verwundert an.

»Sie sind nicht schwul?«

»Nein.«

»Auch nicht homosexuell?«

»Auch das nicht.«

Alex biss sich auf die Lippen, während er den jungen Mann von oben bis unten mit zusammengekniffenen Augen inquisitorisch musterte.

»Kein bisschen?«

»Nein.«

Er traute seinen Ohren nicht. Maxine hatte ihm Blödsinn erzählt. Er hatte sich absolut lächerlich gemacht. Es sei denn, der Verkäufer log ihn an, um erhobenen Hauptes aus der Unterhaltung hervorzugehen. Sein Verhalten, während er volltankte, war doch ziemlich verdächtig gewesen.

»Warum haben Sie mich dann vorhin ununterbrochen angesehen?«

»Ich habe Sie nicht angesehen!«

»Doch! Geradezu angestarrt haben Sie mich.«

»Sie waren genau vor mir, wo sollte ich denn sonst hinsehen?«

»In die Landschaft. Damit wäre jede Zweideutigkeit im Keim erstickt gewesen.«

»Die Landschaft kenne ich in- und auswendig! Ich mache

den ganzen Tag über nichts anderes, als in die Landschaft zu schauen. Und außerdem …«

»Was?«

»Ich wollte nicht zu dieser armen alten Dame mit dem seltsamen Hut hinüberschauen. Sie ist ja offenbar nicht mehr ganz bei Trost …«

50

Schäumend vor Wut war Alex wieder ins Auto gestiegen und losgefahren. Er hatte Maxine jegliche Erklärung verweigert und sich in eisiges Schweigen gehüllt.

Die alte Dame rätselte, was ihn in diesen Zustand versetzt haben mochte. Es konnte doch wohl kaum daran liegen, dass er die Tankfüllung hatte bezahlen müssen – von ihrem Geld. Was konnte denn vorgefallen sein? Er hatte doch nichts anderes tun müssen, als zur Kasse zu gehen, die Scheine aus der Geldbörse zu ziehen, die geforderte Summe zu bezahlen und dabei ein wenig freundlich zu sein. Das war doch wohl nicht so schwer.

Sie hatte tatsächlich zu beobachten versucht, wie er sich dabei anstellte, aber aufgrund der Entfernung hatte sie keine klare Einschätzung gewonnen. In ihrem Alter brauchte man eine Brille für die Nähe, für die Ferne, für die Seiten, für vorne und für hinten …

Die Kilometer flogen dahin, Brüssel kam unweigerlich näher. Und bald würde nicht nur die Reise zu Ende sein. Es war das Ende schlechthin, das näher rückte. Maxine schüttelte den Kopf. Sie wollte nicht an diese Dinge denken. Nicht jetzt. Später. Es blieb ihnen noch etwas gemeinsame Zeit, und die wollte sie genießen. Sie musste ihn zum Sprechen bringen.

»Hör mal, ich spüre genau, dass dir etwas gegen den Schlips gegangen ist. Sag mir, was es ist. Du musst es dir von der Seele beten.«

Alex hielt seinen Blick streng auf die Straße gerichtet.

»Es ist nichts. Alles in Ordnung.«

»Nein, es ist nicht alles in Ordnung. Was ist an dieser Tankstelle passiert? Sag mir nicht, dass es auch dort einen Überfall gegeben hat und ich nicht daran beteiligt war!«

Jetzt endlich beschloss er, sie anzusehen.

»Nein. Keine Sorge. Ich habe nicht einmal Ihren Elektroschocker benötigt.«

»War der Kassierer gemein zu dir?«

»Das kann man nicht behaupten.«

»Hat er dich bedrängt?«

»Nein, das ist es ja!«

Jetzt wusste Maxine wirklich nicht mehr, was sie davon halten sollte. Zuerst war es Alex allem Anschein nach peinlich gewesen, dass der Tankwart ihn so beharrlich ansah, und jetzt war er enttäuscht, dass er ihn nicht bedrängt hatte. Diese jungen Leute konnten wirklich kompliziert sein!

Zu ihrer Zeit hatte man ganz einfach »ja« oder »nein« gesagt, alles war ganz klar und deutlich gewesen. Man bauschte einen lächerlichen Blick nicht zu einer riesigen Geschichte auf. Man machte einander den Hof, ging ins Kino, ging gemeinsam zu Tanzabenden, hielt Händchen, und irgendwann heiratete man. Das war wirklich einfacher gewesen. Aber nun gut, sie musste mit der Zeit gehen. Offenbar war der arme Kerl ganz durcheinander. Sie musste ihn dazu bringen, ihr zu erklären, warum. Sie versuchte ihr Glück und fragte aufs Geratewohl:

»Bist du enttäuscht?«

»Nein, ganz und gar nicht!«

»Dann verstehe ich überhaupt nichts mehr! Wolltest du jetzt, dass er sich um dich bemüht und dich bedrängt, oder nicht?«

»Natürlich nicht!«

»Warum bist du dann so wütend?«

»Weil Sie mir weisgemacht haben, dass er schwul ist, dabei ist er es nicht.«

»Ich fand eben, dass er ziemlich erfreut wirkte, dich zu sehen.«

»Aber nicht, weil er schwul ist. Ich habe mich lächerlich gemacht. Ich habe ihm eine ganze Predigt über den Respekt anderen gegenüber gehalten, und am Ende habe ich mich sogar zu etwas wie ›Es lebe das freie Frankreich‹ verstiegen.«

»Ach je, da bist du aber wirklich übers Ziel hinausgebrochen.«

»Und außerdem …«

Alex zögerte. Er wollte Maxine den wahren Grund für seine Gereiztheit nicht gestehen, aber wo er jetzt einmal angefangen hatte zu erzählen, würde er kaum etwas auslassen können. Inzwischen kannte er sie, sie war wie ein Pitbull, der seine Beute nicht mehr losließ, wenn er sie einmal in den Fängen hatte.

»Und außerdem … Er hat gesagt, dass er Sie, äh, etwas verrückt fand.«

»Mich, verrückt? Das ist ja die Höhe!«

Würdevoll rückte sie den *toortsog* auf ihrem Kopf zurecht, während sich ihre Wangen vor Empörung röteten und sie sich ereiferte:

»Originell, vielleicht. Unabhängig, unkonventionell oder meinetwegen auch exzentrisch. Aber verrückt bin ich gewiss nicht. Verrückt ist höchstens er. Wer so etwas sagt, ist es selbst.«

Wild entschlossen griff sie ihm ins Lenkrad:

»Komm, wir kehren um und erklären diesem Kleingeist unsere Art zu denken. Meinen Elektroschocker habe ich auch noch.«

Dem jungen Mann gelang es um ein Haar, die Kontrolle über das Auto zu behalten.

»Wir können nicht noch einmal zurückfahren. Darf ich Sie daran erinnern, dass wir auf der Flucht sind?«

Trotzig verschränkte die alte Dame die Arme vor der Brust. Alex nutzte ihr Schweigen und fragte sie:

»Glauben Sie nicht, dass Ihr Verhalten manchmal ein wenig seltsam wirken kann?«

»Seltsam vielleicht, aber keinesfalls verrückt. Verrückt, das hieße ja nicht ganz richtig im Kopf. Ich bin aber richtig im Kopf. Zumindest jetzt noch, zumindest weitgehend.«

Alex spürte die Traurigkeit, die in Maxines letzten Worten lag, und ihre fürchterliche Angst, bald die Kontrolle über ihr Denken zu verlieren. Das war der einzige Punkt, an dem sie Schwäche zeigte.

Ohne ihn anzusehen, fuhr sie fort:

»Ich habe mich immer etwas außerhalb der Norm bewegt. So bin ich nun einmal. Das ist die Macht der Gewohnheit.«

»Sie verhalten sich jedenfalls nicht wie eine Frau Ihres Alters.«

»Ach! Das ist ja das Problem. Ich handele so, wie ich mich in meinem Kopf fühle. Da bin ich jung, und deshalb handle ich auch so. Das mag manchen Leuten missfallen. Nur weil ich ein paar Jahre älter bin als der Durchschnitt der Menschheit, muss ich aber doch nicht gleich geblümte Kittelschürzen tragen und Filzpantoffeln sammeln. Soll ich meine Zeit etwa damit verbringen, Kuchen zu backen, fernzusehen und übers Gärtnern zu reden? Das ist was für alte Menschen, aber nicht für mich.«

Sie hielt einen Augenblick inne und blickte konzentriert auf die draußen vorbeiziehende nordfranzösische Landschaft. Bescheidene rote Backsteinhäuser waren mittlerweile aufgetaucht, und am Horizont ragten einige Halden auf, die wie dunkle Hügelketten wirkten und an die Zeiten des Kohleabbaus erinnerten.

Dann nahm sie den Faden wieder auf:

»Ich habe den Eindruck, an einem Locked-in-Syndrom zu leiden. Ich stecke in einem für mich viel zu alten Körper. Aber vielleicht werde ich ja nach meinem Tod wiedergeboren.«

Auch wenn Alex nicht im Geringsten an solche Dinge glaubte, wollte er ihr so kurz vor dem Tod ganz sicher nicht diese Idee ausreden.

»Als was wollen Sie denn gerne wiedergeboren werden?«

»Als Stechmücke.«

»Um fliegen zu können?«, fragte er erstaunt.

»Nein, um diesen Idioten zu stechen, der mich als Verrückte bezeichnet hat!«

Der junge Mann betrachtete sie liebevoll.

»Sie sind die jüngste Person, die ich kenne. Neben Ihnen wirken selbst junge Menschen alt. Sie haben nicht Ihre Energie, Ihre Intelligenz und Ihren Humor. Ganz ehrlich, Sie sind viel jünger als ich!«

Sie wandte sich ihm zu und strich ihm mit mütterlicher Zärtlichkeit über die Schulter.

»Und du, du bist der netteste von allen jungen Männern.«

»Kennen Sie denn viele?«

Sie überlegte kurz.

»Nein. Aber trotzdem, du bist mir der liebste. Darum geht es.«

Ihre Aufmerksamkeit wurde nun auf ein neongelbes Schild an einem Holzpfosten gelenkt.

Alex sah Maxines Reaktion bereits voraus. Er sagte nichts und zählte still die Sekunden, die sie brauchen würde. Eins, zwei, drei, vier, fünf …

»Ein Jahrmarkt!«, rief sie hocherfreut wie ein kleines Mädchen. »Gehen wir hin? Ach, bitte, lass uns hingehen …«

Der junge Mann rang sich ein Lächeln ab.

»Na gut, aber nur kurz.«

»Großartig!«

Sie konnte es kaum abwarten und trommelte bereits ungeduldig mit ihren kleinen Füßen auf den Boden des Twingo.

51

Alex hatte das Auto etwas abseits geparkt. Er wollte unbedingt vermeiden, dass ein Ordner oder ein übereifriger Passant aufmerksam auf sie würde und die Polizei informierte.

Sie schlenderten von einem Stand zum nächsten und bestaunten die verschiedenen Attraktionen. Die Scheinwerfer und Neonlichter warfen rote, grüne, gelbe und blaue Farbtupfer auf Maxines helles Haar. Es herrschte ein ausgelassenes Treiben. Das übermütige Geschrei und Gelächter der Menschen vermischte sich in einem fröhlichen Durcheinander mit alten französischen Chansons, die am Karussell ertönten, und Musik »für die Jugend« – wie Maxine sie rhythmisch mit dem Kopf wippend bezeichnete –, die an den wagemutigeren Attraktionen zu hören war.

Ein verlockender Duft von Zuckerwatte lag in der Luft. Die alte Dame hob den Kopf, schnupperte wie ein Jagdhund und folgte der aufgenommenen Fährte bis zu dem Stand, der den zuckrigen Geruch verströmte. Direkt gegenüber wurden in einer bunt angemalten Holzhütte Churros und andere Waffeln feilgeboten. Lustvoll glitt Maxines Blick von einem Stand zum anderen.

»Möchten Sie eine Portion Zuckerwatte?«

»Fragt man einen Dachdecker etwa, ob er Ziegel mag? Natürlich will ich!«

Gleichzeitig starrte sie fasziniert auf die Churros, die eine Verkäuferin geschickt in einem Papiertütchen unterbrachte.

»Mögen Sie Churros?«

»Fragt man einen Holzfäller etwa, ob er Holz mag?«

Alex verstand diese Verbindung nicht, aber nun gut.

»Nehmen wir nun Zuckerwatte oder Churros?«

»Beides. Und dann teilen wir!«

Sie ließen sich mit dem Menschenstrom durch die Gänge des Jahrmarkts treiben und blieben hier und da vor einem Fahrgeschäft stehen, um die Insassen zu beobachten. Hier lachten die Kinder vergnügt in einem sich gemächlich drehenden Karussell, während ihre Eltern ihnen zärtlich zuwinkten, dort kreischten Jugendliche und Erwachsene in halsbrecherisch rasenden, wirbelnden Ungetümen. Eine Art Kran tauchte vor ihnen auf, von dem etwa fünfzig Meter über dem Boden zwei Gondeln herabbaumelten. Ein Hinweisschild rühmte die gewaltigen Kräfte, die hier im Spiel waren: Die fünffache Schwerkraft würde auf den Körper einwirken. Bereits der Anblick der hin- und herschaukelnden Gondeln verursachte Alex Übelkeit. Maxine wies mit dem Finger auf ein kleines Schild am Eingang, und in dem Bemühen, das haltlose Gekreische der verzweifelten Insassen zu übertönen, die sich leichtfertig in dieses Abenteuer gestürzt hatten, schrie sie dem jungen Mann zu:

»Von 7 bis 77 Jahren«. Das ist sehr schade. Ich hätte es so gerne ausprobiert. Eigentlich ist das diskriminierend! Glaubst du, ich könnte für eine junge Frau von siebenundsiebzig Jahren durchgehen?«

Alex wusste, dass er Maxine würde begleiten müssen, wenn sie diese Gondel besteigen wollte, und dazu war er nicht im Entferntesten aufgelegt. Am Ende würde die alte Dame noch einen Herzinfarkt bekommen, oder aber – und das war wahrscheinlicher – ihn würde dieses Schicksal ereilen. Er ließ sich Zeit und kaute ausgiebig auf seinem Churro herum, bevor er antwortete:

»Ich bin sicher, dass Sie problemlos für eine flotte Siebzigjährige durchgehen könnten, aber haben Sie die Schlange gesehen?«

Sie schluckte einen Fetzen rosa Zuckerwatte hinunter.

»Du hast recht. Vielleicht später …«

Alex hoffte, dass dieses eine Mal ihre Alzheimer-Krankheit tatsächlich von Vorteil wäre und dazu führte, dass Maxine etwas vergaß.

Sie setzten ihren Spaziergang fort und nahmen auf einer Bank Platz, von der aus sie die Boxautos beobachten konnten. Ausgelassen drängte sich auch dort eine Traube von Menschen.

»Da geht es ja echt sportlich zu!«, rief Maxine entzückt.

»Wozu soll das gut sein? Man macht nichts anderes, als andere wegzustoßen oder weggestoßen zu werden.«

»Genau! Bei den Boxautos ist es wie im Leben. Um weiter voranzukommen, musst du ausweichen lernen. Du kannst dich dazu entscheiden, beim Fahren kein Risiko einzugehen und immer nah an der Bande bleiben, aber das ist eben furchtbar langweilig! Um Spaß zu haben, um zu leben, musst du ein Risiko eingehen. Du musst dich mitten ins Gewühl begeben, bereit sein, auszuteilen und einzustecken, wenn es notwendig ist. Im Leben ist es genau wie im Boxauto, und eine Runde ist schnell vorbei. Komm, das darfst du dir nicht entgehen lassen.«

Sie zog ihn am Arm.

Alex wies auf einen Churro, der noch in seinem Papiertütchen steckte.

»Ich kann nicht, ich bin noch nicht fertig.«

Sie steckte ihm das Gebäck in den Mund.

»Jetzt bist du fertig.«

Sie ließ ihm keine Zeit für weitere Ausflüchte und machte sich schnurstracks auf, um zwei Fahrten zu bezahlen. Als sie mit den Tickets zurückkam und ihm eines reichte, ertönte auch schon eine Musik, die die neue Runde einläutete.

»Könnten wir uns nicht ein Auto teilen?«, fragte Alex, der es plötzlich mit der Angst zu tun bekam.

»Wie im Leben heißt es hier, jeder für sich allein!«

Der junge Mann schaute so betreten drein, dass sie nachschob:

»Aber mach dir keine Sorgen, ich bleibe hinter dir und gebe dir Deckung.«

Sie wählte ein rosafarbenes, mit Glitzerelementen verziertes Boxauto, während Alex ein graues bestieg, dessen Farbe bereits abblätterte.

Ein elektronisches Musiksignal verkündete, dass die Zeit jetzt lief. Maxine ließ sich nicht lange bitten und flitzte pfeilschnell los. Sie rammte alle weg, die das Pech hatten, ihr im Weg zu sein, und begleitete jeden Zusammenstoß mit einem übermütigen Lachen. Alex blieb am Rand und hatte das Gaspedal noch gar nicht betätigt. Sie schrie zu ihm hinüber: »Willst du deinen Karren nicht endlich in Gang bringen? Da wäre ja meine Urgroßmutter noch schneller unterwegs als du, dabei wurde ihr Karren nur von Pferden gezogen!« Dann wurde sie philosophisch: »Wer rastet, der frostet!«

Verblüfft sah er zu, wie sie das Auto einer etwa sechzigjährigen Frau rammte, die mit einem kleinen Jungen unterwegs war. Sie bedachte sie mit einem sehr würdevollen »Pardon, Madame« und sauste dann zu Alex zurück.

»Alte Leute sollten solche Unternehmungen nicht mehr machen. Altersgemäßes Fahren ist hier nicht angesagt!«

Ebenso schnell, wie sie erschienen war, fuhr sie wieder los und rempelte sämtliche Autos an, die ihr den Weg versperrten.

Sie fühlte sich leicht. Frei. Jung. Sie liebte die Geschwindigkeit und genoss es, den Wind in ihrem Haar zu spüren. Sie legte ihre Hände gern fest um das Lenkrad und fuhr auf andere Autos auf, um die Stoßwelle zu spüren, die ihren Körper dabei durchfuhr. Zugegeben, ihre Knie schmerzten, und sie sah an den Rändern ihres Gesichtsfeldes unscharf, aber sie fühlte sich jetzt so lebendig, dass sie hätte schreien mögen. Wenn sie die anderen Autos rammte, war das ebenso Ausdruck ihrer Wut wie ihrer Lebenslust. Mehr. Weiter. Wenn sie doch nur noch ein paar Runden fahren könnte. Ihre Augen füllten sich mit Tränen, während sie gleichzeitig laut auflachte. Freude, Angst, Wut, Traurigkeit und Lachen stiegen in einem gewaltigen Strom in ihr hoch und drohten sie zu übermannen. Sie verscheuchte jeden, der es wagte, ihr Auto anzufahren, und ließ sich dann gegen eine Bande an der Seite treiben, wo sie so viele Drehungen auf der Stelle vollführte, bis sich auch alles in ihrem Kopf drehte. Ihr war klar, dass sie einen solchen Augenblick nicht noch einmal erleben würde.

Alex dagegen hatte seinen geschützten Winkel nicht verlassen. Als er sah, wie enthemmt und eigensinnig Maxine unterwegs war, beschämte ihn das. Was eine alte Dame schaffte, würde er doch auch schaffen. Aber Maxine war nicht irgendeine alte Dame.

Er schloss die Augen und drückte aufs Gaspedal.

Sofort fuhr ein anderes Auto in ihn hinein. Der Aufprall war heftig und bewog Alex, die Augen wieder zu öffnen. Zwei etwa siebzehnjährige Mädchen lächelten ihn an und fuhren kichernd an ihm vorbei. Das war also das Leben: Man steckte ein und machte weiter? Er tastete sicherheitshalber seine Halswirbel ab und stellte erleichtert fest, dass er seine Zehen noch bewegen konnte. Also drückte er erneut aufs Gaspedal. Das Auto schoss nach vorn. Er fuhr im Slalom und vollführte immer gewagtere Wendemanöver. Er wollte gerade versuchen, rückwärts in eine Lücke zwischen zwei unbemannte Autos zu setzen, als er sah, wie ein Irrer von vorn wild entschlossen auf ihn zusteuerte. Eingekeilt zwischen den beiden parkenden Autos und der Bande hinter ihm, realisierte er, dass es keinerlei Ausweichmöglichkeit gab. Das war also das Leben: Man steckte immer weiter ein, auch wenn man schon mit dem Rücken zur Wand stand? Er konnte nichts tun, außer sich auf den Aufprall einzustellen. Also schloss er die Augen wie ein zum Tode Verurteilter vor seiner Hinrichtung. Er hörte ein Geräusch, stellte aber erstaunt fest, dass keinerlei Auswirkung des Zusammenstoßes in ihm nachhallte. Als er ein Auge öffnete, sah er, dass Maxine ihm von der Seite zu Hilfe geeilt und mit voller Wucht in den Angreifer hineingerast war.

»Ich habe doch gesagt, dass ich dir Deckung gebe.«

52

Als sie aus den Boxautos ausstiegen, spürten sie ihre Beine kaum noch. Aus der Ferne betrachtet, sahen sie vermutlich aus wie zwei Betrunkene, dabei waren sie einfach nur berauscht von dem gerade Erlebten. Maxine hakte sich auf dem Weg bei Alex ein, allerdings eher aus Übermut denn aus Notwendigkeit, und Alex ließ seine Hand auf dem Unterarm der alten Dame ruhen. So wirkten die beiden untrennbar miteinander verbunden, wie aus ein und demselben Block Marmor gemeißelt. Sie überließen sich dem Gewirr aus Stimmen und Musik, den im Magen widerhallenden Bässen und den zuckrigen Düften, sie beobachteten amüsiert die herumtollenden und davonlaufenden Kinder und ihre Eltern, die versuchten, sie im Zaum zu halten.

Alex hatte den Eindruck, dass sich etwas in ihm gelöst hatte. Er fühlte sich leichter und zugleich tiefsinniger. Er empfand alles intensiver, als wären seine Sinne zu neuem Leben erwacht. Jede Farbe, jeder Geruch, jeder Klang, jeder Geschmack – alles rückte dichter an ihn heran. Er wollte unbedingt eine Erinnerung an diesen Augenblick festhalten.

»Leihen Sie mir Ihr Handy?«

»Willst du jemanden anrufen?«

»Nein. Ich will ein Selfie machen.«

»Ich weiß gar nicht, ob das mit meinem Handy geht. Du weißt ja, dass es ziemlich alt ist.«

Sie blieb stehen und stellte ihre Tasche auf einer Bank ab, um mit beiden Händen nach dem Handy zu suchen. Die Suche zog sich ein paar lange Sekunden hin. Als sie nacheinander einen Anti-Age-Creme-Tiegel, eine kleine Porzellankatze und einen Becher mit der Aufschrift »I love Paris« auf die Bank stellte, wollte Alex ihr bereits vorschlagen, die Suche einzustellen. Aber Maxine wühlte hartnäckig weiter und förderte endlich das alte Nokia-Gerät aus dem Bauch des Ungeheuers zutage.

Alex griff danach und suchte die Kamerafunktion, indem er alle möglichen Tasten drückte, was jeweils mit einem metallischen Piepton einherging. Das Nokia-Handy hatte eine VGA-Kamera, die keine hochaufgelösten Fotos lieferte. Damals stand nicht die Anzahl der Pixel im Vordergrund, sondern einfach der Wunsch, einen besonderen Augenblick zu verewigen. Doch das entsprach genau dem, was er hier vorhatte.

Er fasste Maxine um die Schultern, schmiegte sein Gesicht an ihres und richtete das Handy auf sie.

»Sind Sie bereit?«

»Wofür?«

»Für unser Selfie?«

Sie wich zurück.

»Tut das weh?«

»Aber nein! Wir machen nur ein Foto von uns beiden.«

»Willst du nicht jemanden fragen, ob er ein Foto von uns macht?«

»Das ist nicht nötig. Ich muss nur den Arm ausstrecken und auf eine Taste drücken.«

Er wies mit dem Finger auf zwei ungefähr zwölfjährige Mädchen, die damit beschäftigt waren, Grimassen zu schneiden und Selfies mit Kussmund und weit aufgerissenen Augen von sich zu machen.

»Sehen Sie, die beiden machen Selfies.«

»Willst du, dass ich auch eine solche Grimasse auf deinem Foto schneide?«

»Nein«, erwiderte Alex lachend. »Das müssen Sie nicht. Die

beiden machen das, um hübscher, schlanker oder lustiger zu wirken.«

»Was für eine verkehrte Welt!«

»Aber es liefert uns eine Erinnerung! Ich möchte gern ein Bild haben, das mich an unseren heutigen Tag, an uns erinnert!«

»Gut, einverstanden. Wie viele Fotos können wir machen? Vier?«

»Das ist kein Automat! Wir können so viele machen, wie wir wollen. Bereit?«

Sie zog eine Bürste aus ihrer Tasche und brachte ihre Frisur noch einmal in Ordnung, obwohl ihre Locken selbst durch ihr rasantes Fahrabenteuer nicht außer Form geraten waren.

»Sind die Fotos schwarz-weiß oder farbig?«

»Farbig natürlich.«

Sie legte einen perlmuttfarbenen Lippenstift auf und kniff sich in die Wangen, um ihnen einen rosigen Schimmer zu entlocken.

Im Spiegel ihrer silbernen Puderdose überprüfte sie ein letztes Mal ihr Aussehen.

»Alles klar, ich bin bereit. Mach ein Selfie von mir!«

Gerührt blickte Alex auf sie hinunter.

»Sie sind sehr schön.«

Sie versetzte ihm mal wieder einen Klaps auf die Schulter.

»Hör auf, sonst werde ich noch rot … Ich will nicht wie eine Tomate aussehen auf dem Foto.«

Er legte seine Hand auf ihre Schulter und ging ein wenig in die Knie, um auf einer Höhe mit der alten Dame zu sein. Dann streckte er den Arm aus, und ein Klicken war zu hören.

»So, das wäre geschafft«, sagte der junge Mann zufrieden.

»Es hat nicht geklappt, ich habe keinen Blitz gesehen!«

»Wir brauchen keinen Blitz, es ist ja helllichter Tag.«

»Wenn du meinst. Du wirst ja sehen, was dabei herausgekommen ist, wenn du den Film entwickelt hast.«

Er musste lachen.

»Den Film entwickeln? Das habe ich ja seit Ewigkeiten nicht mehr gehört. Wo soll sich denn in diesem Fotoapparat ein Film verstecken?«

»Bei diesen neuen Technologien ist doch immer alles ganz klein.«

»Nun, da habe ich eine gute Neuigkeit für Sie, Maxine. Wir brauchen keinen Film mehr entwickeln zu lassen, um unsere Fotos zu sehen.«

Er drückte auf eine Taste und ließ die alte Dame auf das Display des Nokia-Gerätes blicken, wo ihre beiden lachenden Gesichter erschienen.

»Das ist ja großartig! Lass uns noch ein paar Fotos machen!«

Sie machten eine ganze Reihe von Aufnahmen. Maxine fühlte sich jetzt rundum wohl vor dem winzigen Objektiv. Sie lächelten, schnitten Grimassen, formten ihre Lippen zu einem Kussmund, schlossen die Augen, streckten die Zunge heraus. Maxine machte Alex Hasenohren, Alex drückte Maxine ein Küsschen auf die Wange ...

Als ihnen die Einfälle allmählich ausgingen, reichte Alex Maxine ihr Handy, und sie verstaute es behutsam in ihrer Tasche, als handele es sich um einen wertvollen Schatz. Es besaß plötzlich einen unermesslichen Wert für sie, denn es war zu einem »Generator« von Erinnerungen geworden.

Als sie nun bei dem Riesenrad vorbeikamen, gab es für Alex erneut kein Entrinnen. Ehe er sich versah, hatte die Fahrt auf diesem Ungetüm begonnen. Ihm wurde schwindlig, und er hielt sich verzweifelt an der dünnen Kette fest, die ihre Gondel symbolisch zusperrte. Er wagte nicht hinunterzublicken und harrte stocksteif auf der schmalen Holzbank aus. Die alte Dame hingegen hatte es sich gemütlich gemacht und genoss den Blick in die Weite.

»Entspann dich! Wovor hast du Angst?«

Er war außerstande, auch nur ein Wort hervorzubringen, und deutete mit dem Finger auf die gähnende Leere unter ihnen.

»Zu fallen?«

Er nickte.

»Es ist vollkommen ungefährlich. Sieh doch, alles ist ganz fest und sicher.«

Sie rüttelte an der Gondel, um ihre Behauptung zu untermauern.

»Hören Sie auf!«, fuhr der blass gewordene Alex sie an. »Kennen Sie die Unfallstatistik für Riesenräder?«, stieß er mit äußerster Anstrengung hervor.

»Nein, du etwa?«

»Ich auch nicht, aber ich bin sicher, dass sie alarmierend ist.«

Sie streckte ihre Arme zu ihm hinüber.

»Gib mir deine Hände.«

»Ich kann nicht, ich muss mich an der Kette festhalten.«

»Glaubst du wirklich, dass dieses zarte Kettchen dir im Ernstfall das Leben retten würde?«

Der junge Mann blickte auf die fragilen Glieder der Kette und dann auf Maxines Hände. Genau genommen wirkten diese verlässlicher und vielleicht sogar weniger betagt als die Kette. Vorsichtig löste er eine Hand, dann die andere und fasste nach Maxines Händen.

»So ist es gut. Das hast du sehr gut gemacht.«

Er wusste nicht, ob sie sich über ihn lustig machte oder ob ihr Lob aufrichtig gemeint war. Da er jedoch nicht länger über die Frage nachdenken wollte – womöglich würde er gleich bei einem Riesenradunfall den Tod finden –, beschloss er, von der zweiten, ermutigenderen Option auszugehen.

»Jetzt schließ die Augen.«

Das kam überhaupt nicht infrage! Die Augen schließen, das bedeutete, die Kontrolle zu verlieren. Andererseits würde er am

Ende seinem eigenen Sterben zusehen müssen, sollte die Gondel in die Tiefe stürzen und er die Augen offen haben, also war es vielleicht besser zu gehorchen. Er schloss zuerst ein Auge und wartete ab, um sicherzugehen, dass kein Unfall geschah. Ansatzweise beruhigt schloss er dann auch das zweite Auge.

»Sehr gut. Und nun atme.«

Alex bemerkte erst jetzt, dass er den Atem anhielt.

»Konzentrier dich auf deine Atmung.«

Er atmete tief ein und spürte, wie die Luft in seine Lungen strömte. Dann atmete er aus und ließ dabei los. Diese Übung wiederholte er mehrmals, wobei sich seine Schultern allmählich ein wenig lockerten.

Währenddessen redete Maxine unentwegt leise und beruhigend auf ihn ein. Die Gondel setzte ihre gemächliche Fahrt über die ehemalige Industrielandschaft fort. Sie spürte, wie sich die Hände des Jungen entkrampften, er war bereit.

»Alles ist gut, du kannst die Augen öffnen.«

Alex tauchte aus seiner meditativen Konzentrationsübung auf, in dem Glauben, ihre Fahrt sei zu Ende. Umso überraschter war er, als er sah, dass sie den höchsten Punkt am Riesenrad erreicht hatten. Seine Hände verstärkten erneut den Druck auf Maxines Hände, aber er sagte nichts.

»Sieh nur, wie schön das ist.«

Er wagte einen Blick in die Weite ringsum. In der Ferne erhoben sich die schwarzen Hügel der ehemaligen Halden inmitten ausgedehnter Felder. Um hoch aufragende Kirchtürme scharten sich bescheidene rote Backsteinhäuschen in wohlgeordneten Straßenzügen. Der Himmel war klar, die Sonne betonte die farbenfrohen Kontraste, und ein leichter Wind strich ihnen übers Gesicht. Es war großartig. Das konnte er nicht leugnen. Er ließ Maxines Hände los, ohne dass er sich dessen bewusst war. Wohlig lehnte er sich auf seiner Bank zurück, als wäre es das Allernatürlichste für ihn. Als er seinen Rundblick beendet hatte, drehte er sich zu der alten Dame, um ihr zu danken. Er wollte gerade zu gerührten Dankesworten ansetzen, da fragte sie ihn:

»Und, gefällt es dir jetzt doch?«

»Ja.«

»Willst du ein Selfie machen?«

53

Sie wollten den Jahrmarkt gerade verlassen und ihre Fahrt fortsetzen, als Maxine an einer Abzweigung etwas erblickte, was sie auf der Stelle zum Stehenbleiben bewegte. Ihre beiden kleinen Füße standen wie festgewurzelt da, und sie rührte sich nicht vom Fleck.

»Sieh doch mal! Das machen wir«, erklärte sie mit fester Stimme und zog ihn am Ärmel seines Anzugs zu sich.

»Sie brauchen sich gar keine Mühe zu geben, das kommt überhaupt nicht infrage.«

In diesem Fall wollte er nicht mit sich reden lassen, blieb entschlossen hinter ihr zurück und wies kopfschüttelnd auf das an einem Wohnwagen befestigte Schild: MADAME PLUTO, HELLSEHERIN.

»Ich werde keinen Scharlatan aufsuchen. Allein schon der Name! Pluto gilt ja noch nicht einmal mehr als Planet.«

»Glaubst du nicht an Hellseherei?«

»Natürlich nicht! Das ist die reinste Bauernfängerei.«

»Dafür, dass du gerade eine so himmlische Erfahrung gemacht hast, verhältst du dich verteufelt nüchtern.«

»Ich glaube kaum, dass man eine Runde im Riesenrad als ›himmlische Erfahrung‹ bezeichnen kann«, wiederholte er und unterstrich diese Worte mit angedeuteten Anführungszeichen.

»Glaubst du nicht, dass es etwas Größeres als dich selbst gibt?«

»Oh doch! Viele Dinge sind größer als ich, und mein Dilemma besteht gerade darin, dass ich mir dessen nur allzu bewusst bin.«

»Also siehst du ein, dass es Dinge gibt, die über uns hinausweisen?«

»Meinen Sie Gott?«

Er hatte seine Stimme gesenkt und die Augen zum Himmel gehoben, als könne ihn bereits für diese bloße Erwähnung des Allerhöchsten auf der Stelle der Blitz treffen.

Maxine zuckte die Schultern.

»Gott, Shiva, Allah, Buddha, der Wind, der Kosmos, die Natur oder was auch immer. Es gibt überall etwas Nichterklärbares für uns. Der Zufall, der uns beide zusammengeführt hat. Die Freundlichkeit, die Güte, das Lachen, all das kommt doch irgendwoher.«

»Von uns. Von den Menschen.«

»Ja. Es gibt also tatsächlich etwas Nichtfassbares, das uns Menschen miteinander verknüpft. Etwas Verbindendes, Werte, ein ungreifbares Gefühl, das die Dinge zu dem macht, was sie sind.«

»Okay, so gesehen gebe ich das zu.«

»Sehr gut. Dann kannst du jetzt in Betracht ziehen, dass manche Leute dazu in der Lage sind, das Nichtfassbare zu spüren.«

Er setzte eine sehr skeptische Miene auf, während er auf den Wohnwagen starrte.

»In der Zukunft zu lesen?«

»Warum denn nicht?«

»Meinen Sie wirklich, dass Madame Pluto ein hellsichtiges Wesen ist, das mit höheren Mächten in Verbindung steht?«

»Du redest wie ein Kleingeist mit einer vorgefassten Meinung. Deine Auffassung ist von Vorurteilen diktiert und deshalb nicht objektiv. Du musst selbst darüber nachdenken und nicht einfach übernehmen, was man dir beigebracht hat. Nur weil sie ihre Wahrsagekunst in einem Wohnwagen ausübt, muss es dort drinnen noch lange nicht vor sternenübersäten

Vorhängen, Kristallkugeln, Hasenpfoten, Katzenschädeln und anderen Talismanen wimmeln.«

Alex fröstelte bei der Erwähnung von Katzenschädeln. Aber er wagte nicht, Maxine zu unterbrechen, die jetzt vollends in Fahrt gekommen war:

»Madame Pluto ist nicht zwangsläufig eine Roma mit einem bunten Kopftuch.«

Er haderte einmal mehr mit sich, dass er so wenig Offenheit an den Tag gelegt hatte. Wer war er denn, dass er sich anmaßte, jemanden nach dem äußeren Anschein zu beurteilen? Genau das hatte *sie* schließlich getan, *sie* hatte ihn nicht einmal angesehen, *sie* hatte nicht versucht, ihn kennenzulernen, und das hatte ihn in seine Depression gestürzt.

Seine Reaktion angesichts des Wohnwagens der Hellseherin war dumm gewesen, denn das Äußere war oft trügerisch. Auch er wirkte heute in seinem schönen Anzug ganz anders als gestern in seinem mongolischen Gewand. Und wie verhielt es sich bei Maxine? Vom Äußeren her ähnelte sie einem harmlosen Großmütterchen. Niemals würde man auf den Gedanken kommen, dass sie in der Lage war, ganz allein einen Räuber zur Strecke zu bringen. Wenn man sie so in ihrem Faltenrock und ihrer Strickjacke sah, konnte man sich beim besten Willen nicht vorstellen, dass sie an einer Krankheit litt und sich nun anschickte, ihre letzte große Reise anzutreten.

Es war nicht nur dumm, nach dem äußeren Anschein zu urteilen, es war hochmütig.

Stolz über seine neue Aufgeschlossenheit, sah er noch einmal zum Wohnwagen der Hellseherin hinüber. Auch wenn er jetzt versuchte, sie in einem neuen Licht zu sehen, fiel es ihm schwer, sie ernst zu nehmen. Vor allem, wenn er ihren Werbespruch las: »Madame Pluto liest in Ihrer Vergangenheit, Ihrer Gegenwart und Ihrer Zukunft.«

340

»Wer will denn schon, dass man in seiner Vergangenheit liest? Das ist doch Schwachsinn.«

»Menschen, die an Amnesie leiden. Ich kenne im Altenheim mehr als einen, der glücklich wäre, wenn man ihm sein früheres Leben wachriefe. Ich könnte Madame Pluto eigentlich fragen, ob sie Hausbesuche macht. Émilien Laplace, mittlerweile verstorben, machte sich ständig Sorgen, weil er sich nicht mehr daran erinnerte, wo er sein Gebiss abgelegt hatte. Eine solche Wahrsagerin wäre ihm außerordentlich nützlich gewesen. Das Gleiche gilt für Margot Candelier, die immer ihre Schlüssel verlegte.«

Alex fand diese Argumentation zwar etwas dünn, aber nun gut.

»Und was ist mit der Gegenwart? In der leben wir doch gerade, darüber braucht uns niemand etwas zu erzählen.«

»Manchmal tut es gut, alles mit ein wenig Abstand zu betrachten. Wenn man dir deine eigene Geschichte erzählt und du sie hörst, als wäre sie die Geschichte eines anderen, siehst du vieles klarer.«

Er war hin- und hergerissen. Er musste zugeben, dass Maxine in gewisser Hinsicht recht hatte … Wie immer war er darüber ein wenig verärgert.

Sie zog ihn erneut am Ärmel, aber er widersetzte sich auch jetzt noch.

»Warum wollen Sie etwas über Ihre Zukunft wissen, wo Sie doch fast keine mehr haben?«

Kaum waren die Worte über seine Lippen gekommen, schienen sie ihm auch schon zu direkt und vor allem taktlos. Die alte Dame jedoch wirkte nicht beleidigt.

»Mich interessiert nicht meine Zukunft, sondern deine, du Dummkopf!«

»Meine?«

»Ich will wissen, was aus dir wird, wenn ich nicht mehr da

bin. Wie du zurechtkommst. Ob du ein nettes Mädchen kennenlernst, eine Familie gründest und eine gute Arbeit findest. Ich will wissen, ob du mit dir ins Reine kommen wirst. Ich bin mir dessen zwar eigentlich sicher, aber ich hätte gern eine Bestätigung.«

»Und Sie glauben, dass Madame Pluto in der Lage ist, Ihnen diese entscheidenden Fragen in Bezug auf mich zu beantworten?«

»Natürlich!«

Alex wurde klar, dass Maxine diese Bestätigung aus irgendeinem Grund brauchte. Sie wirkte ehrlich in Sorge. Sie lag ihm am Herzen, aber er hatte niemals in Betracht gezogen, dass auch sie einen solchen Anteil an ihm nehmen könnte. Das rührte ihn. Seine Eltern hatten ihm stets das Gefühl gegeben, dass er in erster Linie Ärger verursachte – wegen seiner Noten, wegen der mangelnden Kontakte zu seinen Mitschülern oder wegen des Fußballtrainings, an dem er nicht teilnehmen wollte. Er hatte immer versucht, unbemerkt zu bleiben, kein Aufsehen zu erregen und möglichst wenig zu stören. Dass Maxine sich trotz der traurigen Lebensphase, in der sie sich befand, nun um seine Zukunft sorgte, bewegte ihn zutiefst.

Da konnte er doch wohl, um ihr einen Gefallen zu tun, diesen Wohnwagen betreten. Er hoffte, dass die Geschichtenerzählerin immerhin so viel psychologisches Geschick besaß, ihr zu liefern, was sie erwartete.

»Na gut, ich begleite Sie zu einer Sitzung bei Madame Pluto. Schlimmstenfalls können wir sie immer noch bitten, uns den Weg nach Brüssel zu erklären.«

»Sie ist eine Hellseherin, kein GPS!«

»Auf ein GPS wäre wohl mehr Verlass.«

Sie schubste ihn lediglich vorwärts, und diesmal setzte er sich in Bewegung.

54

Nicht nach dem äußeren Anschein urteilen. Für alles offen bleiben. Alex wiederholte sich dieses Mantra, während er das Refugium von Madame Pluto genauer in Augenschein nahm.

Er wäre gern überrascht worden. Er hätte gern einen ultramodernen Wahrsager-Wohnwagen vorgefunden, chromglänzend und vom Designer Philippe Starck entworfen. Er hätte gern auf transparenten Plastiksesseln Platz genommen und sich einer unkonventionellen Hellseherin gegenüber gesehen, die ein schlichtes schwarzes Kleid trug und deren Fingernägel perfekt rot lackiert waren.

Madame Pluto war tatsächlich schwarz gekleidet und hatte rote Fingernägel. Weiter reichte die Ähnlichkeit mit seinen Fantasiebildern jedoch nicht. Keine Sessel von Philippe Starck, sondern abgenutzte weiße Gartenstühle. Immerhin hatte die Hellseherin sich durchaus um Bequemlichkeit bemüht: Zwei pflaumenfarbene Kissen lagen auf den Stühlen, damit ihre Kunden etwas weicher saßen. Diese Fürsorge konnte man doch als schöne Aufmerksamkeit deuten.

Die Wände des Wohnwagens waren mit breiten Stoffbahnen ausgekleidet, auf denen Sonnen, Monde und andere Gestirne zu sehen waren.

Die Wahrsagerin selbst saß mit dem Rücken vor einer Art Altar, den mehrere Kerzenleuchter zierten, und wurde von dem Kerzenschein in ein dämmriges orangefarbenes Licht getaucht.

Obwohl Alex und Maxine an die Tür geklopft hatten, hielt sie den Kopf auch jetzt noch gesenkt. Sie schien die beiden gar nicht wahrgenommen zu haben. Möglicherweise war sie mitten in einer Meditation oder stand gerade im Austausch mit übersinnlichen Kräften.

Umso heftiger fuhr der junge Mann zusammen, als plötzlich ihre tiefe Stimme ertönte.

»Ich habe Sie erwartet.«

Sichtlich beeindruckt drehte sich Maxine zu Alex um. Sie versetzte ihm einen leichten Stoß mit dem Ellenbogen, als wollte sie ihm sagen: »Siehst du, ich habe es dir ja gesagt.«

Verblüfft fragte er:

»Sie wussten, dass wir kommen würden?«

»Allerdings!«

»Wie konnten Sie das denn wissen?«

»Sie haben an die Tür geklopft, und ich bin nicht taub.«

Sie bedeutete ihnen mit einer Handbewegung, auf den Gartenstühlen Platz zu nehmen, die unter ihrem Gewicht ächzten. Madame Pluto agierte mit einem freundlichen Gleichmut, und ihr etwas rundliches Äußeres vermittelte zugleich auch etwas Heimeliges. In ihren dunklen Augen ließen sich die Umrisse der Pupillen nicht ausmachen, sodass ihr Blick eine gleichermaßen beunruhigende wie hypnotische Tiefe verströmte. Das einzige Fenster des Wohnwagens war mit einem granatroten Samtvorhang verhängt, einzige Lichtquelle waren die Kerzen, deren Flackern sich im monochromen Blick der Hellseherin spiegelte.

Über einen kleinen Ecktisch war eine Blumentischdecke gebreitet, darauf stand eine Vase mit verwelkten Blumen. Vielleicht handelte es sich auch um getrocknete Blumen, aber für Alex sahen sie aus, als hätten sie ihren Geist aufgegeben, und das deutete er als schlechtes Omen. Die gesamte Atmosphäre flößte ihm eine latente Angst ein. Er fühlte sich nicht wohl inmitten dieses gewollten Mystizismus. Er nahm alle Winkel des Wohnwagens genau ins Visier, denn er wollte unbedingt vermeiden, dass sich sein Blick mit dem der Hellseherin kreuzte. Ob sie nun ein Scharlatan war oder nicht, diese Frau verstand es, sich in Szene zu setzen.

Er spürte, dass etwas an seinem Bein entlangstrich. Ein Frösteln durchfuhr ihn, und er sah zu Boden. Nichts. Seine Fantasie musste ihm einen Streich gespielt haben. Schon als kleines Kind hatte er Angst vor der Dunkelheit gehabt und sich nachts in seinem Zimmer unsägliche Monster vorgestellt. Seine Eltern hatten sich dann über ihn lustig gemacht. Solche Monster gab es doch gar nicht, solche Ängste musste er doch bezwingen können.

Erneut streifte etwas an ihm entlang, diesmal am anderen Bein. Das konnte keine Einbildung sein. Er beugte sich blitzartig hinunter. Eine schwarze Katze. Sie durchbohrte Alex förmlich mit ihren gelben Augen, rieb sich ein letztes Mal an seinem Knöchel und stolzierte dann mit erhobenem Schwanz davon.

»Eine schwarze Katze, das hätte ich mir ja denken können«, entfuhr es ihm unwillkürlich.

Die Hellseherin sah ihn fragend an.

»Ich habe sie eines Tages vor meinem Wohnwagen gefunden und bei mir aufgenommen. Wussten Sie, dass schwarze Katzen öfter ausgesetzt werden als andere? Gegen den Aberglauben mancher Menschen ist eben kein Kraut gewachsen.«

»Ist nicht gerade der Aberglaube Ihre Geschäftsgrundlage?«

»Nein, es ist die Hoffnung, die die Menschen veranlasst, mich aufzusuchen.«

Da ihr nun klar war, dass sie es hier mit einem Skeptiker zu tun hatte, wandte sie sich an Maxine:

»Was kann ich für Sie tun?«

»Was können Sie uns über unsere Zukunft sagen?«

Alex war von diesem ›unsere‹ überrascht. Dabei schwang mit, dass sie beide eine gemeinsame Zukunft hatten. Eine Welle wohltuender Wärme breitete sich in seinem Innern aus. Er hatte es geschafft. Sie hatte beschlossen zu leben. Sonst hätte sie nicht diese Worte gewählt. Die alte Dame schien nicht nur Abstand von ihrem unseligen Vorhaben zu nehmen, sondern sie wollte offenbar mit ihm in Kontakt bleiben, auch über ihre abenteuerliche Reise hinaus. Freudestrahlend drehte er sich zu ihr um.

Als könnte sie in seinen Gedanken lesen, nutzte Maxine die Tatsache, dass Madame Pluto sich mit geschlossenen Augen konzentrierte und dabei in routinierter Choreografie Bewegungen mit ihren Händen vollführte, um Alex heimlich zuzuflüstern:

»Ich habe ihr eine Falle gestellt. Wir werden gleich sehen, ob sie hineinfällt.«

Ihr blitzte der Schalk aus den Augen wie einem Kind, das einen Streich ausgeheckt hat.

Tief enttäuscht fielen die Schultern des jungen Mannes herunter. Maxine wollte doch nicht weiterleben. Es war ihm nicht gelungen, sie von ihrem Vorhaben abzubringen. Sie hatte lediglich von »unserer Zukunft« gesprochen, um herauszubekommen, ob Madame Pluto eine fähige Hellseherin war oder nicht. Nun, er war in jedem Fall nicht fähig. Es war ihm nicht geglückt, Maxine wieder Gefallen am Leben einzuflößen.

»Sie sind vom Tod umwittert.«

Sein Gegenüber hingegen lief zu großer Form auf.

Maxine drehte sich mit einem erleichterten Lächeln auf den Lippen zu ihm um und raunte ihm zu:

»Sie versteht ihr Geschäft!«

»Sie befinden sich in einer stürmischen Phase. Beim nächsten Vollmond wird sich einiges für Sie klären«, prophezeite sie verheißungsvoll.

»Wann ist denn der nächste Vollmond?«, fragte Maxine gespannt.

»Ich bin Hellseherin, keine Astronomin.«

Sie schloss die Augen und zog die Augenbrauen zusammen.

»Die Pfade zum Glück sind verschlungen und geheimnisvoll, bergen aber auch Wunder. Vergangenheit, Gegenwart und Zukunft vermischen sich. Die Zeit ist ein schmaler Grat, auf dem wir wie Seiltänzer wandeln.«

Alex schürzte verächtlich die Lippen, was die Hellseherin jedoch nicht davon abhielt, ihre Botschaft weiterzuspinnen.

»Sie sind kurz davor, einen Schatz zu finden. Aber Achtung, oft ist der wahre Schatz nicht derjenige, den man suchte.«

Sie sah Maxine direkt in die Augen.

»Ich sehe Weiß, sehr viel Weiß. Ich sehe Sie auf einem weißen Bett liegen.«

Die alte Dame flüsterte Alex zu:

»Sie spricht von dem Krankenhaus.«

Madame Pluto setzte ihre Prophezeiungen mit tiefer Stimme fort:

»Eine Person, die keine Unbekannte für Sie ist, die Sie aber dennoch nicht kennen ...«

»Das ist alles völlig nichtssagend!«, fuhr Alex unbedacht dazwischen.

»Unterbrechen Sie mich nicht!«

Die Hellseherin hatte ihn nicht einmal angesehen, ihre Augen blieben streng auf den Resopaltisch gerichtet, der ihr als Arbeitsplatz diente. Ihr Ton war gebieterisch und kategorisch. Die Zurechtweisung traf ihn mit voller Wucht, reflexartig duckte er sich. Noch dazu versetzte Maxine ihm einen erneuten Klaps auf den Hinterkopf. Taten sich die beiden zusammen, hatte er nicht den Hauch einer Chance. Da war es besser, still zu sein, die Zähne zusammenzubeißen und abzuwarten, bis alles vorüber war.

Abrupt sah Madame Pluto zur Decke empor. Von der Plötzlichkeit ihrer großen Geste gleichermaßen überrascht und beeindruckt, taten ihre Besucher es ihr gleich. Zu dritt starrten sie nun an die vergilbte Wohnwagendecke. Ebenso abrupt senkte die Wahrsagerin den Kopf wieder und sah konzentriert auf ihren Arbeitstisch. Auch jetzt folgten die beiden ihrem Beispiel. Alex fragte sich, was sie wohl dort sähe. Auf dem Tisch lag nichts außer ein paar Nippsachen. Vielleicht hatte sie Spickzettel daraufgeklebt mit verschiedenen Aussprüchen, die immer funktionierten und die sie all ihren Kunden unterjubelte.

Er beugte sich ein wenig vor, um ihr Tun besser einsehen zu können. Sogleich traf ihn ein finsterer Blick, und er lehnte sich wieder tief in seinen Gartenstuhl zurück. Hatte sie in seinen Gedanken gelesen? Das konnte nicht sein. Er kam sich lächerlich vor. Dass eine alte Dame wie Maxine angesichts ihres bevorstehenden Todes Gewissheit brauchte, konnte er vielleicht noch hinnehmen, aber er würde sich doch nicht solche Dummheiten weismachen lassen.

»Ich brauche mein Hühnchen, damit ich klarer sehe.«

Jetzt staunte sogar Maxine.

Die Hellseherin erhob sich und verschwand hinter dem Vorhang am rückwärtigen Ende des Wohnwagens. Sie waren allein. Alex nutzte die Gunst des Augenblicks.

»Sollen wir verschwinden?«

»Wir werden doch nicht mitten in der Sitzung verschwinden.«

»Nennen Sie das eine Sitzung? Ich komme mir eher vor wie in einem Horrorfilm. Gleich wird sie auch noch die ausgestopfte Leiche ihrer armen Mutter beibringen!«

»Das erinnert mich an einen Film …«

»Sie meinen *Psycho* von Alfred Hitchcock.«

»Ja, genau! Ein sehr guter Film! Aber Madame Pluto hat nichts mit Norman Bates zu tun. Außerdem ist sie eine Frau.«

»Und was heißt das?«

»Es ist statistisch erwiesen, dass es weniger kriminelle Frauen als Männer gibt.«

»Da bin ich aber beruhigt. Wenn das Glück uns weiterhin so treu ist wie bisher, sind wir mit Sicherheit an die einzige in einem Wohnwagen lebende Psychopathin auf dem ganzen Erdball geraten.«

Die alte Dame legte beschwichtigend eine Hand auf sein Knie.

»Mach dir keine Sorgen. Alles wird gut. Wir sind kurz davor, etwas über deine Zukunft zu erfahren. Ich verstehe, dass dich eine so begnadete Hellseherin wie Madame Pluto etwas einschüchtert. Das ist unheimlich, aber doch zugleich auch sehr aufregend!«

Sie klatschte voller Freude in ihre kleinen Hände und fuhr fort:

»Außerdem können wir doch jetzt auf gar keinen Fall gehen.«

»Warum denn nicht?«, fragte Alex, immer noch flehend.

»Weil sie ihr Hühnchen holt!«

55

Das Medium schob den Vorhang erneut mit theatralischer Geste beiseite. Madame Pluto hatte es sich offenbar zur Gewohnheit gemacht, so aufzutreten, dass sie die Blicke aller auf sich zog, und für einen kurzen Augenblick fragte sich Alex, ob man Applaus von ihm erwartete.

Unter dem Arm trug sie ein kleines Hühnchen mit rotem Federkleid herein. Das Federvieh wirkte keineswegs besorgt und ließ seinen gelassenen Blick auf ihnen ruhen.

»Dank meines Hühnchens werde ich Ihnen mehr sagen können.«

Alex und Maxine starrten das Tier schweigend an. Madame Pluto zog nun aus der Schublade des Resopaltisches ein großes Fleischermesser hervor, das sie über dem Federvieh schwenkte, während sie einen Singsang unverständlicher Worte herunterleierte. Das Tier riss seine kleinen runden Augen auf.

»Tun Sie ihm nichts zuleide!«

Der junge Mann war aufgesprungen, ohne dass er sich dessen bewusst war.

»Lassen Sie auf der Stelle dieses Huhn los!«

Das Medium schien zwar verärgert, kam der Aufforderung aber nach. Alex bemächtigte sich währenddessen des Messers. Die Wahrsagerin schien sich fügen zu wollen, aber er blieb auf der Hut. Das Huhn wirkte erleichtert.

»Ich werde nicht zulassen, dass Sie dieses arme, wehrlose Tier im Namen irgendeines finsteren Voodoozaubers massakrieren.«

Noch nie zuvor war er für etwas so vehement eingetreten. Natürlich hatte er seine Ansichten – wie jeder andere auch. Er hatte bestimmte Wertvorstellungen – wie jeder andere auch. Er hatte bestimmte Überzeugungen – wie jeder andere auch. Aber er war trotzdem nie eingeschritten, wenn er Zeuge einer Begebenheit war, die ihm missfiel. Er hatte stets den Mund gehalten und sich klein gemacht, wie die meisten anderen auch. Wahrscheinlich, weil er sich lächerlich und schwach vorkam und deshalb kaum der Richtige sein konnte, um seine Stimme zu erheben. Vielleicht hatte er auch einfach Angst gehabt. Jedenfalls hatte er sich noch nie gegenüber einer im Zug zu laut sprechenden Person bemerkbar gemacht und sie gebeten, Rücksicht zu nehmen. Er entschuldigte sich auch noch, wenn man ihn anrempelte, und beklagte sich nie, wenn er zu wenig Wechselgeld zurückbekommen hatte. Seine Eltern hatten ihm beigebracht, kein Aufsehen zu erregen, mit dem Strom zu schwimmen und so wenig wie möglich aufzufallen.

Jetzt jedoch war er eingeschritten. Jetzt war er aufgestanden, um gegen etwas Ungerechtes zu kämpfen. Er fragte sich, was seine Eltern von ihm denken würden, und lächelte, als ihm klar wurde, dass ihm das nicht mehr wichtig war. Er lebte nicht für sie oder für andere. Er lebte für sich selbst. Und das verdankte er einzig und allein Maxine. Zum vielleicht ersten Mal in seinem Leben war er stolz auf sich und empfand keine Schuldgefühle dafür. Es ärgerte ihn lediglich, dass ihm diese Erleuchtung hier in diesem Wohnwagen zuteilgeworden war, durch diese unschuldige Hühnchen meuchelnde Hexe.

»Der ist ja vollkommen verrückt«, äußerte die Hellseherin jetzt fassungslos in Richtung Maxine.

Die alte Dame beschränkte sich darauf, die Schultern zu zucken.

»Ich würde eher sagen, besorgt.«

Sie wandte sich Alex zu.

»Ich wusste gar nicht, dass du ein solcher Tierfreund bist. Das ist gut. Wer keine Tiere liebt, kann auch keine Menschen lieben. Erinnere mich bei Gelegenheit daran, dass ich dir die Geschichte erzähle, wie ich mich mitten in der Nacht in ein Labor geschlichen habe, um die armen Tiere zu befreien, die dort als Versuchskaninchen dienten.«

Dann richtete sie ihre Aufmerksamkeit wieder auf Madame Pluto.

»Ich bin sehr enttäuscht. Ich habe Sie für ein verantwortungsvolles Medium gehalten. Gibt es nicht im Verhaltenskodex der Hellseherinnen und Hellseher einen Grundsatz, der es verbietet, Tieren Leid zuzufügen?«

»Es gibt keinen verbindlichen Verhaltenskodex für Hellseherinnen und Hellseher.«

Maxine wirkte enttäuscht.

»Das ist bedauerlich.«

Die Wahrsagerin begriff, dass sie nicht so einfach davonkommen würde. Schon bei der Ankunft der beiden hatte sie geahnt, dass es Probleme geben würde. Der Bursche war ein zwanghafter Skeptiker, und das Mütterchen war zwar offener, dafür aber ziemlich verdreht.

Sie versuchte, die beiden schrägen Vögel mit all ihren übersinnlichen Kräften zu ergründen. Nichts. Es gelang ihr nicht, zu ihnen durchzudringen. Sie seufzte und lehnte sich erschöpft in ihren Gartenstuhl zurück.

»Ich hätte Rémi nicht erstochen.«

»Rémi?«

Madame wies mit dem Finger auf das Hühnchen, das sich, verwirrt von dem Hin und Her, an den Rand des Tisches geflüchtet hatte.

»Rémi ist mein Hellseher-Hühnchen, ich lese die Zukunft auch in den Federn.«

Maxine war von dieser Behauptung sichtlich beeindruckt.

Bestärkt durch das unvermutete Schweigen holte das Medium weiter aus:

»Das ist eine sehr seltene Fähigkeit. Soll ich sie Ihnen demonstrieren?«

»Unbedingt! Das wäre mir eine große Ehre.«

Maxine drehte sich zu Alex um und puffte ihm den Ellbogen in die Seite, während sie murmelte:

»Was für ein Glück! Man stößt nicht alle Tage auf jemanden, der in den Federn lesen kann.«

Madame Pluto schnappte mit geübter Hand das Hühnchen, bevor es ihm gelang, vom Tisch zu hüpfen. Sanft, aber zugleich entschlossen zog sie an einer Feder und riss sie heraus. Das Federvieh fügte sich würdevoll in sein Schicksal und gab nur ein zartes Piepsen von sich. Erneut bemächtigte sich das Medium des Schlachtermessers, und für einen Augenblick fragte sich Alex, ob die ganze Geschichte von der Kunst des »Federlesens« lediglich ein Vorwand sei, um das arme Wesen doch noch zu meucheln. Aber die Hellseherin ließ das Hühnchen frei und konzentrierte sich nun auf die Feder, die sie in viele kleine Stückchen zerschnitt. Sie war so in ihre Künste vertieft, dass sich Schweißperlen über ihrer Oberlippe bildeten. Zu Maxine gewandt, erklärte sie schließlich:

»Ich sehe zwei Wege.«

Alex konnte es sich nicht verkneifen, Maxine zuzuflüstern:

»Ich habe ja gesagt: Ein GPS wäre praktischer.«

Weder die Hellseherin noch die alte Dame schenkten ihm Beachtung.

»Ich sehe zwei Wege – denjenigen, der Ihnen vorbestimmt ist, und denjenigen, den Sie nehmen. Es ist eine schwerwiegende Sache, sich gegen den Lauf der Dinge zu wenden.«

»Da vertreten Sie aber einen sehr konventionellen Standpunkt für ein Medium«, unterbrach Maxine sie.

»Sie befinden sich an einem Scheideweg, und die Entscheidung, die Sie treffen, wird weitreichende Folgen haben. Sie haben bereits einen langen Weg hinter sich, aber Sie sind noch nicht ganz am Ziel angekommen.«

Dann nahm sie sich Alex vor, den sie mit ihren geheimnisvollen tiefschwarzen Augen eindringlich ansah.

»Für Sie gilt das Gleiche.«

»Für mich?«

Sofort ärgerte er sich, dass er so leichtgläubig nachgefragt hatte.

»Sie entfalten sich wie eine Blüte mitten auf dem Asphalt, die verstört, aber stark ist. Wissen Sie, was Sie später einmal machen wollen?«

»Nicht wirklich, nein.«

Er hatte keine genauen Pläne. Er studierte, was ihm zu studieren nahegelegt worden war. Rechtswissenschaft. Er hatte auswendig gelernt, was man ihn auswendig zu lernen geheißen hatte, aber es hatte ihm nichts bedeutet. Das Gute an der Rechtswissenschaft war, dass alles klar, eindeutig und genau war. Man hatte recht oder unrecht. Gleichzeitig bestand genau darin auch sein Problem. Es gab keine Freiheit, keine abweichende Denkmöglichkeit. Im Großen und Ganzen ließ die Rechtswissenschaft der Fantasie keinen Raum. Bisher hatte ihm diese Sichtweise kein Problem bereitet, aber jetzt sah er die Dinge anders.

»Sie sind eine Puppe, die kurz davorsteht, sich in einen Schmetterling zu verwandeln.«

»Wollen Sie mir jetzt etwa raten, Insektenforscher zu werden?«

»Sie sind ungeschliffen.«

»Ich habe nicht den Eindruck, mich ungeschliffen zu benehmen.«

»Nein. Ich meine, Sie sind wie ein Diamant, der noch nicht

geschliffen ist. Im Augenblick ist alles noch im Trüben, aber bald wird, wie bei einem rohen Stein, den man schleift, Ihre eigentliche Persönlichkeit hell erstrahlen.«

»Meine eigentliche Persönlichkeit? Ich wusste gar nicht, dass ich mehrere Identitäten besitze. Möchten Sie damit zum Ausdruck bringen, dass ich dabei bin, eine Schizophrenie zu entwickeln?«

Trotz seiner flotten Sprüche wusste er tief in seinem Innern, dass sie recht hatte. Niemals hätte er geahnt, dass er erleben könnte, was er in den letzten beiden Tagen erlebt hatte, dass er empfinden könnte, was er empfunden hatte, wenn er nicht Maxine begegnet wäre. Es war, als hätte sie den dichten Nebel um ihn herum weggeblasen.

Wie würde es nun weitergehen? Was würde aus ihm werden? Was erwartete ihn in seinem Leben und was würde er daraus machen? Er wollte es nicht zeigen, aber die Worte der Hellseherin gefielen ihm. Unwillkürlich huschte ein leichtes Lächeln über sein Gesicht, was der Wahrsagerin jedoch nicht entging. Sie nahm es als Ausdruck seines Dankes und kehrte mit ihrer Aufmerksamkeit zu Maxine zurück.

»Ich sehe Sie, Madame, umringt von vielen Menschen.«

»Von Toten?«

»Nein, von Lebenden!«

Maxine wirkte enttäuscht.

»Sie sind nicht so allein, wie Sie denken. Es gibt Menschen, die auf Sie warten und hocherfreut sein werden, Sie wiederzusehen. Sie werden in eine herzliche Umgebung gelangen.«

»Ins Paradies?«

Die Wahrsagerin legte ihre Hände flach auf den Tisch.

»Warum sehen Sie überall Tote? Sie sind ja krank!«

»Genau! Das ist es ja!«

»Hören Sie, ich glaube, dass ich nicht die richtige Ansprechperson für Sie bin.«

»Glauben Sie, wir sollten ein anderes Medium aufsuchen? Vielleicht einen Spezialisten ...«

»Was kann denn nach dem Hühnchen und seinen Federn noch kommen?«, begehrte Alex spöttisch auf. »Vielleicht Katzenhaare?«

»Sie sollten einen Fachmann aufsuchen.«

»Einverstanden, aber was für einen denn?«

»Einen Psychiater! Ganz offensichtlich sind Sie alle beide hochgradig verwirrt.«

56

»Aus dem Wohnwagen einer Hellseherin geworfen zu werden, das gab es sicher noch nie! Wie man sieht, ist es nie zu spät, um neue Erfahrungen zu machen.«

Alex versuchte, gute Miene zu machen, aber er sah sehr wohl, dass Maxine erschüttert war. Ihr sonst so rosiges Gesicht war blass geworden, geradezu kreidebleich. Sie hielt den Blick gesenkt, was ihre bläulich schimmernden Augenlider betonte. Mit einem Mal schien sie unter der Last ihres Alters zu wanken. Sie ging langsam und stützte sich auf den Arm des jungen Mannes.

Der Jahrmarkt lag nun hinter ihnen, und sie machten sich auf den Weg zu der Stelle, an der Alex das Auto geparkt hatte.

Den Hinweg hatten sie in wenigen Minuten zurückgelegt, aber der junge Mann stellte fest, dass der Rückweg weitaus mehr Zeit beanspruchen würde.

Die alte Dame blieb vor einer gesichtslosen Betonbank am Straßenrand stehen. Der Designer hatte vermutlich etwas Rohes und Modernes schaffen wollen, entstanden war jedoch eine Sitzgelegenheit ohne jeglichen Charme. Normalerweise hätte Maxine, die ein feines ästhetisches Empfinden besaß, sich niemals auf einer so scheußlichen Bank niedergelassen. Lieber hätte sie sich ins Gras gesetzt, um das Leben unter ihren Füßen zu spüren. Normalerweise wäre sie hier gar nicht stehen geblieben.

Alex fühlte, wie sein Herz schneller pochte. Irgendetwas stimmte nicht. Maxine war schweigsam. Sie, die sonst so redselig war, sagte kein Wort. Sie klagte nicht, aber er spürte, wie der Druck auf seinem Arm stärker wurde.

»Ruhen wir uns kurz aus«, schlug er vor, um sie nicht in die Verlegenheit zu bringen, diesen Vorschlag selbst machen zu müssen.

Sie setzten sich. Die harte Lehne der Bank drückte ihnen unbequem in den Rücken.

»Geht es Ihnen gut, Maxine?«

»Alles in Ordnung, Jungchen.«

»Sind Sie sicher? Sie sind sehr blass.«

»Ich bin nur ein wenig müde.«

»Sie und müde? Das kann ich nicht glauben.«

Er versuchte, sie zum Lachen zu bringen, aber sie erwiderte seine Worte lediglich mit einem traurigen Lächeln. Es gefiel ihm gar nicht, sie in einer solchen Verfassung zu sehen. Sie wirkte, als würde sie sich von allem lossagen. Sie konnte jetzt doch nicht aufgeben. Das war unmöglich. Er versuchte, sich selbst zu beschwichtigen. Sie war müde, sonst nichts. Es war ja klar, dass solche Abenteuer ihren Tribut forderten. Bis jetzt hatte sie großartig durchgehalten, aber nun hatte sie wirklich das Recht, müde zu sein.

»Mach dir keine Sorgen.«

Er nahm ihre Hand, die trotz des milden Nachmittags eiskalt war.

Maxine fühlte sich plötzlich nicht besonders gut. Sie hätte nicht Boxauto fahren und auch nicht so viele Süßigkeiten vertilgen sollen. Zu viel Zucker im Zusammenspiel mit ungestümer Bewegung vertrug sich nicht gut mit den Arterien einer fast Hundertjährigen.

Das war eben ihr Problem. Sie schaffte es nicht, es langsam angehen zu lassen. »Schone dich«, hatte ihr Mann sie oft ermahnt. Wozu? Es blieb einem so wenig Zeit auf Erden, und es gab so viel zu tun. Sich schonen, das bedeutete, auf Sparflamme zu leben, wenig zu leben. Sie hatte immer alles gewollt, und das möglichst sofort. Dinge halb zu tun, das bedeutete auch, nur halb zu leben.

Sie wollte sich vor Alex nichts anmerken lassen, wollte ihm nicht sagen, dass hinter ihren Schläfen ein Presslufthammer am Werk war. Sie wollte ihn nicht beunruhigen.

Sie war ihm so dankbar für diese gemeinsam verbrachten Stunden. Es war lange her, dass sie so viel Spaß gehabt hatte. Es waren die besten zwei Tage *ante mortem*, die man sich wünschen konnte.

Ihre Gedanken verschwommen ineinander. War es so weit, würde sie jetzt sterben? Diese Vorstellung ließ sie erschauern. Allein der Gedanke, dass sie dann Léonard und Charles wiedersehen würde, brachte ihr eine gewisse Erleichterung.

Auch wenn sie nicht im landläufigen Sinn gläubig war, besaß sie doch einen tiefen Glauben an das Leben. Sie wollte einfach nicht davon ausgehen, dass nach dem Tod nur das Nichts kam. Das war eine deprimierende Annahme und ergab zudem überhaupt keinen Sinn. Der Tod konnte nicht einfach nur dazu dienen, die Überbevölkerung der Erde zu verhindern. Es musste eine verborgene Logik geben, einen guten Grund dafür, dass diejenigen, die ins Jenseits gingen, nicht zurückkamen. Es ging ihnen dort so gut, dass sie blieben.

Mit einem auf der Verpackung angegebenen Verfallsdatum geboren und am Ende einfach weggeworfen zu werden, das fand Maxine abgrundtief unpoetisch. Also hatte sie beschlossen, daran zu glauben, dass etwas anderes auf sie warten würde, wenn ihr Licht einmal erloschen wäre, und sie hoffte, dass sie an dem neuen Ort von denjenigen empfangen würde, die sie einmal geliebt hatte.

Jedenfalls hatte sie nun keine Wahl mehr, der Tod war nahe. Auf keinen Fall wollte sie sich jetzt selbst fremd werden – ein kranker Geist in einem kranken Körper. All das hatte sie schließlich so gewollt. Es war besser, nach einer Runde im Riesenrad zu sterben als in einem sterilen Krankenhaus in Brüssel. Es war schöner, Alex an der Seite zu haben als Ärzte mit ihrer professionellen und höflichen, aber eben unpersönlichen Anteilnahme.

Es tröstete sie, den jungen Mann bei sich zu wissen, aber zugleich stimmte es sie unendlich traurig, ihn zurückzulassen. Sie fühlte sich schuldig, weil sie ihn verließ, denn sie empfand eine Verantwortung ihm gegenüber. Er war fragil und doch auch sehr stark. Sie wusste das, aber was war mit ihm selbst? Hatte auch er das endlich begriffen?

Der Besuch bei der Hellseherin hatte nicht gebracht, was sie sich erhofft hatte. Ihre Weissagungen waren sehr diffus geblieben. Maxine hatte nie eine besondere Begabung dafür besessen, zwischen den Zeilen zu lesen. Sie brauchte klare und deutliche Ansagen. Das Medium hatte ihr etwas von einem Schatz erzählt. Würde Alex endlich den inneren Frieden und das Glück finden? Würde er sich mit sich selbst aussöhnen?

Sie bedauerte es zutiefst, dass ihr nicht mehr Zeit mit ihm blieb, aber eigentlich war sie überzeugt, dass alles eine glückliche Wendung für ihn nehmen würde.

Sie wollte ihm sagen, dass er Vertrauen zu sich selbst haben müsse, dass sie diejenige war, die nun sterben würde und nicht er. Er musste auf das Leben zugehen, auch wenn sie nicht mehr da war. Sie hätte ihm gerne gesagt, dass sie irgendwie immer an seiner Seite sein würde. Sie hätte ihm gerne noch so viele Dinge gesagt. Sie hätte ihm gerne gedankt. Sie hatten so viel Spaß zusammen gehabt. Sie hatten ein großartiges Abenteuer miteinander erlebt. Ihres war nun zu Ende, aber ihm blieben wahrlich noch viele schöne Dinge zu entdecken. Sie hinterließ ihm die Erinnerung an diese zwei Tage. Das war nicht viel, aber er konnte sich ihrer bedienen, wie man sich eines Schmuckkästchens bedient. Bei Bedarf öffnet man das Kästchen mit den

Erinnerungen in seinem Kopf und wählt die für die Gelegenheit passende aus. Das würde ihm guttun.

Sie musste die Kraft finden, ihm das alles noch zu sagen. Zusammengekauert lehnte sie an Alex' Schulter und richtete sich nun mit großer Anstrengung auf. Sie hob den Kopf und blickte in die traurigen Augen des jungen Mannes. Es waren keine Worte nötig. Er hatte verstanden.

Alles drehte sich, dann verlor sie das Bewusstsein.

57

Weiß. Überall um sie herum war Weiß. Alles war merkwürdig verschwommen. Ihr Körper kam ihr schwer vor. Wenn sie im Paradies war, müsste sie dann nicht leicht sein wie eine Feder? Ihr Kopf schmerzte. Es gelang ihr nicht, eine zeitliche Ordnung herzustellen. Sie erinnerte sich an Léonard in Uniform. Daran, wie sie als junges Mädchen ihre Hände auf ihren zunehmend gewölbten Bauch legte. An ihre körperlichen und auch seelischen Schmerzen, als man ihr ihre Tochter fortnahm. An ihren Ehemann, diesen außergewöhnlichen Menschen, der sie von ihrer tiefen Traurigkeit befreit hatte. An ihre Reisen. An ihre Pläne. An die in inniger Zweisamkeit verbrachten Abende. An Alex, diesen so freundlichen Jungen, der alles riskiert hatte, um sie zu begleiten. An Gloria Gaynor, Bernard de La Villardière und an ein Hühnchen …

Alles um sie herum war unscharf. Ihre Lider waren schwer, und sie zog es vor, sie wieder zu schließen.

Dennoch hinderte etwas sie daran, ganz loszulassen. Sie wusste, dass sie irgendwo hinmusste. Aber wohin? Sie hatte einen Termin. Aber mit wem? Sie geriet unter Stress und hatte Angst. Wovor? Wenn sie doch nur wüsste, was sie ängstigte. Der Limbus tat sich freundlich auf, und es wäre ganz leicht, sich ihm zu überlassen. Die Kerze einfach verlöschen lassen. Warum auch nicht – das Wachs war ohnehin fast aufgebraucht, der Docht heruntergebrannt. Ein Windhauch würde ausreichen. Und doch gab sie der Verlockung nicht nach, ohne zu wissen, warum.

Eine Krankheit hatte sie befallen, davon war sie überzeugt. Aber dieser rationale Gedanke hatte erstaunlicherweise etwas Beruhigendes. Ihr war bewusst, dass sie sterben musste, warum also Widerstand leisten?

Jetzt drängte sich in ihrem Kopf ein Bild in den Vordergrund. Ihr Mann saß in einem Rollstuhl und starrte ins Leere. Der stärkste Mann, den sie je gekannt hatte, saß zusammengefallen in einem Rollstuhl. Dieser Mann war nicht mehr der Mann, den sie bewundert hatte, und dennoch liebte sie ihn wie zuvor. Das Bild verschwamm, und ohne nach ihnen zu tasten, begriff sie, dass ihr Tränen über die Wangen liefen.

Sie erinnerte sich an ihren Einzug ins Altenheim. Das Horrorszenario, das sich dort geboten hatte. Das Ende der Welt. Das Ende ihrer Welt. Anfangs hatte sie daran gedacht, das Essen zu verweigern und ihrem Leben auf diese Weise ein Ende zu setzen. Sie hatte sich zurückgezogen und durchs Fenster ins Leere gestarrt. Dann lernte sie Marty kennen. Er wurde ein verschmitzter Gefährte, der ihr allmählich wieder Freude am Leben vermittelte.

Martys Geschichte war auf traurige Weise gewöhnlich. Er war ein großartiger Vater gewesen, hatte die Erziehung seines Sohnes eng begleitet, hatte Fußball mit ihm gespielt und ihm bei den Hausaufgaben geholfen. Später hatte er ein Darlehen aufgenommen, um sein Studium zu bezahlen, und für seine erste Wohnung gebürgt. Und dann war es vorbei. Das Leben eben. Es vergeht und entfernt diejenigen voneinander, die sich zwar lieben, aber nicht genügend aufeinander achten. Die Arbeit, die Ehe, die Kinder. Hin und wieder schickt man die Enkelkinder zum Opa, damit man einmal wieder zum Verschnaufen kommt. Dann werden die Kinder größer und haben nicht mehr so richtig Lust, den komischen Geschichten ihres Großvaters zu lauschen. Irgendwann stürzt Opa in der Dusche, und man verfrachtet ihn ins Altenheim.

Maxine und Marty benahmen sich wie zwei Schüler, die den anderen Insassen und vor allem der Leiterin Durefer Streiche spielten. Es waren meist harmlose Späße, doch sie versorgten beide mit jenem Hauch frischer Luft, den sie benötigten, um nicht zu ersticken. Zwei Kumpane, zwei Zellengenossen, zwei Rebellen, zwei junge Köpfe, die in ihren viel zu alten Körpern gefangen waren.

Sie schmeckte das Salz ihrer Tränen im Mund, und ein zaghaftes Lächeln huschte über ihr Gesicht, als sie so an Marty dachte. Sie hätte die Tränen wegwischen wollen, war aber nicht dazu in der Lage. Ihr Körper gehorchte ihr nicht mehr. Ihr Gehirn glich einem verlassenen Kontrollturm am Flughafen. Und wie sah es im Flugzeug aus, gab es da einen Piloten?

Zu spät. Sie war zu spät dran. Aber wofür? Ein Gefühl der Dringlichkeit lastete schwer auf ihrer Brust und hinderte sie am Atmen. In diesem Wirrwarr von Gefühlen spürte sie, dass man ihr eine Maske auf Mund und Nase setzte. Das Atmen fiel ihr jetzt etwas leichter, aber das Gewicht auf ihrer Brust war immer noch vorhanden. Es kribbelte sie am ganzen Körper. Ihr Kopf wollte platzen.

Es war Zeit, das Licht zu löschen.

Die Dunkelheit erwartete sie.

58

Alex war das Herz in die Hose gerutscht, es war durch seinen Körper nach unten gepurzelt und drohte auf dem Boden zu zerschellen. Er kannte den Ausdruck »die Stimmung ist im Keller«, aber konnte auch das Herz im Keller sein?

Eine Leere hatte sich seiner bemächtigt. Eine seltsam pralle Leere. Es fühlte sich an, als wäre sein Kopf mit Watte vollgestopft. Immerhin hatte er bei objektiver Betrachtung der Situation richtig gehandelt. Er hatte mit Maxines altem Handy einen Krankenwagen gerufen. Er hatte anzugeben vermocht, wo sie sich befanden. Und er hatte dem Arzt bei der Ankunft im Krankenhaus gesagt, dass die alte Dame an Alzheimer litt ...

Dennoch hatte er den Eindruck, alles vermasselt zu haben. Da war es wieder, das vertraute Gefühl, versagt zu haben, selbst wenn er sich nichts Konkretes vorzuwerfen hatte. Das Scheitern – selbst im Erfolg. Und er fühlte sich schuldig. Niemals hätte er Maxine Boxauto fahren lassen dürfen, auch die Runde im Riesenrad war eine Dummheit gewesen und dazu noch all der Süßkram, den sie gegessen hatte. Ein Alzheimer-Patient musste sicher eine ganz besondere Diät einhalten, darüber hätte er sich informieren müssen.

Und der Besuch bei der Hellseherin hatte alles nur noch schlimmer gemacht. Die alte Dame war danach vollkommen aufgewühlt gewesen.

Maxine schwebte in Lebensgefahr, und er war dafür verantwortlich. Er hätte sich niemals in diese Geschichte hineinziehen lassen sollen. Als sie vor der Tür ihres Altenheims aufgetaucht war, hatte sie so zerbrechlich gewirkt. Nachdem sie ihn in ihr Sterbehilfevorhaben eingeweiht hatte, hätte er alles abbrechen, kehrtmachen und sie dorthin zurückbringen sollen, wo sie herkam. Stattdessen hatte er geglaubt, dass er sie von ihrem Vorhaben abbringen könnte. Wie idiotisch von ihm! Wie hatte er annehmen können, dass er überhaupt irgendeinen Einfluss auf eine Frau wie Maxine nehmen könnte? Sie war entschlossen, ihrem Leben in einem Brüsseler Krankenhaus ein Ende zu setzen, und seinetwegen war sie nun auf einer Betonbank in der Nähe eines Jahrmarktes zusammengebrochen. Sie wäre in einem Krankenhaus weitaus besser aufgehoben gewesen – aber was brachte es andererseits, besser aufgehoben zu sein, wenn man doch sterben wollte? Immerhin war sie so in seinen Armen eingeschlafen.

Er wusste nicht mehr, was er denken sollte. War es richtig von ihm gewesen, diese abenteuerliche Reise mitzumachen, oder hatte er sich des Vertrauensmissbrauchs von Schutzbefohlenen schuldig gemacht? Er wollte es gerne so sehen, dass er die letzten Wünsche einer Sterbenden respektiert hatte, aber stimmte das wirklich? Vielleicht hätte er konsequenter auftreten müssen. Rundum ablehnen müssen, dass sie zu ihm ins Auto stieg. Er hätte sie mit Gewalt zurück ins Altenheim bringen müssen, sodass sie rechtzeitig zum Fernsehquiz *Glücksrad* wieder dort war. Und dann in seinem Twingo davonfahren und sie vergessen.

Niemals. Niemals würde er sie vergessen können. Die Beziehung, die er zu Maxine aufgebaut hatte, war das Bedeutendste, was er in seinem bisherigen Leben erlebt hatte. Sie hatte ihm Lust aufs Leben geschenkt.

Seine Mutter hatte ihm ›das Leben geschenkt‹, aber Maxine war diejenige, die ihm die Kraft vermittelt hatte, sich auf das Leben einzulassen. Sie hatte ihm gezeigt, dass Menschen ihn lieben und achten konnten. Sie hatte ihm ihr Vertrauen geschenkt. Sie hatte ihm den Glauben an eine schönere Zukunft vermittelt.

Wie sollte eine Zukunft ohne Maxine bloß aussehen? Er fühlte sich jetzt stärker, doch ohne sie, ohne ihre Unterstützung würden diese positiven Gedanken nicht lange anhalten, das wusste er.

Es war ein großes Glück für ihn gewesen, eine so außergewöhnliche Frau wie sie kennenzulernen, und er war nicht bereit, auf sie zu verzichten. Sollte er irgendeinen Gott um eine wunderbare Heilung bitten? Was konnte er tun? Was sollte er tun? Das Gefühl der Ohnmacht war unerträglich. Es brannte ihm so auf den Nägeln, etwas zu unternehmen, dass er seine Hilflosigkeit am liebsten laut herausgeschrien hätte. Es war eine Qual zu wissen, dass das Schicksal seiner Freundin nicht in seinen Händen lag. Nur mühsam gelang es ihm, sich in diese Rolle zu fügen.

Beinahe automatisch glitten seine Hände in ihre Tasche und zogen das alte Nokia-Handy heraus. Er tröstete sich mit dem Gedanken, dass die alte Dame ebenso robust, zeitlos und unzerbrechlich war wie ihr Handy. Wie von selbst drückten seine Finger auf den Tasten herum, bis er entdeckte, was er, ohne sich dessen bewusst zu sein, gesucht hatte: die auf dem Jahrmarkt aufgenommenen Selfies. In Maxines Augen lag eine so unbändige Lebensfreude. Kaum vorstellbar, dass sie jetzt mit geschlossenen Augen in einem Krankenhausbett lag.

Die unzähligen Falten in ihrem Gesicht zeugten von den vielfältigen Erfahrungen in ihrem Leben, sie waren stolze Beweise dafür, dass Maxine sich dem Leben gestellt hatte und siegreich aus allen Prüfungen hervorgegangen war. Er hätte es sich so sehr gewünscht, dass sie diese letzte Schlacht gewönne.

Staunend fiel ihm auf, wie offen und zugänglich er neben

ihr auf den Aufnahmen wirkte. Der junge Mann, der da breit lächelte und Grimassen schnitt, glich nicht demjenigen, den er kannte. Niemals hatte ihm sein Spiegelbild so entgegengesehen. Es war Maxine, die ihn so schön aussehen ließ. Indem sie das Beste in ihm sah, hatte sie es geschafft, das Beste aus ihm hervorzuholen. Sie hatte wirklich werden lassen, was zuvor nur als Möglichkeit existierte.

Er fühlte sich egoistisch. Wer war er denn, dass er von ihr verlangte, auch jetzt noch zu kämpfen? Sie hatte sich gewehrt, aber diesmal hatte sie verloren. Wenn Maxine heute sterben musste, dann sollte es so sein. Wenn ihr Körper die Last nicht mehr tragen konnte, dann sollte er loslassen dürfen. Wenn ihr Gehirn nicht mehr klar denken konnte, dann sollte es aufgeben dürfen. Den Vorhang fallen lassen. Ende des Films.

Sie hatte ihm gesagt, dass wir alle aus Sternenstaub entstanden sind. Das Leben war aus einer Sternenexplosion hervorgegangen, deren Staubpartikel die Erde übersäten. Würde sie nun wieder zu einem Stern werden? Einem Stern, der nach ihrem Tod ein anderes Leben auf der Erde erschaffen würde? Sie würde nicht sterben, sie würde wiedergeboren werden. Ein Teil von ihr würde auf diesen Planeten zurückkehren. Dann wäre sie unsterblich. Das war eine schöne Vorstellung.

Als der Arzt ihn gefragt hatte, welche Medikamente Maxine nahm, hatte er diese Frage nicht beantworten können. Der Arzt hatte ihm geraten, in der Geldbörse der alten Dame nachzusehen. Anfangs hatte Alex gezögert. Man durfte doch nicht in den persönlichen Sachen eines Mitmenschen herumwühlen, schon gar nicht, wenn dieser an ein Krankenhausbett gefesselt war.

Außerdem sähe es so aus, als wäre Maxine bereits gestorben, wenn er jetzt in ihren Sachen herumwühlte. Er käme sich vor wie ein Aasgeier, wie ein Grabräuber. Neben dem Koffer war Maxines Tasche alles, was sie noch hatte, sie barg all ihre Schätze.

Und doch musste er sein Widerstreben überwinden, denn es war wichtig zu wissen, welche Medikamente sie zu sich nahm.

Zaghaft steckte er eine Hand in das Sammelsurium hinein. Er stieß auf die falsche Pistole, den *toortsog* und die Sirene. Jeder Gegenstand rief eine gleichermaßen schöne und schmerzliche Erinnerung wach. Wehmut nannte man das wohl: eine glückliche Erinnerung, die nun traurig macht. Eine Zerrissenheit zwischen dem Glück, einen schönen Augenblick erlebt zu haben, und der Traurigkeit, dass dieser nun vorüber war. Am meisten schmerzte ihn die Gewissheit, dass sie eine solche gemeinsame Erfahrung nie wieder würden machen können. Diese unabänderliche Feststellung war erschreckend. Solange es Ungewissheit gab, so lange bestand auch noch Hoffnung.

Er suchte weiter, bis seine Hände schließlich Maxines Geldbörse ertasteten. Er zog sie mit einer Behutsamkeit hervor, als handele es sich um eine Reliquie. Es kam ihm vor, als würde er die Privatsphäre der Kranken verletzen. Ob auch Howard Carter dieses Gefühl gehabt hatte, als er zum ersten Mal in die Grabstätte von Tutanchamun eingedrungen war?

Widerstrebend hob er die lederne Lasche hoch, um nachzusehen, ob sich auf der Innenseite nicht ein Hinweis bezüglich ihrer Medikamente und deren Dosierung befand. Da er Maxine einigermaßen kannte, rechnete er fast damit, dort einen Spruch zu entdecken wie: »Wenn Sie diese Geldbörse irgendwo finden, dann rufen Sie mich an. Wenn Sie diese Geldbörse bei mir finden und ich nicht ansprechbar bin, dann versetzen Sie mir den Todesstoß.« Aber er fand keinen Spruch, nur unzählige Visitenkarten von Restaurants, Taxiunternehmen, Schlossern, Fitnessklubs, Banken, Schornsteinfegern … Sie hatte nicht gelogen, als sie beteuert hatte, dass sie solche Karten sammelte. Zwei von ihnen hoben sich von der Sammlung ab: die von dem Krankenhaus in Brüssel und die vom Altenheim. Sollte er dort anrufen? Sollte er die Polizei verständigen?

Er hatte den Arzt angelogen, als er ihm gesagt hatte, er sei Maxines Enkel. Aber sonst hätte er nicht an ihrer Seite bleiben dürfen. Sollte er die Sterbeklinik davon in Kenntnis setzen, dass Maxine ihren Termin nicht wahrnehmen würde? Sollte er das Altenheim anrufen, um die Leiterin davon zu unterrichten, dass Maxine hier war? Sollte er Marty anrufen, um ihn über den Zustand seiner Freundin zu informieren?

Er war noch nie in einer solchen Situation gewesen. Er wusste nicht, was er tun sollte, und die einzige Person, die ihm hätte helfen können, lag reglos in einem Krankenhausbett.

Er hätte viel darum gegeben, statt ihrer dort zu liegen. Wenn es in seiner Macht gestanden hätte, seinen Platz mit Maxine zu tauschen, so hätte er das ohne zu zögern getan. Er hatte sein Leben verschmäht, er hatte es einfach nur ausgehalten, während sie es stets genutzt hatte und in jedem Augenblick dankbar dafür gewesen war. Er hätte sein Leben gegeben, um Maxine zu retten. Aber leider ließ sich das Leben nicht auf diese Weise verrechnen. Ginge es im Leben gerecht zu, dann wäre es allerdings so gekommen.

Seine Finger streiften über die dicken, geriffelten Ränder eines alten Schwarz-Weiß-Fotos. Es zeigte einen blonden jungen Mann in Militäruniform und mit einem Gewehr in der Hand. Seine Haltung und sein Aussehen wirkten ernst, auch wenn in seinen lachenden Augen ein Hauch Ironie lag. Er wirkte glücklich und schien doch zu wissen, dass dieses Glück nicht von Dauer sein würde. Alex sah auf die Rückseite der Aufnahme und las den schönen geschwungenen Schriftzug, der sich in das Papier gegraben hatte: »Léonard, 1940. Begegnung mit den Sternen.«

Alex empfand eine gewisse Faszination für den jungen Soldaten. Er fragte sich, wie sein Leben und das von Maxine verlaufen wäre, wenn er aus dem Krieg heimgekehrt wäre. Wäre er ein guter Ehemann gewesen? Hätte er sie glücklich gemacht? Wäre er ein guter Vater gewesen? Hätten sie ihre Tochter in einem hübschen Haus auf dem Land gemeinsam großgezogen?

Sein viel zu früh und unter so schrecklichen Umständen beendetes Leben hatte auch für das Leben seiner Verlobten und seiner Tochter eine schreckliche Wendung mit sich gebracht. Durch seinen Tod war ein Lebensentwurf für immer zerstoben.

Ein anderes Foto war sorgfältig zusammengefaltet. Seine einstige Farbigkeit war verblasst und hatte einen orangefarbenen Schleier bekommen. Man konnte einen dreißig bis vierzig Jahre alten Mann darauf erkennen, der eine braune Hose und eine Jacke aus Tweed trug. Ein Lächeln mit einer leicht spöttischen Note lag auf seinem heiteren Gesicht. Alex begriff auf der Stelle, warum Maxine seinem Charme erlegen war. Dieser Mann verströmte Stärke und Gelassenheit, als hätte er Zugang zu einer Wahrheit gefunden, die allen anderen verborgen geblieben war, oder als habe er im Gegenteil begriffen, dass es überhaupt keine Wahrheit zu entdecken gab. Alex empfand eine tiefe Dankbarkeit für diesen Mann, dem es gelungen war, Maxine von ihrem Kummer zu befreien.

Plötzlich packte ihn ein Unbehagen. Er hatte nicht das Recht, so in der Vergangenheit der alten Dame herumzustöbern. Er war nicht mit ihr verwandt, und nichts rechtfertigte diesen Übergriff. Er hatte sich in ein Leben hineingedrängt, das nicht das seine war.

Vorsichtig wollte er die Fotos wieder an Ort und Stelle unterbringen. Aber etwas hinderte ihn daran, sie an ihren ursprünglichen Platz zurückzuschieben. Er unternahm einen weiteren Anlauf, aber es war nichts zu machen. Ganz so, als sei die Vergangenheit wie ein Geist aus der Flasche gestiegen und ließe sich nun nicht mehr bannen. Er fuhr mit dem Finger in das schmale Fach und ertastete einen kleinen, zerknäulten Papierfetzen. Das war das Hindernis, das im Weg gewesen war. Alex zog den Fetzen heraus und ging zum Papierkorb, um ihn wegzuwerfen. Im letzten Augenblick hielt ihn etwas davon ab. Er glättete das Papier und entdeckte etwas, das Maxine entweder aufwecken oder umbringen würde.

59

Grüne Augen. Smaragdgrün, aber gerötet und ein wenig verquollen. Maxine wollte fragen, wo sie war, aber ihr Mund war zu trocken. Der Hals fühlte sich an wie zugeschnürt, wie von einem Schloss verriegelt. Vielleicht würde sie nie wieder sprechen können. Sie fragte sich, wer das bedauern würde.

Die Augen blieben fest auf sie gerichtet. Es lag etwas Vertrautes in diesem Blick. Schade, dass sie nur so verschwommen sehen und das Gesicht nicht als Ganzes erfassen konnte. Es war nicht Alex, da war sie sicher. Aber zu wem gehörten diese Augen dann?

»Alex?«

Sie erschrak über ihre eigene Stimme, die schwerfällig und brüchig klang. Der Name war das Erste, das ihr in den Sinn gekommen war, und sie hatte ihn wie von selbst ausgesprochen. Ein schrecklicher Zweifel packte sie. Hatte sie alles nur geträumt? Hatte es den Jungen wirklich gegeben? War sie immer noch im Altenheim? Nein. Sie war im Krankenhaus. Der Geruch von Desinfektionsmitteln stach ihr in die Nase.

Feuchtwarme Hände fassten nach ihren Händen und drückten sie.

»Ich bin da, Maxine.«

Sie blinzelte mehrmals. Der junge Mann sah irgendwie älter aus. Noch immer lag diese Zerbrechlichkeit in seinem Blick, aber etwas in seiner Haltung war ungewohnt und neu.

Wie lange war sie ohne Bewusstsein gewesen? Eine Minute? Eine Stunde? Einen Tag? Ein Jahr? Eine schreckliche

Angst erfasste sie. Er schien das zu spüren, denn er drückte ihre Hände noch fester.

»Alles ist gut. Ihnen ging es plötzlich nicht gut. Sie sind jetzt im Krankenhaus.«

Er reichte ihr ein Glas Wasser mit einem Strohhalm. Die kühle Flüssigkeit rann ihre Kehle hinunter und linderte das quälende Engegefühl in ihrem Hals.

Sie kam immer mehr zu sich, erinnerte sich nun an den Jahrmarkt, an den Besuch bei Madame Pluto, an die Betonbank, an das Blaulicht des Krankenwagens, das Reich der Dunkelheit, das sie so lockend umworben hatte.

Sie schloss die Augen, um sich zu konzentrieren und zu sich selbst zurückzufinden. Sie wollte sich aufsetzen, und Alex schob ein Kissen hinter ihrem Rücken zurecht, um sie zu stützen.

»Es geht schon«, brachte sie hervor.

»Ich dachte, Sie würden sterben!«

»Man soll den Tag niemals vor dem Abend verfluchen.«

Er lachte leise auf und schnitt ein so seltsames Gesicht, dass Maxine es nicht zu deuten vermochte. Er trat von einem Fuß auf den anderen wie jedes Mal, wenn er sich nicht wohl in seiner Haut fühlte. Man hätte meinen können, dass er eine Dummheit begangen hatte, die er nun beichten wollte. Gleichzeitig lag jedoch ein Leuchten in seinem Blick. Er schwankte offenbar zwischen Furcht und Stolz.

»Ich habe eine Überraschung für Sie«, sagte er schüchtern.

Instinktiv rief das ihr Misstrauen auf den Plan. Überraschungen verhießen nicht immer etwas Gutes. Sie war nicht in der richtigen Verfassung für Überraschungen, und sie wusste nicht, ob sie das überstehen würde. Sie hoffte, dass Alex nicht im Altenheim angerufen hatte, denn sie wollte nicht dorthin zurück. Wartete womöglich bereits die Polizei draußen vor der Tür?

Alex spürte, wie ihm der Schweiß den Rücken hinunterlief. Hatte er richtig gehandelt? War er gerade dabei, einen riesigen Fehler zu begehen? Würde Maxine den Schock verkraften? Sie hatte das Bewusstsein ja nicht wiedererlangt, damit er sie jetzt endgültig ins Grab brachte. Zweifel nagten an ihm. Blieb ihm vielleicht doch noch genug Zeit, um alles abzublasen?

Nein, unmöglich. Es war zu spät. Er konnte nicht mehr zurück. Er ließ Maxines Hände los und zog sich behutsam in den rückwärtigen Teil des Zimmers zurück.

Eine Frau tauchte auf. Die grünen Augen bekamen ein Gesicht. Die Frau war nach vorn gebeugt, als würde sie sich unter dem Gewicht einer ungeheuren Emotion zusammenkrümmen. In der Hand hielt sie ein Papiertaschentuch. Als sie dessen gewahr wurde, stopfte sie es hastig in ihre Tasche. Die Frau sah die alte Dame mit einer solchen Eindringlichkeit an, dass es sie hätte verwirren können, wenn sie nicht sogleich alles begriffen hätte.

Denn Maxine wusste Bescheid, und einen Augenblick glaubte sie, dass sie sterben würde. Sie spürte in aller Deutlichkeit, dass ihr Herz für ein paar Sekunden aussetzte. Sei's drum, wenn sie jetzt gehen müsste, dann würde sie erfüllt sterben. Sie erlebte den Augenblick, den sie ihr ganzes Leben ebenso herbeigesehnt wie gefürchtet hatte.

Alex brauchte die beiden nicht einander vorzustellen, jede wusste, wer die andere war.

Das Erste, was sie nach dem Schockmoment wahrnahm, war, dass ihre Tochter alt war. Sie wusste, dass sie im nächsten Monat fünfundsiebzig Jahre alt wurde, aber der Anblick der Falten auf ihrer Stirn ließ diese Tatsache in einer Weise real werden, auf die sie nicht gefasst war. Die tiefen Lachfalten, die sich um ihren Mund zogen, verrieten einen heiteren Charakter. Auch die Krähenfüße, die sich an ihren Augen zeigten, zeugten von einer Bereitschaft zur Fröhlichkeit.

Wie Maxine war auch sie klein und zierlich. Wie Maxine

trug sie einen sorgfältig zugeknöpften Cardigan. Wie Maxine hatte sie kleine Sommersprossen auf den Wangen. Wie Maxine trug sie ihr Haar zu makellos geformten Locken frisiert.

Aber auch ohne diese verblüffende Ähnlichkeit der beiden gab es etwas, das ihnen gleichermaßen eigen war: Sie verströmten eine ganz bestimmte, unbändige Lust auf das Leben, einen Optimismus und eine Stärke, die sie vor keiner Prüfung zurückschrecken ließ.

Léonie sah auch ihrem Vater ähnlich, was für Maxine ebenso schön wie schmerzlich war. Sie hatte den gleichen Blick wie er, die gleiche Ironie lag in ihren Gesichtszügen. Sie trat an das Bett und schien etwas sagen zu wollen, überlegte es sich dann jedoch anders. Die Mutter spürte, dass sie die Dinge in die Hand nehmen musste. Sie musste den ersten Schritt tun, aber sie wusste nicht, womit sie beginnen sollte. Ihr ganzes Leben über hatte sie sich immer wieder diese Frage gestellt. Was konnte sie ihrer Tochter sagen, die sie fortgegeben hatte? Sich entschuldigen? Ihr Verhalten war unentschuldbar. Sich rechtfertigen? Ihr Handeln war unverzeihlich. Sie hatte versagt. Sie war feige gewesen. Sie haderte unendlich mit sich selbst. Sie hatte einem Kind das Leben geschenkt und war doch nie eine Mutter gewesen. Aus diesem Grund hatte sie auch nie wieder ein Kind bekommen. Sie hatte die verlorene Léonie nie ersetzen wollen. Und dass sie darunter litt, empfand sie in gewisser Weise als eine Art Wiedergutmachung.

Die Gefühle waren übermächtig, zu lange hatte sie sie unterdrückt. Wie ein Lavastrom, der lange unter der Erde verharrt, brachen sie sich nun umso gewaltiger Bahn. Tränen traten der alten Dame in die Augen. Aber es blieb nicht bei einem feuchten Schimmer, jetzt brachen alle Dämme. Sie weinte, ohne ihren Tränen Einhalt gebieten zu wollen. Tränen der Wut, der Traurigkeit, des Bedauerns. Unendlich viel Zeit hatte sie verloren!

»Es tut mir so leid …«

Sie hatte die Worte mehr gehaucht als gesprochen.

Die Tränen der Tochter vereinten sich nun mit denen der Mutter. Warm und salzig. Erklärungen brauchte es keine. Nicht jetzt. Nicht sofort. Später. Im Augenblick war diese Umarmung alles, was sie brauchten, um einander zu finden. Léonie hielt ihre Mutter umklammert, als fürchtete sie, sie könne erneut fortgehen. Maxines von Tränen verschleierter Blick fiel auf Alex, der sich diskret zurückgezogen hatte. Sie ahnte, dass er diese Begegnung in die Wege geleitet hatte, auch wenn sie nicht wusste, wie es dazu gekommen sein konnte.

Der junge Mann war gleichsam erstarrt. Er wollte Maxine nicht von der Seite weichen, und doch fühlte er sich fehl am Platz. Als er aber Anstalten gemacht hatte, sich zu entfernen, hatte sie ihn zurückgehalten. Maxine fand es unvorstellbar, dass er bei einem so entscheidenden Augenblick in ihrem Leben nicht dabei sein sollte.

Beim Anblick ihrer Reaktion hatte er sich gesagt, dass er Léonie niemals hätte anrufen dürfen. Es war ein zu großes Risiko für ihre angegriffene Gesundheit. Er würde sie noch umbringen! Als er den auf einen Papierfetzen gekritzelten Namen und die Telefonnummer in Maxines Geldbörse entdeckt hatte, war ihm sofort alles klar gewesen. Das war das Stück Papier, auf das ihr Mann die Angaben zu ihrer bei der Geburt fortgegebenen Tochter aufgeschrieben hatte. Sie hatte damals beschlossen, keinen Kontakt aufzunehmen, da sie das Leben ihrer Tochter nicht durcheinanderbringen oder sie enttäuschen wollte – mit anderen Worten, sie hatte sich nicht getraut. Und am Schluss, als sie zu sterben beschlossen hatte, hatte sie sie nicht kontaktieren wollen, um ihr eine so schlechte Nachricht zu überbringen.

Alex wusste, dass sein Vorgehen das Gegenteil dessen war, was Maxine sich gewünscht hätte. Er war jedoch davon überzeugt, dass sie tief in ihrem Innern wusste, wie sehr sie diese Begegnung brauchte. Sie musste in Frieden gehen können. Sie musste ihre Tochter sehen, bevor sie starb. Und Léonie brauchte es genauso. Ohne diese Begegnung wäre Maxine als Feigling gestorben, dabei war sie alles andere als feige.

Als er Mutter und Tochter jetzt beisammen sah, wusste er, dass er richtig gehandelt hatte, und er war glücklich, dass er seiner Freundin diesen Dienst hatte erweisen können. Er war ihr so sehr zu Dank verpflichtet für alles, was sie während dieser zwei Tage für ihn getan und ihm beigebracht hatte. Mit seinem Tun galt er zumindest einen Teil seiner Schuld ab. Er beglückwünschte sich dazu, dieses kleine, ganz unten in Maxines Geldbörse feststeckende, zusammengeknäulte Papier gefunden zu haben. Der Zufall fügte die Dinge manchmal sehr passend zusammen. Er erinnerte sich an den berühmten Satz von Einstein: »Der Zufall ist das Pseudonym, das der liebe Gott wählt, wenn er inkognito bleiben will.« Ob Gott hier seine Hände im Spiel gehabt hatte, wusste Alex nicht – Charles, Maxines Ehemann, allerdings mit Sicherheit.

60

Die Spannung hatte sich etwas gelegt. In der keimfreien Luft des Krankenhauszimmers lag eine emotionsgeladene Stimmung, aber die so haltlos geflossenen Tränen waren versiegt. Eine süße Benommenheit hatte sich eingestellt. Maxine hatte den Mut gefunden, ihrer Tochter die Umstände ihrer Geburt darzulegen. Erstaunlicherweise wurde ihr leichter ums Herz, je länger sie sprach. Aber trotzdem kostete sie jedes Wort Mühe, denn sie riss damit Wunden auf, die sie längst vernarbt wähnte. Sie vernahm die Worte, die aus ihrem eigenen Mund kamen, ein wenig so, als würde jemand anderes sie aussprechen. Sie lauschte gewissermaßen ihrer eigenen Geschichte. Dieser Abstand gestattete es ihr endlich, sich darüber klar zu werden, dass die Verantwortung für diese falsche Entscheidung nicht allein bei ihr lag. Und es gab nicht nur ein Opfer, sondern zwei.

Dass sie ihr Kind fortgegeben hatte, lastete seit Jahrzehnten auf ihrem Herzen, und dass sie dies nun ihrer Tochter erklären und diese um Verzeihung bitten konnte, tat ihr unendlich gut.

Léonie hörte zu, ohne sie auch nur ein einziges Mal zu unterbrechen. Sie nickte nur hin und wieder mit dem Kopf. Sie wirkte erstaunlich erleichtert, als würde diese Darstellung ihren hoffnungsvollsten Erwartungen entsprechen. Maxine wurde klar, dass Léonie, wie die meisten fortgegebenen Kinder, überzeugt gewesen war, selbst daran schuld zu sein. Dass sie ihre Eltern bei der Geburt so sehr enttäuscht hatte, dass sie beschlossen hatten, sie fortzugeben.

Als sie erfuhr, dass ihr Vater vor ihrer Geburt gestorben war, entfuhr ihr ein leiser Seufzer. Aber Maxine beschrieb ihr den jungen Mann nun in so vielen Details, dass Léonie ein genaues Bild von ihm gewann. Die alte Dame schilderte ihre gemeinsamen Vorlieben, ihre Freuden und ihren Kummer. Paradoxerweise erstand durch diese so weit in die Vergangenheit zurückreichenden Erinnerungen ein sehr lebendiger Eindruck.

Dann berichtete sie von der Entbindung und der Trennung. Von dem physischen Schmerz, der irgendwann verging, und dem seelischen Schmerz, der nie nachließ. Sie sagte ihr, dass sie niemals aufgehört hatte, an sie zu denken, und immer noch bedauerte, dass sie nicht den Kontakt zu ihr gesucht hatte. Sie gestand ihr, dass sie sich immer wieder das Leben ihrer unbekannten Tochter ausgemalt hatte – ihren ersten Schultag, ihre erste Liebe, ihr erstes Diplom, ihr erstes Haus, ihr erstes Kind …

Dann erzählte Léonie ihre Lebensgeschichte, während Maxine und Alex zuhörten wie zwei Kinder, die an den Lippen eines guten Geschichtenerzählers hängen. Sie hatte, wie man sagt, einen schlechten Start ins Leben gehabt. Nicht nur, weil ihre Mutter sie fortgegeben hatte, sondern auch durch die konkreten Umstände bei der Geburt. Als hätten die Hebammen die Tochter für den Fehltritt der Mutter büßen lassen wollen, hatten sie durch ihr grobes Vorgehen Schäden verursacht. Ihre Schulter war ausgerenkt worden, und ihre Lungen waren nicht voll ausgebildet. Mehrere Monate musste sie auf der Neugeborenenstation bleiben. Das erwies sich letztlich jedoch als Glück im Unglück, denn sie wurde von dem Arzt adoptiert, der sie betreute. Sie bekam einen älteren und später noch einen jüngeren Bruder und hatte das Glück, in einer liebevollen Familie aufzuwachsen, die in einem schönen Haus mit Garten lebte, wo es auch einen Hund als Spielkameraden gab.

Geblieben war ein Gefühl der Unsicherheit, das sie durch eine unerschütterliche Entschlossenheit ausgeglichen hatte. Geradezu verbissen hatte sie daran gearbeitet, bei all ihren

Aktivitäten die Beste zu sein. Im Sport hatte sie es bis in die französische Nationalmannschaft im Synchronschwimmen geschafft, später hatte sie an Marathonläufen in Paris und New York teilgenommen.

Unbewusst schienen die Verletzungen, die sie bei der Geburt davongetragen hatte, ihren Weg zu leiten, denn sie hatte eine Ausbildung als Hebamme gemacht. Sie liebte es, das Glück in den Gesichtern der frisch gebackenen Eltern zu sehen, wenn ihnen ihr Baby in die Arme gelegt wurde. Natürlich hatte sie auch erlebt, dass Mütter ihre Kinder fortgegeben hatten. In diesen Fällen hatte sie es sich zur Pflicht gemacht, den Säuglingen so viel menschliche Wärme zu geben wie möglich, um sie spüren zu lassen, dass sie geliebt wurden. Sie wusste, wie unendlich wichtig das war.

Ihren Mann hatte sie auf einem Fest bei gemeinsamen Freunden kennengelernt. Es war eine schlichte, aber schöne Geschichte.

»Sind Sie verheiratet?«, hatte er sie ohne Umschweife gefragt.

»Nein.«

»Umso besser. Dann bleibt es mir erspart, mich duellieren zu müssen. Ich bin ein miserabler Fechter, und eine Muskete ist heutzutage auch nicht leicht zu beschaffen. In einem Jahr sind wir verheiratet!«

Sie hatte angesichts einer solchen Selbstgewissheit gelacht und sich über ihn lustig gemacht. Sechs Monate später jedoch waren sie verheiratet.

Er war Architekt. Ihr gefiel die Vorstellung, dass sie mit ihren Berufen einerseits bei der Familiengründung Beistand leisteten und andererseits für ein Dach über dem Kopf sorgten.

Sie hatten drei Kinder, die sie alle adoptiert hatten. Léonie wollte dazu beitragen, die Fehler anderer wiedergutzumachen. Sie hatte sie mit Liebe und Respekt großgezogen. Alle drei waren zu wohlgeratenen Menschen geworden, und darauf war sie sehr stolz. Bei der Erziehung hatte sie sich am Beispiel ihrer Eltern orientiert. Ihre Adoptivmutter war Hausfrau und zugleich Malerin gewesen. Ihre Bilder waren fester Bestandteil von Léonies Kindheit. Mit ihrer Lebensfreude und ihrer Offenheit hatte ihre Adoptivmutter ihr die Sicherheit gegeben, die ihr fehlte, und sie gelehrt, ihre Ziele mit positiver Energie zu verfolgen.

Léonie verabscheute jegliche Form von Ungerechtigkeit zutiefst. Während der Unruhen im Mai 1968 hatte sie sich aktiv auf die Seite der Protestbewegung gestellt. Sie war entsprechenden Gruppen beigetreten und politisch aktiv gewesen.

Léonie hatte flüssig und unaufgeregt erzählt und war nun am Ende ihrer Geschichte angekommen. Stille kehrte ein und ließ beiden die Zeit, nachhallen zu lassen, wie ihre Lebenswege verlaufen waren.

Alex, der Léonies Geschichte gebannt zugehört hatte, sagte sich, dass Mutter und Tochter letztlich sehr viel gemein hatten. Sie hatten ähnliche Charaktereigenschaften, die gleichen Ansprüche und die gleichen Überzeugungen. Das Strahlen in Maxines Augen verriet ihm, dass sie den gleichen Gedanken hatte.

61

Das »stille Dröhnen der Angst« begann sich jetzt im Zimmer auszubreiten. Diese Zeile von Prévert geisterte Alex im Kopf herum. Es schien ihm, als gäbe sie die Stimmung in diesem Krankenhauszimmer sehr gut wieder. Niemand sprach. Alle drei waren in ihre Gedanken vertieft und zugleich darum bemüht, den Anschein zu erwecken, es sei alles in Ordnung. Jedes weitere Wort würde den Zauber zerstören, der die Zukunft auf Abstand hielt.

Maxine hatte diesen Augenblick so sehr gefürchtet, auch wenn er ihr unglaublich guttat. Ihr war bewusst, dass ihre Freude egoistisch war, denn sie würde ihre Tochter schon bald wieder verlassen müssen. Das Leben war, genau wie ihre Krankheit, oft grausam. Sie durfte diesen Zustand nicht zu lange andauern lassen. Die Agonie eines Abschieds auf Raten widerstrebte ihr, sie wollte diesen Augenblick schnell und gut hinter sich bringen und ihrer Tochter auf keinen Fall mehr Schmerz zufügen als notwendig.

Seltsamerweise kam ihr das Lied *Mourir sur scène* – »Auf der Bühne sterben« – von Dalida in den Sinn: »Ja, ich will auf der Bühne sterben, mit offenem Herzen in einem Meer von Farben, ohne den geringsten Schmerz sterben bei der letzten Begegnung.« Ihre Bühne würde nun also ein Krankenhausbett mit weißen gestärkten Laken sein, aber ihr Herz glühte in allen Farben. Das Fahle und Graue war nach und nach den verschiedensten Farbnuancen gewichen, bis schließlich die breite Palette eines kräftigen Regenbogens erstrahlte. Sie hatte nicht nur eine »letzte Begegnung« gehabt, sondern zwei: Ihr war das außerordentliche Glück der Begegnungen mit Alex und Léonie zuteilgeworden. Der Kreis schloss sich. Jetzt musste sie den Jungen, Gesunden Platz machen. Immerhin würde sie zwei Menschen um sich wissen, die sie liebte, und sie hoffte, dass zwei andere geliebte Menschen sie erwarten würden. Auch wenn es ihr das Herz zerriss, ihre neu gewonnenen Lieben verlassen zu müssen, war ihr der Gedanke ein Trost, dass die beiden aufeinander achtgeben könnten.

Alex spürte, dass Maxine schwerwiegende Gedanken wälzte. Sie hatten einander in der kurzen Zeit gut genug kennengelernt, dass er dies erahnte. Ihre Abenteuer hatten sie so fest zusammengeschweißt, dass eine starke Bindung entstanden war. Er sah sie eindringlich an, und sie erwiderte seinen fragenden Blick mit einem traurigen Lächeln.

»Es wird Zeit, dass ich mich von euch verabschiede.«

Hastig trat er ans Bett und umklammerte beschwörend die Bettkante.

»Es ist nicht zu spät, Maxine.«

Sie zuckte die Schultern.

»Sie dürfen nicht aufgeben. Der Arzt hat gesagt, dass er einige Untersuchungen vornehmen will …«

»Ich weiß genau, was ich habe und was mir bevorsteht. Das muss mir kein Pinguin in weißem Kittel bestätigen!«

Sie streckte sich der Länge nach aus und legte ihre Hände flach auf die Brust wie eine liegende Figur im Mittelalter. Auf eine würdevolle Haltung bedacht, lag sie da und schloss die Augen.

Die Stille lastete nun schwer im Raum. Léonie unterdrückte ein Schluchzen und wollte ihre Mutter umarmen, die sie gerade erst kennengelernt hatte, als Alex sie sanft, aber entschlossen zurückhielt. Er trat ganz nah zu Maxine.

»Was bezwecken Sie damit eigentlich genau? Halten Sie

sich für einen Pharao, oder was? Ich werde Sie jedenfalls nicht einbalsamieren und mit Mumienbinden umhüllen. Das kommt gar nicht infrage. Mir war ja klar, dass Sie alt sind, aber doch nicht so alt!«

Vor Wut bebend, schlug Maxine die Augen auf und richtete sich mit einer für eine Sterbende erstaunlichen Geschwindigkeit im Bett auf. Schon hatte sie ihm einen gehörigen Schlag auf die Schulter verpasst.

»Ich bin nicht alt, ich bin vintage! Und wie alles, was vintage ist, bin ich absolut auf der Höhe der Zeit.«

»Oder aus der Zeit gefallen …«

Sie versetzte ihm noch einen Hieb. Langsam kehrte Farbe in ihr Gesicht zurück.

»Ich bin nicht altmodisch, ich bin antik. Und wie alles, was antik ist, bin ich etwas Seltenes und Kostbares.«

»Oder etwas Beschädigtes.«

»Etwas Beschädigtes kann man reparieren.«

»Das höre ich gern aus Ihrem Mund.«

Maxine verstummte angesichts des zufriedenen Lächelns auf Alex' Gesicht. Verärgert runzelte sie die Stirn, dann musste sie lachen. Der Schüler hatte seinen Meister überflügelt.

Léonie hatte diesem Rollenwechsel still beigewohnt. Sie hatte nicht alles begriffen, war aber erleichtert, dass ihre Mutter offenbar wieder bei Kräften war. Vielleicht würde ihr doch noch Zeit bleiben, sie ein wenig besser kennenzulernen.

Ein Arzt kam nun unvermutet und ohne anzuklopfen ins Zimmer. Oder hatte niemand sein Klopfen gehört? Er war groß und mager, hatte angespannte Gesichtszüge und einen fahlen Teint. Alex hatte ihn bereits bei der Ankunft im Krankenhaus gesehen, aber da er zu diesem Zeitpunkt aufgrund von Maxines schlechtem Zustand unter Schock stand, hatte er ihm keine sonderliche Aufmerksamkeit geschenkt. Er fand, dass er erschöpft oder sogar krank aussah, und konnte nicht verhindern, dass sein Misstrauen sich regte. Sollten die Ärzte nicht eine überzeugende Werbung für das Krankenhaus sein? Einem athletischen Arzt mit frischem Teint, strahlend weißen Zähnen und perfekt frisiertem Haar hätte er mehr vertraut. Dieser Arzt sah jedoch eher so aus, als wäre er um drei Uhr morgens aufgestanden und hätte erst einmal mit dem Finger in eine Steckdose gefasst, um überhaupt wach zu werden. Alex wünschte sich den besten aller Ärzte für Maxine.

Der Mediziner ließ seinen Blick durch das Zimmer schweifen, dann fasste er die alte Dame ins Auge. Langsam trat er zu ihr ans Bett. Seine feierliche Haltung ließ vermuten, dass er eine schlechte Neuigkeit zu verkünden hatte. Die gleichförmigen Schritte riefen auf dem gräulichen klebrigen Linoleumboden ein quietschendes Geräusch hervor, das den jungen Mann frösteln ließ. Aus der Kitteltasche des Arztes lugte eine Brille hervor. Kurzsichtig war er also auch noch. Alex hatte wirklich allen Grund, misstrauisch zu sein. Er wollte einen perfekten Arzt, der die besten Neuigkeiten kundtat.

Der Doktor setzte seine Brille auf die Nasenspitze und räusperte sich:

»Madame …«

»Maxine«, schnitt sie ihm das Wort ab.

Er schob seine Brille weiter hoch.

»Wie Sie möchten. Maxine, Sie sind eingeliefert worden, weil Sie einen Schwächeanfall hatten …«

»Sparen Sie sich den Atem! Ich weiß genau, was Sie jetzt sagen werden.«

»Ich denke, nicht.«

Die Antwort überraschte sie so, dass sie ihn mit aufgerissenen Augen anstarrte. Er wich ihrem Blick nicht aus, und so maßen sie einander, ohne dass einer von beiden klein beigegeben hätte.

Dann brach es aus Maxine heraus:

»Nur weil Sie einen weißen Kittel tragen und ein Stethoskop um den Hals hängen haben, glauben Sie, dass Sie besser wissen, was mit mir los ist, als ich selbst!«

Sie blitzte ihn wütend an und zeigte anklagend mit dem Finger auf ihn:

»Sie wissen rein gar nichts von mir. Sie wissen nicht, wer ich war, wer ich bin und wer ich sein werde. Sie haben die Anzeichen des Verfalls nicht bemerkt. Für Sie bin ich lediglich eine Aneinanderreihung von Symptomen. Wenn es gut läuft, ein lösbarer, kurierbarer Fall. Wenn es schlecht läuft, eine Last, die man in die Palliativmedizin abschiebt. Sie halten sich wohl für einen Gott in Weiß, wenn Sie mir einen würdigen und selbstbestimmten Tod verweigern. Es erinnert Sie nämlich an Ihre eigene Sterblichkeit – auch Sie werden irgendwann alt und krank sein, und dann kann Hippokrates nichts mehr für Sie tun!«

Der Arzt hörte sich diese Worte mit einem Anflug von Ironie an. Er wandte sich an Alex:

»Ist Ihre Großmutter immer so?«

»Sie ist nicht meine Großmutter«, antwortete der junge Mann augenzwinkernd. »Sie ist meine Schwester!«

Der Arzt zuckte verwundert die Schultern. Offenbar war der psychische Schock auch bei dem jungen Mann weitaus schwerer, als er gedacht hatte. Er sollte vielleicht seinen Kollegen aus der Psychiatrie zurate ziehen.

Er setzte an, um kurz und knapp die Ergebnisse der Untersuchungen zu verkünden, als er den Blickwechsel zwischen der alten Dame und dem jungen Mann auffing. Es lag eine solche Zärtlichkeit, Verschworenheit und ein solches Vertrauen in diesem Blick, dass er geradezu erschüttert war. Die tiefe Verbindung zwischen den beiden berührte ihn mehr, als er sich eingestehen wollte.

Er verscheuchte eine eingebildete Fliege vor seinem Gesicht.

»Kurz und gut, nach Ihrem Schwächeanfall haben wir eine Reihe von Untersuchungen angestellt …«

»Das war nicht nötig. Sie hätten besser daran getan, sich um Leute zu kümmern, die eine Chance haben weiterzuleben, um sich selbst zum Beispiel! Haben Sie sich einmal im Spiegel angesehen? Wann haben Sie zum letzten Mal eine Nacht richtig gut geschlafen?«

Sichtlich irritiert kratzte er sich am Kopf.

»Äh … ich weiß nicht so genau.«

»Sie sollten auch besser auf Ihre Ernährung achten. Sie sind viel zu dünn.«

Er blickte verblüfft auf seinen eingefallenen Bauch und seinen viel zu weiten Kittel.

»Treiben Sie Sport? Sind Sie verheiratet? Haben Sie Kinder? Haben Sie Hobbys? Lesen Sie?«

»Es reicht, Maxine, ich glaube, Ihr Standpunkt ist jetzt klar«, unterbrach Alex sie.

Er wollte den Arzt vor der Lawine an Fragen retten, die ins Rollen gekommen war, vor allem aber wollte er auf das Wesentliche zurückkommen: die Untersuchungsergebnisse. Er wusste, dass Maxine lediglich Zeit gewinnen wollte.

Aber so leicht wollte die alte Dame sich nicht aus dem Feld schlagen lassen:

»Sie vergeuden Ihre Zeit mit mir. Sie müssen nur die Morphium-Dosis etwas erhöhen, und schon ist alles vorbei.«

Sie wies mit dem Finger auf Alex und Léonie.

»Die beiden hier werden Sie nicht verraten.«

Der Arzt drehte sich zu Alex um, der resigniert nickte, dann zu Léonie, die ihr Gesicht in ein Taschentuch presste.

»So weit wird es nicht kommen.«

»Schon in Ordnung«, ließ Maxine mit einem Gesichtsausdruck verlauten, der allerdings das Gegenteil verhieß. »Ich verstehe. Sie wollen sich die Finger nicht schmutzig machen. Die

Würde einer alten kranken Frau wiegt Ihr Ansehen und Ihre Karriere nicht auf.«

»Würden Sie vielleicht einmal davon absehen, mir dauernd ins Wort zu fallen? Dann könnte ich Ihnen die Situation erklären.«

Maxine wollte zu einem weiteren Gegenschlag ausholen, aber Alex bedeutete ihr mit einer beschwichtigenden Geste innezuhalten.

»Jetzt hat man nicht einmal mehr das Recht, etwas zu sagen …«

Die alte Dame hüllte sich in ihre keimfreie baumwollene Bettdecke, wie es würdevoller auch Kleopatra nicht vermocht hätte, bevor sie sich von der Schlange beißen ließ. Maxine rollte sich auf die Seite, wandte den im Zimmer Anwesenden den Rücken zu und blickte mit gerunzelter Stirn starr aus dem Fenster.

Alex glaubte aus ihrem Gemurmel so etwas wie »Grobian« herausgehört zu haben, was er freilich nicht beschwören wollte.

Der Arzt, der es durchaus schon mit einigen Sturköpfen zu tun gehabt hatte, musste unumwunden zugeben, dass dies die absolute Krönung war.

Immerhin kam ihm jetzt die Macht der Gewohnheit zu Hilfe, und er nutzte das Schweigen, um mit seinen Erklärungen fortzufahren. Er hatte bereits genug Zeit verloren. Es gab noch andere Patienten, die auf ihn warteten, und andere schlechte Nachrichten, die er überbringen musste.

»Sie sind tatsächlich krank …«

Sie zuckte die Schultern, wobei die Decke ein wenig von ihrem Arm herunterglitt.

»Aber Sie leiden nicht an Alzheimer.«

»Was?«, riefen Alex und Léonie im gleichen Atemzug.

Das war zu viel für Maxine, die die Decke nun zu Boden warf.

»Etwas anderes fällt Ihnen wohl nicht ein, um die Leute im Krankenhaus festzuhalten! Ich kenne diese Krankheit ganz genau, mein Mann ist daran gestorben. Ich habe die gleichen Symptome. Machen Sie Ihre Untersuchungen noch einmal! Sie haben sich getäuscht!«

»Anhaltende Erschöpfung, Kopfschmerzen, Schwindel, Atemlosigkeit, Blässe, Gedächtnislücken, Gefühllosigkeit in Händen und Füßen, Gleichgewichtsstörungen, Gereiztheit, Gewichtsverlust, Depression, geistige Verwirrung ...«

Maxines Mund verzog sich zu einem komischen Ausdruck, der zwischen Angst, Verblüffung und Verärgerung schwankte.

»Nein, Gereiztheit nicht.«

Der Arzt drehte sich mit vielsagender Miene zu Alex und Léonie um, doch keiner von beiden zeigte irgendeine Reaktion. Sie waren wie blockiert, und die wildesten Gedanken jagten ihnen durch den Kopf. Aber dann hielt Alex es nicht länger aus und fragte:

»Was heißt das jetzt, hat sie Alzheimer oder nicht?«

»Nein.«

»Und was ist mit ihren Symptomen?«

»Es sind die Symptome einer perniziösen Anämie. Es ist richtig, dass einige Symptome denen der Alzheimer-Krankheit ähneln, aber die Untersuchungsergebnisse sind eindeutig. Sie leiden an einem Vitamin-B12-Mangel.«

Der Arzt machte eine Pause. Vielleicht wollte er den Anwesenden Zeit geben, die Neuigkeit zu verdauen. Oder wartete er auf Applaus für seine großartige Diagnostik? Da niemand etwas sagte, fuhr er fort:

»Bleibt die perniziöse Anämie unbehandelt, kann sie nach und nach die sensitiven und auch die motorischen Nerven angreifen und neurologische Probleme hervorrufen, die denen der Alzheimer-Krankheit nicht unähnlich sind. Es handelt sich um Beschwerden, die mit Dauer der Krankheit zunehmen.«

Alex hatte für einen Moment neue Hoffnung geschöpft. Maxine hatte kein Alzheimer! Das Thema Sterbehilfe stand nicht mehr zur Debatte. Aber schon kehrten Zweifel und Angst zurück. Ließ sich eine perniziöse Anämie heilen? Der Begriff klang sehr abgehoben. Was perniziös war, musste doch schlecht, abträglich und schädlich sein. Es verhieß etwas Heimtückisches, ein Gift, das sich langsam, aber sicher in ihrem Blut ausbreitete, bis es zum tödlichen Angriff ausholte. Wenn es so etwas wie Gerechtigkeit in dieser Welt gab und ein Gott über alles wachte, so durfte er doch nicht russisches Roulette mit seinen Gefühlen spielen. Man konnte ihm doch nicht eröffnen, dass sie kein Alzheimer hatte, nur um ihm dann mitzuteilen, dass sie an einer anderen unheilbaren Krankheit litt.

»Lässt sich diese Krankheit behandeln?«

Beinahe im Flüsterton waren ihm diese Worte über die Lippen gekommen, als befände sich das Heilmittel hier im Raum und würde sich womöglich bei der geringsten unvorhergesehenen Bewegung verflüchtigen.

»Früher, als die Krankheit und ihre Ursachen noch nicht bekannt waren, führte sie nach leidvollen Jahren unweigerlich zum Tod. Es gab keine Behandlung.«

Alex hielt unbewusst den Atem an. Er wartete auf die Fortsetzung.

»Dank der Fortschritte der modernen Medizin erlaubt heute eine zusätzliche Gabe von hochdosiertem Vitamin B12, diesen Mangel auszugleichen. Die Patienten können dann ein vollkommen normales Leben führen.«

Maxine schien nicht überzeugt zu sein.

»Was sind die Ursachen dieser Krankheit?«

»Diese Krankheit ist oft erblich bedingt. Sie tritt vermehrt bei Personen skandinavischer oder zumindest nordeuropäischer Abstammung auf. Auch alte Menschen sind häufig betroffen.

Ihr Magen und ihr Dünndarm sind nicht mehr in der Lage, das in der Nahrung enthaltene Vitamin B12 aufzunehmen.«

Der Arzt trat an Maxines Bett.

»Ich verschreibe Ihnen eine Reihe von fünf bis sieben Injektionen innerhalb eines kurzen Zeitintervalls. Wir werden Sie zur Beobachtung hierbehalten, um Ihre Werte zu überwachen, aber Sie müssten sich bereits in achtundvierzig oder spätestens zweiundsiebzig Stunden besser fühlen. Anschließend müssen Sie unbedingt jeden Monat Vitamin B12 injiziert bekommen.«

Wieder herrschte Schweigen in dem Zimmer mit seinem Geruch nach Desinfektionsmitteln. Niemand wagte sich zu regen. Alex und Léonie sahen wie gebannt zu Maxine hinüber und warteten angespannt auf eine Reaktion ihrerseits.

»Gut. Dann also zurück ins Altenheim. Auf direktem Weg ins Gefängnis, nicht noch einmal zurück auf ›Start‹, und es winkt auch kein Gewinn von 20.000 Francs.«

»Ich fürchte, so einfach ist es nicht.«

Der Arzt sah betreten zu Boden, was Alex misstrauisch machte. Das verhieß nichts Gutes. Er presste die Zähne so fest zusammen, dass sich seine Kiefer verkrampften.

»Jedenfalls nicht für Ihren ›Enkel‹«, fuhr der Arzt fort und wies mit dem Finger auf den jungen Mann. »Draußen warten zwei Polizeibeamte, die mit Ihnen sprechen möchten. Ich konnte sie noch etwas hinhalten, aber sie bestehen darauf, dass Sie gleich hinauskommen.«

»Sie wissen also Bescheid?«

Alex hatte seine Frage ebenso zaghaft wie ängstlich gestellt. Vor seinem geistigen Auge sah er bereits das Bild einer Gefängniszelle und vermochte an nichts anderes mehr zu denken. Er ertrug diese emotionale Berg- und Talfahrt nicht mehr, die ihm seit zwei Tagen alles abverlangte. Bald würde sein Herz den Dienst versagen. Seine depressive Teilnahmslosigkeit hatte ihm eine gemächliche Gangart aufgezwungen, die ihn anfällig gemacht hatte.

Seit seiner Begegnung mit Maxine war sein Panzer aufgeplatzt. Er hatte sein Herz geöffnet, und das war nicht ungefährlich, da eine Verletzlichkeit damit einherging. So wie für eine helle Haut die ersten Sonnenstrahlen nicht ungefährlich sind, da sie ihnen wehrlos ausgesetzt ist.

Er spürte, wie ein schreckliches, aber vertrautes Gewicht sich wieder auf seine Brust senken wollte. Die tonnenschwere Last drückte erneut auf seinen Brustkorb, sodass er kaum noch atmen konnte. Er riss sich zusammen, um keine Panikattacke zu bekommen. Er musste sich beruhigen, alles würde sich regeln lassen.

Aber es wurde nicht besser. Im Gegenteil, es wurde immer schlimmer. Vor seinen Augen begannen weiße Punkte zu tanzen. Eine schreckliche Welle der Angst riss ihn mit sich, dazu kam ein unerträglicher Druck in seinem Schädel. Die weißen Punkte wurden mehr und mehr. Er hörte Stimmen, aber sie schienen von weit weg zu kommen. Dann gaben seine Beine nach, und alles wurde schwarz.

62

Es war Nacht, als Alex erwachte. Der Mond schien ihm ins Gesicht. Ein stumm geschaltetes Fernsehgerät zeigte Bilder von Männern mit Krawatten, die sich mit vorgespieltem Lächeln viel zu lange die Hände schüttelten. Jemand musste vergessen haben, das Gerät auszuschalten.

Er wusste nicht, wo er sich befand. Es kam ihm vor, als sei er mit einem Bus zusammengestoßen. Trotz der trockenen Luft war ihm kalt.

Er dachte an sein Bett, an sein Zimmer, an das Haus seiner Eltern. Ihm fiel auf, dass er es bezeichnenderweise immer ›das Haus meiner Eltern‹ genannt hatte und nicht ›mein Zuhause‹, als wäre er dort nie zu Hause gewesen. Als wäre er ein Gast, ein Untermieter oder ein entfernter Cousin gewesen, den man aufgenommen hatte, weil man sich aus Familiengründen dazu verpflichtet fühlte, auch wenn man es im Grunde gar nicht wollte.

Es roch nach Krankenhaus. Jetzt kam die Erinnerung wieder, die Scham stieg in ihm auf. Er hatte das Bewusstsein verloren. Maxine war krank, und er war derjenige, der ohnmächtig wurde. Seine Mutter hätte ihn der Wichtigtuerei bezichtigt.

Vom anderen Ende des Zimmers kamen Schnarchgeräusche. War das Maxine? Das konnte er jetzt nicht herausfinden.

Was musste sie denken? Wahrscheinlich, dass er sie im Stich gelassen hatte. Er wusste gar nichts mehr. Die alte Dame hatte kein Alzheimer, sie brauchte also keine Sterbehilfe mehr in Anspruch zu nehmen. Er hätte doch erleichtert sein müssen. Warum also war er traurig? Weil die Reise zu Ende war? Weil

Maxine ihn nicht mehr brauchte? Es war verrückt gewesen anzunehmen, dass diese Auszeit immer weitergehen könnte. Sie würde in ihr Altenheim zurückgebracht werden und kleinlich bewacht von der Leiterin Durefer im Aufenthaltsraum mit Marty das Fernsehquiz *Glücksrad* ansehen. Léonie würde in ihr Leben zurückkehren. Die beiden würden sich in regelmäßigen Abständen sehen. Und er?

Er würde ins Gefängnis kommen. Die Beamten warteten sicher vor seinem Krankenhauszimmer auf ihn – den Taser im Anschlag, um dem Entführer alter Damen den Garaus zu machen. Maxine würde ihn natürlich verteidigen, aber auf betagte Menschen hörte ja niemand, das hatte er mittlerweile begriffen. Niemand würde glauben, dass sie diejenige war, die ihn in dieses Abenteuer hineingezogen hatte, dass sie den Räuber an der Tankstelle entwaffnet hatte. Man würde denken, dass sie am Stockholm-Syndrom litt und eine emotionale Bindung zu ihrem Entführer aufgebaut hatte.

Die Zimmertür ging auf, künstliches Licht drang grell durch den Spalt und blendete ihn. Er konnte lediglich die Umrisse einer Gestalt erkennen, die sich auf leisen Sohlen näherte.

Der Schatten kam unaufhaltsam näher und erinnerte ihn an die Albträume, die er als Kind gehabt hatte. Er machte sich möglichst klein, zog die Decke bis zu den Ohren und bedauerte, dass er keinen großen Bruder hatte, der ihn beschützen würde. Am liebsten wäre er auf und davon gerannt, aber er war lahmgelegt. Er blickte auf seinen Arm mit dem Schlauch, der darin steckte.

»Wie fühlen Sie sich?«

Er erkannte die Stimme des Arztes wieder, noch bevor er sein Gesicht im Dämmerlicht ausmachen konnte. Der Arzt wirkte auch jetzt sehr müde. Kein Wunder, wenn er immer noch Dienst hatte. Vielleicht war die Müdigkeit aber auch sein Normalzustand geworden.

»Was passiert jetzt?«

Der Arzt setzte sich auf den Bettrand. Alex war überrascht von dieser Annäherung, aber vielleicht konnte man sich bei Kriminellen das Recht herausnehmen, etwas lockerer zu sein. Oder lag es an der nächtlichen Stunde? Oder doch einfach nur an der Müdigkeit? Gestört fühlte sich Alex durch die ungewohnte Nähe jedenfalls nicht. Der Arzt begegnete ihm mit Wohlwollen, das spürte er. Wenn ihn schon jemand der Polizei überstellen musste, dann sollte dieser Mann es tun, wünschte sich Alex.

»Nun, dass man sich mit Ihnen und Maxine langweilt, kann man nun wirklich nicht behaupten. Sie haben einen leichten Kreislaufkollaps gehabt.«

Alex ging nicht auf das »leicht« ein. Bei den Ärzten war immer alles »leicht«. Ein leichter Schnupfen. Ein leichter Husten. Eine leichte Depression. Ein leichter Kollaps …

Der Arzt fuhr fort:

»Um sicherzugehen, dass alles in Ordnung ist, haben wir ein paar kleine Untersuchungen durchgeführt …«

Jetzt auch noch ›kleine‹ Untersuchungen.

»… aus denen hervorgeht, dass Ihr Blutzuckerspiegel viel zu hoch ist. Sie müssen kurz zuvor sehr fett und süß gegessen haben. Außerdem ist Ihr Blutdruck extrem abgefallen, und das hat die Ohnmacht ausgelöst.«

Für seine Untersuchungsergebnisse interessierte Alex sich jedoch ganz und gar nicht. Er wollte wissen, wie es jetzt mit ihm weitergehen würde. Im Gefängnis würde er noch genug Zeit haben, um seine beginnende Diabetes zu kurieren, die er sich durch eine Überdosis an Churros, Zuckerwatte und Schokoriegeln eingefangen hatte.

»Und die Polizei? Warten die Beamten auf mich?«

Der Arzt nahm sich Zeit, um tief Luft zu holen.

»Ja.«

»Stehen sie hinter der Tür?«

»Nein, ich habe ihnen gesagt, dass ich Sie für die Nacht hierbehalte. Sie kommen in ein paar Stunden wieder.«

»Haben Sie uns verraten?«

In der Stimme des jungen Mannes lagen sowohl Bestürzung als auch Resignation.

»Ich habe Sie natürlich sofort erkannt. Im Wartezimmer läuft ununterbrochen das Fernsehgerät. Da blieb es nicht aus, dass wir die ständige Berichterstattung auf den Nachrichtensendern mitbekamen. Ich habe Sie nicht verraten. Aber bei Maxines Aufnahme haben wir ihren Namen ins System eingegeben und sofort eine Alarmmeldung erhalten.«

»Warum haben Sie sie dann weiterhin versorgt? Warum haben Sie nicht unverzüglich die Polizei gerufen und mich festnehmen lassen? Ich bin doch ein Entführer von alten Damen!«, schleuderte ihm Alex provozierend entgegen.

»Ich bezweifle, dass Sie ein Entführer sind. Wenn einer von Ihnen beiden den anderen entführt haben sollte, dann würde ich eher auf die alte Dame tippen.«

»Haben Sie denn den ganzen Eilmeldungen keinen Glauben geschenkt?«

»Ich bin immer misstrauisch, wenn Nachrichten auf diese Weise nonstop verbreitet werden. In früheren Zeiten warf man Menschen wilden Tieren vor, damit das Volk einen Schauer verspürte. Und das, was der Dichter Juvenal ›Brot und Spiele‹ nannte, brauchen die Menschen heute immer noch. Da kam Ihre Geschichte gerade recht, und die Medien haben sich darauf gestürzt.«

»Und Maxine? Was wird jetzt aus ihr?«

»Hör auf, an andere zu denken, und denk lieber an dich selbst!«, ertönte eine wohlbekannte Stimme aus dem Dunkel des Zimmers.

Der Doktor stand auf.

»Ich lasse Sie jetzt allein. Wir sehen uns in ein paar Stunden.«

Er hob seine Hand grüßend zu Maxine hinüber und verließ lautlos das Zimmer.

Kaum hatte sich die Tür hinter ihm geschlossen, zog Alex den Schlauch aus seinem Arm. Er hatte schon öfter gesehen, wie Schauspieler das in Filmen machten, aber hier und jetzt war es doch recht schmerzhaft. Er drückte eine Kompresse auf die hervorquellenden Blutstropfen, stand auf und ging zum Bett der alten Dame hinüber. Ihre tiefe Vertrautheit führte ihn ganz natürlich dazu, sich vorsichtig bei ihr aufs Bett zu setzen.

»Wie geht es Ihnen? Fühlen Sie sich besser?«

»Ich habe mich nie schlecht gefühlt!«

»Die Vitamin-B12-Injektionen müssten schon bald wirken.«

»Stimmt«, musste sie zugeben. »Aber Krankenhäuser machen mich fertig.«

Alex lächelte. In dem bläulichen Licht des Fernsehgeräts trat die Erschöpfung in Maxines Zügen deutlich zutage, aber von ihren Augen ging immer noch die gleiche Intensität aus.

Als sie kurz darauf beide im gleichen Augenblick auf den Bildschirm sahen, staunten sie nicht schlecht. Ein vermutlich von einem Radargerät aufgenommenes Foto von ihnen beiden stach ihnen ins Auge. Unter der Großaufnahme wurde in einem gelben Laufband der neueste Stand der Nachrichten übermittelt:

»Steht der Fall Maxine vor der Auflösung? Die Polizei scheint eine heiße Spur zu haben. Aus inoffizieller Quelle wurde bekannt, dass sich die von dem geistig instabilen jungen Mann gefangen genommene alte Dame in einem Krankenhaus befindet. Bisher gibt es keine Auskünfte darüber, ob Lebensgefahr besteht.«

»Mach den Ton an!«, befahl Maxine.

Alex suchte hektisch nach der Fernbedienung, die er schließlich unter der Bettdecke der alten Dame ausfindig machte. Er hütete sich davor, eine Bemerkung darüber zu machen, und schaltete den Ton lauter.

Jetzt war eine schöne junge Frau auf dem Bildschirm zu sehen. Das war *sie* – die Ursache für seine Depression! Aurore, in die er sich verliebt hatte und die nichts von ihm hatte wissen wollen. Das Bild hatte auf Alex die gleiche Wirkung wie ein knallharter Aufwärtshaken. Seine Vergangenheit, die er in so weite Ferne gerückt glaubte, sprang ihm förmlich ins Gesicht.

»Ich wende mich hier an Alex. Es tut mir so leid, ich hatte keine Zeit, dir zu antworten, dabei fand ich den Brief, den du mir unmittelbar vor dieser Geschichte geschickt hast, sehr schön. Ich möchte dich gern wiedersehen, um dich richtig kennenzulernen.«

»Siehst du, sie hat dich nicht vergessen!«

Alex schaltete den Ton des Fernsehgeräts stumm.

»Sie sagt das, weil man sie gebeten hat, es zu sagen.«

»Lehn doch einen Sieg nicht ab, wenn er dir zugesprochen wird.«

»Ich weiß nicht …«

»Wirst du noch einmal Kontakt zu ihr aufnehmen?«

»Ich weiß nicht …«

»Möchtest du es denn gern?«

»Keine Ahnung …«

»Warum?«

»Weil eine Sache, die man zu lange und zu heftig herbeigesehnt hat, irgendwann etwas von ihrem Reiz einbüßt.«

»Hast du Angst?«

»Ja!«, entfuhr es Alex, und er sprang auf. »Es kommt mir so vor, als wäre ich ein gutes Stück vorangekommen – im wörtlichen und im übertragenen Sinn. Ein Wiedersehen mit ihr wäre irgendwie gleichbedeutend mit einem Rückschritt. Mir ist inzwischen klar, dass ihre Abweisung nicht die eigentliche Ursache dafür war, dass es mir so schlecht ging. Sie war lediglich der Tropfen, der das Fass meiner Unzufriedenheit zum Überlaufen gebracht hat.«

Maxine stützte sich auf das Kopfkissen, um sich aufzurichten.

»Damit hast du wirklich recht. Du bist vorangekommen. Du bist nicht mehr der traurige junge Mann, den ich kennengelernt habe und der sich so unwohl in seiner Haut fühlte. Du bist viel offener geworden, du hast Selbstvertrauen entwickelt und du hast endlich begriffen, dass du ein Recht auf Glück hast. Und dass du, wenn du glücklich bist, keineswegs anderen ihr Glück stiehlst.«

»Meinen Sie, ich sollte sie anrufen?«

»Ja. Nein. Vielleicht. Ich weiß es nicht. Aber ich bin auch nicht diejenige, die diese Entscheidung treffen muss.«

»Aber mir fällt es doch so schwer, Entscheidungen zu treffen. Außerdem würde es vermutlich zu gar nichts führen.«

»Du bist stur wie ein Esel!«

Alex vollführte eine hoffnungslose Handbewegung.

»Was würde es denn überhaupt nützen? Ich kann sie wohl kaum von meiner Zelle aus anrufen.«

»Red nicht solchen Blödsinn, du wirst nicht ins Gefängnis kommen. Wir werden der Polizei morgen erklären, wie alles gekommen ist, und dann wird sich alles finden. Wir brauchen uns nicht mehr zu verstecken, damit ich in meine Sterbehilfe-Klinik komme. Ich habe jetzt ja kein Alzheimer mehr.«

»Sie hatten nie Alzheimer!«

»Das ist keineswegs sicher. Ich vertraue den Ärzten nicht hundertprozentig.«

»Wer ist hier nun stur wie ein Esel?«

Sie sahen sich an, ohne etwas zu sagen. Beiden war klar, dass etwas Entscheidendes im Raum stand. Bald würde man Abschied nehmen müssen. Leider. Sie wollten nicht reden, sie wollten nicht auseinandergehen. Das Schweigen bot ihnen Schutz, es war ein vermeintliches Bollwerk gegen die verrinnende Zeit. Das bläuliche Licht des Fernsehgeräts verlieh dem Ganzen etwas Entrücktes, und Alex war klar, dass er diesen Augenblick nie vergessen würde. Ganz gleich, was in seinem späteren Leben noch geschehen würde, dieser Moment würde auf immer in seinem Gedächtnis bleiben.

»Was wird nun aus Ihnen?«

»Ich werde wieder ins Altenheim zurückkehren.«

Der junge Mann sah so niedergeschlagen aus, dass sie hinzufügte:

»Mach dir nichts draus! Das ist schon in Ordnung.«

»Sie können nicht dorthin zurückkehren! Sie verabscheuen diesen Ort doch!«

»Ich habe ihn verabscheut, weil er meine einzige Perspektive war. Dank dir habe ich jetzt noch andere. Du hast mir die schönsten Geschenke gemacht, die man sich denken kann. Du hast mir die Möglichkeit der Vergebung verschafft. Du kannst dir nicht ausmalen, wie wichtig das für mich ist.«

»Du wirst ganz sicher nicht in dieses schreckliche Altenheim zurückkehren!«

Das war Léonies Stimme, die sich jetzt zu Wort meldete und Maxine und Alex auffahren ließ. Der junge Mann spähte in das Dunkel hinein und entdeckte ein Beistellbett, das er bisher nicht bemerkt hatte.

Sie hätte sich unweit des Krankenhauses ein Hotelzimmer nehmen können, aber sie wollte ihre Mutter nicht allein lassen, sei es auch nur für eine Nacht. Auch wenn sie wusste, dass es ihrer Mutter bereits besser ging, wollte sie in ihrer Nähe bleiben, ihren Atem hören und ganz einfach nicht von ihrer Seite weichen. Sie hatte sich mehr oder weniger bewusst ihr ganzes Leben lang nach diesem Beieinander gesehnt und wollte nun nicht leichtfertig darauf verzichten. Es gab noch so viele Fragen, die sie stellen, und so viele Antworten, die sie hören wollte.

Als sie den erstaunten Gesichtsausdruck der beiden Abenteurer sah, fuhr sie fort:

»Du wirst bei mir wohnen.«

»Kommt gar nicht infrage!«

Diese kategorische Weigerung verwunderte Alex und verletzte Léonie. Das war das Letzte, was Maxine beabsichtigt hatte.

»Ich will keine Belastung für dich sein. Ich habe immer Angst gehabt, Kontakt zu dir aufzunehmen, weil ich dir keinen Ärger machen wollte. Ich wollte vermeiden, dass unschöne Erinnerungen bei dir wach werden und ich dir zur Last falle. Da werde ich jetzt gewiss auch nicht damit anfangen! Ich konnte keine Mutter für dich sein, da musst du nicht denken, dass du jetzt eine Tochter für mich sein musst. Du hast mir gegenüber keinerlei Verpflichtung.«

»Ich spreche nicht von einer Verpflichtung. Es ist mein Wunsch, ich möchte es so«, entgegnete Léonie sanft.

»Was würden dein Mann und deine Kinder sagen?«

»Meine Kinder sind schon lange groß, aber ich bin sicher, dass sie sehr glücklich sein würden, ihre Großmutter kennenzulernen. Und was meinen Ehemann betrifft, so weiß er, wie sehr ich gehofft habe, dass es einmal zu dieser Begegnung kommt.«

»Ich will mich nicht aufdrängen und Platz bei dir beanspruchen ...«

»Unser Haus ist sehr groß. Das ist der Vorteil bei einem Ehemann, der Architekt ist: Er plant gern geräumig.«

Maxine fühlte sich bei diesem Vorschlag nicht recht wohl. Die Vorstellung, auf andere angewiesen zu sein, hatte ihr immer

Angst eingejagt. Sie bat nicht gern um Hilfe, da es ihr den Eindruck vermittelte, schwach zu sein. Sie wollte nicht, dass ihre Tochter sich ihr gegenüber verpflichtet fühlte. Sie schuldete ihr wahrlich nichts. Sie war ein guter Mensch, und Maxine wollte diese Freundlichkeit nicht ausnutzen.

Anfangs wäre Léonie vielleicht glücklich, sie an ihrer Seite zu wissen, aber dann würde ihr ziemlich schnell klar werden, wer sie wirklich war. Das war der eigentliche Grund, der Maxine lähmte und daran hinderte, dieses großzügige Angebot anzunehmen: Sie fürchtete, ihre Tochter zu enttäuschen. Ihre Begegnung war wunderbar gewesen, und sie wollte diesen schönen Eindruck nicht beschädigen durch die Routine und Banalität des Alltags.

Léonie musste den tieferen Grund für dieses Zögern gespürt haben. Sie hatte so viele Jahre die Züge ihrer Mutter in ihrem eigenen Gesicht zu erahnen versucht und so oft andere Mütter beobachtet. Durch diese Angewohnheit hatte sie ein recht gutes Vermögen entwickelt, Gesichtsausdrücke zu entziffern und Gefühle zu erkennen.

»Und außerdem habe ich Enkel. Da wäre ein zusätzliches Paar Hände durchaus willkommen. Sie werden ihre Urgroßmutter gern um sich haben«, brachte sie unbeschwert ins Spiel.

Maxine drehte sich zu Alex um. Überrascht nahm er wahr, dass in ihrem Blick eine Frage lag – als würde sie ihn um seine Zustimmung bitten. Er nickte sanft.

»Aber klar! Sie müssen ganz einfach nur ›ja‹ und ›danke‹ sagen! Als ehemalige Hebamme ist Léonie außerdem bestens in der Lage, Ihnen Ihre Vitamin-B12-Injektionen zu verabreichen. Außerdem werden Sie sich bei Ihrer Tochter tausendmal wohler fühlen als im Altenheim. Es sei denn, die Gesellschaft von Madame Durefer ist Ihnen doch lieber …«

Maxine musste bei der Nennung dieses Namens unwillkürlich lächeln. Natürlich verspürte sie nicht die geringste Lust, an diesen Ort mit seiner erstickenden Atmosphäre zurückzukehren. Vielleicht könnte sie ihrer Tochter und deren Familie tatsächlich nützlich sein. Sie könnte ihnen den einen oder anderen Ratschlag mit auf den Weg geben. War es möglich, nach so vielen Jahren eine Mutter zu sein? Sie würde es versuchen!

Sie sah ihre Tochter lange eindringlich an, lächelte dabei aber über das ganze Gesicht.

»Dann ist es abgemacht!«

In Léonies Gesicht spiegelten sich gleichermaßen Freude und Erleichterung. Ihr Gesichtsausdruck erinnerte Alex an den eines Kindes, das seine Weihnachtsgeschenke auspackt: Das Vergnügen, etwas Neues zu entdecken, mischt sich bereits mit der Vorfreude auf die vermuteten Spielsachen.

Er empfand Erleichterung darüber, seine Freundin in guten Händen zu wissen. Seine Augen wurden feucht, aber er wollte nicht, dass Maxine und Léonie ihn weinen sahen. Es war ein glückliches Ende, und doch war er traurig. Traurig darüber, sie zu verlassen. Traurig darüber, dass es das Ende war. Natürlich würde er sie besuchen können, aber das war nicht das Gleiche. Ihr Abenteuer war zu Ende. Er vermochte nicht auszumachen, ob nun das Gefühl der Leere oder der Erfüllung überwog.

»Ich werde mir mal einen Kaffee holen …«, verkündete Léonie, denn sie spürte, dass die beiden Weggefährten miteinander ins Reine kommen mussten.

Sie stand auf und ging zur Zimmertür hinüber, die sie lautlos hinter sich schloss.

Maxine bettete Alex' Hand sanft zwischen ihre eigenen Hände, von denen eine angenehme Wärme ausging.

»Sei nicht traurig.«

»Ich bin nicht traurig«, antwortete er ein wenig zu schnell.

»Es gelingt dir im Augenblick nicht, deine Gefühle klar zu sortieren. Was du verspürst, ist kein Kummer, es ist eher Wehmut und auch ein wenig Angst. Du sagst dir, dass alles vorbei ist und du wieder bei null anfangen musst, aber das stimmt nicht.«

Alex war wieder einmal überrascht von Maxines Fähigkeit, in ihn hineinzusehen. Sie wies mit dem Finger zum Fenster:

»Madame Pluto hatte recht. Es ist Vollmond, und ich habe einen Schatz gefunden.«

»Ich freue mich sehr für Sie.«

»Im Leben eines jeden recht gestrickten Jungen kommt die Zeit, in der er eine drängende Sehnsucht verspürt, loszuziehen und nach verborgenen Schätzen zu graben‹, sagte Mark Twain. Ich habe meinen Schatz gefunden, jetzt musst du dich auf die Suche nach deinem machen.«

»Wie soll ich das anstellen? Ich weiß ja nicht einmal, wo ich anfangen soll.«

»Du musst in dir selbst suchen, was du wirklich gerne tun und erreichen möchtest. Anschließend musst du dir Mittel und Wege erschließen, die dich voranbringen.«

»Sie sind mein Schatz, ist Ihnen das nicht klar?«

»Da irrst du dich. Ich war vielleicht das Instrument, das dir geholfen hat, Kurs auf deinen Schatz zu nehmen, aber es wird ganz allein dein Schatz sein.«

»Ohne Sie wäre ich verloren …«

»Nein, ich war lediglich der Leuchtturm, der dir den Weg gewiesen hat. Du bist jetzt in der Lage, ganz allein zu navigieren.«

»Das macht mir Angst.«

»Das macht nichts. Außerdem werde ich ja immer noch da sein. Nur weil wir jetzt nicht mehr gemeinsam auf der Flucht sind, werden wir doch nicht aufhören, uns zu sehen. So funktioniert Freundschaft nicht.«

»Darf ich Sie also bei Léonie besuchen?«

»Natürlich! Das fände ich toll! Und abgesehen davon kannst du mich auch anrufen.«

»Ich habe kein Handy mehr. Sie erinnern sich vielleicht noch daran, dass Sie es aus dem Fenster geworfen haben?«

»Natürlich erinnere ich mich. Ich habe schließlich keinen Alzheimer!«, antwortete sie schelmisch. »Nun gut, dann werde ich dich anrufen.«

»Mit Ihrem alten Nokia?«

»Hast du noch immer nicht begriffen, dass gerade die alten Dinge besonders unverwüstlich sind?«

Alex lächelte.

»Doch. Nicht nur besonders unverwüstlich, sondern auch besonders kostbar und schön.«

63

Eilmeldung:

Neues im »Fall Maxine«, der Entführung und Freiheitsberaubung einer Seniorin.

Am frühen Morgen gab es einen Polizeieinsatz in einem Krankenhaus im Norden Frankreichs, wo die gesuchte Person in der Notaufnahme eingeliefert worden war. Das zur Verstärkung angeforderte Sondereinsatzkommando musste nicht eingreifen, da der Entführer keine weiteren Geiseln im Krankenhaus nahm, sondern sich ohne jegliche Gegenwehr ergab.

Nach der Vernehmung des Entführers und seines Opfers beschloss die Polizei, den Fall ohne weitere Maßnahmen abzuschließen. Die alte Dame hatte erklärt, ihr Altenheim verlassen zu haben, um eine Reise nach Belgien zu unternehmen. Der Entführer sei ein unbescholtener junger Mann, den sie auf einer Internetseite für Mitfahrgelegenheiten kontaktiert hatte.

Eine Sondersendung von Bernard de La Villardière am heutigen Abend widmet sich dem Thema Mitfahrgelegenheiten: heimliche Grenzübertritte, die »Go fast«-Methode, Prostitution.

Die beiden Reisenden beteuerten, nichts von den laufenden Ermittlungen der Polizei gewusst zu haben, und zeigten sich höchst erstaunt über den – wie sie es nannten – Medienrummel, den sie verursacht hatten.

Maxine möchte dementsprechend keinesfalls Anzeige gegen ihren jungen Freund Alex erstatten, dessen einziges Verbrechen es gewesen sei, sie in seinen Twingo steigen zu lassen. Ein Hoch auf die Neu-

tralität der Justiz und der Medien, die diesem guten Samariter mit größter Zurückhaltung begegnet sind und ihn für unschuldig angesehen haben, solange nicht das Gegenteil bewiesen wäre.

Die alte Dame möchte allen Mitgliedern des Komitees RETTET MAXINE für ihre Bemühungen danken. Sie verweist auf ihre Facebook-Seite, die sie derzeit mit ihrer gerade erst wiedergefundenen Tochter einrichtet, um ihre ehemaligen Mitbewohner auf dem Laufenden zu halten.

Exklusiv berichten wir nun über Maxines aktuelle Pläne. Zunächst möchte sie ihre Tochter besser kennenlernen, die man ihr bei der Geburt fortgenommen hatte (hierzu senden wir auch eine Wiederholung unserer Reportage zum Thema Adoption: Organhandel, Mafia, Prostitution). Außerdem hat sie vor, ein Buch über ihren Lebensweg zu schreiben und eventuell sogar eine Tätigkeit als Coach für Lebensfragen aufzunehmen. Sie erwägt auch die Entwicklung einer neuen App, die verschiedene Selfie-Typen vorschlägt. Eine sehr aktive Fünfundneunzigjährige also, mit jeder Menge Zukunftsplänen.

Und der junge Alex? Er soll den Ermittlern gegenüber das Vorhaben geäußert haben, sein Jurastudium wiederaufzunehmen, diesmal allerdings »weil ich es möchte, und nicht, weil man es mir aufzwingt«. Er möchte sich seinen eigenen Angaben zufolge auf Verwaltungsrecht spezialisieren mit Fokus auf das Management von medizinischen Einrichtungen, insbesondere von Altenheimen. Er soll die Idee geäußert haben, diese Heime stärker als bisher als Begegnungsstätten für junge und weniger junge Menschen zu gestalten.

Madame Durefer hat die Leitung des Altenheims Beau Séjour abgegeben und sucht derzeit eine neue Beschäftigung im Bereich der Haftanstalten. Sie ließ vernehmen, dass dies mehr ihrem Profil entsprechen würde.

Marty Schuberts, Bewohner des Altenheims und Freund von Maxine, ist nun Vorsitzender des Vereins »Die alten Clowns«. Dieser Verein stattet kranken Kindern in Kliniken Besuche ab, um ihnen heitere Momente in ihrem Alltag zu bescheren.

Monsieur Lamoureux, ehemaliger Vorsitzender des Komitees RETTET MAXINE, zeigte sich sehr erleichtert darüber, dass es seiner Freundin gut geht, bedauert aber, dass er nun eine andere Partnerin für das Backgammon-Spiel finden muss.

Damit schließt das Kapitel dieser Entführung, die eigentlich gar keine war, sondern vielmehr die unglaubliche Eskapade einer höchst ungewöhnlichen alten Dame und ihres jungen Weggefährten.

Das letzte Wort gehört der Hauptperson, die uns das Geheimnis ihrer unglaublichen Vitalität anvertraut hat: »Das Leben ist wie ein Fahrrad, man muss sich vorwärts bewegen, um das Gleichgewicht nicht zu verlieren. Also, auf geht's!«

PLAYLIST VON MAXINE UND ALEX

Sicher ist Ihnen aufgefallen, dass die Musik eine wichtige Rolle in Maxines und Alex' Abenteuer spielt. Hier die Playlist der während ihrer gemeinsamen Reise gehörten Lieder:

Respect, Aretha Franklin
Sittin' On The Dock Of The Bay, Otis Redding
Oh, Pretty Woman, Roy Orbison
I Will Survive, Gloria Gaynor
Can't Take My Eyes Off You, Gloria Gaynor
Under Pressure, Queen + David Bowie
Mourir sur scène, Dalida

ANMERKUNG DER AUTORIN

Meine Figuren gehören nicht mir. Sie führen ein Eigenleben, das mein Stift lediglich zu Papier bringt. Sie lieben sich, verabscheuen sich, gehen ein Stück Weg, werden aufgehalten, werden krank oder verlieben sich ...

Ich möchte gern ihre Botin sein, die Mittlerin zwischen den Figuren und Ihnen, den Leser:innen.

Mein Dank gilt in dieser Hinsicht meiner Mutter, die Maxine sehr lieb gewonnen hat, so sehr, dass sie mich während des Schreibprozesses immer wieder fragte: »Du wirst sie doch am Ende nicht sterben lassen?« Ich habe es spannend gemacht – pardon, Mama –, aber es war einfach zu schön zu sehen, dass nicht nur ich um sie gebangt habe.

Es war mir eine Herzensangelegenheit, dieses Buch zu schreiben. Maxine und ihre wirren Redewendungen. Alex und seine Zweifel. Ich hoffe, dass auch Ihnen als Leser:innen die beiden ans Herz gewachsen sind und ihre Weisheit Sie hin und wieder zum Schmunzeln gebracht hat.

Noch ein kleiner Hinweis: Ihren letzten Rat hat Maxine von Albert Einstein übernommen: »Das Leben ist wie ein Fahrrad, man muss sich vorwärts bewegen, um das Gleichgewicht nicht zu verlieren.« Ich bin sicher, dass er es ihr nicht übel genommen hätte, und – wer weiß? – am Ende haben sie sich sogar gekannt ...

Ein paar Danksagungen möchte ich an dieser Stelle noch aussprechen.

An Frau Doktor »Sophie-Sylvie-Sabine-Solène-Stéphanie«

Atlan, die mir durch ihre dezente und effektive Präsenz eine große Hilfe war.

An meine Schriftsteller-Freunde, die immer für mich da waren.

An die Leser:innen, die mir geschrieben haben, um mir den Titel des Films zu nennen, über den Maxine in der Jurte spricht (in dem die Hauptakteure ein Betttuch in ihrem Hotelzimmer als Trennwand aufhängen). Dank Ihnen liegt mir der Titel nicht mehr nur auf der Lunge …

Dieses Buch wurde zunächst auf Amazon veröffentlicht, danke an meine ersten Leser:innen dort. Sie waren die Ersten, die meinen Figuren gefolgt sind. Dafür bin ich Ihnen sehr dankbar.

Dank an das ganze Team von Mazarine, besonders an Alexandrine Duhin, mit der ich unglaublich gern zusammenarbeite und in die ich sehr große Hoffnungen setze!

Ich erinnere mich einen verschneiten Tag im März 2018, als ich zum *Mazarine Book Day* ging und dabei das gnadenlos optimistische und philosophische Mantra im Kopf hatte: »Es wird sicher nicht klappen, aber zur Sicherheit gehe ich trotzdem hin.« Ich war überrascht von der wohlwollenden Atmosphäre, die dort herrschte. Die oft sehr angespannten Teilnehmer und Teilnehmerinnen wurden von dem Mazarine-Team in Obhut genommen, beruhigt und umsorgt. Vielen Dank dafür.

Die Buchhändler:innen und Blogger:innen, deren Bekanntschaft ich an jenem Tag machte, waren eine sehr angenehme Überraschung für mich. Ihre Aufmerksamkeit und Ihre wohlwollenden Blicke haben mich sehr ermuntert.

Und ich freue mich, weitere Buchhändler:innen und Blogger:innen kennenzulernen. Sie machen eine großartige Arbeit, ich gebe mein Buch in Ihre fachkundigen Hände und hoffe, dass Maxine und Alex ihren Zauber entfalten und Sie ihnen beim Fliegen helfen.

Mein großer Dank geht schließlich an Sie alle, an die Leser:innen und die künftigen Leser:innen, an die unverbesserlichen Bücherliebhaber:innen! Ich vertraue Ihnen meine Figuren an, Sie sind jetzt ebenso ihre Hüter wie ich. Sie sind in meinem Kopf entstanden, entwickeln sich aber in Ihren Köpfen weiter. Wie würde Maxine sagen? »Wer lebt, der lacht!«

Ich freue mich darauf, von Ihnen zu hören, zu lesen oder Sie zu sprechen, Ihnen zu begegnen …

Bis ganz bald!

Zoe Brisby